U0115758

唐詩選注評鑒

十卷本

五

刘学锴 撰

中州古籍出版社

·郑州·

目 录

杜 甫

房兵曹胡马①

胡马大宛名②，锋棱瘦骨成③。竹批双耳峻④，风入四蹄轻⑤。所向无空阔⑥，真堪托死生⑦。骁腾有如此⑧，万里可横行⑨。

[校注]

①《全唐诗》题末有"诗"字。据仇注本等删。兵曹，即兵曹参军。据《新唐书·百官志》，十六卫、太子府、王府及外州、府均设此职官。此房兵曹具体情况未详。诗可能作于开元二十九年（741）由齐、赵归洛阳后。②大宛，汉西域国名，在今中亚乌兹别克斯坦共和国境内费尔干纳盆地，都贵山城（今中亚卡散赛），产良马。《史记·大宛列传》："大宛在匈奴西南，在汉正西，去汉可万里。其俗土著，耕田，田稻麦。有蒲陶酒。多善马，马汗血，其先天马子也。"③锋棱，此指马的骨骼瘦硬，棱角分明，如物之锋芒、棱角。④批，削。竹批，斜削之竹筒。峻，尖锐。《齐民要术》谓"马耳欲得小而促，状如斩竹筒"。⑤风入四蹄轻，《拾遗记》卷七："（曹）洪以其所乘马上帝（魏武帝曹操），其马号曰白鹄。此马走时唯觉耳中有风声，足不践地……时人谓乘风而行。"刘昼《新论·知人》："故孔方讠平之相马也，虽未追风逐电，绝尘灭影，而迅足之势固已见矣。"崔豹《古今注》谓："秦始皇有骏马名追风。"⑥无空阔，不知有空阔，视空阔为无有，形容马疾驰时所向无前。⑦托死生，以自己的死生相托付。⑧二句谓有如此骁勇飞腾之良马，自可凭借其立功于万里之外，扫荡胡尘。骁腾，骁勇飞腾（的良马）。⑨横行，纵横驰骋。《史记·季布栾布列传》："上将军樊哙曰：'臣愿得十万众，横行匈奴中。'"杨素《出塞二首》之一："横行万里外，胡运百年穷。"

[笺评]

张耒曰：马以神气清劲为佳，不在多肉，故曰"锋棱瘦骨成"。（《杜少陵集详注》引）

方回曰：自汉《天马歌》以来，至李、杜集中诸马诗始皆超绝。苏、黄及张文潜画马诗亦然，他人集所无也。学者宜自检视。（《瀛奎律髓》卷二十七）

刘辰翁曰：仿佛老成，亦无玄黄，亦无牝牡。（《唐诗品汇》卷六十二引）

赵汸曰：前辈言咏物诗戒粘皮着骨。公此诗，前言胡马骨相之异，后言其骁腾无比，而词语矫健豪纵，飞行万里之势，如在目中，所谓索之于骊黄牝牡之外者。区区模写体贴以为咏物者，何足语此！（《杜律赵注》卷下）

张綖曰：前表其相之异，后状其用之神。四十字内，其种其相，其才其德，无所不备。而形容痛快，凡笔一字不可得。（《杜工部诗通》卷一）

王慎中曰："竹批"二字亦险而陋。（《五色批本杜工部集》）

王世贞曰：篇法、句法、字法无不称意。（同上引）

唐汝询曰："大宛"，见所产非凡；"锋棱"，见骨相尤异。耳峻如竹之批，蹄轻若风之举，其神骏又不止锋棱矣。是真所向无前，死生堪托者也。夫马之骁腾若此，君独不可横行万里之外以取奇勋哉！（《唐诗解》卷三十四）又曰：咏物诗最雄浑者。（《汇编唐诗十集》）

钟惺曰：读此知世无痴肥俊物。（首二句下）世人疑"与人一心成大功"句，请从此五字（指"真堪托死生"五字）思之。（《唐诗归》）

谭元春曰：赠侠士诗。（同上）

王嗣奭曰："风入四蹄轻"，语俊。"真堪托死生"，咏马德极矣，

又如"与人一心成大功"亦然。"万里横行"，则并及兵曹。(《杜臆》)

赵云龙曰：以雄骏之语发雄骏之思，子昂画马恐不能如此之工到。(《删补唐诗选脉笺释会通评林·盛五律》引)

周珽曰：次句咏其骨格之美。(同上)

冯舒曰：落句似复。(《瀛奎律髓汇评》引)

冯班曰：力能扛鼎，势可拔山。(同上)

何焯曰：第五，马之力；第六，马之德。(同上)"锋棱瘦骨成"，相士失之贫，相马失之瘦。"所向无空阔"，言瞬息万里，不更有空阔也，含下"可"字。(《义门读书记》)

纪昀曰：后四句撒手游行，不跼于题，妙。仍是题所应有，如此乃可以咏物。(同上)

无名氏(甲)曰：凡经少陵刻画，便成典故，堪与《史》《汉》并称。(同上)

黄生曰：汉武欲取大宛善马，铸铜马立宫门为式。一、二暗言此马合法相也。三、四承上，五、六起下。五句着马说，八句着人说。"批"字即仄声"削"字，因《马经》"削筒"字欠雅，故以"竹批"代之。"峻"，耳竖貌。双耳峻似竹批，四蹄轻如风入，倒装成句，对法有十字一气者，谓走马对，言其势不住也。极言其善走，凡语无可为喻，乃造成"所向无空阔"五字，此杜自谓良工心独苦者，而后人不知赏也。六言人以马为命，马疾则追者莫及，有生无死，亦妙在"托死生"三字。五奇而创，六正而深，前半形马之相，后半极马之才。"有如此"三字，挽得有力。八句期房立功万里之外，结处必见主人，此唐贤一定之法。(《杜诗说》卷四)又曰：尾联见意格。前六句说马，一结挽到房兵曹身上。五句说马，八句说人，意固不重。(《唐诗矩·五言律诗二集》)

查慎行曰："竹批"句小巧，对得飘忽。五、六便觉神旺气高。(《初白庵诗评》)又曰：壮心如见，老杜许多马诗，此为最警。前半

只说骨相，后半并及性情，何等章法。（刘濬《杜诗集评》卷七引）

徐增曰："胡马"二字，如于空中立一石柱，下面二十八字方得牢硬。唐人名手作咏物诗，往往如此。又曰：子美诗神化乃尔。（《而庵说唐诗》）

叶矫然曰：少陵咏马及题画马诸诗，写生神妙，直空千古，使后人无复着手处。（《龙性堂诗话初集》）

仇兆鳌曰："无空阔"，能越涧注坡；"托死生"，可临危脱险。下句蒙上，是走马对法。（《杜少陵集详注》卷一）

毕致中曰："真堪托死生"，味一"真"字，无限感慨。君臣朋友，当其指天誓日，谁不以死生相托，时移事去，覆雨翻云，不为悠悠行路者鲜矣。曰"真堪"，隐然见世之握手论心者，徒虚语耳。不若逸群伏枥中，犹有张邈之臧洪、李固之王成、田横之五百士也。感时悼俗，痛哭流涕之谈，莫轻易读过。（清顾宸《辟疆园杜诗注解》五律卷一引）

张溍曰：前四句已将马之形与才说尽。"所向"二句，又就马之气概有用堪倚重者言之，亦从来赞马者所未及。"有如此"三字，挽上有力，与"从来多古意"法同。"万里横行"，谓兵曹得此马可立功万里外，推开看方不重上。（《读书堂杜工部诗集注解》卷一）

王士禛曰：此诗落笔有一瞬千里之势。"批""峻"字，今人以为怪矣。（《带经堂诗话》）又曰：有此笔力，方许作此题诗。（《五色批本杜工部集》）

陆辛斋曰：对仗变动。（刘濬《杜诗集评》卷七引）

宋荦曰：赋马警语，不涉牝牡骊黄。（同上）

李天生曰：如咏良友大将，此所谓沉雄。写其骨相，正超于牝牡骊黄之外。（同上）

吴庆百曰：起拙，正以拙胜。次联尽其形，三联得其性，非公不闻此言。（同上）

史流芳曰：劈头"胡马"即点题面，以下通说马。（《固说》）

吴昌祺曰："无空阔"，即旦刷幽燕、夕秣荆越意，而妙以"空"胜。（《删订唐诗解》）

浦起龙曰：此与《画鹰》诗，自是年少气盛时作，都为自己写照。前半先写其格力不凡，后半并显出一副血性，字字凌厉。其炼局之奇峭，一气飞舞而下，所谓啮蚀不断者也。（《读杜心解》卷三之一）

杨伦曰：（"锋棱"句）所谓不比凡马空多肉也。（《杜诗镜铨》卷一）

朱之荆曰：前半形马之状，后半极马之才。（《闲园诗抄》）

沈德潜曰：（"骁腾"句）句束往。前半论骨相，后半并及性情。"万里横行"指房兵曹，方不粘着题面。（《重订唐诗别裁集》卷十）

《唐宋诗醇》：孤情迥出，健思潜搜，相其气骨亦可横行万里，此与《画鹰》二篇，真文家所谓沉着痛快者。

屈复曰：结"万里"句与"所向"句稍复，虽云五着马，八着人，细看总有复意。前半先写骨格神骏，后半能写出血性。（《唐诗成法》）

邓献璋曰：虽是写马，而意都在言外。句句峭拔，笔笔腾空。曰"真堪"，曰"有如此"，隐然逸群长嘶，伏枥悲鸣，弦上飒飒有声。（《艺兰书屋精选杜诗评注》卷一）

宋宗元曰：良马精神毕现。（《网师园唐诗笺》）

李因培曰：行神如空，行气如虹，与歌行各篇一副笔墨。（《唐诗观澜集》）

卢斖曰：三、四工警，人尽知赏。五、六作白话，用旺气出之，质而能壮，雄而不枵。此关气魄，跃跃然，都无笔墨。不知者将无目之学究语？结亦乃称。（《闻鹤轩初盛唐近体读本》）

冒春荣曰："所向无空阔，真堪托死生。"马之德性调良，俱以十字传出。（《葚原诗说》）

施补华曰：五言律亦可施议论断制，如少陵"胡马大宛名"一首，前四句写马之形状，是叙事也。"所向"二句，写出性情，是议论也。"骁腾"一句勒，"万里"一句断。此真大手笔，虽不易学，然须知有此境界。(《岘佣说诗》)

[鉴赏]

杜甫虽不专以咏物名家，却是诗史上杰出的咏物诗大家。在他现存诗中，咏物诗达百首以上，其中以马为吟咏对象的名篇尤为出色。这首作于其青年时代的咏马名作，称得上是不即不离、不黏不脱、借形传神、形神兼备的典范之作。

首句直接入题，交代马的产地，指明这是匹产自大宛的千里马。历史典籍中有关汉武帝伐大宛以取名马的记载，特别是它那"汗血"的特征，使其增添了神奇的色彩。故此句虽平起直叙，却能唤起读者"此马非凡马"的联想，为下面的一系列描写议论预留了充分的地步。

次句即从总体上描绘大宛名马最突出的特征："锋棱瘦骨成。"它长成一副锋棱突起的骨架和一身劲瘦结实的肌肉，一望而知是能日行千里的神骏，和那些看上去油光水滑，实经不起长途奔驰的"痴肥"之辈完全不同。会相马者先审其骨相，看其整体，这句正是房兵曹的大宛名马给诗人的整体印象、第一印象。这最初的印象便抓住了神骏的总体特征。

第三句从整体转到局部，对神骏作更细致的观察与描绘："竹批双耳峻。"《齐民要术》谓"马耳欲得小而促，状如斩竹筒"，可见双耳如斜削的竹筒尖锐劲挺，乃是古人在长期观察良马的过程中积累的鉴别经验。"峻"字不但画出马耳尖锐竖起的外形，也透露出马的精神抖擞、活力四射之神情，并不单纯是静止的外形描绘。

至此，对大宛名马的总体特征、局部特征都已作了概括而精练的描写，第四句便转入对神骏的动态描写。大宛马之所以出名，首先在于它奔驰之迅疾，因此这一句也是对其外形鉴识的一种验证，是决定其是否神骏的关键。前人或谓前四句均写其形，不免失之笼统。写马奔驰之疾，靠一般性的形容或夸张都会显得吃力而呆滞，必须靠适当的参照使它真正活起来。东汉后期的马踏龙雀的雕塑，马三足腾起，一足轻点在鸟背上，用飞鸟不及躲闪的回首惊愕之状烘托其风驰电掣的奔腾气势，构思极为巧妙。杜诗此句则从"追风"一语得到启发，用"风"作了烘托参照，但并不是说"追风逐电"，而是用了一个"入"字，一个"轻"字，将马疾驰时仿佛腾空飞行，脚不沾地，但闻呼呼风声，掠过四蹄的态势描绘得极生动而传神，不但写出了马的飞腾，连骑手的神奇美妙的感受也传达出来了。

第五句紧承第四句，从大宛马奔驰之迅疾进一步写到它一往无前的气势。或谓此句指其能日行千里，不管多么遥远的路程都不在话下，这样理解可能有失原意，也与上句犯复。"空阔"非指路程之阔远，而是指征途上遇到的沟涧山壑等通常认为难以逾越的险阻，"无空阔"即无视上述障碍险阻。在"空阔"之上安一"无"字，已显示出其非凡的气势和履险如夷的才能，其前又叠加"所向"二字，则其所向披靡、一往无前的雄迈气概如在目前。如果说第四句是写其"腾"，那么第五句就是写其"骁"。已经从写马的才能进到写马的精神——勇的领域。

第六句由第五句写马的勇敢精神进一步写到它的忠诚品格——"真堪托死生"，赞颂神骏可以将自己的生命相托付的忠诚品格。它和上句写马之神勇无前有联系，但不是一回事。良马之可贵，除了它奔跑之迅疾、勇敢的精神以外，最可贵的还在它对主人的忠诚。它的才能和精神为"托死生"提供了必要的条件，但没有忠诚的品格，则虽奔驰如飞、所向无前，亦无以"托死生"。"真堪"二字，贯注着诗人对神骏的忠诚品格发自内心的赞赏。写马，至此已进入最高境界。它是马，但又被赋予了人的色彩，从马身上，可以联想到"托死生"的良朋、义侠、忠臣。其时诗人方当壮岁，此句未必有更深的寄托。但联系诗人《赠李白》的"二年客东都，所历厌机巧"之句，则"真堪托死生"的感慨当非凭虚而发，其中也包含了诗人在交游中的人生体验。

第七句总束上六句。句即"有如此之骁腾"之意，将"有如此"三字后置，着意强调渲染，也是极力赞叹，末句就势得出"万里可横行"的结论，笔酣墨饱，神完意足。末联意凡三层。作泛论说，意谓有如此骁勇奔腾之良马，则自可横行万里，而毫无阻碍，这是表层之意。因题称"房兵曹胡马"，兵曹职参军事，故自含房兵曹有此神骏，自可横行敌国，建不朽之功勋，这是切合题面的里层之意。而杜甫睹此神骏，跃然而起横行万里，报效国家之志自蕴其中。这是拍合到自己身上的深层之意，言外之意。上句一笔兜转，收得拢，下句纵情开放，意蕴深厚，一合一开，极具豪纵健举的气势。

此诗在结构章法上先总后分，最后又加总结发挥，二至六句，先形后神，先整体后局部，先才能次精神后品格，每句之间，既有紧密关联，又逐层递进深化，故新意迭现，毫不重复。体现出杜甫早期五律已具法度谨严，气势飞动，意态沉雄的特征。其中炼字炼句，如"风入四蹄轻""所向无空阔"，均为奇警之佳句。

画　鹰①

素练风霜起②，苍鹰画作殊③。㩳身思狡兔④，侧目似愁胡⑤。绦镟光堪摘⑥，轩楹势可呼⑦。何当击凡鸟，毛血洒平芜⑧！

[校注]

①这是一首咏画诗，约作于诗人壮岁时。②风，《全唐诗》校：一作"如"。素练，白色的绢。此指这幅画系绢画。风霜起，形容画中的鹰凶猛威严，如挟带着一股风霜肃杀之气。朱鹤龄注：此即《画马》诗"缟素漠漠开风沙"意。③画作，绘画作品。殊，异，出众。④㩳（sǒng）身，竦身。形容苍鹰挺身而立，若有所注视之状。⑤侧

目，斜目而视。《汉书·李广传》："侧目而视，号曰苍鹰。"愁胡，忧愁焦虑之胡人。王延寿《鲁灵光殿赋》："胡人遥集于上楹……状若悲愁而危处。"孙楚《鹰赋》："深目蛾眉，状若愁胡。"魏彦深《鹰赋》："立如植木，望似愁胡。"因胡人深目，状似悲愁，故云。朱鹤龄注：傅玄《猿猴赋》云："扬眉蹙额，若愁若瞋，既似老公，又似胡儿。"所谓"愁胡"也。或谓"愁胡"指焦虑凝神的胡孙。胡孙，即猴。⑥绦，丝绳。镟（xuàn），转轴。画中的鹰用丝绳将足系在金属转轴上。光堪摘，形容画中的丝绳和转轴光亮耀眼，似乎伸手可以摘取。⑦轩楹，堂前的廊柱。谓如置于轩楹。势可呼，其神态呼之欲出。⑧平芜，平展的草地。班固《西都赋》："风毛雨血，洒野蔽天。"张上若曰："天下事皆庸人误之，末有深意。"杜甫《雕赋》："雕者，鸷鸟之殊特，搏击而不可当……引以为类，是大臣正色立朝之义也。"

[笺评]

张孝祥曰：首联倒插，言鹰之威猛，如挟风霜而起也。（仇兆鳌《杜少陵集详注》引）

方回曰：此咏画鹰，极其飞动。"㩳身""侧目"一联，已极尽其妙。"堪摘""可呼"一联，又足见为画而非真。王介甫《虎图行》亦出于此耳。"目光夹镜当坐隅"，即第五句也；"此物安可来庭除"，即第六也。"何当击凡鸟，毛血洒平芜"，子美胸中愤世疾邪，又以寓见深意，谓安得烈士有如真鹰，能搏扫庸缪之流也，盖亦以讥夫貌之似而无能为者也。诗至此神矣！（《瀛奎律髓》卷二十七）

赵汸曰：末联兼有疾恶意。（《杜律赵注》仇注引）

王嗣奭曰："画作殊"，语拙。然"绦镟"句亦见其画作之殊也。（《杜臆》）

金圣叹曰：句句是鹰，句句是画，犹是常家所讲。至于起句之未是画已先是鹰，此真庄生所云"鬼工"矣。"绦镟""轩楹"是画鹰者所补画，则亦咏画鹰者所必补咏也。看"堪摘""可呼"语势，亦全为起下"何当"字，故知后人中四句实填之丑。"击凡鸟"，妙。不击恶鸟而击凡鸟，甚矣。凡鸟之为祸，有百倍于恶鸟也，有家国者，不日诵斯言乎！"毛血"五字，击得恁快畅，盖亲睹凡鸟坏事，理应如此。（《杜诗解》卷一）

张谦宜曰：首句未画先衬，言下便有活鹰欲出。次点"画"字以存题，以下俱就生鹰摹写，其画之妙可知。运题入神，此百代之法也。一结有千勃力，须学此种笔势。（《絸斋诗谈》卷四）

黄生曰：劈首一句，苍鹰已轩然欲出，下文但足其意耳。题画似真，不异人意，在公便思及不畏强御之士，自非忠鲠素具，不能随处见到耳。（《杜诗说》卷六）又曰：尾联寓意格。未说苍鹰，突从素练上说一句"起"，使人陡然一惊，然后接入次句，定睛细看，方知是画工神妙所至，笔法稍一倒置，便失其神理矣。（《唐诗矩》）

仇兆鳌曰：次句点题，起下四句，曰"攫"曰"侧"，摹鹰之状；曰"摘"曰"呼"，绘鹰之神，末又以画鹰中想出真鹰，几于写生欲活。每咏一物，必以全副精神入之，故老笔苍劲中，时见灵气飞舞。又曰：律诗八句，须分起承转阖。若中间平铺四语，则堆垛而不灵。此诗三、四承上，固也。五、六仍是转下语。欲摘去绦镟，而呼之出击，语气却紧注末联。知此可以类推矣。（《杜少陵集详注》卷一）

吴瞻泰曰：善画者意在笔先，善诗者意在言先。此本写画鹰，忽下"素练风霜"一语，遂使鹰之精神全体毕露，然后轻拉一语，曰"画作殊"，乃上呼下法也。三、四虚写，五、六侧写，无一字粘着。尤妙在拓开作结，虚事偏作实写，若写鹰，却又不是写鹰；若写画鹰，却又若写真鹰，变幻无可端倪。（《杜诗提要》卷七）

边连宝曰：笔力矫健，有龙跳虎卧之势，其疾恶如仇，矶律不平之气，都从十指间拂拂出矣。又，鹰、马二物，故为神骏，故公遇此二题，无不入妙，而此二篇尤为郁怒遒紧，盖绝唱也。要亦借酒杯，浇垒块，都为自己写照耳。（《杜律启蒙》五律卷一）

庄咏曰：《胡马》作，直笔起入，极突兀之势。《画鹰》先作虚描，后用实点，未尝作突兀，而更饶妩媚。此诗末联，似兼有疾恶意。虽以真鹰作结，然曰"何当"，则仍为画鹰作托笔也。总之，每咏一物，必以全副精神入之，故老笔苍劲处，时见灵气飞舞。此与《胡马》一诗，工力悉敌，各尽其妙。（《杜律浅说》上卷）按："每咏一物"四句袭仇评。

纪容舒曰：此诗通身从画鹰上写出一真鹰来，其妙处尤在一起用烘云托月之法。明明见素练有一真鹰立于其上，故以下句句是真鹰，亦句句是画鹰，是一是二，妙不可言。公之学问，淹贯古今，咏画即得画家三昧，于此可见一斑也。（《藏云山房杜律详解》五律卷一）

纪昀曰：虚谷云："盖亦以讥夫貌之似而无能为者也。"无此意。起笔下神，所谓顶上圆光。五六请出是画，"何当"二字仍有根。（《瀛奎律髓汇评》引）

冯班曰：如此咏物，后人何处效颦？山谷琐碎作新语，去之千里。唐人只赋意，所以生动；宋人粘滞，所以不及。（同上）

陆贻典曰：咏物只赋大意，自然生动，晚唐更伤于纤巧。（同上）

查慎行曰：全篇多用虚字写出画意。（同上）又曰：极动荡之致，到底不离"画"字。结句若说真鹰，何足为奇？惟以写画鹰，便见生色。（同上引）

何焯曰：落句反醒"画"字，兜裹超脱。（同上）

许印芳曰：凡写画景，以真景伴说乃佳。此诗首联说画，次联说真。三联承首联，尾联承次联。其归宿在真景上，可悟题画之法。惟第七句"凡鸟"当作"妖鸟"，老杜下字尚有未稳处。诗盖作于中年，若老年则所谓"老节渐于诗律细"，无此疵颣矣。（同上）

袁枚曰：起即"堂上不合生枫树"句意，此较精警。（《唐诗成法》）

王士禛曰：（首句）五字已摄画鹰之神。（杨伦《杜诗镜铨》卷一引）

朱鹤龄曰：起句与"缟素漠漠开风沙"义同。末因画鹰而思真者之搏击，则《进雕赋》意也。（《唐宋诗醇》引）

王士禛曰：命意精警，句句不脱"画"字。（同上引）

沈德潜曰：（三）联写画。（末二句）怀抱俱见。（《重订唐诗别裁集》卷十）

浦起龙曰：与《胡马》篇竞爽。入手突兀，收局精悍。起作惊疑问答之势，言此素练也，而风霜忽起，何哉？由来苍鹰画作，殊绝动人也，是倒插法，又是裁对法。"㧐身""侧目"，此以真鹰拟画，又是贴身写。"堪摘""可呼"，此从画鹰见真，又是饰色写。结则竟以真鹰气概期之。乘风思奋之习，疾恶如仇之志，一齐揭出。（《读杜心解》卷三）

李锳曰："风霜起"三字，真写出秋高欲击之神，已贯至结二句矣。"素练"本无风霜，而忽若风霜起于素练者，以所画之鹰殊也。如此用笔，方有突兀半空之势。若一倒转，便平衍无力。（《诗法易简录》）

范廷谋曰：中四句实写其"画作殊"。三、四状其形。五言其设色之鲜，六言其飞动如生，呼之欲下。（《唐宋诗举要》卷四引）

邵长蘅曰：句句画鹰，然佳处不在此。余评杜屡及此意，所谓不必太贴切也。（同上引）

吴汝纶曰：咏鹰咏马皆杜公独擅。此二诗以寥寥律句具古风捭阖之势为尤难。（同上引）

[鉴赏]

唐代诗人中，杜甫的咏画诗（之所以称咏画诗而不曰题画诗，是因为唐代这类诗只是赞咏图画，并不题于画上）写得非常出色。这首作于壮岁的咏画诗，将赞画、咏物和述志融为一体，尤为精彩。

与《房兵曹胡马》诗以"胡马大宛名"平直叙起，径点题面不同，这首咏画诗却撇开画鹰，凌空起势。画是用白绢作材料的，故曰"素练"。明明是白绢上画着鹰，却说"素练风霜起"，意谓素练之上似乎突然起了一股风霜肃杀之气。这好像有点故作惊人之笔，其实是写初见画时最直观、最强烈的感受。鹰每于秋高气爽、风霜凛冽、草木枯黄时大显身手，追逐狐兔，因此它身上似乎天然带有一股风霜肃杀之气，使被猎的对象不寒而栗。正由于这幅鹰画特别传神，因此诗人初见画时仿佛还来不及静下心来观赏，就马上被画面上传出的这股风霜肃杀之气所震慑。这种强烈的艺术感受，既说明画之传神，也说明观画的诗人对艺术的敏锐感受和整体把握。诗人眼里，似乎无鹰的存在，只感受到一股风霜之气，这正是对画鹰的神魂的把握，也是对自己最初直观感受的生动写照。所谓笔未到而气已吞，形未见而神已传，称得上得勾魂摄魄之笔。比起他的《奉先刘少府新画山水障歌》开头的"堂上不合生枫树，怪底江山起烟雾"，虽然手法相似，但《画鹰》的首句显然更离形得似，传神空际，因为后者毕竟讲到了画中的枫树、烟雾、江山，虽以画为真，却未离画中的具体景物之形。

次句方从容款接，交代这是一幅苍鹰图。句末的那个"殊"字，虽有点拙涩，却相当准确表达了这幅画给自己带来的突出感受——特异、杰出、不同凡响。"画作殊"三字，起下颔、腹二联。

颔联是静下心来观赏画作时的感受：画中的苍鹰竦身挺立，似乎在想着追逐搏杀狡兔；侧目而视，神态像含愁蹙额的胡人。画面上的鹰自然是静止不动的，但诗人却从它竦身而立的姿态中读出了它的心情，传出了它欲搏未搏之际的动态感，"思"字就是透露这种心情和姿态的句眼。侧目而视，状若愁胡，好像是纯粹写形，但那个"愁"字，却又透露出它虽"思狡兔"而未能的焦愁不安。这"思"和"愁"，正和尾联的"击凡鸟"遥相呼应，隐逗"何当"二字。

腹联出句是写画中的鹰，脚用丝绳系着，拴在金属的转轴上。这原是实际生活中的猎鹰在未猎居家时的常态，着"光堪摘"三字，当是形容系鹰足的白丝绳和拴绳的金属转轴光亮耀眼，仿佛伸手可以摘取。这好像是赞画上"绦镟"之生动逼真，但句末的那个"摘"字却透露出诗人意中希望鹰能摘除绦镟对它的束缚而翱翔高空。对句是说此画挂在轩楹之间，看上去那画中的鹰就像是呼之欲下一样。说"势可呼"，和出句的"光堪摘"一样，都是赞画之生动传神，同时也传出了画中之鹰跃跃欲动的态势，这离尾联的"击凡鸟"已经只有半步之遥了。

尾联"何当击凡鸟，毛血洒平芜!"首先是因画中鹰的神情姿态而有此悬想，也不妨说是代画鹰抒写其内心迫切的愿望。什么时候，才能翱翔秋空，搏击凡鸟，使其羽毛纷坠、血洒平芜呢？"何当"上承"思狡兔""似愁胡""光堪摘""势可呼"，期盼将内心的愿望化为奋然搏击的行动，水到渠成，自然合理。而在代鹰抒情的同时，也透露了诗人渴望奋飞翱翔，搏击长空，干一番轰轰烈烈事业的宏愿。壮岁时期的杜甫，既有"嫉恶怀刚肠"之性格，又有鄙弃庸俗凡近，视"俗物多茫茫"（《壮游》）的宏远抱负。所谓"击凡鸟"，不必深求具体所指，但可肯定是上述性格抱负的自然流露。这个结尾，较之《房兵曹胡马》的尾联感情更加强烈，更具血性男儿的气概，形象也更鲜明生动。

咏画诗的通常构思套路是以画为真，以乱真赞画。这首诗自然也沿袭了这种构思套路，诗中像"素练""画作"固是明点所咏对象为画，它如"思""似""堪""可""何当"等语，亦暗示其仍为画鹰。但诗人的着力点显然放在以画鹰为真鹰上。首句"风霜起"固是先声夺人的追魂摄魄之笔，而"㩘身""侧目""光堪摘""势可呼"等描写，亦在绘形的同时写出其神情姿态乃至心理状态。而这一切，又都通向"何当击凡鸟，毛血洒平芜"的精神气概，达到了亦鹰亦人的境界。而在将鹰写活、人化的同时，诗人的鄙弃凡俗、疾恶如仇的情志也水到渠成地得到了表现。咏画、咏物和言志就这样得到了和谐的统一。

综观诗人壮岁所作的三首著名代表作，可以看出以下几个特点：

其一，所咏对象均为具有崇高、壮美感的事物，如巍峨的泰山、骁腾的骏马、威猛的雄鹰。它们既能体现盛唐时代的精神风貌，又能体现诗人的个性抱负和人生追求。其二，无论是纪游写景还是咏物赞画，均与抒写诗人的性格抱负和人生追求密切结合，既是写景纪游、咏物赞画诗，也是个人抒情言志诗。其三，由于诗人的精神性格与所咏的对象高度契合，构思写作时又全神贯注，心物相融，因此不但能传所咏对象之神，亦能传诗人自己的精神风采。

夜宴左氏庄①

风林纤月落②，衣露净琴张③。暗水流花径，春星带草堂④。检书烧烛短⑤，看剑引杯长⑥。诗罢闻吴咏⑦，扁舟意不忘⑧。

[校注]

①左氏庄，左姓人家的庄园。左氏不详何人。诗约为开元末天宝初杜甫在洛阳期间所作。②风林，《全唐诗》校：一作"林风"。纤月，指一弯上弦新月。③净，《全唐诗》校：一作"静"。张，本指拉紧琴弦，此处引申为操琴弹奏。江淹《恨赋》："浊醪夕引，素琴晨张。"④带，映照、映带。阴铿《渡青草湖》："带天澄迥碧，映日动浮光。"⑤检书，寻检图书。⑥看剑，《全唐诗》校：一作"说剑"，一作"煎茗"。均非。看剑，观赏宝剑。引杯，举杯，即饮酒。引杯长，指一边喝酒，一边细赏剑，故不觉时间已长。⑦吴咏，用吴地方言吟咏（刚做成的诗）。座客中或有吴人，故用吴语吟咏。⑧扁舟意不忘，杜甫开元二十年（732）至二十三年曾游吴越。其地多水，常舟行，故云。此处虽用范蠡乘扁舟游五湖的字面，但意与隐逸无关。其《壮游》云："东下姑苏台，已具浮海航。到今有遗恨，不得穷扶桑。王谢风流远，阖庐丘墓荒。剑池石壁仄，长洲荷芰香。嵯峨阊门

北，清庙映回塘。每趋吴太伯，抚事泪浪浪。枕戈忆勾践，渡浙想秦皇。蒸鱼闻匕首，除道哂要章。越女天下白，鉴湖五月凉。剡溪蕴秀异，欲罢不能忘。归帆拂天姥，中岁贡旧乡。"可见此次漫游吴越，曾到过金陵、苏州、越州等地，访问过当年的名胜古迹。此句所谓"扁舟意不忘"当指对当年吴越之游的一系列美好记忆，而非乘扁舟浮五湖的隐逸之意，此时之杜甫正热衷于功名仕进之事，不可能产生隐逸之志。

[笺评]

黄彻曰："检书烧烛短"，烛正不宜观书，检阅时暂可也。(《碧溪诗话》)

赵彦材曰：唯其闻"吴咏"，故动扁舟之兴。(《九家集注杜诗》)

刘辰翁曰：(首句)是起兴。("春星"句)景语闲旷。(末联下评)豪纵自然，结语萧散。(《唐诗品汇》卷六二引)

赵汸曰：寄兴闲远，状景纤悉，写情浓至。而开阖参错，不见其冗，乃此诗妙处。(《杜律赵注》卷上)

王慎中曰：无限情景，甚工。结虽潇洒，终属牵凑。(《五色批本杜工部集》)

李维桢曰：景象既真，口气又不凡。托兴写景，闲旷萧散，横纵自然。(《唐诗隽》)

胡应麟曰：(五律)仄起高古者："故乡杳无际，日暮且孤征"……苦不多得。盖初盛多用工偶起，中晚卑弱无足观，觉杜陵为胜："严警当寒夜，前军落大星"，"不识南塘路，今知第五桥"，"今夜鄜州月，闺中只独看"，"带甲满天地，胡为君远行"……皆雄深浑朴，意味无穷。然律以盛唐，则气骨有馀，风韵稍乏。唯"风林纤月落，衣露静琴张"，"花隐掖垣暮，啾啾栖鸟过"绝工，亦盛唐所无也。(《诗薮·内编》卷五)

唐汝询曰：此因夜饮而起避世之想也。月落露濡，净琴始设，入夜而饮也。暗水春星，写景之幽；花径草堂，纪地之逸。检书烧烛，论文之久也；看剑引杯，豪士之饮也。于是，坐客诗成，有为吴咏，使我闻之而意在扁舟，盖将浮五湖而慕鸱夷也，（《唐诗解》卷三十四）

陆时雍曰：中联精卓，是大作手。（《唐诗镜》）

张伯复曰：诗家妙处，只在虚字。古今传子美佳句，至"春星带草堂"，无不绝赏。然春星、草堂有何妙处？只一"带"字，便点出空中景象。如"玉绳低建章"，"低"字亦然。（明范濂《杜律选注》卷一引）

王嗣奭曰："风林"应作"林风"，才与"衣露"相偶，而夜景殊胜。若作"风林"，则似月落林间，而意味索然矣。"衣"，琴衣也。衣已沾露，净琴犹张，见主人高兴。琴未殁衣，故用"净"字，新而妙。吴咏、巴歈皆古曲名，犹今之昆山（腔）、弋阳（腔）是也。束语触目生情，豪纵萧散。（《杜臆》）

周珽曰：风流跌宕，玉媚花明，置之七宝台中，恐随风飞去。（《删补唐诗选脉笺释会通评林·盛五律》）

唐陈彝曰：末有深思。（同上引）

钱谦益曰：此诗作于游吴之后，故闻吴咏而起扁舟之兴也。（《钱注杜诗》）

朱鹤龄曰：公未得乡贡之前，游吴越；下第之后，游齐赵。此诗云："诗罢闻吴咏，扁舟意不忘。"则是游齐赵时作。未详左氏庄在何郡，旧次在《过宋之问旧庄》后，亦当在河南。（仇兆鳌《杜少陵集详注》卷一引）

顾宸曰：看此诗，鼓琴看剑，检书赋诗，生平乐事无不具。风林初月、夜露春星，以及暗水花径、草堂扁舟，天文地理，重叠铺叙一首中，浑然不见痕迹，却逐联紧接，一气说下，八句如一句，总说得"夜宴"二字。（《辟疆园杜诗注解》五律卷一）

王夫之曰：自然好律诗，不愧其祖。(《唐诗评选》)

黄生曰：夜景有月易佳，无月难佳。三、四就无月时写景，语更精切。"暗水流花径"，妙在"暗"字，乃闻其声而知之。"春星带草堂"，妙在"带"字，与"江满带维舟"，一则形容维舟之孤，一则形容春星之密。用意俱各精绝。五、六下三字因上二字，谓之"上因句"。"罢"字即平声成字，此客诗成，喉中作吴音，朗然高咏，想见可笑，有三分诗七分读之意。赵子常云："闻吴咏而思昔游，是摆开说"，予谓宴会诗作如此结，可知席上宾主皆无足与周旋矣。用意高傲，人却不知。诗中写景，则有风、露、星、月，叙事则有琴、书、剑、诗、酒，而不见堆塞，叹其运用之妙。(《杜诗说》卷四)又曰：尾联拓开。(《唐诗摘抄》卷一)

王士禛曰：起甚有风趣。结远。(《带经堂诗话》)

陆辛斋曰：前四极鲜藻之思，仍是浑浑。(刘濬《杜诗集评》引)

朱彝尊曰：五、六二句雅所不喜。(同上引)

邵长蘅曰：起句可画，接又别。(《五色批本杜工部集》)

查慎行曰：好景只要眼前，写得远近离合，不可端倪。(《杜诗集评》引)

李天生曰："夜宴"只轻带。通首拈景说，格力最高。(同上引)

吴庆百曰：秀润是初唐体。(同上引)

许晦堂曰：清丽。起联六朝语，景语闲旷，结趣萧散。(同上引)

史流芳曰：四十字中只得一"杯"字，说"夜"字处偏多。盖说"宴"字俗，说"夜"字雅，此系虚胜系实也。(《固说》)

吴昌祺曰：三承二，四承一，中有暗脉。(《删订唐诗解》)

何焯曰：月落露滋，夜转深矣。星残烛炮，将达曙矣。鸣琴检书，说剑赋诗，所以终夜引杯，宾主不厌倦也。旧游因此不忘，况兹夕有不往来于怀者乎？"暗水流花径"，入夜群动俱息，乃闻暗水，此句最妙。"看剑引杯长"，题是夜宴，故以引杯总上言之。(《义门读书记》)

仇兆鳌曰：月落露浓，静琴始张，入夜方饮也。水暗星低，夜宴之景；检书看剑，夜宴之事。公弱冠曾游吴越，故闻吴咏而追思其处。（《杜少陵集详注》卷一）

周篆曰：检书以考证，看剑而吟哦，此时正赋诗也。末句"诗罢"乃倒插法。（《杜少陵集详注》卷一引）

贺裳曰："检书烧烛短，看剑引杯长。"一作"说剑"，"说"字不如"看"字之深。（《载酒园诗话》）

吴乔曰："检书烧烛短，看剑引杯长。"村夫子语。昔人谓此诗非子美作，余以此联定之。（《围炉诗话》）

浦起龙曰：此诗意象都从"纤月落"三字涵咏出来，乃春月初三、四间天清夜黑时作也。"月落"则坐之，故接"衣露"字。"静琴张"，设而未必弹也。三、四中有诗魂。"烛短""杯长"，已到半酣时节，知前半皆宴时景也。"吴咏"恐是櫂歌欸乃之声，故忽动"扁舟"之兴。此声正得之吟成之顷者，故以"诗罢"字作点逗。自然流出，静细幽长。黄生云："夜景有月易佳，无月难佳。"按：此偏于无月中领趣。（《读杜心解》卷三）

杨伦曰：结有远神。（《杜诗镜铨》卷一）

黄叔灿曰：通首俱写夜景。（《唐诗笺注》）

胡本渊曰：写景浓至，结意亦远。杜律如此种，骨气有馀，不乏风韵。虽雅近王、孟，实为盛唐独步。（《唐诗近体》）

陈贻焮曰：诗写得很妩媚很别致……描绘琐细而浑然不见痕迹，只觉风韵绝妙，情意深长。（《杜甫评传》上册第65页）

[鉴赏]

秦观谓"杜子美之诗，实积众家之长……穷高妙之格，极豪逸之气，包冲淡之气，兼峻洁之姿，备藻丽之态，而诸家之作所不及焉"（《淮海集》卷二十二《韩愈论》）。王世懋亦谓："少陵故多变态，其诗有深句，有雄句，有老句，有秀句，有丽句，有险句，有拙句，有累句。后世别为'大家'，特高于盛唐者，以其有深句、雄句、老句也；而终不失为盛唐者，以其有秀句、丽句也。"（《艺圃撷馀》）胡应麟则指出"盛唐一味秀丽雄浑，杜则精粗、钜细、巧拙、新陈、险易、浅深、浓淡、肥瘦靡不毕具"（《诗薮·内编》卷四）。这些关于杜诗风格多样性的论述，似乎并没有引起评家、选家应有的注意。习惯了杜诗沉郁顿挫、苍老劲健、雄浑阔大诗风的选家，往往对《夜宴左氏庄》这类别具一格的作品视而不见，甚至武断地认为其非杜作。其实这首诗绝不仅仅是"藻丽""秀丽"或"有秀句、丽句"而已，而是写出了具有浓郁诗情、鲜明画意而又极具氛围感的境界。

这是一个美好的春夜在左氏庄园举行的文士雅集。名虽曰"夜宴"，实则饮酒只是雅集的一项内容，而且目的不在饮酒本身，而是用以助兴的一种手段。明白这种雅集的性质，才能更好地领略品味诗境。

一上来先写"夜宴"的环境氛围：春夜温煦的微风轻轻地掠过树林，发出飒飒的声响，一弯纤纤新月，已经落下去了；衣裳上开始感到有露水的湿润，洁净的素琴已经调好琴弦，正在操琴弹奏，发出如流水般淙淙的清音。上弦月落得早，"纤月落"表明时已入夜；从"纤月落"到感知衣上沾露，暗示时间推移，夜已渐深。与贵显之家的宴会钟鸣鼎食不同，文士的雅集弹奏的是典型的清雅之乐——素琴。"琴"而曰"净"，正反映出与宴者的身份与品位。弹琴本身，就是文士雅集的一项内容。这一联写了飒飒风声、淙淙琴声，但整个氛围给人的感受却是静谧清幽，和煦的微风和素琴的清韵反倒给月落后的暗夜增添了一份静谧感。试想连衣裳沾露都能为与宴者所感知，则周遭之寂静可知，与会者侧耳静听素琴之清韵之状亦可想。

三、四两句仍续写环境氛围。出句俯听，对句仰视。月落之后，繁星闪烁、布满夜空。在暗夜朦胧之中，但闻流水之声潺潺，猜想当是沟水缓缓淌过花径发出的声响；草堂之上，繁星点点，映照闪烁。

两句中"暗"字"带"字，均极精工细腻而传神。水流花径之景，如在日间，则为极平常的景色，但在夜间，却只能凭细致敏锐的听觉方能感知，且只有在周遭环境一片静谧时才能察觉，着一"暗"字，境界全出，不但仿佛可见暗夜中水流花径之状，而且可见诗人侧耳倾听、细加欣赏之态，连周围的静谧氛围也透露出来了。草堂上空有星光闪烁，亦属常景，着一"带"字，则不但可见星光照映下草堂模糊的剪影，而且可见春星低垂于草堂之上的情景，极具画意。这一联较之首联，似乎纯写环境氛围而无人的活动（首联犹有"净琴张"的活动），实则整个夜宴就在这种氛围中进行。从诗人的用笔看，似感兴趣的并不单是夜宴的各项活动（如开头提及的弹琴，后面提到的检书、看剑、赋诗），而且似乎更对"夜宴左氏庄"的整个环境氛围感兴趣。正像在喧嚣嘈杂、繁华热闹的大酒店参加宴会与在风景佳胜的大自然环境中参与雅集，感觉完全不同。在"暗水流花径，春星带草堂"这样一个静谧、温煦，充满诗情画意的环境中参与雅集，这氛围本身就是心灵的美妙享受。

腹联正面描写文士雅集的两项活动：一是寻检书籍，二是观赏宝剑。二者分别代表文士雅好的两个方面：文事与武事。书与剑，在唐代士人的诗中每相并提，如高适《人日寄杜二拾遗》之"一卧东山三十春，岂知书剑老风尘"，温庭筠《过陈琳墓》之"莫怪临风倍惆怅，欲将书剑学从军"。士人雅集，谈论学问，相互辩论，吟诗作赋，数典用韵，不免要寻检有关的书籍，因为寻找的时间比较长，故蜡烛已经烧短，也表明夜宴已经进行了相当长的一段时间。主人或来客中有宝剑，引起大家的浓厚兴趣，互相仔细观赏称叹，一边喝酒，一边细赏，喝酒的时间也拖得很长。两句都写出在"检书""看剑"的过程中时间的推移，也透露出与宴者兴致之浓。

尾联提及文士雅集的另一项活动——赋诗，却并不像"检书""看剑"那样作具体描写，而是就势推开作结。文士雅集，赋诗应是一项主要活动。实际上这项活动从一开始就在进行，在弹琴、听乐、检书、看剑乃至观赏周遭景物的过程中一直伴随着诗的构思与吟哦，但诗人均隐而不发，至此方用"诗罢"二字轻轻点出，笔墨经济而笔意超妙，显示出与会的文士们写诗乃是伫兴而就，而非刻意苦吟。正当诗成之际，忽闻座中有人用吴地方言吟咏自己的新诗，勾起诗人对此前乘扁舟畅游吴越旧事的美好回忆，全诗就在这荡漾不尽的余情中悠然收住，展现出悠远的境界。这个结尾，与"夜宴左氏庄"这个题目若即若离，透露出诗人在充分领略夜宴的美感与快感的同时，对于更广远世界的向往。

诗的风格明秀清丽，极具诗的情韵、意境和浓郁的氛围感，又极具鲜明的画面感——包括静态和动态的画面，其中又隐隐透出安定繁荣的时代气息。

春日忆李白①

白也诗无敌②，飘然思不群③。清新庾开府④，俊逸鲍参军⑤。渭北春天树⑥，江东日暮云⑦。何时一樽酒，重与细论文⑧？

[校注]

①作于天宝六载（747）春杜甫到长安后不久。②无敌，无敌手，无与伦比。《礼记·檀弓上》："为伋也妻者，是为白也母。"或谓语本此。③飘然，形容诗思之高远飘逸。思不群，诗思卓越不凡。左思《咏史》之三："功成不受赏，高节卓不群。"④庾开府，即庾信。原仕梁，后入北周，为骠骑大将军、开府仪同三司。生平详参《周书》及《北史》本传。⑤俊逸，俊迈洒脱。鲍参军，即鲍照。刘宋著名诗人，曾任临海王子顼前军参军。生平详参《宋书》及《南史》本传。⑥渭北，渭水北岸。此借指诗人所在的长安。⑦江东，长江以东的吴越地区。此指李白当时所在的浙江一带。李白诗中曾称越州会稽为

"江东"。如《重忆一首》："欲向江东去，定将谁举杯？稽山无贺老，却棹酒船回。"⑧论文，即论诗。

[笺评]

蔡宽夫曰：予为进士时，尝客于汴中逆旅，数同行亦论杜诗。旁有一押粮运使臣，或顾之曰："尔亦尝观杜诗乎？"曰："平生好观，然多不解。"因举"白也诗无敌"相问："既言'无敌'，安得却似鲍照、庾信？"时座中虽笑之，然亦不能遽对，则士亦不可忽也。（《蔡宽夫诗话》）

姚宽曰：杜甫《忆李白》诗云："俊逸鲍参军。"亦有讥焉。（《西溪丛语》卷下）

胡仔曰：庾不能俊逸，鲍不能清新，白能兼之，此其所以"无敌"也。武弁何足以知之！（《苕溪渔隐丛话》）

陈正敏曰：或谓评诗者，以甫期白太过，反为白所诮。王荆公曰："不然，甫赠白诗，则曰：'清新庾开府，俊逸鲍参军。'但比之庾信、鲍照而已。"又曰："'李侯有佳句，往往似阴铿。'铿之诗，又在鲍、庾下矣。'饭颗'之嘲，虽一时戏剧之谈，然二人者，名既相轧，亦不能无相忌也。"（《诗林广记》引《遁斋闲览》）

赵彦材曰：此诗破头两句已对呼人名为某也，起于《左传》。（《九家集注杜诗》）

洪迈曰：李太白、杜子美在布衣时，同游梁、宋，为诗酒会心之友。以杜集考之，其称太白及怀、赠之篇甚多，如"李侯金闺彦，脱身事幽讨"……"白也诗无敌，飘然思不群"……凡十四五篇。（《容斋随笔》）

杨慎曰：杜工部称庾开府曰"清新"。清者，流丽而不浊滞；新者，创见而不陈腐也。（《升庵诗话》卷九《清新庾开府》）

王慎中曰："渭北春天树"，淡中之工。（《五色批本杜工部集》）

李维桢曰：友情友义，一字一心。又曰：渭北，子美所居；江东，白之所居。因地起怀，因怀起咏。(《唐诗隽》)

郎瑛曰：杜言李白"世人皆欲杀，吾意独怜才"，"李白斗酒诗百篇"，"清新庾开府，俊逸鲍参军"。似皆重其才也。(《七修类稿》)

胡应麟曰：杜用事门目甚多，姑举人名一类，如"清新庾开府，俊逸鲍参军"，正用者也。(《诗薮·内编》卷四)

唐汝询曰：白诗所以无敌者，由思之能迈越俦伍，才足以笼络庾、鲍耳。盖二家各有所长，李能兼之，则无敌矣。如是之人，正宜以文相友。今我居渭北，彼游江东，春树暮云，景各抱怅，安得共此一樽，复如曩日之论文乎！(《唐诗解》卷三十四)

唐陈彝曰："飘然思不群"五字，得白之神。(《删补唐诗选脉笺释会通评林·盛五律》)

唐孟庄曰：杨用修谓杜以"细"讥李之粗，是苏、黄调谑，恐李、杜未必有此。(同上引)

王嗣奭曰：前四句真传神手，至今李白犹在。五、六但即彼己所在之景，而怀自可想见；所以怀之者，欲与"论文"也。公向与白同行同卧论文旧矣，然于别后，另有悟入，因忆向所与论犹粗也。(《杜臆》) 按：仇注引末数句为"因忆向与言，犹粗而未精，思重与论之。此公之笃于交谊也"。

金圣叹曰：先生之爱李侯，乃至论文不敢一毫假借，但未脱身时，或得细论；既脱身后，遂不得细论，此所以思之不置也。又曰：岂谓李侯"诗"又"无敌"，"思"又"不群"耶？如是岂复成语！盖是一纵一擒言之……"白也"对"飘然"，妙绝！只如戏笔。"白也"字出《檀弓》。又曰：此诗不独当时针砭李侯，亦且嘉惠后贤多少！(《杜诗解》)

朱鹤龄曰：公与太白之诗，皆学六朝，前诗以李侯佳句比之阴铿，此又比之庾、鲍，盖举生平所最慕者以相方也。王荆公谓少陵于太白，仅比以鲍、庾，阴铿则又下矣。或遂以"细论文"讥其才疏也，此真

瞽说。公诗云"颇学阴何苦用心",又云"庾信文章老更成",又云
"流传江鲍体,相顾免无儿"。公之推服诸家甚至,则其推服太白为何
如哉!荆公所云,必是俗子伪托耳。(仇兆鳌《杜少陵集详注》卷一
引)

黄周星曰:此诗日日在人眼前,日日在人口中,然反复观之,终
不可废。(《唐诗快》)

徐增曰:此作前后解,截然分开,其明秀之气,使人爽目……
"渭北春天树,江东日暮云","渭北"下装"春天树","江东"下装
"日暮云",三字奇丽,不灭天半朱霞也。前后六句赞他者,是诗;与
他细论者,也是诗。而此二句忽从两边境界写来,凭空横截,眼中直
无人在。(《而庵说唐诗》)

黄生曰:两句对起,却一意直下,诗中多用此法。唯其"思不
群",所以"诗无敌",又是下因法。清新似庾开府,俊逸似鲍参军,
径作五字,是谓硬装句,五句寓言己忆彼,六句悬度彼忆己。七、八
遂明言之:何时重与樽酒相对,细酌论文,以分装成句。六朝以来,
通谓诗为"文"。一结绾尽通篇之意。六季绮靡,惟庾、鲍独有骨气,
在当时诚出群之英。今白之才思飘然不群,清新俊逸,惟庾、鲍可拟,
目前洵无其敌也。从来怀人之作,多因时物以起兴,但出景不同,则
系其人之手笔。如此诗本以清新、俊逸目李,五、六二语,不必有意
拟似,觉"清新""俊逸"四字意象浮动其间,此以神遇,不以力造
者也。(《杜诗说》卷四) 又曰:对渭北春天树,望江东日暮云,头上
藏二字,名"藏头句"。五己地,六彼地,怀人诗,必见其所在之地;
送人诗,必见其所往之地,诗中方有实境移不动。(《唐诗摘抄》卷
一)

朱之荆曰:庾信为开府之官,鲍照为参军之官。五、六两地拆开,
方叫得起末句。上四称其才,下乃春日有怀,论文应转前半。(《增订
唐诗摘抄》)

顾宸曰:天宝五载春,公归长安,白被放浪游,再入吴,诗必此

时所作。（仇兆鳌《杜少陵集详注》卷一引）

王士禛曰：止许其清新、俊逸耳，尚嫌不细。 拈出"细"字，亦是阅者意之所及，非及作者之意。（刘濬《杜诗集评》引）

宋荦曰：额联铢两恰当。（同上引）

查慎行曰：前云"似阴铿"，此乃拟之庾、鲍，总不以时流目之，同一推许意。（《初白庵诗评》）又曰：通首以"诗"字作主。（《杜诗集评》引）

李天生曰："清新""俊逸"，尽诗之能事矣。（《杜诗集评》引）

陆辛斋曰：通首有气格。（同上引）

宋长白曰：太白生于武后圣历二年己亥，子美生于睿宗先天元年壬子，相望已十四年，则太白实前辈也。杜诗于人，或称官阅，或称爵里，或曰丈人，或曰先生，而于太白辄呼其名者，意是忘年之交，不妨尔汝也。（《柳亭诗话》）

史流芳曰："白也"二字直点题，"诗"字吃紧，下三句赞诗，所以怀白也。"渭北""江东"，言地之远也，为下"何时"字作势，一点"春"字，一点"日"字。末二句正"怀"字意。（《固说》）

仇兆鳌曰：上四，称白诗才；下乃春日有怀。才兼庾、鲍，则思不群而当世无敌矣。杯酒论文，望其竿头更进也。公居渭北，白在江东，春树暮云，即景寓情，不言怀而怀在其中。（《杜少陵集详注》卷一）

何焯曰："清新庾开府"一联，承"无敌"；"渭北春天树"四句，"春日忆"。（《义门读书记》）

张谦宜曰："渭北春天树，江东日暮云。"景化为情，造句三昧也。似不用力，十分沉着。（《纮斋诗谈》卷四）

浦起龙曰：公归长安，白在东吴，思之而作也。此篇纯于诗学结契上立意。方其聚首称诗，如逢庾、鲍，何其快也。一旦春云迢递，细论无期，有黯然神伤者矣。四十字一气贯注，神骏无匹。或以"细论文"为讥其才疏，或以为别后悟入，比前更细。又或以五、六为怀

其人，前后为怀其文。种种瞽说，皆当一扫而空。（《读杜心解》卷三）

乔亿曰：杜诗"俊逸鲍参军"，"逸"字作"奔逸"之逸，才托出明远精神，即是太白精神，今人多作闲逸矣。（《剑溪说诗》卷上）

纪容舒曰：公与白周游齐、鲁，彼此赠答，盖尝细论矣。今别后追思，觉他人无可与语，故欲得白重细论之。但渭北、江东，遥遥难即，樽酒相对，未知在何时耳。眷眷不忘，实有"微斯人，吾谁与归"之感。或以为太白之诗豪而未细，或公欲以法律针砭之，则不特未悉二公之本末，并本句"重"字亦未留意矣。（《杜律详解》卷一）

《唐宋诗醇》：颔联遂为怀人粉本，情景双关，一何蕴藉。（卷十三）

沈德潜曰：少陵在渭北，太白在江东，写景则离情自见。（《重订唐诗别裁集》卷十）

黄叔灿曰：此诗最妙在首二句，领得有神。（《唐诗笺注》）

吴瑞荣曰：诗得洒然，于太白本分无一语夸张。（《唐诗笺要》）

杨伦曰：首句是阅尽甘苦上下古今，甘心让一头地语。窃谓古今诗人，举不能出杜之范围，惟太白天才超逸绝尘，杜所不能压倒，故尤心服，往往形之篇什也。（《杜诗镜铨》卷一）又引蒋云："细"字对三、四句看，自有微意。（眉批）

李调元曰：杜少陵诗："白也诗无敌，飘然思不群。清新庾开府，俊逸鲍参军。渭北春天树，江东日暮云。何时一樽酒，重与细论文。"又不似称白诗，亦直公自写照也。（《雨村诗话》卷下）

[鉴赏]

自从天宝三载（744）初遇李白到写这首诗时，杜甫已经陆续写了《赠李白》五古、七绝各一首，又有《与李十二白同寻范十隐居》《冬日有怀李白》各一首。这首作于天宝六载春的《春日忆李白》是杜甫天宝年间赠李诸诗中流传最为广远的一首。它本是一首充满深挚情谊的思念远方诗友的作品，却因李、杜在后世的齐名并称与评论者的抑扬轩轾而引发对诗意的误解，这恐怕是李、杜当时根本就没有料想到的。

对杜甫来说，李白最使他倾倒的无疑是其杰出的诗才，数载同游的生活中，登临怀古，饮酒赋诗，是一项重要的内容。因此，这首怀想李白的诗，首先便从赞其诗写起。首联赞其诗名与诗思。李白年长杜甫近一纪，称得上是杜甫的前辈诗人，但杜甫却直以"白也"开端，直呼其名，显示出两人之间情同手足的亲切关系。仇注说"白也"是用《礼记·檀弓》上的"是为白也母"的句法，把本来是朋友间亲切称呼"白也"（相当于李白啊）变成掉书袋，未免有些杀风景。作此诗时，李白的一大批代表性作品虽已问世，但其后还有相当长的一段创作历程，诗歌的内容和风格都还有重要发展，杜甫却已下了断语，称其"诗无敌"。杜甫一生，称美的前代和当世的诗人甚多，但从来没有用"诗无敌"来称扬他人的。即此三字，就可扫却历代一切妄加猜测的评论。仔细想来，这"诗无敌"的赞语又十分中肯，即以李白当时已经取得的创作成就而论，确实已超越了同时代的所有诗人而居于"无敌"的地位。

第二句"飘然思不群"是极赞其诗思的。诗思所包含的内容甚广，既包括诗歌所表现的思想情趣、风采个性，也包括诗的构思和表现，甚至可以包括对自然社会人生的一切具有诗意的景象的感受、捕捉能力。对这种杰出的诗思，杜甫除了用"不群"来突出其卓越不同凡响和富于个性以外，又用"飘然"来形容其高远飘逸，具有"诗仙"的色彩。这种诗思，既有别于一切苦咏之辈，也有别于杜甫之沉郁顿挫。这两句可能存在着因果关系（前果后因），但读来却似一气呵成。妙在对偶工整，尤妙在以"白也"对"飘然"，虚字句中为对，却极富诗趣而无酸腐之气，可称创举。

颔联盛赞其诗风。庾信与鲍照，是六朝诗人当中杜甫经常提到并给予很高评价的。庾信对杜甫诗歌创作的影响尤其深巨。但杜甫对庾信的继承，主要在其"老成"的一面，此处却标举其"清新"的一面来盛赞李白。李白诗歌，既豪放而又飘逸，但都具有"清水出芙蓉，天然去雕饰"的共同风格，以"清新"赞李白之基本诗风，可谓具眼。鲍照诗歌对李白七言歌行的影响亦同样深巨，此处以"俊逸"称其诗，当指其诗风俊迈洒脱，超群拔俗。乔亿《剑溪说诗》卷上："鲍明远五言轻俊处似三谢，至其笔力矫捷，直欲与左太冲、刘越石中原逐鹿矣。七言歌行，寓廉悍于藻丽中，江东三百年，允称独步。"又云："杜诗'俊逸鲍参军'，'逸'字作'奔逸'之逸，才托出明远精神，即是太白精神。"既提到其"俊"，又提及其"逸"。他所理解的"逸"实与今称李白的诗风既豪放又飘逸相近。然则这一联可以说正概括了李白诗既豪放飘逸又清新自然的特征。一千三百年前同时代的杜甫，对李白诗风的把握如此精到，不得不令人叹服。或以为杜甫仅以庾、鲍许李白，是小看了李白，这是对诗意的误解。杜甫的原意是赞李诗清新处似庾，俊逸处似鲍，并没有说李白之诗才及成就如庾、鲍。而且杜甫即使再极赞李白，也不大可能对一个在世的诗友作盖棺论定式的历史地位的评价。后世的评论者在李、杜的历史地位已定之后，责怪杜甫止以庾、鲍许李，没有肯定其在唐代乃至诗史上的地位，未免太缺乏历史观念了。何况如前所说，单凭"白也诗无敌"一语，就可看出杜甫对李白在当世诗坛崇高地位的认识是何等明确而坚定了。更何况，怀念诗友的诗，即便有赞扬评论其诗歌的内容，也非论诗诗，更非科学的论文。这首诗的前两联，赞李白之诗才、诗思、诗风，实际上都是"忆"的内容，是在对往昔同游论交的美好回忆中浮现其"飘然思不群"的诗人风貌和"清新""俊逸"的诗风。今之读者觉得似乎是抽象评赞的诗句，在诗人构思和表现过程中却是伴随着鲜活的形象的。这两联对李白的评论固然精致，但在一气贯注中流露的对李白的倾倒羡慕和亲切热烈的感情同样使人受到强烈感染。

如果说前两联是回忆作为诗人的李白，那么腹联便是怀念作为友人的李白，尽管这两方面密不可分，但诗人在抒写时不妨有所侧重。这两句中"江东""渭北"分别点李、杜二人所在之地，"春天"点季候，"日暮"点时间。"云""树"点两地景物，分开来看，可以说每一个都极平常，但当诗人将它们组成一个没有任何动词，只有名词和方位词的对句之后，却创造出情寓景中、兴在象外、含蓄无穷的艺术意境。不但显示出两位昔日的诗友如今一处渭北、一在江东，天各一方的情景，且表现出彼此面对眼前的云树（"春天树"与"日暮云"，系互文），默默思念对方的同时，遥想对方此时也正默默思念自己。妙在无一"忆""思"之语，而无限思念之情溢于言表，以致"云树之思"成为朋友阔别之后互相思念的成语，"云树"也成了朋友阔别远隔的典型意象，白居易的"云树三分隔，烟波恨一津"（《早春西湖闲游怅然兴怀寄微之》），李商隐的"嵩云秦树久离居，双鲤迢迢一纸书"（《寄令狐郎中》），均从杜诗化出，后者更是可与杜甫此诗相媲美的名作。

尾联双绾以上两层意思作收：什么时候，才能重逢把酒，细论诗文呢？唐代是一个诗的时代，朋友之间作别赠诗，重逢谈诗，是唐人诗意生活的重要内容，更何况是诗友兼知音的重逢和把酒论诗呢？只有设身处地去想象那个浸透浓郁诗歌氛围的时代，才能真正体会到这两句诗中所充溢着的浓郁诗情和深挚友情。

在杜甫的五律中，这大概是写得最不着力、最自然流丽的作品，通篇看不到任何锤炼的痕迹，但却在一片神行中充满了深浓的情思，具有令人神远的意境。应该说，这仍然是典型的盛唐之音。

月　夜①

今夜鄜州月②，闺中只独看。遥怜小儿女，未解忆长安③。香雾云鬟湿④，清辉玉臂寒。何时倚虚幌⑤，双照泪痕干?

①天宝十五载（756）六月，潼关失守，杜甫携家逃难至鄜州之
羌村。八月，闻肃宗在灵武（治今宁夏灵武西南）即位，只身奔赴，
途中为叛军所俘，押送至已沦陷之长安。此诗即是年八月对月思念妻
子儿女之作。②鄜（Fū）州，关内道鄜州洛交郡，治所在今陕西富
县，南距长安四百七十七里。③未解，不懂得。"忆长安"意可兼指
小儿女与妻子之忆。忆，思念。④香雾，形容妻子云鬟上涂抹的膏沐
使笼罩着她的雾似乎也带上了香气。⑤时，《全唐诗》校："一作当。"
虚幌，薄而透明的窗帷。

［笺评］

刘克庄曰：如《月夜》诗云："香雾云鬟湿，清辉玉臂寒"，则闺
中之发肤，云浓玉洁可见。又曰："何时倚虚幌，双照泪痕干。"其笃
于伉俪如此。（《后村诗话》）

刘辰翁曰：愈缓愈悲，俯仰具足。（"未解"句下批）（《唐诗品
汇》卷六十二引）

方回曰：八句皆思家之言，三、四及"儿女"，六句全是忆内，
与乃祖诗骨格声音相似。（《瀛奎律髓》卷二十二）

钟惺曰："泪痕干"，苦境也，但以"双照"为望，即"庶往共饥
渴"意。（《唐诗归》）

谭元春曰："遍插茱萸少一人""霜鬓明朝又一年"，皆客中人遥
想家中相忆之词，已难堪矣。此又想其"未解忆"，又是客中一种愁
苦。然看得前二绝意明，方知"遥忆""未解"之趣。（同上）

王嗣奭曰：意本思家，而偏想家人之思我，已进一层。及念及儿
女不能思，又进一层。须溪云："愈缓愈悲。"是也。"云鬟""玉
臂"，语丽而情更悲。至于"双照"，可以自慰矣，而仍带"泪痕"说，

与泊船悲喜、惊定拭泪同，皆至情也。又曰：鬟湿臂寒，看月之久也；月愈好而苦愈增，语丽情悲。末又想到聚首时对月舒愁之状，词旨婉切，见此老钟情之至。（仇兆鳌《杜少陵集详注》引）

冯舒曰：只起二句，已见家在鄜州矣。第四句说身在长安，说得浑合无迹。五、六紧应"闺中"，落句紧接"鄜州""长安"。如此诗是天生成，非人工碾就，如此方称诗圣。（《瀛奎律髓汇评》引）

王士禛曰：不言思儿女，情在言外。（《五色批本杜工部诗集》引）又曰：五、六二语不喜之。（同上）

吴庆百曰：苦语写来不枯寂，此盛唐所以擅场也。又曰：《月夜》奇妙。盖身在贼中而心思家室，代闺人言之也。"未解忆长安"，言不知长安消息，知汝父存亡何如。下代闺人，与月相并而论，凄绝痛绝。（《杜诗镜铨》引）

仇兆鳌曰：公对月而怀室人也。前说今夜月，为"独看"写意。末说来时月，以"双照"慰心。（《杜少陵集详注》卷四）

吴瞻泰曰：怀远诗说我忆彼，意只一层；即说彼忆我，意亦只两层。唯说我遥揣彼忆我，意便三层，又遥揣彼不知忆我，则层折无限矣。此公陷贼中，本写长安之月，却偏陡写鄜州之月。本写自己独看，却偏写闺中独看，已得遥揣神情。三、四又脱开一笔，以儿女不解忆，衬出空闺之独忆，故"云鬟湿""玉臂寒"而不知也。沉郁顿挫，写尽闺中深情苦境。（《杜诗提要》卷七）

李因笃曰：苦语写来不枯寂，此盛唐所以擅场也。犹善画者，古木寒鸦，正是须一倍有致。（《杜诗集评》卷七引）

《拙存堂文集·杜诗纪闻》：此在长安月夜忆鄜州也。翻从鄜州说起，又不说闺中忆我，却说不解忆长安。忆鄜州，正面也；忆长安，对面也。去此两层单写旁面小儿，离奇变化，益见深情苦忆，笔法不可思议矣。王或庵先生云："'闺中只独看'之下，自应说闺中之忆长安，却接儿女二字，此借叶衬花也。"总之，古人善用反笔，善用旁笔，故有隐笔，有奇笔，今人曾梦见否？

何焯曰:"香雾云鬟湿"一联,衬拓"独"字,逼起落句,精神百倍,转变更奇。(《义门读书记》)

黄生曰:("今夜鄜州月")见地。("遥怜"二句)流水对,上下映带。("香雾"句)硬装句。(末二句)意在言外。又曰:子可言忆,内不可言忆,故题只云"月夜"。闺中虽有儿女相伴,然儿女不解见月即忆长安,我知闺中远忆长安,对月独垂清泪,香雾下而云鬟为湿,清辉照而玉臂生寒,何时人月双圆,庶几可干泪眼耳。言不忆见忆,是句中藏句法,言"干"见不干,是言外见意法。"照"字应"月"字,"双"字应"独"字。语意玲珑,章法紧密,五律至此无忝称圣矣。后人作此题,必不解入"鄜州"字,即其命题亦自不同,必云"月下忆内",题下注云:"时在鄜州"矣。不知学唐人之题,又安能学唐人之诗乎?俗解五、六径指儿女,只知承上联来耳。岂知上联正说闺中,儿女不过带见。首言"独",末言"双",紧紧相照,何曾离去半字!每叹注杜者如小乘禅,不能解粘去缚,岂能转如来正眼法藏哉!"倚",犹"傍"也。(《杜诗说》卷四)又曰:尾联见意格。结云云,则今夕天各一方,泪无干痕可知。此加一层用笔法,题是"月夜",诗是思家,看他只用"双照"二字,轻轻绾合,笔有神力。(《唐诗矩》)又曰:通首一气贯注,次联独看之故,三联实写独看,七合首句,八点"独看"。(《唐诗摘抄》卷一)

浦起龙曰:心已驰神到彼,诗从对面飞来。悲婉微至,精丽绝伦,又妙在无一字不从月色照出也。是时肃宗在灵武。自鄜北出,亦为贼得,知京畿旁邑皆戎马场矣。(《读杜心解》卷三)

沈德潜曰:"只独看"正忆长安。儿女无知,未解忆长安者苦衷也。反复曲折,寻味不尽。五、六语丽情悲,非寻常秾丽。(《重订唐诗别裁集》卷十)

纪昀曰:言儿女不解忆,正言闺人相忆耳。故下文直接"香雾云鬟湿"一联。虚谷以为未及儿女,殊失诗意。入手便摆落见境,纯从对面着笔,蹊径甚别。后四句又纯为预拟之词。通篇无一笔着正面,

机轴奇绝。(《瀛奎律髓汇评》引)

许印芳曰:《三百篇》为始祖,少陵此等诗从《陟岵》篇化出。对面着笔,不言我思家人,却言家人思我;又不直言思我,反言小儿女不解思我,而思我者苦衷已在言外。五、六紧承"遥怜",按切"月夜"。写闺中人,语要情悲。结语"何时"与起句"今夜"相应,"双照"与起句"独看"相应。首尾一气贯注,用笔精而运法密,宜细玩之。(同上引)

钱良择曰:("未解"二句)映出上"独看"也。意虽直下,字句未尝不对。(《唐音审体》)

朱之荆曰:有儿女,则不独矣,而"解忆"长安者,只有闺中一人也。五、六是对月忆远,久立无聊景象。已忆闺中,反忆闺中忆己,对面着笔,更见深厚。(《增订唐诗摘抄》)

杨伦曰:"独""双"二字,一诗之眼。(《杜诗镜铨》卷三)

邵长蘅曰:一气如话。(《杜诗镜铨》卷三引)

卢辚曰:此杜老初年始解言情之作。三、四正用形闺中独看人可念耳。五、六仍极写之,结笔正无聊作兴语。(《闻鹤轩初盛唐近体读本》)

黄叔灿曰:通首意在"只独看"三字。(《唐诗笺注》)

吴瑞荣曰:起笔平浅,后面便易见长。(《唐诗笺要》)

管世铭曰:"香雾云鬟湿,清辉玉臂寒。"伉俪之情也。(《读雪山房唐诗钞》)

李调元曰:诗有借叶衬花之法。如杜诗"今夜鄜州月,闺中只独看",自应说闺中之忆长安,却接"遥怜小儿女,未解忆长安",此借叶衬花也。总之,古人善用反笔,善用傍笔,故有伏笔,有起笔,有淡笔,有浓笔。今人曾梦见否?(《雨村诗话》)

施补华曰:诗犹文也,忌直贵曲。少陵"今夜鄜州月,闺中只独看",是身在长安,忆其妻在鄜州看月也。下云:"遥怜小儿女,未解忆长安",用旁衬之笔。儿女不解忆,则解忆者独其妻矣。"香雾云鬟""清辉玉臂",又从对面写,由长安遥想其妻在鄜州看月光景,收处作期望之词,恰好去路。"双照"紧对"独看",可谓无笔不曲。(《岘佣说诗》)

吴汝纶曰:专从对面着想,笔情敏妙。(《唐宋诗举要》卷四引)

[鉴赏]

读这首诗,要避免两个误区:一是将诗人发于自然的深挚感情理解为刻意追求用意与笔法的深曲;二是将诗人的感情神圣化,不敢面对诗中已经明显表现出来的绮思柔情。不走出这两个误区,都不可能真正了解真实的杜甫。

这是一首在战乱年代的大背景下,身处沦陷区的诗人在京城长安对月思家的诗。题为"月夜",这月便是诗中所有思绪的触发物和寄托物。但诗的一开头却似完全撇开身处长安,对月思家这层诗人原就存在的感情意绪,而直书"今夜鄜州月,闺中只独看",于是便有种种"从对面写来"一类的分析。其实,诗人这样写,完全是长安对月时自然产生的联想。由于自己身处长安,对月思家,便自然联想起在鄜州的妻子,此刻也正在对月怀想自己。在诗人来说,这原是长安对月的瞬间自然引发的感情,并非有意要运用"从对面写来"的艺术手法来表达自己思家的感情,而这种感情已自然包蕴其中了。感情深挚的夫妻之间这种由己及人的推想,完全发自内心,想到的首先是对方的处境与心情,这正是所谓深情体贴。这一联虽说直抒诗人对月时所想,但每一个词语都值得细加体味。说"今夜鄜州月,闺中只独看",则意中自有往日在鄜州乃至长安时两人共对明月的情景作为参照。彼时虽或举家逃难,或生计艰难,但总能夫妻团聚,相濡以沫,而"今夜"之鄜州月,妻子却只能一人独看了。说"闺中只独看",而己之独对长安月之意亦包于内。"独"字明写对方,实绾双方。而"看"字则"看"中含思,而思亦不单纯是思念,还包含着对对方处境的想象，安危的焦虑。"只"与"独"似重而非重，"独"强调的是一人独处的客观处境，"只"强调的是主观感情，是对这种处境的同情与体贴。"只独看"三字，直贯前三联，并暗逗结联。

"遥怜小儿女，未解忆长安。"这一联似又撇开"闺中"而另提"儿女"，其实，说小儿女不懂得思念在长安的父亲，正暗透妻子的"忆长安"。"忆长安"正是对第二句"独看"的"看"字的内涵的揭示。但这一联除暗透妻子之思念自己这层意思外，还直接流露出对小儿女的无限怜爱关切之情。小儿女不懂事，还不懂得思念处于危境中的父亲，这好像是庆幸他们的无忧无虑，实际上更透露出内心的悲悯，"怜"字中正含有深刻的意蕴。"未解"句还可以有另一层意思，即小儿女不理解母亲对远在长安的父亲的思念，这同样衬托出闺中妻子"独看"的孤寂和思念之苦。

"香雾云鬟湿，清辉玉臂寒。"这是诗人对远在鄜州的妻子今夜"独看"明月时情景的想象。由于久久凝望，思念在危城中的丈夫，不知不觉中夜已经深了，缥缈而似乎散发着香气的薄雾沾湿了如云的发鬟，月亮的清辉映照着洁白的手臂，似带寒意。"湿""寒"二字，透露出凝望驰思时间之长，不言思忆而思忆之情自深，更体现出诗人对妻子的深情体贴，虽远隔却能细致入微地体察对方的感受，"寒"字还透露出对方的凄寒孤寂处境与心境。这一联词语相当绮艳，尤其是"香雾""云鬟""玉臂"等语，几近后世香艳词中用语，以致有的评家误以为这是诗人"初年始解言情之作"，而有的评家则囿于诗庄词媚的传统观念或出于对杜甫圣贤形象的固定看法，而"不喜之"，或认为此联非写其妻。其实，此联紧承"只独看"与"忆长安"，其所指对象极明显。关键是对杜甫其人，脑子里已经形成了严肃而稍带迂腐的印象，觉得如此绮艳的字眼用在年过四十的妻子身上，未免过于浪漫而不符合脑子里的杜甫形象罢了。其实，真正的杜甫是一个感情极真挚、极深厚、极丰富的诗人，无论对国家、人民、君主、朋友、妻子儿女乃至自然界的一切美好事物，都怀有至深至浓的感情。杜诗感染力之强烈而持久，这是一个至关重要的因素。梁启超说杜甫是"情圣"，这是独到而深刻的见解，既如此，在思念妻子的诗里既表现出自己的深情体贴，又表现出想象中妻子的美丽，就完全合乎情理，也符合杜甫的实际。王嗣奭说这一联"语丽而情更悲"，固然不错，但情悲与对妻子的怜爱并不矛盾，与写妻子形象的美丽也并不冲突。相反，这倒是给思念之深之苦增添了一点温婉清丽的色彩，使诗情诗境变得更加丰富动人了。

末联即由深长的思念引出，由"独看"思忆之苦之深引出对"双照"的热烈期盼。"倚虚幌"，即倚窗望月之省，但这回不再是"独看"，而是合家团圆，夫妻重聚，在明月清辉的映照下，双双拭去悲喜交集的泪痕了。说"双照泪痕干"，则今夜长安、鄜州两地对月，因思念而泪不干的情景自在言外。"倚虚幌""双照"之语，想象中带有温煦的期盼；而"何时"一语，又在热烈期盼中带有渺茫无期的叹息。感情复杂，情味隽永。

全篇没有一字直接写到战乱的背景，但这绝非一般情况下的夫妻离别和相互思念。透过"只独看""忆长安""泪痕干"等词语，可以感受到在长安、鄜州的阻隔中隐现出战乱的特殊氛围，联系杜甫在沦陷的长安城中所目睹耳闻的一系列战乱造成的残破景象和令人触目惊心的事物（像《春望》《哀江头》《哀王孙》《悲青坂》《悲陈陶》诸诗中所描绘的那样），可以体味出在"独看""忆长安"中所包含的干戈离乱中特有的担心与焦虑、惶恐与不安。这正是此诗比一般写夫妻离别思念的诗更深挚动人的原因。

春　望①

国破山河在②，城春草木深③。感时花溅泪，恨别鸟惊心④。烽火连三月⑤，家书抵万金。白头搔更短⑥，浑欲不胜簪⑦。

①春望，此指春天登高眺望（长安城）。作于唐肃宗至德二载（757）三月，杜甫在沦陷的京城长安期间。②国破，国家残破。或谓"国"指京城长安，疑非。当时的中国北方大部分地区已在安史叛军铁蹄蹂躏之下，不仅是国都沦陷而已。如解为国都，与"山河在"配搭不上。③春城的"春"与上句"破"字对文，带有动词意味。"城春"指春天又到来了长安城。草木深，形容草木因无人修整，杂乱荒芜。④时，指时局、时事。二句谓因有感于国家残破的艰难时局而看花溅泪，因怀家人离散之恨而听鸟惊心。⑤连三月，有二解：一谓从去年三月到今年三月，一谓春天中接连的三个月。似以后解为优。因为从去年三月到八月，杜甫一直和家人在一起，不存在"家书抵万金"的问题。⑥搔，指因忧愁焦虑而下意识地用手搔头。⑦浑，简直。不胜，不能承受。鲍照《拟行路难》："白发零落不胜冠（按：《草堂诗笺》作"簪"）。"

[笺评]

司马光曰：古人为诗，贵于意在言外，使人思而得之，故言之者无罪，闻之者足以戒也。近世诗人，唯杜子美最得诗人之体。如"国破山河在，城春草木深。感时花溅泪，恨别鸟惊心"。山河在，明无馀物矣；草木深，明无人矣。花鸟，平时可娱之物，见之而泣，闻之而悲，则时可知矣。他皆类此，不可遍举。（《温公续诗话》）

方回曰：此第一等好诗，想天宝、至德以至大历之乱，不忍读也。（《瀛奎律髓》卷三十二）

刘辰翁曰：更深更长，乃不及此。（《李杜二家诗钞评林》引）

赵汸曰："烽火"句，应"感时"；"家书"句，应"恨别"。但下句又因上句而生。发白更短，愁乱思家所致。（仇兆鳌《杜少陵集

详注》卷四引)

唐汝询曰：此禄山陷京师，子美在贼而作。国破无馀，所存者山河耳。城者，民人所居，当春而多草木，则无噍类矣。花鸟所以消愁，今遇之而溅泪惊心，情绪可知也。盗多烽火，音书隔绝。日搔其发，至于短不胜簪，非无聊之极耶！（《唐诗解》卷三十四）

钟惺曰：（"感时"二句）所谓"愁思看春不当春"也。（"家书"句）此句烂熟，入口不厌，于此更见身份。（《唐诗归》）

陆时雍曰：语语气浑。（《唐诗镜》）

周珽曰：末句流离老困，空自兴怀。又曰：气浑语楚。（《删补唐诗选脉笺释会通评林·盛五律》）

王嗣奭曰：落句方思济世，而自伤其志。簪，朝簪也。公诗有"归朝日簪笏"之句。（《杜臆》）

胡应麟曰：唐五言（律）多对起，沈、宋、王、李，冠裳鸿整，初学法门，然未免绳削之拘。要其极至，无出老杜，如"国破山河在，城春草木深"……浓淡深浅，动夺天巧，百代而下，当复无继。（《诗薮·内编·近体中》）

吴乔曰："国破山河在，城春草木深"，言无人、物也。"感时花溅泪，恨别鸟惊心"，花鸟乐事而溅泪惊心，景随情化也。"烽火连三月，家书抵万金"，极平常语，以境苦情真，遂同于六经中语之不可动摇。（《围炉诗话》卷二）

陆辛斋曰：觉四十字更不可复益。（《杜诗集评》引）

邵长蘅曰：全首沉痛，正不易得。（《五色批本杜工部集》引）

查慎行曰：杜诗后人引作故实者，如"万金"，"屋乌"之类，不必更寻出处也。（《杜诗集评》引）

李天生曰：此诗之妙，前贤已悉言之，然正取景色相涵，不呆为情事刻语也。（同上）

吴庆百曰：促节急拍，自道苦肠，人皆知此怀，不能道出。（同上）

吴昌祺曰：从"搔首"透一步，而不复言明忧闷。(《删订唐诗解》)

黄生曰：簪，搔头具也。鲍照诗："白头零落不胜簪。"此诗诸家竞选，反以为熟减价，兼语意亦少含蓄。有怪予不收此作者，以卢纶《长安春望》七言一律示之。(《杜诗说》卷十二)

仇兆鳌曰：此忧乱伤春而作也。上四春望之景，睹物伤怀。下四，春望之情，遭乱思家。(《杜少陵集详注》卷四)

佚名曰：写春望离乱，偏用"花溅""鸟惊"字面，使其情更悲，而其气仍壮，故能异于郊寒岛瘦，而与酸馅蔬笋者异矣。(《杜诗言志》卷三)

何焯曰：起联笔力千钧……"感时"心长，"恨别"意短，落句故置家言国也。匡复无期，趋朝望断，不知此身得睹司隶章服否，只以"不胜簪"终之，凄凉含蓄。(《义门读书记》)

浦起龙曰：温公说是诗有人、物散亡，意在言外之叹。赵汸说是诗明照应相生、引伸作法之端。其实词旨显浅，不须疏解。(黄)鹤云："三月"，季春三月也。按：自禄山祸起，至此已一年馀，鹤说良是。但如此则不成句法矣。考史：上年之春，潼关虽未破，而寇警不绝。此云"连三月"者，谓连逢两个三月。诗作于季春，故云然耳。(《读杜心解》卷三)

纪昀曰：语语沉着，无一毫做作，而自然深至。(《瀛奎律髓刊误》)

黄叔灿曰："搔更短""不胜簪"，总不肯寻常下一语。(《唐诗笺注》)

张谦宜曰："烽火连三月，家书抵万金"，侧串乃见其妙。(《𬤇斋诗谈》)

沈德潜曰："溅泪""惊心"，转因花、鸟，乐处皆可悲也。又曰：五、六直下。(《重订唐诗别裁集》卷十)

施补华曰："感时花溅泪，恨别鸟惊心"，"无风云出塞，不夜月临关"，是律句中加一倍写法。(《岘佣说诗》)

王闿运曰：此等悲壮句，杜所独擅。(《手批唐诗选》)

陈衍曰：老杜五律，字调似初唐者，以"国破山河在"一首为最。(《石遗室诗话》)

吴汝纶曰：字字沉着，意境直似《离骚》。(《唐宋诗举要》卷四引)

[鉴赏]

这是杜甫在沦陷了的京城长安写的一首感时恨别的五律。从头一年八月身陷长安到写这首诗时，已经八个月了。因为诗是写春天登高眺望长安时的所见所感，故题为"春望"。

"国破山河在，城春草木深。"起联正面点明题目"春望"，"山河""草木"都是望中所见。"国破"点明特定的时代背景，"春"点明时令。国家残破了，山河还依然在目；春天又来到了长安城，眼前所见却是草木丛生，一片荒芜景象。两句感情深沉凝重，表现凝练含蓄。"国破"二字当头喝起，概括了自天宝十四载（755）十一月安禄山从范阳起兵反叛，长驱南下，连续攻陷洛阳、潼关、长安，玄宗仓皇奔蜀，北中国的大片国土沦于叛军铁蹄之下的惨状和人民遭到的巨大灾难，为全诗抒情写景提供了一个大的时代背景。"山河在"，表面上是说，山河还存在，还依然如故，但这里面却包蕴深厚丰富，感慨深沉凝重，关键就在句末那个看来很平常的"在"字，当它和"国破"一联系起来，就有了特殊的含义：山河虽然还在，但诗人所熟悉和热爱的某些最宝贵的东西已经不在了；山河虽然似乎没有变化，但社会面貌却发生了沧桑巨变。杜甫亲身经历的"开元全盛日"，已经随着"国破"而"不在"了。山河不改，而江山易主。沦陷了的长安城，看到的是"群胡归来血洗箭，仍唱胡歌饮都市"的景象；放眼河山，则"青是烽烟白是骨"。因此这"在"正透露出另一面的"不在"，曲折含蓄而又沉痛，表达了诗人对国家人民所遭受的历史灾难的深沉感慨。

春天的长安城，本来是一片花团锦簇般的繁华景象。而现在呢？

登高眺望，唯见"草木深"而已。这一"深"字也同样看似平易而实则十分锤炼。草木繁茂葱郁，本是春天特有的景象，平常它给人的感受是生机蓬勃，但着一"深"字，却变繁茂葱郁为杂乱丛生，变生机蓬勃为荒芜凄凉。满目春光，反而成了长安城萧条冷落的突出标志。从这里可以联想到遭受安史叛军洗劫焚烧后的长安城，到处是一片废墟，杳无人迹，寂无人烟，几乎变成一座死寂的空城了。而诗人目接此景时那种今昔盛衰的深沉感慨，触目惊心的强烈感受，也统统熔铸在这个"深"字当中。

"感时花溅泪，恨别鸟惊心。""感时"的"时"特指时局，即国家残破的局面；"恨别"，即因长期与家人离别而抱恨。杜甫当时独自困居沦陷了的长安，一家老小则在鄜州，存亡未卜。"花""鸟"二字之前实际上分别省略了"看"字"闻"字。两句互文，意谓由于感慨国事，深悲别离，因此看到花开反而溅泪，听到鸟鸣反而心惊。"感时"承上二句，"恨别"启下二句。花、鸟，紧扣题内"春"字，花开、鸟鸣，正春天登眺所见所闻。这本是使人心情愉悦的景象，但在国破、家散的情况下，反而引起内心的强烈悲痛。因为它和整个时代环境（国破），和眼前长安城的一片荒芜萧条的景象（草木深），和自己因感时恨别而陷于无限伤痛的感情太不协调了。它不但没有给整个环境增添一点明朗欢乐的色彩，反而因为与环境的不协调而使诗人感情上受到强烈的刺激。因而情不自禁地"溅泪""惊心"。"溅"字、"惊"字，正透露出花开鸟鸣给予诗人的刺激何等强烈！有一种理解认为"花溅泪""鸟惊心"是拟人化的写法，但说带露的花好像在流泪似可理解，说鸟鸣声透露出心惊就难以想象。这一联和上一联，从创作过程来说，都是触景生情，但在表现手法上却并不雷同。首联是寓情于景，这一联是借景抒情。

"烽火连三月，家书抵万金。""烽火"亦登望所见，即前引"青是烽烟白是骨"的景象，"连三月"则正紧扣题内"春"字，此句承"国破""感时"。"家书"句承"恨别"。杜甫《述怀》中说："去年潼关破，妻子隔绝久……自寄一封书，今已十月后。反畏消息来，寸心亦何有！"这首诗写于至德二载（757）初夏，可证杜甫困居长安沦陷区时确曾写信寄往鄜州，但一直得不到回信，故有"家书抵万金"的感慨。这一联用流水对，上句"感时"，下句"恨别"，上句是因，下句为果。两句一意贯串，着重写"恨别"，国事、家事紧密相联。"连"字"抵"字，都是锤炼而不露痕迹的字眼，前者突出战火的连绵不断，并给人以烽火满目的视觉形象；后者突出切盼家书的感情之强烈和家书的可贵。只有像杜甫这样，经历过国破家散的痛苦磨难，才能深切理解其感情的深沉厚重。

"白头搔更短，浑欲不胜簪。"杜甫这一年才四十六岁，正值壮岁。由于长期在沦陷的长安城困居，目击时艰，忧伤国事，思念家人，存亡未卜，精神痛苦，头发几乎全白了。（《北征》诗云："况我堕胡尘，及归尽华发。"）由于心情忧郁愁闷，不断搔头，原本就逐渐稀疏的白发越来越短越少，简直连发簪都快承受不住了。从"白头搔更短"的描绘中，正透露出诗人面对国难家离，忧心如焚的情态。这里虽未明写"望"字，但出现在我们面前的却是一个在凝望中带着深沉忧郁神情搔首踟蹰的诗人形象，用杜甫自己的诗句来形容，那就是"白头吟望苦低垂"。

这首诗是杜甫伤时感乱之作的优秀代表。它在内容上的一个显著特点，就是对国家前途命运的悲慨和对个人命运的悲叹水乳交融般地联为一体。正因为"国破"，所以诗人不仅深刻体验到国土沦亡的悲痛，山河易主的悲愤，体验到这场战乱对和平繁荣局面的巨大破坏，而且饱尝了颠沛流离、妻离子散的痛苦。他的"感时"之痛既为国家的灾难而发，同时也为千千万万像他一样饱受战乱之苦的人民而发；他的"恨别"之情既是个人的，同时也代表了广大遭受战乱之苦的普通人的感情，是属于整个时代的。由于二者的水乳交融，诗里所抒写的"感时"之痛就有深厚的生活基础，所抒写的"恨别"之情也就具有普遍的时代意义。"烽火连三月，家书抵万金"，明明是写诗人自己在战乱中切盼家书的感情，但读者从中却感受到所有和杜甫有类似遭遇处境的人们的共同心声。之所以将它作为内容的特点而不是表现手法的特点提出来，是因为并非杜甫刻意用什么手法将二者捏合在一起，而是生活本身使诗人深切感受到国难与家愁之密不可分，因此很自然地将国破的感时之痛与家离的恨别之情融为一体。

诗的情调虽然深沉凝重，但并不绝望。"国破山河在，城春草木深。"尽管深痛国家的残破、山河的蒙难、京城的荒凉，但神州大地仍然存在，恢复仍存希望，"神尧旧天下，会见出腥臊"的企望同样蕴含在字里行间。最深刻的痛苦总是缘于最深挚的爱。杜甫对国家、对生活、对家人的热爱使他在最艰困的情况下也永不绝望。从感时恨别的忧愤中正透露出对胜利、对和平团聚生活的渴望。

这首诗所写的是"国破"这样一个特定的时代背景，"春"天这样一个特定的季节中诗人的感时恨别之情。"国破"与"春"二者之间就构成一种矛盾，为反衬手法的成功运用创造了条件。具体来说，就表现为在春天这样一个富于生机的季节，诗人面对的却是国家和山河的破碎、长安城的荒凉、连绵不断的烽火，从而构成极尖锐的矛盾；花、鸟作为春天的标志，本当使人愉悦，但因"感时""恨别"却反而增悲添恨。总之，"国破"的时代大背景使"春望"所见之景成为"感时""恨别"之情的有力反衬，这正是"以乐景写哀，以哀景写乐，一倍增其哀乐"的艺术辩证法。而"国破"所包含所引发的种种令人伤痛悲慨的情事，又使诗的情、景和事既矛盾对立，又融合统一，构成有机的整体。

喜达行在所三首 (其二)①

愁思胡笳夕，凄凉汉苑春②。生还今日事，间道暂时人③。
司隶章初睹④，南阳气已新⑤。喜心翻倒极，呜咽泪沾巾⑥。

[校注]

①题下原注："自京窜至凤翔。"仇兆鳌《杜少陵集详注》题作《自京窜至凤翔喜达行在所》，题下校云："从《英华》，诸本无上六字。"按《文苑英华》卷一百九十题作《喜达行在所三首》，题下原注："自京窜至凤翔。"与本集诸本全同，不知仇氏所称《英华》系何种版本。此三首作于肃宗至德二载（757）四月及五月。是年二月，肃宗行在（皇帝外出巡游临时驻扎之地）自彭原移至凤翔（今属陕西），杜甫于四月由长安冒险前往投奔肃宗。五月被任命为左拾遗。此三诗未必同时作，第一首作于刚到时，第二首作于初到见行在新气象时，第三首则作于授官之后。所选的系其中的第二首。行在所，本指天子所在之地。《汉书·武帝纪》"征诣行在所"颜师古注："天子或在京师，或出巡游，不可豫定，故言行在所耳。不得亦谓京师为行在也。"故后专指皇帝外出巡游时所在之地。②此二句历来注家均解为追忆身陷长安时愁苦境况，谓向夕则闻胡笳之声而愁思难堪，当春则见汉苑春色而倍感凄凉。汉苑指曲江、芙蓉苑等地，下句犹"江头宫殿锁千门，细柳新蒲为谁绿"之意。此解固可通。但此三首组诗，内容上按时间先后次序有明确分工。第一首写自京逃奔凤翔途中情景。第二首写刚到行在所时所闻所见所感。第三首则写授官后的感触。第一首结尾已提及"所亲惊老瘦，辛苦贼中来"，说明已到凤翔初见亲知。第二首开头两句似不应再回叙陷贼时情景。疑此二句乃写初达凤翔时所见所闻，详下笺评、鉴赏。愁，《全唐诗》校："一作秋。"汉苑，借指唐代官苑。③间（去声）道，走偏僻的小道。暂时人，暂时为人，形容随时都会遇到生命危险。④司隶，此指汉光武帝刘秀，借比肃宗。《后汉书·光武纪》："更始（更始帝刘玄）将北都洛阳，以光武行司隶校尉，使前修整官府。于是致僚属，作文移，从事司察，一如旧章。三辅吏士……及见司隶僚属，皆欢喜不自胜。老吏或垂涕

曰：'不图今日复见汉官威仪。'由是识者皆属心焉。"章，典章制度。谢朓《始出尚书省诗》："还睹司隶章，复见东都礼。"⑤南阳，汉光武帝起兵之地。《后汉书·光武帝纪》："（王）莽末，天下连岁灾蝗，寇盗锋起，诸家宾客多为小盗。光武避吏新野，因卖谷于宛（属南阳郡）。宛人李通等以图谶说光武云：'刘氏复起，李氏为辅。'光武初不敢当，然独念兄伯升素结轻客，必举大事，且王莽败亡已兆，天下方乱，遂与定谋，于是乃市兵弩。十月，与李通从弟轶等起于宛。"又："望气者苏伯阿为王莽使，至南阳，遥望见春陵郭，唶（叹）曰：'气佳哉！郁郁葱葱然。'"光武帝为南阳蔡阳人，此以"南阳"指肃宗行在所凤翔。⑥二句谓因目睹中兴气象激动喜悦之极，不禁呜咽流涕。翻倒，犹翻转。极，极点。泪，《全唐诗》校："一作涕。"

[笺评]

刘辰翁曰：（"间道"句）五字可伤。即"旦暮人"耳。"暂时"，更警。（"司隶"四句）此岂随人忧乐语。（《唐诗品汇》卷六十二引）

赵汸曰：题曰"喜达行在所"，而诗多追说脱身归顺，间关跋涉之情状，所谓痛定思痛，愈在于痛时也。（仇兆鳌《杜少陵集详注》卷五引）又曰：先言"生还"，亦倒装法。以光武中兴比肃宗兴复，所喜在此。（《删补唐诗选脉笺释会通评林·盛五律下》引）

钟惺曰：（"生还"二字）此意他人十字说不出。（末二句）喜极而泣，非实历不知。（《唐诗归》）

王嗣奭曰："胡笳""汉苑"，追言贼中愁悴之感。直到今日，才是生还，向在"间道"，不过"暂时人"耳。说得可伤。"司隶"二句，以光武比肃宗之中兴。喜极而呜咽者，追思道途之苦，以死得生也。（《杜臆》）

周珽曰：少陵心存王室，出自天性。故身陷贼中，奋不顾死，间关归朝。虽悲喜交集，人情固然，而一腔忠爱无已。如此三诗，神骨

意调具备。(《删补唐诗选脉笺释会通评林·盛五律下》)

黄生曰:("愁思"二句)对起。("生还"二句)倒叙联。("间道"句)承首句。("司隶"二句)借古为喻。("南阳"句)折腰句。又曰:前叙贼中脱走事,后叙喜达行在意。无夕不然曰"夕",已经改岁曰"春"。四写冒险脱走,语简而意透,然不得上句,亦托不出。"间道暂时人",意中必死;"书到汝为人",意外幸生。皆善述离乱之苦者。七、八真情实语,亦写得出、说得透。从五、六读下,则知其悲其喜,不在一己之死生,而关宗室之大计。此章若答所亲之语。(按首章末联云:"所亲惊老瘦,辛苦贼中来。")又曰:当时陷贼者无数,而奔赴行在者,惟子美一人。其为此计,实出万死一生,得达行在者,幸耳。由此观之,诸人之不敢轻窜者,非畏死乎?推子美拼死之心,设贼污以伪官,知必以死相拒,不若王(维)、郑(虔)辈隐忍苟活也。然而伪命不及者,以布衣初膺末秩,名位甚微,故得免于物色。为公计者,潜身晦迹,以待王师之至,亦何不可?而必履危蹈险,以归命朝廷,岂非匡时报主之志,素存于中,不等诸人之碌碌,故虽履虎涉冰而不恤乎!不幸遭猜忌之主,立朝无几,辄蒙放弃,一腔热血,竟洒于屏匽之内。肃之少恩,岂顾问哉!(《杜诗说》卷四)

仇兆鳌曰:(首章,自京赴凤翔),下二章,喜达行在所。此承上"贼中来",故接以"愁思胡笳夕"。今日生还,得睹中兴气象,间道暂免,尚觉呜咽伤心。三、四分领。下段,说出喜极而悲。苑中花木之地,春尚凄凉,以胡骑蹂躏其中也。"暂时人",谓生死悬于顷刻。又曰:今按,首章曰"心死",次章曰"喜心",末章曰"心苏",脉络自相照应。首章见亲知,次章至行在,末章对朝官,次第亦有浅深。(《杜少陵集详注》卷五)

李因笃曰:三诗于仓皇情事写得到,推得开,老气横披,真绝调也。摹写处觉人人意中所有,笔下所无,如太史公神到之篇,使读者可歌可泣。(《杜诗集评》卷七引)

浦起龙曰:题眼在一"喜"字,三章逐层下。一章,从未达前落到初达，是"喜"字根苗。又曰：二章，写初达时之情事气象，是"喜"字正面。前首从未达起也，却预忆行在。此则写初达之情矣，起反转忆贼中，笔情往复入妙。三、四，洗发"窜至"二字。而此四句正对"所亲惊老瘦"，作叹息声也。五、六，明写"达"，暗写"喜"。七、八，明言"喜"，反说"悲"。而喜弥深，笔弥幻矣。此为"喜"字点睛处，看翻点法。（《读杜心解》卷三）文章有对面敲击之法，如此三诗写"喜"字，反详言危苦情状是也。言言着痛，笔笔能飞，此方是欲歌欲哭之文。（《读杜心解》卷三）

何焯曰：按上"贼中来"。忽贼中，忽行在，笔势出没无端。（"愁思"句下评）（《义门读书记》）

杨伦曰：（"生还"句）沉着语，有深痛。昨日还未知决有是事。（"间道"句）当时犹不知是人是鬼也。末句言喜极反悲也。（《杜诗镜铨》）

邵长蘅曰：（"司隶"句）接得气色。（《杜诗镜铨》卷三引）

吴汝纶曰：（"间道"句）五字惊创独绝。（《唐宋诗举要》卷四引）

[鉴赏]

这是组诗的第二首。第一首写间道奔赴凤翔途中情景，末联云"所亲惊老瘦，辛苦贼中来"，写乍到时旧知见其老瘦惊怪之状，己则告以历尽辛苦艰危刚从贼中逃出，系写终脱虎口之"喜"。第二首接写到达后见闻感触，正是顺理成章。

"愁思胡笳夕，凄凉汉苑春。"首联写乍到之夜，听到军中胡笳之声，犹疑身在贼中，不免勾起愁思，至晓而睹见行在春色，仍不免有凄凉之感。较之肃宗初即位之灵武，凤翔固为近畿郡府，但其时京西地区仍为战场，行在虽有临时宫苑作为中央政府办事之地，但总较简陋，故有凄清之感，此正与太平盛世之长安宫苑鲜明不同。杜甫到时正当四月，春季刚过，但郊野绿遍，有春色仍在的感觉也很自然。两句一写夕闻，一写朝见，夕闻犹疑贼中，朝见始知已在凤翔。两相对照，有一种恍惚和疑幻疑真之感，这就自然引出下联的感慨。

"生还今日事，间道暂时人。"两句若用通常的方式顺叙，应当是"间道暂时人，生还今日事"（姑不考虑平仄押韵），但不免情味大减，关键在于"生还"句是紧接首联写夕闻朝见时那种恍恍惚惚、疑真疑幻的感觉写的。诗人身虽已在凤翔，但总有点不大相信这是真事。等到清楚意识到自己已到达日夜盼望的行在时，这才认定自己的确是"生还"了。说"生还今日事"，正透露出"今日"之前根本想不到竟能脱虎口而生还，其中既有今日竟能生还的意外庆幸和欣喜，更有对过去长达八个月的陷城经历不堪回首的悲慨和在此期间濒于绝望的心情。而紧接着的"间道暂时人"，不但本身极生动传神地描绘出了间道窜行时那种随时随地都可能遇到危险、悬生命于一线的惊恐感受，与上句连读，更表现出一种危定思危、不堪回首的心态，一种痛定思痛的悲哀。"暂时人"之语，确实是古今未有的独创语，没有深切乃至痛切的生活体验，断乎不能创此奇辟之语。但这两句诗不但纯用白描，而且纯用极朴质的口语，可谓真正的"用常得奇"的范例。后来像陈后山学杜，就专学此种，但较之杜诗，仍显用力着意之痕。

"司隶章初睹，南阳气已新。"腹联变白描为用典。两句均用汉光武帝事，以喻肃宗中兴，极为贴切。"章"指典章制度。《诗·大雅·假乐》："不愆不忘，率由旧章。"这里指设在凤翔行在临时中央政府建立的典章制度已经初具规模，说"初睹"是指诗人而言。其中透露出一种新鲜感、欣喜感。尽管"章初睹"，诗人却又敏锐地感受到新朝廷所显现的郁郁葱葱、充满生机的新气象，故说"南阳气已新"。"初""已"两个虚字，前后呼应。前者或见之具体的制度规章乃至街市秩序的井然安然，后者则是实中见虚，从具体的现象中感受其蓬勃生机和无限希望了。其时朝廷正议收复两京，行在由彭原迁凤翔，正是为了靠前指挥，表明朝廷的信心，诗人从中感到中兴有望，气象已新应非虚语。从"间道暂时人"的极悲转到腹联的新鲜、喜悦、庆幸之感，诗情起伏转折幅度很大，但这种新鲜、喜悦、庆幸之感又正缘"间道"奔赴行在时的危惧感和思想此情景时的痛切感而生，故转折又很自然合理。

"喜心翻倒极，呜咽泪沾巾。"末联紧承腹联，明点题内"喜"字，但这"喜"却不是一般单纯的喜，而是"喜心翻倒极"的同时情不自禁地"呜咽泪沾巾"之喜。前人每说此联为喜极而悲。此说固然不错，但需要说明的是，并不是任何喜（包括喜到极点的狂喜）都能转化成悲、引发出悲。必须是在"喜"之前经历过一系列刻骨铭心的大悲，才会出现"呜咽泪沾巾"的情况。仇兆鳌说"今日生还，得睹中兴气象，间道暂免，尚觉呜咽伤心"，似乎呜咽伤心，只是因为在目睹中兴气象时忆及间道逃奔行在途中危险惊惧之苦况，未免将诗人之悲理解得太狭隘了。国家的中兴，是杜甫长期以来梦寐以求的理想。天宝以来政治的腐败，形成国家深重的危机和百姓长期服役及酷重赋税的痛苦，也给自己的生活带来长期的困窘和屈辱；安史乱起，更亲历国家残破、生灵涂炭、京城焚掠的巨大灾难，自己则辗转逃难、被困贼中、家人远隔、生死未卜。这种种悲痛，加上间道奔窜时命悬旦夕的危险境况，在目睹行在新气象时都百感交集，一齐涌上心头，这才使得他在一瞬之间悲从中来，不能自已，而"呜咽泪沾巾"了。大喜之后的大悲，正源于大喜之前的深悲巨痛，这深悲巨痛，首先是国家民族、百姓人民之痛，而不仅仅是一己之痛。杜甫诗中，抒写此类情绪，最为感人，如"老妻怪我在，惊定还拭泪"，"剑外忽传收蓟北，初闻涕泪满衣裳"等皆为人传诵，此实缘于生活体验之深刻，遂自然流出，非关文字技巧。

秦州杂诗二十首 (其七)①

莽莽万重山②，孤城山谷间③。无风云出塞，不夜月临关④。属国归何晚⑤，楼兰斩未还⑥。烟尘独长望⑦，衰飒正摧颜⑧。

[校注]

①秦州，唐陇右道州名。天宝元年（742）改为天水郡，乾元元年（758）复为秦州，治上邽县。今甘肃天水市。因关中饥馑，加上对朝政的失望，杜甫于乾元二年七月，弃去华州司功参军的官职，携家远赴秦州，在秦州居住了三个月左右。《秦州杂诗二十首》是他在秦州期间创作的大型五律组诗，本篇是组诗的第七首。②万重山，指秦州周围的山。《元和郡县图志》载："嶓冢山，在（上邽）县西南五十八里。"其西南有朱圉山，东北有大陇山、小陇山。陇山高约二千余米，山势陡峻。③孤城，指秦州州治上邽县。城北濒渭水，四周均山，故云"孤城山谷间"，秦州向为西边军事重镇。④关，泛称秦州城的城门，非指陇关。⑤属国，用汉苏武出使匈奴被囚困十九年始归汉，拜为典属国（主管外交事务的官）之事。事见《汉书·苏武传》。此以"属国"借指唐廷出使吐蕃的使臣。⑥此句用傅介子斩楼兰王首而归事，事见《汉书·傅介子传》。参王昌龄《从军行》（青海长云）注④。⑦长望，（向西）极望。⑧衰飒，景象衰败萧索貌。摧颜，使人面容忧愁。

[笺评]

赵彦材曰：风飘则云散，故"云出塞"。以其无风月临关，所以"不夜"。（《九家集注杜诗》）

李维桢曰：无风塞、不夜城，本色。（《唐诗隽》）

唐汝询曰：此亦哀时作也。秦州城在山谷之间，山气奔腾，故无风而云自出关门。"不夜"，以月之方临也。时李之芳出使为吐蕃所留，故用"属国""楼兰"事，因言己方哀时，远望而秋气正深，徒使容颜憔悴耳。（《唐诗解》卷三十四）

钟惺曰：（"无风"二句）奇语不厌共知。（《唐诗归》）

周珽曰：起见秦州地形，次见关塞气象。三以古事见时事。（《删补唐诗选脉笺释会通评林·盛五律》）

赵云龙曰：寄意深远。（同上引）

王嗣奭曰：时吐蕃作乱，征西士卒，络绎出塞。出则虽无风而烟尘随以去，故云"无风云出塞"。边关入夜，人烟阒寂，白沙如雪，兼之秋冬草枯木脱，虽夜不黑，常如有月，故云"不夜月临关"。非目见不能描写至此。刘云："妙处举目得之。"钟云："奇语，不厌共知。"说梦可笑。"属国"正谓吐蕃，属国未归，将士无功未还，所以有出塞之云，无入塞之云也。（《杜臆》卷三）

毛先舒曰：昔人称老杜字法，如"碧知湖外草，红见海东云"，句法如"无风云出塞，不夜月临关"。余谓此等皆杜句之露巧者，浑读不妨大雅，拈出示人，将开恶道。（《诗辩坻》）

邵长蘅曰："无风""不夜"，不着地名解更警。（《五色批本杜工部集》引）

吴庆百曰：上四句画出边城。"无风""不夜"，正不以事实为佳。（同上引）

仇兆鳌曰：咏使臣未还也。山多，故无风而云常出塞；城迥，故不夜而月先临关。二句写出阴云惨淡、月色凄凉景象。下则有感于时事也。往属国者未归，岂为欲斩楼兰乎？故四望而忧形于色耳。按：之芳出使在大历间，不在乾元时。（《杜少陵集详注》卷七）

张谦宜曰："无风云出塞，不夜月临关。"二字一逗，三字一逗，下申上法。（《𬘓斋诗谈》）

吴昌祺曰：如雕鹗盘空，雄健自喜。（《删订唐诗解》）

浦起龙曰：忧吐蕃之不庭也。一、二，身所处。三、四警绝，一片忧边心事，随风飘去，随月照着矣。五、六，言西人向化无期也。"长望""摧颜"，忧何时解！（《读杜心解》卷三）

沈德潜曰：起手壁立万仞。奇景偶然写出，或以"无风""不夜"为地名，不但穿凿，亦令杜诗无味。（《重订唐诗别裁集》卷十）又曰：起手贵突兀，王右丞"风劲角弓鸣"，杜工部"莽莽万重山"，"带甲满天地"，岑嘉州"送客飞鸟外"等篇，直疑高山坠石，不知其来，令人惊绝。（《说诗晬语》卷上）

杨伦曰：（"无风"二句）神句。二句写出边境苍凉景象。（"属国"二句）时必有出使吐蕃，留而未还若李之芳者。（《杜诗镜铨》卷六）

黄叔灿曰：秦州直接西塞，山川险阻，孤城一望，莽莽天涯，觉风云日月俱异样悲凉。二联之妙，几出鬼工。（《唐诗笺注》）

何焯曰：含独"长望"。（《义门读书记》）

《唐宋诗醇》：气调苍深。

陈德公曰：苍莽之笔，前四尤厉，足征雄分。（《闻鹤轩初盛唐近体读本》）

卢舜曰：三、四独辟之句，正以无所缘藉，乃成奇迥。（同上）

宋宗元曰：气象万千。（《网师园唐诗笺》）

[鉴赏]

"莽莽万重山，孤城山谷间。"首联陡起壁立，大处落墨，概写秦州险要的地理形势。秦州坐落在陇东山地的渭河上游河谷中，北面和东面，是高峻绵延的六盘山和它的支脉陇山，南面和西面，有嶓冢山、朱圉山，更西有鸟鼠山。四周山岭重叠，群峰环绕，是当时边防上的重镇。"莽莽"二字，写出了山岭的绵延长大和雄奇莽苍的气势；"万重"则描绘出它的复沓和深广。在"莽莽万重山"的狭窄山谷间矗立着的一座"孤城"，由于四周环境的衬托，越发显出了它那独扼咽喉要道的险要地位。同是写高山孤城，王之涣的《凉州词》"黄河远上白云间，一片孤城万仞山"，雄浑阔大中带有闲远的意态，而"莽莽万重山，孤城山谷间"则隐约透露出一种严峻紧张的气氛。沈德潜说"起手壁立万仞"，这个评语不仅道出了这首诗发端雄峻的特点，也表达了这两句诗所给予人的感受。

"无风云出塞，不夜月临关。"首联托出雄浑莽苍的全景，次联缩小范围，专从"孤城"着笔。云动必因风，这是常识；但有时地面无风，高空则气流运动而云层飘移，从地面上的人看来，就有云无风而动的感觉。不夜，就是未入夜。上弦月升起得很早，天还未黑月就高悬天上，所以有不夜而月已照临的直接感受。云无风而动，月不夜而临，一属于错觉，一属于特定时间的景象，孤立地写它们，几乎没有任何意义。但当诗人将它们和"关""塞"组合在一起时，便立即构成奇警的艺术境界，表达出特有的时代感和诗人的独特感受。在唐代全盛时期，秦州虽处交通要道，却不属边防前线。安史乱起，吐蕃乘机夺取河西、陇右之地，地处陇东的秦州才成为边防军事重镇。生活在这样一个充满战争烽火气息的边城中，即使是本来平常的景物，也往往敏感觉察到其中仿佛蕴含着不平常的气息。在系心边防形势的诗人感觉中，孤城的云，似乎离边塞特别近，即使无风，也转瞬间就飘出了边境；孤城的月，也好像特别关注防关戍守，还未入夜就早早照临着险要的雄关。两句赋中有兴，景中含情，不但警切地表现了边城特有的紧张警戒气氛，而且表达了诗人对边防形势的深切关注，正如浦起龙《读杜心解》所评的那样："三、四警绝，一片忧边心事，随风飘去，随月照着矣。"

三、四两句在景物描写中已经寓含边愁，因而五、六两句便自然引出对边事的直接描写："属国归何晚，楼兰斩未还。"苏武出使匈奴，被扣留十九年，归国后，任典属国。第五句的"属国"即"典属国"之省，指唐朝使节。大约这时唐朝有出使吐蕃的使臣迟留未归，故说"属国归何晚"。第六句反用傅介子斩楼兰王首还阙事，说吐蕃侵扰的威胁未能解除。两句用典，同赋一事，而用语错综，故不觉复沓，反增感怆。苏武归国、傅介子斩楼兰，都发生在汉王朝强盛的时代，他们后面有强大的国家实力作后盾，故能取得外交与军事上的胜利。而现在的唐王朝，已经从繁荣昌盛的顶峰上跌落下来，急剧趋于衰落，像苏武、傅介子那样的故事已经不可能重演了。同样是用后一个典故，在盛唐时代，是"黄沙百战穿金甲，不破楼兰终不还"（王昌龄《从军行》）的豪语，而现在，却只能是"属国归何晚，楼兰斩未还"的深沉慨叹了。对比之下，不难体味出这一联中所寓含的今昔盛衰之感和诗人对于国家衰弱局势的深切忧虑。

"烟尘独长望，衰飒正摧颜。"遥望关塞以外，仿佛到处战尘弥漫，烽烟滚滚，整个西北边地的局势，正十分令人忧虑。目接衰飒的边地景象，联想起唐王朝的衰飒趋势，不禁使自己疾首蹙额，怅恨不已。"烟尘""衰飒"均从五、六生出。"独""正"两字，开合相应，显示出这种衰飒的局势正在继续发展，而自己为国事忧伤的心情也正未有尽期。全诗在雄奇阔大的境界中寓含着时代的悲凉，表现为一种悲壮的艺术美。这也是整个《秦州杂诗》的共同艺术特征。

月夜忆舍弟①

戍鼓断人行②，秋边一雁声③。露从今夜白④，月是故乡明。有弟皆分散⑤，无家问死生⑥。寄书长不达⑦，况乃未休兵⑧！

[校注]

①乾元二年（759）秋白露节作于秦州。舍弟，对人称自己的弟弟，此犹言弟。杜甫有弟颖、观、丰、占，作诗时唯杜占相随。②戍鼓，将入夜时戍楼上所击的禁止人行的鼓声。戍鼓声响过以后，即禁人行，故云。③秋边，秋天的边塞。《全唐诗》校："一作边秋。"一

雁，即孤雁。④露从今夜白，时值白露节，故云。⑤有弟皆分散，时
其弟杜颖、杜观、杜丰分散在山东、河南，故云。⑥无家，指河南巩
县故乡的家已毁于战火。⑦达，《全唐诗》原作"避"，校："一作
达。"兹据改。⑧未休兵，指征讨安史叛军的战争仍在进行。乾元二
年九月，史思明复攻陷洛阳及齐、汝、郑、滑四州。此诗当作于八月，
东都当已吃紧。

[笺评]

王得臣曰：杜子美善于用事及常语，多离析或倒句，则语峻而体
健，意亦深稳，如"露从今夜白，月是故乡明"是也。（《麈史》卷三）

俞文豹曰：杜工部流离兵革中，更尝患苦，诗益凄怆。《忆舍弟》
诗……其思深，其情苦，读之使人忧思感伤。（《吹剑录》）

刘辰翁曰：浅浅语使人愁。（《删补唐诗选脉笺释会通评林·盛五
律》引）

杨慎曰：此二句（指"露从"二句）妙绝古今矣。原其始从江淹
《别赋》"明月白露"一句四字翻作十字，而精神如此，《文选》真母头
哉！（《李杜诗选》）按：《五色批本杜工部集》引此作"自江淹《别
赋》"明月白露"一句分作两句，剪裁之妙，发挥之深，真盗狐白裘也"。

王慎中曰：三、四佳。然上句雅而下句陋，此难辨也。五、六皆
古，然上句浅而下句深，此亦难辨。（《五色批本杜工部集》引）

唐汝询曰：夜鼓动而行人绝，此时闻孤雁之声，已念及其弟，又
况露经秋而始白，月照故乡而明乎！因言弟各分散而无家问其死生，
以不知所在耳。平时寄书尤患不达，况征战未休，道路隔绝，安有音
尘之望哉！（《唐诗解》卷三十四）

钟惺曰：只说境，含情往复，不可言。（《唐诗归》）

周珽曰：三、四言月夜，五、六言忆弟。末句应起句。结联所谓
"人稀书不到，兵在见何由"也。征战不已，道路阻隔，音书杳漠，

存亡难保，伤心断肠之语，令人读不能终篇。（《删补唐诗选脉笺释会通评林·盛五律》）

王嗣奭曰：只"一雁声"便是忆弟。对明月而忆弟，觉露增其白，但月不如故乡之明，忆在故乡兄弟故也，盖情异而景为之变也。（《杜臆》卷三）又曰：闻雁声而思弟，乃感物伤心。（仇注引）

吴乔曰：《月夜忆舍弟》之悲苦，后四句一步深一步。（《围炉诗话》）

李天生曰：起处无人，独立闻雁，而动在原之思。白露后则秋清而月倍明，故曰"故乡明"，乃硬下语。然不照骨肉则虚也。"月是故乡明"，正以照故乡之人也。月是人非，故思乡益切。情景相关，细寻始得。（《杜诗集评》引）

吴庆百曰："戍鼓"是领句，突接"雁声"，妙。又曰：句句转。（同上引）

张谦宜曰："戍鼓断人行，秋边一雁声。"若作"雁一声"，便浅俗，"一雁声"，便沉雄。诗之贵炼，只在字法颠倒间便定。（《𦈡斋诗谈》卷四）

黄生曰：前后分两节叙题。"一"字即平声字"孤"字。一、二起得响，以"一"字换"孤"字更响。"露从今夜白"，晨朝降白露，皆纪八月之候也。三句见分散又经一秋，四句见故乡空悬明月。景中见情，已暗度下意。"无家"即"无处"，以不得回耗，故知其书不达，故无处访死生存亡。寄书尚且不达，况兵革未休，敢望会面之期耶！后四语本一气叙出，却有言外之意未□（疑为"抒"字，或为"申"字），直率处仍有含蓄。后云"书到汝为人"，正可与此诗反照。（《杜诗说》卷六）

仇兆鳌曰：上四，月夜之景；下四，忆弟之情。"故乡"句，对月思家，乃上下关纽。"今夜白"，又逢白露节候也；"故乡明"，犹是故乡月色也。公携家至秦，而云"无家"者，弟兄离散，东都无家也。（《杜少陵集详注》卷七）

何焯曰："戍鼓"兴"未休兵"；"一雁"兴"寄书"。五、六，正拈"忆弟"。（《义门读书记》）

浦起龙曰：上四，突然而来，若不为弟者，精神乃字字忆弟，句里有魂也。"书长不达"，平时犹可，"况未休兵"，可得无事耶？二句从五、六申写。不曰"月傍"，而曰"月是"，便使两地皆悬。（《读杜心解》卷三）

杨伦曰：凄楚不堪多读。又曰：起突兀。（《杜诗镜铨》卷六）

宋宗元曰：煞有神会。（《网师园唐诗笺》）

纪昀曰：平正之中，自饶情致。（《瀛奎律髓汇评》引）

陈德公曰：章法老密。（《闻鹤轩初盛唐近体读本》）

卢麰曰：五、六直作质语，反觉生情。（同上）

[鉴赏]

这首思念诸弟的诗，通篇纯用白描手法和质朴清新的语言写景抒情，却极饶顿挫曲折、含蓄蕴藉的情致，耐人讽咏寻味。

前两联写月夜之景，而情寓景中。起联"秋边"二字点明时地。入夜之后，戍楼上的禁鼓响起，边城的道路上便断绝了行人的踪迹，长空之中，传来孤雁凄清的叫声。上句透露出战争时期入夜后的边城特有的警戒气氛，暗透结句"未休兵"，为题内的"忆"字渲染出特定的战争氛围。下句不仅进一步渲染出边城月夜的孤清氛围，且以失群的孤雁暗寓兄弟的离散（古以"雁行"之整齐有序喻兄弟），但并不着迹。两句纯从听觉上写景，而边城秋夜凄寂孤清的气氛如在目前。

颔联转从视觉角度写边城秋夜露白月明之景，采用上一下四的特殊句式，使读者的注意力自然集中在句首的"露"和"月"上。"露从今夜白"是写实，这一天恰逢白露节气，故云。但从诗人特意强调的语气口吻中却分明可以感受到诗人伫立遥思，不觉白露渐滋的情景和袭上心头的丝丝寒凉之意，虽写节令物候，却透露出一种孤清的意绪，而时光流逝，离散经年的意绪也暗寓其中。"月是故乡明"，则是由眼前的边地月夜引发的对故乡的遥想。明月普天同照，自无所谓故乡之月独明之理，但这却绝对是主观感情的真实。从最普泛的意义上说，由于主观感觉中故乡的美好，因而一切与故乡相关的景物、人物也就显得特别美好，包括故乡的月亮。从特殊的意义上说，由于过去的太平年月，全家在故乡团聚，共对明月，倍感故乡之月明，如今遭逢战乱，身在边城，兄弟离散，似感边城之月也显得暗淡无光，不如故乡之明月了。因此"月是故乡明"就不仅仅是表现了对故乡的思念，而且寓含了对往日兄弟团聚、共对明月的美好情景的追忆。"是"字强调的意味更重，将似乎无理的事说得如此肯定，正是为了引导读者寻味其中寓含的意蕴。浦起龙说："上四，突然而来，若不为弟者，精神乃字字忆弟，句里有魂也。"堪称具眼。

后两联正面抒写忆弟之情。腹联十字作一气读，系流水对。单读上句，仿佛平直无奇，两句合看对读，乃倍感其感情的悲怆和表达的顿挫有力。"有弟"而"皆分散"，已是极大的憾事；"有弟"而"无家"，则虽有弟而彼此均无归依团聚之地，更增悲慨；更何况因为战事阻隔，消息不通，生死存亡未卜，想问一问这方面的讯息也根本不可能，则哀莫甚焉。往日最亲密的同胞兄弟，今日不但天各一方，而且连问死生消息的地方也没有，内心的沉痛自不待言。"有"与"无"的鲜明对照中，寓含着无限悲慨。"死生"之语，亲人骨肉之间向所讳言，而直云"问死生"，更蕴含着一种近乎绝望的悲怆。

"寄书长不达，况乃未休兵。"正因为"无家"，故寄给诸弟的信也就总是不能到达他们手中，杳无回音。更何况战争形势又重新吃紧，休兵之日正遥遥无期，则眼前这种诸弟离散、存亡不知的情况还不知道要继续到什么时候。第七句申足第六句"无家"，第八句用"况乃"二字更进一层，从眼前的形势遥想将来，将兄弟离散之悲与国家干戈离乱的形势联系起来，家国之恨，融为一体。曲折中有顿挫，平直中有蕴蓄。

蜀　相^①

　　丞相祠堂何处寻^②？锦官城外柏森森^③。映阶碧草自春色^④，隔叶黄鹂空好音^⑤。三顾频烦天下计^⑥，两朝开济老臣心^⑦。出师未捷身先死^⑧，长使英雄泪满襟^⑨！

[校注]

　　①上元元年（760）春作。蜀相，指三国蜀汉丞相诸葛亮。建安二十六年（221），刘备在蜀即帝位，以诸葛亮为丞相，此诗为杜甫初到成都后不久，游武侯祠后所作。②丞相祠堂，即武侯祠。在今四川成都市南郊，一称昭烈庙、蜀相祠，系祭祀蜀汉先主刘备与丞相诸葛亮的合庙。本为刘备陵庙，称惠陵祠、昭烈庙。孔明庙始建于西晋末成汉时，在成都旧城内。唐初在昭烈庙侧建武侯祠（因诸葛亮生前封武乡侯，死后谥忠武侯）。李商隐《武侯庙古柏》有"蜀相阶前柏，龙蛇捧閟宫。阴成外江畔，老向惠陵东"之句。③锦官城，成都的别称。成都旧有大城、少城。少城古为掌织锦官员之官署，故称锦官城，后用作成都之别称。《华阳国志·蜀志》："州夺郡文学为州学，郡更于夷里桥南岸道东边起文学，有女墙，其道西城，故锦官也。锦工织锦，濯其中则鲜明，他江则不好，故命曰锦里也。"柏森森，指武侯祠前的古柏。顾宸注引《儒林公议》曰："成都先主庙侧有诸葛武侯祠，祠前有大柏，系孔明手植，围数丈，唐相段文昌有诗刻存焉。"森森，枝叶繁茂貌。④映，掩。自春色，空自呈现出一片春色。"自"字与下句"空"字对文义近。⑤隔叶黄鹂，指藏在树叶茂密处的黄莺。空好音，空自发出悦耳的鸣叫声。⑥三顾，指诸葛亮初隐于隆中时，刘备曾三次前往拜访，恳请其出山相助。《三国志·蜀书·诸葛亮传》："时先主屯新野，徐庶见先主，先主器之，谓先主曰：'诸葛孔明者，卧龙也，将军岂愿见之乎？'先主曰：'君与俱来。'庶曰：

'此人可就见，不可屈致也。将军宜枉驾顾之。'由是先主遂诣亮，凡三往，乃见。"诸葛亮《出师表》有"先帝不以臣卑鄙，猥自枉屈，三顾臣于草庐之中，咨臣以当世之事"之语。频烦，殷勤，情意深厚，或云即频繁，一而再，再而三之意。或谓"频烦"指多次烦劳，与下句"开济"不对，疑非。天下计，统一天下的战略方针，即诸葛亮在《隆中对》中提出的"东连孙权，北抗曹操，西取刘璋"，进而夺取中原的统一中国的方针。⑦两朝，指先主刘备、后主刘禅两朝。开济，开创基业、匡救危局。或解：指开创基业，济美守成。老臣心，即诸葛亮在《出师表》中所称的"鞠躬尽瘁，死而后已"的精神。⑧出师，指诸葛亮于后主建兴五年（227）开始的多次出兵伐魏的战争。《三国志·诸葛亮传》："（建兴）十二年春，亮悉大众由斜谷出，以流马运，据武功五丈原，与司马宣王（懿）对于渭南……相持百馀日。其年八月，亮疾病，卒于军，时年五十四。"⑨英雄，指后世和诸葛亮一样有远大抱负的英雄豪杰、志士才人。"英雄"可以兼包诗人自己，但不局限于此。

[笺评]

王安石曰："映阶碧草自春色，隔叶黄鹂空好音。"此止咏武侯庙，而托意在其中。（《钟山语录》）

胡仔曰：半山老人《题双庙诗》云："北风吹树急，西日照窗凉。"细详味之，其托意深远，非止咏庙中景物而已……此深得老杜句法。如老杜题蜀相庙诗云："映阶碧草自春色，隔叶黄鹂空好音。"亦自别托意在其中矣。（《苕溪渔隐丛话》）

赵彦材曰：悼之深矣。（《九家集注杜诗》）

郭知达曰：闵其志不遂也。（同上）

刘辰翁曰：全首如此，一字一泪矣。又曰：写得使人不忍读，故以为至。又曰：千年遗下此语，使人意伤。（《唐诗品汇》卷八十四

引)

方回曰：子美流落剑南，拳拳于武侯不忘。其《咏怀古迹》于武侯云："伯仲之间见伊吕，指挥若定失萧曹。"及此诗，皆善于颂孔明者。（《瀛奎律髓》卷二十八）

李沂曰：起语萧散悲凉，便堪下泪。（《唐诗援》）

黄益曰：次联只用一"自"字与"空"字，有无限感怆之意。（《删补唐诗选脉笺释会通评林·盛七律》引）

吴山民曰：次句纪地。三、四纪祠之冷落。"天下计"见其雄略，"老臣心"见其苦衷。结语逗漏宋人议论。（同上引）

王嗣奭曰：此与"诸葛大名"一篇意正相发……出师未捷，身已先死，所以流千古英雄之泪者也。盖不止为诸葛悲之，而千古英雄有才无命者，皆括于此，言有尽而意无尽也。（《杜臆》卷四）

唐汝询曰：此访武侯庙而惜其功业无成也。盖平时深慕孔明，故至蜀即问其庙之所在，乃于城外大柏森然之处而得之。既至，而见庭宇荒凉如此，曰：思先主所三顾茅庐，频繁若是者，正欲委武侯以重任。武侯即辅佐两相，以开国济民为事，老臣之心一何忠耶！惜乎！天命不佑，竟以出师未捷而死，常使英雄挥泪而怀之也。（《唐诗解》卷四十一）

金圣叹曰：先寻祠堂，后至城外，妙。（《贯华堂选批唐才子诗》）

张世炜曰：悲凉慷慨，吊古深情，淋漓于楮墨之间。胡元瑞谓结句滥觞宋人，浅视之矣。（《唐七律隽》）

黄周星曰：鸣呼！诗之感人至此，益信圣人"兴、观、群、怨"之言不妄。（《唐诗快》）

邵长蘅曰：牢壮浑劲，此为七律正锋。（《五色批本杜工部集》引）

李因笃曰：高志绝伦……结语为万古英雄才高不遇统一洒泪。（《杜诗集评》引）

吴农祥曰：今细研之，上四语序事，下四语序人，包括顿挫，自是杰作。宋人丐其馀馥，万不能及堂奥一也。（同上）

黄生曰：起联设为问答。三、四点祠堂之景，五、六叙孔明出处大略，七、八寓凭吊之意。因谒祠堂，必写祠景，后半方入事。唐贤多如此，不特少陵为然。此方是诗中真境。若后人三、四便思发议论矣，岂能为诗留馀地，为风雅留性情哉！后四句叙公始末，以寓慨叹，笔力简劲，恨宋人专学此种，流为议论一派，未免并为公累耳。曰"自春色"，曰"空好音"，确见入庙时低回想象之意，此诗中之性情也。不得其性情，而得其议论，少陵一宗，安得不灭！《晋书》庾亮表："频烦省闼。"《刘琨传》："琨忠亮开济。"（《杜诗说》卷八）又曰：前后两截格。（《唐诗摘抄》卷三）

朱之荆曰：《刘琨传》："琨忠亮开济。"公之为武侯恨，正所以自恨也。（《增订唐诗摘抄》）

仇兆鳌曰：此公初至成都时作。上四，祠堂之景；下四，丞相之事。首联，自为问答，记祠堂所在。草自春色，鸟空好音，此写祠庙荒凉，而感物思人之意，即在言外。"天下计"，见匡时雄略；"老臣心"，见报国苦衷。有此两句之深挚悲壮，结作痛心酸鼻语，方有精神。宋宗忠简公临殁时，诵此二语，千载英雄，有同感也。直书"丞相"，尊正统君臣也。朱子《纲目》，大书"丞相亮出师"，先后同旨。题作"蜀相"，仍旧称耳。（《杜少陵集详注》卷九）

周甸曰：薛逢《筹笔驿》诗："出师表上留遗恨，犹自千年激壮夫。"罗隐《武侯祠》诗："时来天地虽同力，运去英雄不自由。"吁！汉运告终，天啬其寿，使不能尽展其才，以光复大业。读二三君子之诗，未尝不流涕叹息也。（《杜少陵集详注》卷九引）

杨慎曰：正德戊寅，于武侯祠，见壁间有诗云："剑江春水绿沄沄，五丈原头日又曛。旧业未能归后主，大星先已落前军。南阳祠宇空秋草，西蜀关山隔暮云。正统不惭传万古，莫将成败论三分。"此诗始终皆武侯事，虽子美或未过之，惜不知其姓氏耳。（仇兆鳌《杜少陵集详注》卷九引）仇按：杜诗先祠庙而后吊古，此诗先吊古而后祠庙。其云"春水"，指当时出师之时；又云"秋草"，乃后人谒祠之日。结用"万古""三分"，亦本杜《咏怀》诸葛诗，但杜是以虚对实，此则以实对虚，尤为斟酌耳。此诗升庵阙其姓名，后阅《七修类稿》载戴天锡集句，知是元人吴漳作也。（同上）

胡以梅曰："森森"二字有精神。（《唐诗贯珠串释》）

吴瞻泰曰：吊古诗，须具真性情，乃能发真议论。三、四是入祠堂低回叹息之神。惟五、六二句，始就孔明发论，结仍归自己，直将夔州血泪，滴向五丈原鞠躬尽瘁之时，此诗人之性情也。不得其性情，而贪发议论，则古人自古耳，与诗人何与！（《杜诗提要》卷十一）

浦起龙曰：因谒庙而感武侯，故题止云"蜀相"。一、二，叙事老境。三、四，堂、柏分承。此特一诗之缘起也。五、六，实拈，句法如兼金铸成，其贴切武侯，亦如镕金浑化。七、八，慷慨涕泪，武侯精爽，定闻此哭声。后来武侯庙诗，名作林立，然必枚举一事为句，始信此诗统体浑成，尽空作者。（《读杜心解》卷四）

俞犀月曰：真正痛快激昂，八句诗便抵一篇绝大文字。（《杜诗镜铨》卷七引）

杨伦曰：自始至终，一生功业心事，只用四语括尽，是如椽之笔。（或以此数句为邵长蘅评）又曰："频烦"即点三顾说，当指先主说，旧注非是。天下计，言非为一己之私。（"两朝"句）言以先主之弹丸而能立国，以后主之昏庸而能嗣位，皆武侯一片苦心也。（《杜诗镜铨》卷七）

吴昌祺曰：起句率。（《删订唐诗解》）

何焯曰：后半深叹其止以蜀相终也。（《瀛奎律髓汇评》引）

纪昀曰：前四疏疏洒洒，后四句忽变沉郁，魄力绝大。（同上引）

赵熙曰：沉郁、博大。（同上引）

《唐宋诗醇》：老杜入蜀，于孔明三致意焉。其志有在也。诗意豪迈哀顿，具有无数层折，后来匹此，惟李商隐《筹笔驿》耳。世人论此二诗，互有短长，或不置轩轾，其实非有定见。今略而言之，此为谒祠之作，前半用笔甚淡。五、六写出孔明身份，七、八转折而下，当时后世，悲感并到，正意注重后半。李诗因地兴感，故将孔明威灵撮入十四字中，写得十分满足，接笔一转，几将气焰扫尽。五、六两层折笔，末仍收归本事，非有神力者不能。二诗局阵各异，工力悉敌，悠悠耳食之论，未足与论也。

沈德潜曰：（"三顾"二句）隐括武侯生平，激昂痛快。"开济"，言开基济美，合二朝言之。（《重订唐诗别裁集》卷十三）

宋宗元曰：只下"何处"二字，已见祠宇荒芜。"三顾"至尾，沉雄隐括，抱负自见。（《网师园唐诗笺》）

杨逢春曰：五、六入武侯，实写。总其生平之事业悃忱而隐括出之，镕炼精警。（《唐诗绎》）

范大士曰：前四句伤其人之不可见，后四句叹其功之不能成，凭吊最深。（《历代诗发》）

黄叔灿曰：先提唱以"何处寻"三字，便有追慕结想之意。（《唐诗笺注》）

佚名曰：此篇则专伤其功业之未成，亦所以自喻也。（《杜诗言志》）

方东树曰：此亦咏怀古迹。起句叙述点题。三、四写景。后半议论缔情，人所同有，但无其雄杰明卓，及沉痛真至耳。（《昭昧詹言》）

陈德公曰：五、六稳尽，结亦洒然。评：三、四写祠堂物色，只着"自""空"二句眼于中，便已悲凉欲绝，而肃穆深沉之象，更与荒芜零落者不同。（《闻鹤轩初盛唐近体读本》）

《十八家诗钞》：张云：后四句极开阖驰骤、沉郁顿挫之妙，须作一气读，乃得其用意湛至处。

王文濡曰：悲壮雄劲，此为七律正宗。（《历代诗评注读本》）

吴汝纶曰：起庄严凝重，此为正格，然亦自有开阖，不可平直。

（"三顾"二句）提笔赞叹。（"出师"二句）顿挫作收，用笔提空，故异常得势。（《唐宋诗举要》卷五引）

[鉴赏]

在凭吊追思诸葛亮的诗作中，《蜀相》无疑是最出色的篇章。除了艺术上的完美之外，与将诸葛亮作为一个既具有杰出才能，更具有高尚精神品格，既建立了不朽业绩，又未能完成终极目标的悲剧人物来歌咏，同时又寄寓了深沉的现实感慨和身世遭逢之感有密切的关系。

题称"蜀相"，而不称"谒武侯祠"，说明诗的主意在人而不在祠。但诗人对蜀相的追思凭吊却是从谒武侯祠引发的。诗的首联，用自问自答的叙述方式交代了武侯祠所在的地方和环境特点。森森古柏，既是诸葛亮坚贞忠诚的不朽精神品质的象征，又是后人睹树思人、追思凭吊的寄托（李商隐《武侯庙古柏》说："大树思冯异，甘棠忆召公。"即可为参证），同时它又渲染出一种庄严肃穆的气氛，与上句的"何处寻"相呼应，传达出郑重专程寻访、追思凭吊的气氛。律诗讲究精练，这个起联却写得相当疏朗，如果目的只在交代武侯祠所在，则"锦官城外武侯祠"一句即可。现在这样写，正是为了用这种音情摇曳、顿挫生姿、富于抒情咏叹意味的诗句传达出一种特定的情调气氛，为赞颂、悲悼伏脉。

"映阶碧草自春色，隔叶黄鹂空好音。"颔联正面写进入武侯祠所见所闻春天景物。祠堂前的台阶旁，碧草萋萋，呈现出一片春色；祠前的柏树中，黄莺在茂密的树叶后面欢快地鸣叫，传出美好的歌唱。这景色在通常情况下原能给人以悦目、娱耳的美好感受，但它既与武侯祠庄严肃穆的整个环境气氛不协调，又和诗人此时崇敬追思、哀挽悲悼的感情不协调，因而感到它们只是空自呈现春色、空自传出好音而已。"自""空"互文见义，诗人将这两个虚字放在句眼的位置上，顿时使原来悦目娱耳的景物成为崇敬追思、悲悼哀挽之情的一种有力反衬，从而更突出了庄严肃穆的整个氛围和诗人的追思悲悼之情。这正是以乐景写哀，倍增悲感的范例，"自""空"二字就是起到转化作用的关键字眼。

在正面渲染、反面衬托，酿足庄严肃穆、哀挽悲悼气氛的基础上，腹联便自然过渡到对诸葛亮的赞颂追思上来。"三顾频烦天下计，两朝开济老臣心。"上句写诸葛亮在先主刘备屡次拜谒求教的情况下，为他定下了统一天下的战略方针，亦即《隆中对》提出的"跨有荆、益，保其岩阻，西和诸戎，南抚夷越，外结好孙权，内修政理；天下有变，则命一上将将荆州之军以向宛洛，将军身率益州之众出于秦川"的先图三分鼎立之霸业，后进而统一中国、兴复汉室的总方针。这一句写出了诸葛亮的卓越见识才略和宏伟远大的抱负，大有未出茅庐而天下之事已成竹在胸的气度。下句赞其辅佐蜀汉两代皇帝，开创鼎足三分的霸业，匡济刘禅在位时蜀汉的危局，充分表现了老臣忠贞报国的品质。"开济"的"济"，或引《晋书·刘琨传》"琨忠亮开济"之语，谓指"济美"，但按之实际，刘禅昏庸，嬖昵小人，信任宦官，其在位时蜀汉的局势正如诸葛亮在《出师表》一开头所明白揭示的，是"益州疲弊，此诚危急存亡之秋也"。也正由于是匡济危局，才越发显示出"老臣"的忠贞亮节，亦即《后出师表》所说的"鞠躬尽瘁，死而后已"的精神。诸葛亮辅佐刘备，是"受任于败军之际，奉命于危难之间"；辅佐刘禅，更是"五月渡泸，深入不毛"，六出祁山，北伐曹魏，殚精竭虑，身歼军务，知其不可为而为之。这就是所谓"老臣心"。诸葛亮一生的事迹很多，如果不从大处着眼，大处落墨，就很难在一联之中概括出他一生的才能抱负、品质业绩；没有对描写对象透彻的了解，没有对其作出准确的历史评价的能力，就无法作出这样的艺术概括。

"出师未捷身先死，长使英雄泪满襟。"五、六两句，极赞其"天下计""老臣心"，第七句却突作转笔，痛悼其"出师未捷身先死"的悲剧结局，表面上看，似乎硬转突接，实则在匡济危局的"老臣心"中已经暗藏"天下计"之难为甚至不可为，因此这句的大开仍显得很自然。作为一个著名的政治家、军事家，诸葛亮确实是"功盖三分国"，建立了三足鼎立的霸业，但由于客观条件的限制，最终未能成就兴复汉室，统一中国的王业，又是一生最大的憾事。这种因客观条件限制未能完成终极目标的遗恨，在历代志士仁人中具有很大的普遍性，诗人抓住这一点，写出了诸葛亮的悲剧结局在后世志士仁人中所引起的深沉感慨和强烈共鸣，从而使这首诗在五、六两句的基础上另辟新境，更出警策，结束得极为圆满、有力而富于余韵。

杜甫入蜀以后，写了一系列咏诸葛亮的诗篇，除本篇外，像《咏怀古迹》之五（诸葛大名垂宇宙）、《八阵图》、《古柏行》等都是脍炙人口的篇章。这些诗篇不但表现了诸葛亮的才略事功、精神品质，而且表现了诸葛亮的悲剧结局和遗恨；不但具有历史的真实性，而且寓含深沉的现实感慨和人生感慨。这和他后期活动的地区在巴蜀夔巫之地有关，更与时代环境与个人境遇有关。国家的危难和个人漂泊的境遇，都使他对诸葛亮这样一个历史人物怀有特殊的感情，希望当世有这样富于才略的人物出来整顿乾坤、匡救危局。同时，他自己那种自许稷契、致君尧舜的抱负不得伸展、才大难为用的遗恨，在诸葛亮的"出师未捷身先死"的悲剧结局面前，也极易引发共鸣。因此，这首诗在歌颂诸葛亮的才略事功、精神品质的同时，渗透了诗人对现实中出现类似人物的渴望；在悲悼哀挽诸葛亮悲剧结局的同时，又寄寓着诗人自己抱负难伸、才而不遇的悲慨。正是由于这种现实感慨和人生感慨，才使诗人在歌咏诸葛亮时倾注了深沉的感情，所谓"长使英雄泪满襟"的"英雄"之中，就包含了诗人自己在内。

古来贤相代不乏人，而杜甫独钟情于诸葛亮，主要不是因为他的才略事功高出其他贤相，而是因为诸葛亮是一个遭遇乱世、拯救危局、支撑局面的宰相，一个具有鞠躬尽瘁、死而后已的精神的宰相，一个因悲剧结局而愈益彰显其崇高精神的宰相。杜甫的《蜀相》在构思立意上正是将诸葛亮作为一个才德兼备、建立了光辉业绩但又未完成其终极目标的悲剧性人物来追思凭吊、哀悼悲慨的。"出师未捷身先死"的悲剧结局，使此前的一切"受任于败军之际，奉命于危难之中"的努力，以及艰难创立的霸业最后尽付东流，从这个意义上说，无论是雄图大略的"天下计"，还是"两朝开济"的光辉业绩，都成了悲剧结局的有力铺垫，使"出师未捷身先死"的悲剧更显得强烈而具悲壮感。另一方面，诸葛亮的鞠躬尽瘁、死而后已的精神品质，知其不可为而为之的拯救危局的努力又使"出师未捷身先死"的悲剧结局更显出其崇高感。因此，诗的结尾，既使人无限低回，也使人在心灵上得到陶冶，得到净化。

杜甫以前的七律，主要是抒情写景，从杜甫开始，大量引入议论。但他不是让抒情、写景、议论等因素各自孤立，而是以抒情贯串记叙描写和议论。这首诗从表面看，前两联是记叙描写，后两联是议论，但实际上从头到尾，都贯串着抒情的主线，贯串着诗人的追寻凭吊、哀挽悲慨的感情。由于抒情贯串了写景和议论，就使我们感到那古柏森森的祠堂，那映阶碧草、隔叶鹂音，那"天下计""老臣心""英雄泪"，统统互相关联，互相映带，融为一个整体。这种以抒情贯串叙述、描写和议论的写法，也为后来很多咏怀古迹的诗开了不二法门。

这首诗在结构上还有一点值得注意，就是全篇在高潮中结束。律诗的通病，是颔、腹两联比较用力，经常出现警句，而末联往往疲弱，显得仓促、敷衍，甚至草率，成为强弩之末，甚至蛇足。即使是杜甫这样的七律大家，也有相当一部分优秀作品显得后劲不足，像我们熟悉的《登楼》《宿府》《登高》都不免此病，这首诗不但前几联精彩，末联更在前几联的基础上将诗境升华到一个具有崇高悲剧美的境界，这一点和它的构思立意是密切相关的。

江　村^①

清江一曲抱村流^②，长夏江村事事幽。自去自来堂上燕^③，相亲相近水中鸥^④。老妻画纸为棋局^⑤，稚子敲针作钓钩^⑥。多病所须惟药物^⑦，微躯此外更何求^⑧？

[校注]

①作于上元元年（760）夏。是年春，在亲友资助下，杜甫在成都城西南三里之浣花溪畔，建成草堂，并于暮春迁入。这首诗作于迁居草堂后不久。诗题"江村"即指草堂所在的村庄。其《为农》云："锦里烟尘外，江村八九家……卜宅从兹老，为农去国赊。"所云"江村"即此。②清江，指浣花溪，锦江支流。③《全唐诗》校："来，一作归。""堂，一作梁。"④此句暗用鸥事，谓自己无机心，故禽鸟与己相亲。《列子·黄帝》："海上之人有好沤（鸥）鸟者，每旦之海上，从沤鸟游，沤鸟之至者百住而不止。其父曰：'吾闻沤鸟皆从汝游，汝取来，吾玩之。'明日之海上，沤鸟舞而不下也。"⑤棋局，棋盘。⑥稚子，指自己的幼小孩子宗文、宗武。⑦《全唐诗》校："一作但有故人供禄米。"按：《文苑英华》作"但有故人供禄米"。⑧微躯，谦称自身，犹贱躯。

[笺评]

蔡梦弼辑《杜工部草堂诗话》：《萤雪丛说》："老妻画纸为棋局，稚子敲针作钓钩。"以"老"对"稚"，以其妻对其子，如此之亲切，又是闺门之事，宜与智者道。

刘辰翁曰：全首高旷，真野人之能言者。三联语意近放。（《删补唐诗选脉笺释会通评林·盛七律》引）

范梈曰：七言律诗篇法二字贯穿。三字栋梁在内。《江村》（诗

略）。(《木天禁语》)

胡应麟曰：(杜七言律)太易者，"清江一曲抱村流"之类……杜则可，学杜则不可。(《诗薮·内编·近体上·七言》)

许学夷曰：(杜甫)七言律，如"清江一曲""一片花飞""朝回日日"等篇，亦宛似宋人口语。(《诗源辩体》)

周敬曰：最爱其不琢不磨，自由自在，随景布词，遂成《江村》一幅妙画。(《删补唐诗选脉笺释会通评林·盛七律》)

单复曰：此可见公胸次洒落，殆外声利，不以事物经心者。(同上引)

陆时雍曰：自生幽兴。(同上引)

钱光绣曰：眼前口边，妙，妙。(同上引)

金圣叹《杜诗解》：瞿斋云：先生以夔、龙、伊、吕自待者，起手便着"事事幽"三字，真乃声声泪、点点血矣。何必读终篇而见其不堪耶！

申涵光曰：此诗起二语，尚是少陵本色，其馀便是《千家诗》声口。选《千家诗》者，于茫茫杜集中，犹简此首出来，亦是奇事。(《杜少陵集详注》引)

毛奇龄曰：此总承"事事幽"也。宋人第以五、六击节，而不知前四之妙，便失自然一地步矣。(《唐七律选》)

黄生曰："事事幽"，言人与物各适其适也。三字领一篇之意。棋枰曰局，本以木为之，趋简者始用纸，故与"敲针"句对意相称。若不知其意，又何求入咏？"棋局动随幽涧竹"，则木枰也，若不知其意，"随"字亦不见工矣。微躯多病，所须唯药物耳，此外更何求耶！纸可为局，针可为钩，言外有苟且自足之意，结遂正言之。公律不难于老健，而难于轻松，此诗可取处在此。(《杜诗说》卷九)

仇兆鳌曰：江村幽事，起中四句。梁燕属村，水鸥属江，棋局属村，钩钓属江，所谓"事事幽"也。末是江村自适，有与世无求之意，"燕""鸥"二句，见物我忘机；"妻""子"二句，见老少各得。

盖多年匍匐,至此始得少休也。又曰:王介甫《悼鄞江隐士王致》诗云:"老妻稻下收遗秉,稚子松间拾堕樵。"二语本此。杜能说出旅居闲适之情,王能说出高人隐逸之致。句同意异,各见工妙。又曰:此诗见萧洒流逸之致。(《杜少陵集详注》卷九)

陈醇儒曰:"画纸"属老妻,"敲针"属稚子,写出一副淡然无营、洒然无累神理,无限天趣。燕本近人,自来自去,偏若无情;鸥本远人,相亲相近,偏若有情。此杜诗刻画处。(《书巢笺注杜工部七言律诗》卷二)

冯舒曰:不必粘题,无句脱题,不必紧结,却自收得住,说得煞;不必求好,却无句不好。圣人!神人!何处分情、景?(《瀛奎律髓汇评》引)

纪昀曰:工部颓唐之作,已逗放翁一派。以为老境,则失之。(同上引)

许印芳曰:通体凡近。五、六尤琐屑近俗,杜诗之极劣者。(同上引)

无名氏(乙)曰:次联近情乃尔。(同上引)

浦起龙曰:萧闲即事之笔。(《读杜心解》卷四)

杨伦曰:诗亦潇洒清真,遂开宋派。(三、四)二句物色之幽,(五、六)二句人事之幽。(《杜诗镜铨》卷七)

袁枚曰:论诗区别唐、宋,判分中、晚,余雅不喜……"老妻画纸为棋局,稚子敲针作钓钩。"琐碎极矣,得不谓之宋诗乎?(《随园诗话》)

王寿昌曰:昔人谓狮子搏象用全力,搏兔亦用全力。余以为杜诗亦然,故有时似浅而实不浅,似淡而实不淡,似粗而实不粗,似易而实不易。此境最难,然其秘只在"深入浅出"四字耳。如"舍南舍北皆春水(下略)",浅矣而不可谓之浅;"清江一曲抱村流(下略)",淡矣而不可谓之淡。(《小清华园诗谈》)

[鉴赏]

真正的大家，都不止一种笔墨，在主要风格之外兼有多种风格。胡震亨谓杜诗"精粗巨细，巧拙新陈，险易浅深，浓淡肥瘦，靡不毕具"（《唐音癸签》卷六），就揭示出杜诗在"沉郁顿挫"的主要风格之外具有多种多样的风格。其中提及的"易""浅""淡"的风格特征，就反映了杜甫在定居草堂初期相当一部分作品的艺术风貌。这一时期，他刚刚结束了安史之乱爆发以来多年的颠沛流离、奔波跋涉的历程，生活较为安定，心境也比较闲适，反映在诗歌创作上，就是写了一系列以日常生活情事、自然景物为题材，表现闲适情趣，风格萧散自然的诗篇。其中有不少七律佳作，《江村》就是其突出的代表。

首联点明题目、题旨，提挈全篇主意。首句用自然明快的语言描摹江村环境，宛若画图。曰"一曲"、曰"抱"，显示出一曲清江环绕着村庄缓缓流过，使这只有八九家人家的小村像是惬意地躺在美丽的大自然的怀抱之中。这景象，极平常又极典型，仿佛在许多地方都见到过。这平常而美丽的江村本身便给人以幽闲之感。时值长夏，绿树成荫，更显出村庄的静谧。次句点出"事事幽"三字，为全篇意境点睛。所谓"事事幽"，既指江村自然景物、环境气氛之幽，又指江村人事之幽。颔、腹两联，便进一步对此作具体的描写。

"自去自来堂上燕，相亲相近水中鸥。"此联写景物之幽，"堂上"贴"村"，"水中"贴"江"，着意处在"自去自来"与"相亲相近"。堂上燕子，自己来来去去，自由自在；飞去飞回，一任自然，不受人的任何干扰。水中鸥鸟，与人相亲相近，彼此之间，毫无防范之意和机诈之心。虽是江村最平常的眼前景，但却透露出人与自然之间高度的和谐。

"老妻画纸为棋局，稚子敲针作钓钩。"腹联写人事之幽。这里的"幽"，既含幽静之意，又含幽闲之趣。上联所写系江村所见最平常的景物，此联所写系家人长夏闲居情事，更是琐屑平凡之极。但拈出的这两个日常生活细节，却饶有诗趣。夏日昼长，下棋自是最好的消遣。棋局考究者多以玉石为之，家贫自不能致，老妻便画纸为棋局，虽简陋却自有一种朴野的情致和幽趣。稚子的兴趣则在清江垂钓，但江村地僻，钓钩无处可买，干脆就地取材，敲针而做。将直的钢针弯成钓钩，磨出倒钩，极费时间，而稚子则乐此不疲，极有耐心。二事均透露生活与心境的幽闲，也透露出环境的幽静，仿佛可以听到在长夏永昼中敲针做钓钩的清脆声响，可以感受到画纸作棋局时周围的一片寂静。两个细节，均为传幽闲之趣、幽静之境的妙笔。

以上两联，分写景物、人事之幽，诗人自己虽不在内，但却都是通过诗人的眼睛所看到、所感受到的。因此，在写"堂上燕"之"自去自来"、"水中鸥"的"相亲相近"，老妻画棋局、稚子做钓钩的同时，也透露诗人自己的幽闲情趣和对这一切景物、人事的亲切感、愉悦感。诗人的身影已呼之欲出，尾联便直接转到对自身的抒写上来。

"多病所须惟药物，微躯此外更何求?"晚年在历经战乱播迁、颠沛流离之后，得此江村闲居幽境，已感到非常满足，除了身体多病，需要药物医治之外，还有什么企求的呢！两句用"多病所须惟药物"反衬"微躯此外更何求"，表明自己对目前的处境的愉悦和满意。尽管生活并不宽裕，但心境却是安恬闲适的。此联出句《文苑英华》作"但有故人供禄米"，仇兆鳌《杜少陵集详注》从之，谓："'局'字、'物'字，叠用入声，当从《英华》为是。且禄米分给，包得妻子在内。"朱瀚亦谓："通首神脉，全在第七句，犹言'万事俱备，只欠东风'，与'厚禄故人书断绝'参看。若作'多病所须惟药物'意味顿减，声势亦欠稳顺。"所言虽有一定道理，但均不能证明"多病所须惟药物"之非。实则此诗第七句并非强调非故人供禄米则不能维持生活，而是对目前的闲适自在生活略感美中不足之意，盖谓如有药物以疗多病之身，则更无他求矣。如作"但有故人供禄米"则禄米不继，闲适生活全无，此恐非杜甫此诗本意。

这虽是一首七律，却写得极为圆转流走，丝毫看不到格律的束缚。诚如新编《中国文学史》所评，"杜甫律诗的最高成就，可以说就是在把这种体式写得浑融流转，无迹可寻，写来若不经意，使人忘其为律诗"。

恨　别①

洛城一别四千里②，胡骑长驱五六年③。草木变衰行剑外④，兵戈阻绝老江边⑤。思家步月清宵立⑥，忆弟看云白日眠。闻道河阳近乘胜⑦，司徒急为破幽燕⑧。

[校注]

①据此诗尾联所纪时事，诗当作于上元元年（760）夏。恨别，与家人骨肉离别之恨。②洛城，指东都洛阳，亦为河南府治所在。杜甫家乡巩县，属河南府管辖，故"洛城"亦指其家园所在。据《旧唐书·地理志》，成都距东都洛阳三千二百一十六里，此云"四千里"，盖取成数。③胡骑，指安史叛军。天宝十四载（755）十一月，安史之乱爆发，至上元元年（760），已经历六个年头，故云"五六年"。④草木变衰，此指草木凋零衰歇的秋冬季节。宋玉《九辩》："悲哉秋之为气也，萧瑟兮草木摇落而变衰。"剑外，剑门关以南地区。杜甫于上一年冬末抵达成都，故云"草木变衰行剑外"。⑤兵戈阻绝，因战乱而与故乡亲人隔绝。江，指锦江。江边，指浣花草堂住所。⑥步月，在月夜漫步徘徊。清宵，犹清夜。立，伫立。⑦《通鉴》卷二百二十一："上元元年……二月，李光弼攻怀州，史思明救之，光弼逆战于沁水之上，破之，斩首三千馀级……三月……庚寅，李光弼破安太清于怀州城下。夏四月壬辰，破史思明于河阳西渚，斩首千五百馀级。""河阳近乘胜"，即指李光弼此一系列胜利而言。河阳，今河南

孟州市。⑧司徒，至德二载（757），李光弼加检校司徒。上元元年春正月，以李光弼为太尉兼中书令，馀如故。此仍其旧称，盖当时习称李光弼为司徒，犹称郭子仪为仆射。《洗兵马》"司徒清鉴悬明镜"即其例。幽燕，指安史叛军的老巢幽州一带地区。

[笺评]

顾宸曰：破幽燕之策，当时见及者，不过数人。清河李萼，告颜真卿，请分兵开崞口，讨汲、邺以北，至于幽陵，时哥舒翰守潼关。郭子仪、李光弼上言，请引兵直取范阳，覆其巢穴，此潼关未破前事也。又李泌对肃宗，请令光弼自太原出井陉，子仪自冯翊入河东。来春，命建宁为范阳节度大使，并塞北出与光弼南北掎角，以取范阳，破其巢穴。此禄山未死时事也。及禄山死，河东平，泌劝上如前策，遣安西及西域之众，并塞西北，自归檀南取范阳，永绝根本，此长安未复时事也。萼与李、郭之策不行，是以有灵武之奔；泌之策不行，是以有九节度之溃。至上元元年，光弼乘河阳之胜，遂平怀州。此时长安已复，庆绪已死，直捣幽燕，万万不容更缓，故下"急"字，盖深惜前三策之不早用耳。（《杜少陵集详注》卷九引）

王嗣奭曰：宵立昼眠，起居舛戾，恨极故然。"司徒急为破幽燕"，则故乡可归，别可免矣。（《杜臆》）

张溍曰：前三联，写夜立昼眠，失其常度。曰"步"，又曰"立"；曰"看"，又曰"眠"。忽行忽止，忽起忽卧，颠倒错乱，不能自定。二语善写恨状。（《读书堂杜诗注解》卷六）

黄生曰：对月思家，望云忆弟，皆诗中常意。然步而又立，看而复眠，则其情绪无聊之状，非常人摹写所能到矣。是盖有其思路，而笔力不足以赴之。杜公所以过人者，无他，善造句而已矣。对起，是双开门法。中二联，各承一扇。结联关合次句，而首句即暗关其中。盖幽燕一破，则洛城可归，骨肉可聚，乃言外之意也。人以为此诗近

实，而结处单关一边，留一边在言外，此天马行空之笔，其何足以知之。（《杜诗说》卷九）

佚名曰：少陵前后皆驱驰播越之境，唯此成都草堂，得以闲居者数年。此初至时，作诗以伤其旅泊之由也。（《杜诗言志》）

王慎中曰：终于情，景不稳贴，无味故也。（《五色批本杜工部集》引）

邵长蘅曰：格老气苍，律家上乘。（同上引）

钱良择曰：望李临淮之直捣贼巢也。（《唐音审体》）

仇兆鳌曰：首二，领起恨别。"四千里"，言其远；"五六年"，言其久。"行剑外"承"四千里"；"老江边"，承"五六年"。思家忆弟，伤洛城阻乱；乘胜破燕，望胡骑早平。"剑外"，剑门之外；"江边"，锦江之边。"宵立""昼眠"，忧而反常也。（《杜少陵集详注》卷九）

吴瞻泰曰：言外之意，曲折之笔，收挽之力，如天马行空，忽然回辔，岂寻常控驭之法能及哉！（《杜诗提要》卷十一）

浦起龙曰：人知上六为恨别语，至结联，则曰望切寇平而已。岂知"恨别"本旨，乃正在此二句结出，而其根苗已在次句伏下也。公之长别故乡，由东都再乱故也。解者不察，则七、八为游骑矣。夏间闻河阳克捷而作。河阳即在洛城，公之故乡也。言故乡长别者，为数被兵也。是以凌寒入蜀，判"老江边"。"步月""看云"，宵反立，昼反眠，恨之至，不觉失其常度矣。何幸忽闻破贼，其为我径抵贼巢以除祸本，庶将遄反乎？此与卷后《闻官军收河南河北》同意。"草木变衰"，乃来蜀时之景，非作诗时之景。错解者编入秋后，与"闻道"句庚矣。诗本雪亮，苦为坊本所蒙。特与湔浣。（《读杜心解》卷四）

蒋弱六曰：清宵反立，白日反眠，二句曲尽忧愤。（《杜诗镜铨》卷七引）

《杜诗镜铨》引旧注曰：当时用兵之失，在于专事河阳，与贼相持，而不为直捣幽燕之举，公诗盖屡言之。尝制郭子仪自朔方直取范阳还定河北。制下旬日，为鱼朝恩所阻，次年光弼遂有邙山之败。此云"急为"者，见此机会更不可失也。下首（指《散愁二首》之一）"司徒下燕赵"亦此意。

何焯曰："清宵立""白日眠"，兼写出老态来。"老"字正与结句"急"字呼应。"近"字"急"字，并应"五六年"。（《义门读书记》）

纪昀曰：六句是名句，然终觉"看云"不贯"眠"字。（《瀛奎律髓刊误》）

无名氏（甲）曰：末二句为篇结穴，最宜着眼。（《瀛奎律髓汇评》引）

沈德潜曰：若说如何思，如何忆，情事易尽，"步月""看云"，有不言神伤之妙。又曰：（"闻道"二句）见公将略，与李泌建议同。（《重订唐诗别裁集》卷十三）

许印芳曰："眠"与"看"云不贯，眠时不可看云乎？若谓夜眠不合，诗固明云"白日眠"矣。此二句全在转换处用意。盖"清宵"本是眠时，偏说"立"而"步月"，"白日"本是"立"时，偏说"眠"而"看云"，所以见思家、忆弟之无时不然也。沈归愚云："若说如何思，如何忆，情事易尽，步月看云，有不言神伤之妙。"此又见其措词浑含，为诗人之极轨矣。起句对。（《瀛奎律髓汇评》引）

杨逢春曰：此闻河阳克捷而作。（《唐诗绎》）

范大士曰：前四句双起双承，五、六言颠倒错乱，极形思忆之状。（《历代诗发》）

《唐宋诗醇》：老笔空苍，任华所云"势攫虎豹，气腾蛟螭"者，尺幅中能有其象。至于直捣幽燕之举，未尝无计及者，而良谋不用，莫奏肤功，甫诗盖屡及之。此用兵得失之要，足见甫之识略矣。若建都荆门，甫尤以为非计。彼其流离漂泊，衣食不暇而关心国事，触绪即来，所谓发乎情，止乎忠厚者，寻常词章之士，岂能望其项背哉！

万俊曰：万壑千山自响，涌出松涛；匹夫战马遥闻，凛然军令。非独格老气苍，更为古调独弹。律家上乘。（《杜诗说肤》卷四）

陈德公曰：起二笔力矫拔而意绪淋漓。三、四亦是骨立峭笔，为复沉痛。五、六字字琢叠，情真力到。结语引开，正照起绪。似此峭削章笔，更尔沉着刻挚，绝无率瘦之笔，当是情至气郁，律细工深，四合成章，乃无遗憾。（《闻鹤轩初盛唐近体读本》）

方东树曰：起四句，先点一"别"字，以下极写"恨"之事。收反"恨"作喜望语，所谓出场。起、收雄浑直迈。（《昭昧詹言》）

焦袁熹曰：末联十四字，何字为妙？识得此字（指"急"字）之妙，则诗家关捩子已得之矣。（《此木轩五七言律选读本》）

[鉴赏]

这是一首将思家忆弟、自伤漂泊之情与忧国伤时、感乱恨别之情密切结合的诗篇。境界的阔远与感情的浓郁是此诗的突出特征。

起联点明恨别之旨与恨别之由。杜甫家乡在巩县，属河南府管辖，是东都洛城的郊畿之地。"洛城一别"也就是家园一别；而"胡骑长驱"则正是造成"洛城一别"的根由。"四千里"，极言地之远；"五六年"，极言时之久。两句分别从空间的阔远与时间的久远两方面显示出别恨之深长。起势奇峭迅疾而境界阔远雄浑，虽用工整的对仗，却一气蝉联，直泻而下。而"胡骑长驱"四字则概括了五六年间叛军长驱直入，烧杀掳掠，神州大地遭受蹂躏，生民涂炭的情景，语气沉痛。

颔联分承"洛城一别"与"胡骑长驱"，写自己漂泊西蜀的情景。出句写自己在上一年的草木凋衰的严冬季节来到离乡数千里之外的剑南。"草木变衰"用宋玉《九辩》，虽点时令，亦寓心境。《成都府》明说"季冬草木苍"，而此则云"草木变衰"，盖前者写实，以见成都气候之温暖；后者用古，以见心境之凄凉，亦暗寓自己年岁之衰暮。

下句写自己因战乱不已、兵戈阻绝，只能终老于锦江之边了。"老"字着意，语极沉痛，漂泊之感，难归之恨，无奈之情，均于其中包蕴。参读"此生那老蜀，不死会归秦"之句，其意更显。

腹联正面抒写"忆别"之情。"思家""忆弟"即是"恨别"的具体内容，二者互文对举，意则兼容。清夜思家忆弟，则夜不能眠，或步月徘徊，或月下伫立，而心驰天外；白天思家忆弟，则凝望白云，空劳悬念，因心情烦闷无聊，兼夜不成寐，故往往昼而反眠。"看云"与"忆弟"的关系，古今注家未及。实则当暗用"南云"之典。陆机《思亲赋》："指南云以寄款，望归风而效诚。"陆云《感逝》："眷南云以兴悲，蒙东雨而涕零。""南云"常用以寄托思乡念亲之情，与杜甫思家忆弟之情正合。二陆家乡在南方，故"指南云以寄款"，而杜甫家乡在北，故不用"南云"字面而曰"看云"。两句用白描手法，通过看来似乎反常、实则极其真实的生活细节表现了对家园亲人的深挚思念，连用"思""步""立""忆""看""眠"六个动词，传神地表达了心境的郁闷无聊、烦躁不安和无可奈何。

恨别之情达到极致，便自然引出对平叛战争胜利的渴望："闻道河阳近乘胜，司徒急为破幽燕。"听说李光弼的部队近日乘胜破贼于河阳，战争形势一片大好，祈望乘此时机，直捣幽燕贼巢，取得平叛战争的最后胜利，一"急"字渲染出诗人对平叛战争获得全胜的迫切心情。"恨别"之情既因"胡骑长驱"而生，则消除"恨别"之情的唯一途径也只能是"破幽燕"、捣贼巢。尾联因"恨别"而归结到"破幽燕"，正是全篇的自然结穴。个人的骨肉离散之恨的产生与消除，却紧密联系着国家的安危，由"恨别"始，以"急为破幽燕"结，正是生活的真实，也是情感发展的必然。这一结，使全篇的情调由悲而趋壮，由沉郁而昂扬，结得劲拔有力。评家或解为诗人申破幽燕之策，似不免拔高，将平常人的盼捷心理误为策士的献计，反失本意，亦减诗情。

春夜喜雨①

好雨知时节，当春乃发生②。随风潜入夜③，润物细无声。野径云俱黑④，江船火独明。晓看红湿处，花重锦官城⑤。

[校注]

①约上元二年（761）春作于成都浣花草堂。②乃，一作"及"。发生，犹出现，指春雨。或谓指万物发生，参下引王嗣奭评。③潜，暗暗、悄悄。④句意谓田野上的小路笼罩在一片带着浓浓雨意的黑云之下。⑤花重，花经雨而沾湿，故加重。梁简文帝《赋得入阶雨》："渍花枝觉重。"锦官城，成都城，参详《蜀相》注③。

[笺评]

刘辰翁曰："随风潜入夜，润物细无声。"善为诗者，以此为相业，亦有味乎其言。其言果尔有味，方与言诗也已矣。（《唐诗品汇》引）

方回曰："红湿"二字，或谓唯海棠可当。此诗绝唱。（《瀛奎律髓》卷十七）按：杨慎亦云："红湿"二字，非海棠不足以当之。见《五色批本杜工部集》引

王慎中曰：宛得风味。（《五色批本杜工部集》引）

胡应麟曰：咏物起于六朝，唐人沿袭，虽风华竞爽，而独造未闻。唯杜诸作自开堂奥，尽削前规，如题月："关山随地阔，河汉近人流。"雨："野径云俱黑，江船火独明。"雪："暗度南楼月，寒深北浦云。"夜："重露成涓滴，稀星乍有无。"皆精深奇邃，前无古人，后无来者，然格则瘦劲太过，意则寄寓太深。他鸟兽花木等多杂议论，尤不易法。（《诗薮·内编》卷四）

钟惺曰：（首句）五字可作《卫风》灵雨注脚。（《唐诗归》）

谭元春曰：（"随风"二句）浑而幻，其幻更不易得。"江船火独明"，此句为雨境尤妙。"红湿"字已妙于说雨矣，"重"字尤妙。不湿不重。（同上）

王嗣奭曰："好雨知时节"，谓当春乃万物发生之时也，若解作雨发生则陋矣。三、四用意灵幻，昔人以此为相业，有味其言之也。"野径云俱黑"，知雨不遽止，盖缘"江船火独明"，径临江上，从火光中见云之黑，皆写眼中实景，故妙。不然，则"江船"句与"喜雨"无涉，而黑云焉得在野径耶？谭评"江船"句云："以此为雨境尤妙。"安见其妙也？钟、谭评诗，往往作影响语以欺人。束语"重"字妙，他人不能下。（《杜臆》）

周珽曰：此诗妙在春时雨，首联便得所喜之故，后摹雨景入细。而一结见春，尤有可爱处。（《删补唐诗选脉笺释会通评林·盛五律》）

邢昉曰："花重"涉纤。少陵佳处岂在此！（《唐风定》）

朱彝尊曰：五、六粘定是夜中雨。（《杜诗集评》引）

李天生（因笃）曰：诗非读书穷理，不到绝顶，然一堕理障书魔，带水拖泥，宋人转逊晋人矣。公深入其中，掉臂而出，飞行自在，独有千古。此诗妙处有疏疏朴朴之致，非其人不知。（同上引）

吴庆百曰：起以朴胜，三、四细腻。刘辰翁欲比相业，则宋人之见也。"江船"句反映法。结语是暗料其如此也。（同上引）

俞犀月曰：绝不露一"喜"字，而无一字不是"喜雨"，无一笔不是"春夜喜雨"。结语写尽题中四字之神。（同上）

查慎行曰：此种景，画家所不能绘，唯诗足以发之，微嫌结句落纤巧家数，与前六句不称。（《初白庵诗评》）

申涵光曰："好雨知时节"，此《毛诗》所谓"灵雨"也。（《杜少陵集详注》卷十引）

顾宸曰：雨随风，固是恒事，好在"潜入夜"三字；雨润物，固是常理，好在"细无声"三字。不觉其入夜，而已潜随风而入夜；不闻其有声，而已细润物于无声。盖当此春时，固喜雨之发生，而发生

大骤，致风狂物损，安在其为好也。公可谓绘水绘声矣。(《辟疆园杜诗注解》五律卷四)

黄生曰：("好雨"二句) 对起，呼应起。("随风"二字) 流水对。("野径"句) 宕开。发生万物，气化主之，雨其吏也。及时而雨，其喜固宜，然非"知时节"三字，则写喜意亦不透，此其出手警敏绝人处。"及"字旧作"乃"，句颇不亮，依钱本正之。雨细而不骤，才能润物，又不遽停，才见"好雨"。五、六写雨境妙矣，尤妙在能见"喜"意。盖云黑则雨浓可知。六衬五，五衬三，三衬四，加倍写。"润物细无声"五字，即是加倍写"喜"字。结语更有风味。春雨万物无所不润，花其一耳。此诗四句既言发生之功，七、八拖一笔，独惬幽居之趣。三、四是诗人胸襟，七、八是诗人兴趣。本领深厚，而下笔又饶风韵者，杜公一人而已。(《杜诗说》卷四)

仇兆鳌曰：潜入细润，正状好雨发生。云黑火明，雨中夜景。红湿花重，雨后晓景。应时而雨，如知时节者。雨骤风狂，亦足损物，曰"潜"曰"细"，写得脉脉绵绵，于造化发生之机，最为密切，三、四属闻，五、六属见。"细无声"，即《盐铁论》所谓"雨不破塊"也。(《杜少陵集详注》卷十)

张谦宜曰："野径云俱黑，江船火独明。"此是借"火"衬"云"。"晓看红湿处，花重锦官城。"此是借"花"衬"雨"。不知者谓止是写花，"花"下用"湿"字，可见其意。(《絸斋诗谈》卷四)

浦起龙曰：起有悟境，从次联得来。于"随风""润物"悟出"发生"，于"发生"悟出"知时"也。五、六拓开，自是定法。结语亦从悟得，乃是意其然也。通身下字，个个咀含而出。"喜"意都从罅缝里迸透。上四俱流对。写雨切夜易，切春难，此处着眼。(《读杜心解》卷三)

李文炜曰：小雨应期而发生，则知时节之当然矣，宁不谓之好雨乎？其随风也，知当昼则妨夫耕作，而潜入夜焉；其润物也，知过暴则伤其性情，而细无声焉。是其能因风以泽物，而不爽乎时，不违乎节矣。何喜如之？然而无声之雨，何以知其细而能润物也？待晓看锦官城之花，垂垂而湿，较不雨尤加重焉，而不见其飘残，此雨之所以好，此雨之所以可喜也。（《杜律通解》）

何焯曰：及时之雨而又无所不遍，所以为可喜也。"野径""江船""锦城"，以见雨之沾足，都非漫下。"野径云俱黑"，此句暗；"江船火独明"，此句明；二句皆剔"夜"字。"晓看红湿处"二句："细""润"，故重而不落，结"春"字工妙。（《义门读书记》）

纪昀曰：此是名篇，通体精妙，后半尤有神。"随风"二句虽细润，中、晚人刻意或及之。后四句传神之笔，则非馀子所可到。（《瀛奎律髓汇评》卷十七引）

杨伦曰：解杜旧多穿凿，宋人有以三、四为相业者，殊属可笑。（"随风"二句）是春雨。（《杜诗镜铨》卷八）

劭长蘅曰：（"野径"二句）十字咏夜雨入神。（同上引）

《唐宋诗醇》：近人评此诗云："写得脉脉绵绵，于造化发生之机，最为密切。"是已。然非有意为之，盖其胸次自然流出而意已暗会，所谓"不涉理路，不落言诠"者如此，若有意效之，即训诂语耳。

朱之荆曰：首剔"春"字，次点"春"字。三点"夜"字。四、五明画"夜"字，六傍托"夜"字。五、六承"无声"来，只写"夜"字耳。《初月》诗末句"晴"字，此末句"湿"字，绾合处并无着力瞻顾之痕。（《增订唐诗摘抄》）

宋宗元曰：起结多不脱"喜"意。（《网师园唐诗笺》）

沈德潜曰："知时节"，即所云"灵雨既零"也。三、四传出春雨之神。（《重订唐诗别裁集》卷十）

施补华曰："野径云俱黑，江船火独明。"确是暮江光景。（《岘佣说诗》）

[鉴赏]

古代咏雨的诗汗牛充栋，其中不乏名篇佳制，但像杜甫的《春夜喜雨》这样，既传春天夜雨之灵性与神韵，又传诗人对春天夜雨美好境界的喜悦赏爱之情的，却不多见。

首联径直而起，一"好"字笼盖全篇。"知时节"三字，是对"好雨"的诠释，而"当春乃发生"又是对"知时节"的进一步说明。"知"字将春雨拟人化，将它描写得仿佛极具灵性，正当春天万物萌发生长的季节，亟须雨水的滋润时，它就飘然而至了。"当"字、"乃"字，是"知"的具体化，说明它不迟不早，来得正值其时。而诗人对雨的喜悦赏爱之情，也渗透在"好""知""当""乃"等一系列词语之中。这两句是叙述议论，却写得很饶情韵，关键就在写出了春雨体贴人们需要的那份温情与灵性。

赞赏春雨之"知时节"，是因为它能润泽滋养万物。颔联便进而从"润物"的角度写春夜细雨的特征和神韵。出句明点"夜"字，说它随着春天的和风悄悄地在夜间降临了。"潜"字极富神韵，说明这雨是暗暗地、悄悄地随风飘然而至的，是在人们不知不觉中忽然降临的，这正传出了春天夜雨轻柔幽细的特征，可以说是传"细"字之神。那么，诗人又是如何感知到这"潜入夜"的春雨的呢？或谓是凭听觉，但对句明说"无声"，可见这雨已经细到落地悄无声息的程度。其实从"随风"二字中可以揣知，诗人是凭借风吹细雨飘洒而下时带来的那丝凉意湿意而感知到它"潜入夜"的，这种细致入微的描写不但写出了春天夜雨看不到、听不见的特征，而且传出了诗人在锐敏感知其"潜入夜"时的那份惊喜。正因为"细"，它才能最有效地润泽滋养花草树木、田间作物，对句"润物细无声"便集中显示了春雨的这种特征、功能乃至品格。"细"字既是对"无声"的一种说明，又是对"润物"功能的一种强调。这两句描摹春天夜雨确实到了出神入化的程度。人们在吟味玩赏其风神气韵的同时可能会引发对生活中类似人物的精神风貌的某种联想，这是具有典型特征的艺术形象的客观作用，却未必是诗人有意的兴寄。如果泥定其中的寓意，反失诗情与诗趣。

前四句用流水对写雨当春而生、随风入夜、润物无声的过程，一气直下，略无停顿，格调轻快，充分表现出诗人的喜悦之情，腹联乃略作顿宕，转写望中雨夜景物情境，但意脉则仍承"春夜喜雨"而一意贯串。"野径云俱黑"，即"野径与云俱黑"之意。在平常无雨的暗夜，田野上的小径虽隐约模糊，但总有一点白色的反光与周围田野区分开来，而此刻却因浓密的黑云遮盖，全然不见踪影。而写云之黑，正所以透露雨意之浓，暗示这细无声的春雨将绵绵脉脉地一直飘洒下去。"江船火独明"，放眼江上，只有渔船上的灯火独自在暗夜中闪烁明亮。这一句与上句正形成一明一暗的鲜明对照，相互反衬，使"黑"者愈显其黑，明者愈显其明。一方面，周围的一片浓密的黑暗愈加突出了江船上的一星灯光的明亮；另一方面，这独明的江船灯火又反过来愈益衬出整个暗夜的黑暗。从诗人的用意看，自然是以"江船火独明"反衬"野径云俱黑"，以渲染雨意之浓、雨势之霢淫未已；但从所描绘的意境看，则这在浓密黑暗中的江船灯火，又极具诗情画意，给人一种诗意的遐想和美感。这两方面的意蕴，均为此联所有，不可只强调"江船"句对"野径"句的衬托作用。写黑云笼罩下的暗夜，很难写得富于美感，杜甫这一联却将它的特有的美感写得极其出色，这正是因为诗人从内心深处对春天的雨夜怀有一份深深的喜爱，因而能发现它的特殊的美。这一联表面上没有一字写到雨，但读者从中却可想象出那浓黑的雨云正络绎不绝地飘洒出如丝的细雨，洒遍田地、野径、春江，使土地渗透浸润，使草木庄稼得到充分的滋润，甚至似乎可以听到它们拔节生长的声响，不言喜而喜悦之情自含其中。

　　尾联写晓来所见锦官城花团锦簇的美景，以反托春夜细雨润物之功。这两句或理解为诗人夜间想象之词，这样理解自有它的动人遐想之处，但理解为晓来目击，似乎更能淋漓尽致地表达对春夜好雨的赞美和喜悦。在脉脉绵绵、悄无声息的一夜春雨中悄然入睡，一觉醒来，但见千枝万树，一片"红湿"，枝头的花苞花朵，浸透了水分，洗出夺目的鲜红，挂着晶莹的水珠，分外饱满，变得沉甸甸的，整个锦官城似乎变成了一座花的城市。两句中的"红湿"和"重"，都是着意渲染的传神写照之笔，它们不但写出了一夜春雨滋润后花的分外鲜艳、明洁、润泽、饱满，而且写出了春雨的城市美容师的作用。"锦官城"这个词语在这里作为成都的别称加以运用，也恰到好处地起了点染情境的作用，使整座城市花团锦簇的面貌得到充分的展示。

诗在时间上由暮至夜，由夜至晓，随着时间的流逝，所写的景物不断变化，诗人喜悦的感情也随之不断加强，至尾联而"喜"雨之情达到极致，诗也就在感情的高潮中悠然收束，结得极为圆满而富于余韵。

野　望①

西山白雪三城戍②，南浦清江万里桥③。海内风尘诸弟隔④，天涯涕泪一身遥⑤。惟将迟暮供多病⑥，未有涓埃答圣朝⑦。跨马出郊时极目⑧，不堪人事日萧条⑨。

[校注]

①上元二年（761）作于成都浣花草堂。野望，在郊野眺望。据末句，或在秋冬之际。②西山，指成都西边远处的岷山主峰，因终年积雪，故又称"雪岭"，或称"西岭"。三城戍，唐朝为防备吐蕃侵扰，在成都西北的松州、维州、堡城三城分别设戍。三城戍，《全唐诗》原作"三奇戍"，校："一作城。"兹据改。按：《新唐书·地理志》：彭州导江县有三奇戍。但"三奇戍"离西山雪岭较远，当以作"三城戍"为是。《西山三首》之二云："辛苦三城戍，长防万里秋"，可证。③万里桥，《元和郡县图志·剑南道》：成都府成都县："万里桥，架大江水，在县南八里。蜀使费祎聘吴，诸葛亮祖之，叹曰：'万里之行，始于此桥。'因以为名。"大江，即汶江，一名流江，亦即锦江。杜

甫草堂在万里桥西。《狂夫》诗："万里桥西一草堂。"④风尘，指战尘。诸弟，指杜颖、杜观、杜丰。⑤一身，指诗人自身。⑥迟暮，这一年杜甫五十岁，故云。供，奉献。⑦涓埃，细流微尘，喻指微小的贡献。⑧极目，放眼远望。⑨人事日萧条，指民生日益凋敝，国势日益衰弱，所包甚广。

[笺评]

郭知达曰：公以离乱，一身入蜀，兄弟遂相隔也。(《九家集注杜诗》)

方回曰：此格律高耸，意气悲壮，唐人无能及之者。(《瀛奎律髓》卷十三)

叶羲昂曰：涕泪多端，更有不能忘情者。(《唐诗直解》)

《唐诗训解》：谓出自家衷臆，妙在真处。然一身只以"供多病"而不以"报圣朝"，则"天涯涕泪"，岂徒以哭吾私。

陆时雍曰：后四语率怀摅写。(《唐诗镜》)

梅鼎祚曰：铿然苍然，有韵有骨。(《删补唐诗选脉笺释会通评林·盛七律》引)

周秉伦曰：第四句，悲语。第六，忠念。(同上引)

朱鹤龄曰：按：是时分剑南为两节度而西山三城列戍，百姓罢于调役。高适尝上疏论之，不纳。公诗当为此作，故有人事萧条之叹。(《杜工部诗集辑注》)

毛奇龄曰：风景不殊，而人事异也。(《唐七律选》)

查慎行曰：中二联用力多在虚字，结意尤深。(《初白庵诗评》)

李因笃曰：可称高浑。前四句第五字皆数目相犯，学者宜忌。(《杜诗集评》引)

吴农祥曰：悃愫吐尽，可咏可歌。(同上引)

朱翰曰：不堪人事萧条，欲忘忧，反添忧也。时国步多艰，虽有

天命，亦由人事，故结句郑重言之。（《杜诗解意》）

胡以梅曰：五、六承四而下，结出野望，自有一种大方浑融之气。起用对偶，对仗亦工。"供"字妙。（《唐诗贯珠串释》）

张谦宜曰：前四句先写情事索漠，末乃云："跨马出郊时极目，不堪人事日萧条。"触目感伤，言简意透。（《絸斋诗谈》卷四）

仇兆鳌曰：此因野望而寄慨也。上四，野望感怀，思家之念；下四，野望抚时，忧国之情。临桥而望三城，近虑吐蕃；天涯而望海内，远愁河北也。五、六，属自慨；末句，乃慨世。出郊极目，点醒本题。（《杜少陵集详注》卷十）

黄生曰：起二句即极目所见，结处乃点明之。"南浦"句虽近景，然以"万里"为名，则目不至而心已至之，此所以与上句相称。而"人事萧条"，盖不止目前所见而已。三、四骨肉睽离之戚，五、六阙廷疏远之怀，此则"人事"之最切者。跨马出郊之际，极目伤心，宜首及此。"供"字工甚。迟暮之身，尚思效力朝廷，岂意第供多病之用，此自悲自恨之词。（《杜诗说》卷九）（"西山"二句）对起。（"海内"句）上因句。（"天涯"句）倒因句。（"惟将"二句）实眼句。（"跨马"二句）应起联。

浦起龙曰：国患家离，两两系心。"三城戍"，提忧国。"万里桥"，提思家。三、四顶次句，思家之切也。五、六顶首句，忧国之忧也。题中"望"字意，皆暗藏在内。七点清，八总收。中四，思家忧国，分中有合。（《读杜心解》卷四）

范大士曰：笔意流动，亦复凄凄恻恻。（《历代诗发》）

杨伦曰：思家忧国，首二并提，起势最健。（"海内"二句）沉着。（《杜诗镜铨》卷八）

沈德潜曰：前半思家，后半思国。（《重订唐诗别裁集》卷十三）

纪昀曰：此首沉郁。（《瀛奎律髓汇评》卷十三引）

许印芳曰：起句排对，杜律多此。（同上引）

《唐宋诗醇》：孙仅所云：复邈高耸，若凿太虚而噭万窍，此类是已。流连光景，何足语此！

方东树曰：此诗起势写望而寓感慨。中四句题情。三、四远，五、六近。收点题出场，创格。此变律创格，与"支离东北"同。读此深悟山谷之旨。(《昭昧詹言》)

李锳曰：首二句凭空先写望中之景，已含家国之景。三、四句点到本身情事，不胜思家之感。五、六句复承"一身"发慨，传出忧国之心。第七句始点到"望"字，第八句家国总收。(《诗法易简录》)

[鉴赏]

在杜甫的七律中，这一首以境界的阔大和感情的沉郁著称。题称"野望"，即第七句所谓"跨马出郊时极目"之意，但望中有联想、有深思、有悲慨，内涵丰富，表情含蓄。

起联破空而来，大处落笔，先写东西极目所见宏阔杳远之境，景中寓情。出句写向西远眺，但见岷山主峰白雪皑皑，山下松维各州，三城列戍防守，以防吐蕃入侵。"西山白雪"，是极目远眺所见，"三城戍"则是想象，其中已寓含对西边形势的忧虑。对句写锦江浦口，水清如镜，江上横跨着著名的万里桥。这句是草堂近景，但"万里桥"的悠久历史和"万里之行，始于此桥"的掌故，却能引发对悠远时空的想象，特别是对清江所向的广远的长江中下游地区的想象，黄生谓"虽目不至而心已至之"，甚是。其中也蕴含有对少壮时曾历的吴越一带自然风光和人文胜景的追恋向往。两句用工整的对仗起，构成极其宏阔广远的江山万里画图，而对时势的隐忧，对祖国山川广远的热爱自寓其中。

领联承次句"万里"转到自身。"海内""天涯"对应"万里"。上句抒写对流离四散的诸弟的思念，"风尘"点出战争的背景，也是造成"诸弟隔""一身遥"的原因，上承"三城戍"，下逼"人事日萧条"。下句写自己一身遥居蜀地，因思家念弟，忧虑战局而涕泪沾襟。两句境虽阔大而意绪悲凉，写出在广阔空间境界中的阻隔感和孤独感。

"惟将迟暮供多病，未有涓埃答圣朝。"腹联承"一身遥"续写野望中的沉思与悲慨。杜甫困守长安时已经得了肺病、疟疾，入蜀后又患头风，年已迟暮，且兼多疾，看来自己的残年只能在老病交侵中打发日子了。"供"字惨然。一个身怀稷契之志，一心想着"致君尧舜上，再使风俗淳"的志士，按说应是"烈士暮年，壮心不已"，如今却只能将余生交付给缠绵交侵的疾病，这真是莫大的悲哀。想到朝廷内外交困，安史之乱连延七年，尚未平定；西边的吐蕃，又时时觊觎入侵，自己身为前朝旧臣，在内忧外患交织之时却无微小的贡献来报效朝廷，心情既感到愧疚，又感到无奈。其时杜甫已完全是在野的布衣之身，生活又相当困窘，却以困窘之身而怀报国之志、忧国之心，令人倍感其胸襟的宽广博大。

"跨马出郊时极目，不堪人事日萧条。"尾联是全篇的结穴。出句点明题目，也透露前面六句所写全是出郊极目（即野望）时所见所思所慨所悲，而对句则集中揭示"野望"时的感受，亦即全篇主意。"人事萧条"包蕴甚广，举凡国势之衰微、民生之凋敝、郊野景象之荒凉乃至己身之衰暮均可包括在内。史载，这年二月，党项、奴剌进攻宝鸡，烧大散关，南侵凤州，大掠而西；李光弼被中使所迫攻洛阳，大败，死数千人；洛阳西面数百里，因叛军内乱，州县皆为丘墟。四月，蜀中梓州刺史段子璋反，自称梁王。五月，西川节度使崔光远与东川节度使李奂攻绵州，斩段子璋，牙将花惊定恃功大掠，乱杀数千人。九月，江淮大饥，人相食。蜀中的战乱更直接造成了民生的凋敝和百姓的死亡。这一切，诗人在极目远望时，或目击萧条凋敝景象，或遥想衰乱景象，均不免悲从中来，而自己以在野布衣之身，对此无能为力，故曰"不堪人事日萧条"。虽写得虚涵概括，但感慨则极深沉。

水槛遣心二首①

去郭轩楹敞②，无村眺望赊③。澄江平少岸，幽树晚多花。细雨鱼儿出，微风燕子斜。城中十万户④，此地两三家。

蜀天常夜雨，江槛已朝晴。叶润林塘密，衣干枕席清。不堪祗老病，何得尚浮名？浅把涓涓酒，深凭送此生⑤。

[校注]

①水槛，傍水的有栏杆的亭轩类建筑。杜甫在上元元年（760）修建浣花草堂的同时，修建了供观赏垂钓的水槛（水亭）。其《江上值水如海势聊短述》云："新添水槛供垂钓。"即指此。心，《全唐诗》校："一作兴。"约作于上元二年。②郭，指成都城郭。轩楹，廊柱。敞，宽。③赊，阔远。④十万户，《新唐书·地理志》：成都府，"户十六万九百五十，口九十二万八千一百九十九"。⑤凭，依仗、凭借。

[笺评]

叶梦得曰：诗语固忌用巧太过，然缘情体物，自有自然工妙，虽巧而不见刻削之痕。老杜"细雨鱼儿出，微风燕子斜"，此十字殆无一字虚设。雨细者着水面为沤，鱼常上浮而淰，若大雨则伏而不出矣。燕体轻弱，风猛则不能胜，唯微风则受以为势，故又有"轻燕受风斜"之语。至"穿花蛱蝶深深见，点水蜻蜓款款飞"，"深深"字若无"穿"字，"款款"字若无"点"字，皆无以见其精微如此。然读之浑然，全似未尝用力，此所以不碍其气格高胜，使晚唐诸子为之，便当如"鱼跃练波抛玉尺，莺穿丝柳织金梭"矣。（《石林诗话》卷下）

刘辰翁曰：（次章）结细润有味。（《杜诗镜铨》卷八引）

赵汸曰：此诗八句皆言景，每句中自有曲折。题曰"遣心"，而

诗不言情者，盖寓有不乐，登水槛，览景物而赋之，以自释也。（《赵子常选杜律五言注》卷中）

李�</br>佩曰：少岸、多花，亦属恒语。曰"平少岸"，分明一望渺然，则澄江愈澄矣。曰"晚多花"，如见夕阳掩映，则幽树愈幽矣。用字平易，只如不觉，若入晚唐，便添许多痕迹矣。（《辟疆园杜诗注解》五律卷五引）

仇兆鳌曰：（第一首）此章咏雨后晚景，情在景中。中四，皆水槛前所眺望者。末联，遥应郭、村，以见郊居之清旷。八句排对，各含遣心。（第二首）次章说初晴晓景，下四言情。"叶润"承"雨"，"衣干"顶"晴"。老病忘名，酒送馀生，此对景而遣怀也。蜀中雅州常多阴雨，号曰漏天。（《杜少陵集详注》卷十）

张谦宜曰："澄江平少岸，幽树晚多花。细雨鱼儿出，微风燕子斜。"此白描写生手。彼云杜诗粗莽者，知其未曾细读也。（《絸斋诗谈》卷四）

浦起龙曰：首章横写。从槛外之景，空阔纵目也。一、二，从置槛处起，是首章体。"无村"，槛外即江也，恰接第三。江岸有树，恰接第四。五、六，接江边写。七、八，应转一、二。偏说有"家"，正使"无村"益显。次章竖写。就槛内之身，安排送老也。上四，从外入内，从景及身，渐渐逼近，亦逐句顶，引动下四矣。下四亦一滚。"浮名"不"尚"，则寄此生于此间，不言槛而槛见也。细密乃尔，勿曰平平。（《读杜心解》卷三）

杨伦曰：（"城中"句）应"去郭"。（"此地"句）应"无村"。（次章）（"叶润"句）承"雨"。（"衣干"句）承"晴"。（《杜诗镜铨》卷八）

[鉴赏]

《水槛遣心二首》，抒写诗人水亭晚眺晨赏的感受，在杜甫五律中是别具一格之作。

首章起联从水槛所在的处所落笔。"去郭"二字，一篇之根。由于远离城市，这一带住家稀少，周围没有成片的村落，凭轩览眺，视野显得非常阔远。"轩楹"（廊柱）本未必宽，因所眺者远，故觉其"敞"。"轩楹敞"即因"眺望赊"而来，两句对仗，而意则互补。不仅勾画出一片远离尘嚣的空旷境界，而且透露出诗人凭轩极目之际宽舒闲适的心境。"敞"字、"赊"字，即隐含"遣心"之意。

颔联分写眺望中的远景、近景。春夏之交，锦江水涨，远远望去，江水几乎与对岸齐平，往日水浅时的高岸已不复见；近处，草堂内外，幽树丛生，在这寂静的黄昏，盛开着各色各样的花朵。江岸与江面齐平，益添阔远之感；繁花与黄昏相伴，愈增幽寂之趣。两句远近相映，阔远幽静相衬，使两个方面都显得更为突出。而无论远眺近观，又都统一于闲适之境。"少"字、"多"字，似平易而实精工。

腹联分写俯视、仰望所见景物。槛外江面上，正下着蒙蒙细雨，形成一个个小水泡。水底的鱼儿时时浮出水面，在雨泡中欢快地游动；在微风中，轻盈的燕子正借着风势倾斜着身子掠过江天，准备归巢。这一联向为评家所赏，叶梦得的评语更每为鉴赏此诗者所称引。不过，叶氏只说到了诗人体物入微的一面，而忽略了隐藏在这后面的诗人那一份悠闲从容、欣喜轻快的心情。在细致入微地观赏景物的同时，诗人那久经丧乱的受到创伤的心，也似乎得到了抚慰熨帖，"遣心"的意蕴也就得到进一步的表现。

尾联回抱首联。"城中十万户"，极言成都之繁盛，用意却在反跌下句"此地两三家"，以见草堂这一带的闲远清旷。而这旷远的"去郭"之地，正是诗人得以纵目遣心的地方。浦起龙说："偏说有'家'，正使'无村'益显。"可谓善体作者之意。

这一首每联都用工整的对仗，但读来却毫无板重之感。诗中既有首尾两联那种大处落墨的疏宕有致的笔法，又有颔腹两联那种细处着眼的精工刻画的笔法。浓密疏淡相间，对法又灵活多变，遂显得不单调不平板。而且精细处能传神写意，不落于纤巧；疏宕处亦不废锤炼，无浅率之弊。尾联出句先重笔放开，对句却淡淡着笔，徐徐收住，益见摇曳不尽之致与萧散自得之趣。

次章写水槛朝晴所见所感。起联以"蜀天常夜雨"的普遍现象反托"江槛已朝晴"的特殊情况（蜀中多雾苦雨，晴日少见，李商隐的《初起》诗至有"三年苦雾巴江水，不为离人照屋梁"之句），不言欣赏而欣赏之意自含其中，"已"字正微露意外的喜悦。"江槛"点题，"夜雨""朝晴"承上章"晚""雨"，是联章体照应勾连的写法。

三、四两句，分承"夜雨""朝晴"。由于夜雨的浸润，林塘上本已繁茂的树叶，变得更加清润而茂密；而夜间原觉潮腻的衣衫枕席，却因朝来转晴变得干爽洁净了。如果说上句从视觉方面写出了自然景物的变化与节序的渐进，那么下句则从触觉方面传达出身心的舒适愉悦。"干""清"二字，暗切题内"遣心"。上句侧重写景，下句侧重写人的感受，这就由景到人，过渡到下面两联。

"不堪祗老病，何得尚浮名？"经历多年的困顿流离，杜甫的身体已经衰弱多病。老而多病，本已困苦，着一"祗"字，见平生凤愿，尽成虚幻，唯余老病之身，故说"不堪"。既然如此，还怎能再去追求浮名呢？这"浮名"实即功名事业的贬称。既然连功名事业都看透了，那么剩下的日子便自然只有用酒来打发了，因此尾联接着表示："浅把涓涓酒，深凭送此生。"

浦起龙说："次章竖写。就槛内之身，安排送老也。上四，从外入内，从景及身，渐渐逼近，亦逐句顶，引动下四矣。下四亦一滚。'浮名'不'尚'，则寄此生于此间，不言槛而槛见也。细密乃尔，勿曰平平。"如果从结构章法和表面的意思看，浦氏的评述是相当精彩的。但细加寻绎，便不难发现，在后幅仿佛非常旷达闲逸的外表下，正蕴含着一种深沉的悲哀。"何得"二字，下笔很重，仿佛对"浮名"采取彻底否定态度，但骨子里却透出一种无可奈何的深悲，在自我告诫的口吻中正反映出内心深处对功名事业的不能忘情。"浅把涓涓酒"，好像极悠闲自得，但一和下句，特别是和"深""送"二字联系起来，内心的痛苦便无法掩饰。一个怀着致君尧舜抱负的诗人，竟落得只能深凭杯酒来"送"走为日无多的衰病缠身的晚年，其处境之可悲、内心之沉痛可想而知。酒送残生，这也是一种"遣心"，但又是怎样一种痛苦的排遣啊！

像杜甫这样的诗人，生活中自然也有闲逸的一面，也有表现这种心境的诗，而且有时可以比某些生活闲适的诗人体物更细，刻画更工。但由于他那种始终关怀国事、面对现实的精神，总是很难长久保持闲适的心境。一时的陶醉与安闲并不能消融理想与现实的矛盾。因此，有时即使在旷达冲淡的表白中也不由自主地透露出了内心的苦闷。从这个角度看，割裂联章体的格局而独取前一首，是容易让读者产生错觉的。

闻官军收河南河北①

剑外忽传收蓟北②，初闻涕泪满衣裳。却看妻子愁何在③，漫卷诗书喜欲狂④。白日放歌须纵酒⑤，青春作伴好还乡⑥。即从巴峡穿巫峡⑦，便下襄阳向洛阳⑧。

[校注]

①唐代宗宝应元年（762）十月，唐王朝各路大军由陕州发动反攻，再次收复洛阳，并相继平定河南各郡县。十一月，进军河北。叛军将领薛嵩、李抱玉、李宝臣、田承嗣、李怀仙等纷纷纳地投降。第二年（广德元年，763）春正月，叛军头子史朝义（史思明之子）兵败自杀。延续七年零三个月的安史之乱，终于宣告平定。这年春天，杜甫因为避军阀徐知道作乱，流寓在梓州（今四川三台县），听到胜利的喜讯，写下这首诗。②剑外，剑门关以南的蜀中地区。蓟北，指安史叛军的老巢幽蓟地区，今京津地区及河北北部地区。③却看，回

看。妻子，妻子儿女，与下句"诗书"对文，均为复合名词。但实际上偏义于指妻。④漫卷，胡乱地收卷。⑤白日，阳光普照的晴朗日子。放歌，放声高歌。纵酒，纵情痛饮。⑥青春，指春天。⑦巴峡，《太平御览》卷六五引《三巴记》云："阆、白二水合流，自汉中至始宁城下，入武陵，曲折三曲，有如巴字，亦曰巴江，经峻峡中，谓之巴峡。"阆、白二水即今嘉陵江之上游，杜甫从梓州出发东归，当经此巴峡。巫峡，长江三峡之一，在湖北巴东县西，与重庆市巫山县接界。⑧诗人自注："余田园在东京。"襄阳，今湖北襄阳市。襄阳县是杜甫祖籍。洛阳附近的巩县（今巩义）是杜甫的家乡。

[笺评]

范温曰：古人律诗亦是一片文章，语或似无伦次，而意若贯珠……"剑外忽传收蓟北，初闻涕泪满衣裳"，夫人感极则悲，悲定而后喜，忽闻大盗之平，喜唐室忽见太平，顾视妻子，知免流离，故曰"却看妻子愁何在"；其喜之至也，不觉手之舞之，足之蹈之，故曰"漫卷诗书喜欲狂"，从此有乐生之心，故曰"白日放歌须纵酒"；于是率中原流寓之人同归，以青春和暖之时即路，故曰"青春作伴好还乡"。言其道途则曰"即从巴峡穿巫峡"；言其所归则曰"便下襄阳向洛阳"。此盖曲尽一时之意，惬当众人之情，通畅而有条理，如辩士之语言也。（《潜溪诗眼》）

胡应麟曰：老杜好句中迭用字，惟"落花游丝"妙极。此外，如……"便下襄阳向洛阳"之类，颇令人厌。（《诗薮》）

黄克缵、卫一凤《全唐风雅》：（"却看"二句）写喜意真切，愈朴而近。自然是喜意流动得人，结复何等自然。喜愿之极，诚有如此，他语不足易也。

王嗣奭曰：说喜者云喜跃。此诗无一字非喜，无一字不跃。其喜在"还乡"，而最妙在束语直写还乡之路，他人决不敢道。（《杜臆》

卷五）又曰：一气流注，而曲折尽情，绝无妆点，愈朴愈真。（仇氏《详注》引）

卢世㴶曰："剑外忽传收蓟北，初闻涕泪满衣裳。"纯用倒装，在起手尤难。（《读杜微言》，即《杜诗胥钞馀论》）

金圣叹曰：此等诗，字字化境，在杜律中为最上乘也。（《金圣叹选批杜诗》）

黄周星曰：写出意外惊喜之况，有如长江放溜，骏马注坡，直是一往奔腾，不可收拾。（《唐诗快》）

吴乔曰：少陵七律，有一气直下，如"剑外忽传收蓟北"者。（《围炉诗话》卷二）又曰：如"剑外忽传收蓟北"等诗，全非起承转合之体，论者往往失之。（《答万季野诗问》）

毛奇龄曰：即实从归途一直快数作结，大奇。且两"峡"两"阳"作跌宕句，律法又变。（《唐七律选》）

顾宸曰：杜诗之妙，有以命意胜者，有以篇法胜者，有以俚质胜者，有以仓卒造状胜者。此诗之"忽传""初闻""却看""漫卷""即从""便下"，于仓卒间，写出欲哭欲歌之状，使人千载如见。（《杜少陵集详注》卷十一引）按：《辟疆园杜诗注解》七律卷二引此作黄维章评。

朱瀚曰："涕泪"，为收河北；狂喜，为收河南。此通章关键也。而河北则先点后发，河南则先发后点。详略顿挫，笔如游龙。又地名凡六见。主宾虚实，累累如贯珠，真善于将多者。（同上引）（《杜诗七言律解意》）

李因笃曰：转宕有神，纵横自得，深情老致，以为七律绝顶之篇。律诗中当带古意，乃致神境。然崔颢《黄鹤》以散为古，公此篇以整为古，较崔作更难。（《杜诗集评》卷十一引）

邵长蘅曰：一片真气流行，此为神来之作。（《五色批本杜工部集》引）

查慎行曰：由浅入深，句法相生，自首至尾一气贯注。似此章法，

香山而外，罕有其匹。（《初白庵诗评》）

陆嘉叙曰：狂喜之气，流溢言外。（《杜诗集评》卷十一引）

吴农祥曰：全首历落奔射，浑茫无际，想情属真切，作者亦不知也。（同上引）

钱良择曰：预算归程，写出"喜欲狂"之态。（《唐音审体》）

杨逢春曰：通首一气挥洒，曲折如意，所谓试帖诗笔已如神者也。（《唐诗绎》）

谭宗曰："白首"不能"放歌"，要须"纵酒"而歌；"还乡"无人"作伴"，聊请"青春"相伴。对法整而乱、乱而整。又曰：一气注下，格律清异。（《近体秋阳》）

黄生曰：（"便下"句）掉字句，对结。此通首叙事之体。杜诗强半言愁，其言喜者，仅寄弟数作及此作而已。言愁者真使人对之欲哭，言喜者真使人又对之欲笑，盖能以其性情达之纸墨，而后人之性情类为之感动故也。学杜者不此之求，而区区讨论其格调，剿拟其字句，以是为杜，抑末矣。喜极而哭，逼真人情，徒然说喜，犹非真喜也。三、四往日愁怀忽然顿释，此情无可告诉，但目视其妻子而已。狂喜之至，则诗书无心复问，急急卷而收之。二语亦逼肖尔时情状。"剑外"见地，"青春"见时，是杜家数。"青春作伴"四字尤妙。盖言一路花明柳媚，还乡之际，更不寂寞。四字人演作一联，正未必能佳也。此诗结语与《恨别》如桴鼓之相应，读此益知彼作之妙。（《杜诗说》卷九）

仇兆鳌曰：上四，闻收复而喜，下四，急还故乡也。初闻而涕，痛忆乱离；破愁而喜，归家有日也。"纵酒"承"狂喜"，"还乡"承"妻子"。末乃还乡所经之路。（《杜少陵集详注》卷十一）

张谦宜曰：一气如话，并异日归程一齐算出。神理如生，古今绝唱也。（《𬜯斋诗谈》卷四）

佚名曰：看他八句一气浑成中，细按之却有无限妙义，真是情至文生。（《杜诗言志》）

浦起龙曰：八句诗，其疾如飞。题事只一句，馀俱写情。得力全在次句，于神理妙在逼真，于文势妙在反振。三、四，以转作承。第五，仍能缓受。第六，上下引脉。七、八，紧申"还乡"。生平第一快诗也。（《读杜心解》卷四）

范大士曰：惊喜之至，层层翻入。（《历代诗发》）

杨伦曰：（"初闻"句）妙在此句一折。即喜极涕零意。（"却看妻子"）四字一读。（《杜诗镜铨》卷九）

蒋弱六曰：寇乱削平，愁怀顿释，一时无可告诉，但目视其妻子，至书卷无心复问，且卷而收之。二语确肖当日情状。（《杜诗镜铨》卷九引）

沈德潜曰：一气流注，不见句法字法之迹。对结自是落句，故收得住；若他人为之，仍是中间对偶，便无气力。（《重订唐诗别裁集》卷十三）

《唐宋诗醇》：惊喜溢于字句之外，故其为诗一气呵成，法极无迹。末联撒手空行，如懒残履衡岳之石，旋转而下，非有伯昏瞀人之气者不能也。

孙洙曰：一气旋折，八句如一句。而开合动荡，元气浑然，自是神来之作。（《唐诗三百首》）

陈德公曰：所谓狂喜，其中生气莽溢行间。结二尤见踊跃如鹜。作诗有气，岂在字句争妍。（《闻鹤轩初盛唐近体读本》）

方东树曰：此亦通篇一气，而沉着激壮，与他篇曲折细致者不同，题各有称也。起四句沉着顿挫，从肺腑流出，故与流利轻滑者不同。后四句又是一气，而不嫌其直致者，用意真，措语重，章法断结曲折也。（《昭昧詹言》）

鲁一同曰：用虚字之妙，备尽此篇。（《鲁通甫读书记》）

李锳曰：一气呵成。第五句"放歌""纵酒"承第四句"喜欲狂"，作一宕折，再转出第六句"好还乡"来，方不径直。"青春作伴"是加一倍写法，更见喜跃之情。至末二句预计归程，紧承第六句

来，尤为透趋法之显然者。(《诗法易简录》)

施补华曰："剑外忽传收蓟北"，今人动笔，便接"喜欲狂"矣。忽拗一笔云："初闻涕泪满衣裳"，以曲取势，活动在"初闻"二字。从"初闻"转出"却看"，从"却看"转出"漫卷"，才到喜得还乡正面，又不遽接还乡。用"白首放歌"一句垫之，然后转折还乡。收笔"巴峡穿巫峡""襄阳向洛阳"，正说还乡矣，又恐通首太流利，作对句锁之。即走即守，再三读之思之，可悟俯仰用笔之妙。(《岘佣说诗》)

[鉴赏]

延续八年的安史之乱，终于在代宗广德元年（763）春平定，这是当时的军事政治大事，也是杜甫一生中所经历的大事。具有"诗史"称号的杜诗，对这件大事的反映却并没有用长篇五古或七古这种便于详尽叙事的诗歌样式，而是用格律极为精严的七律这种形式来淋漓尽致地抒情。这个事实，似乎有些出人意料，却非常符合杜甫当时的心境。刚听到胜利的消息，他的头一个创作冲动就是要尽情释放压抑了多年的感情，而不是记录这一长段历史。而他之所以采取七律这种形式，则又说明他对这种形式的掌握已经达到了随心所欲而不逾矩的程度。

"剑外忽传收蓟北，初闻涕泪满衣裳。"第一句叙事，点明题目，注意那个"忽"字。平定安史之乱，恢复国家的统一，是杜甫多年来一直盼望的。但由于唐王朝统治集团政治上的腐败、军事上的失策，使这场叛乱年复一年地延续，杜甫也就一次又一次地失望。现在，这突然传来的特大喜讯，既是想望已久的，又是出乎意料的，所以说"忽闻"。听到这天大的喜讯，应该欢天喜地，怎么反会"涕泪满衣裳"呢？评家均以为这是喜极而悲，是因为惊喜而掉泪。这恐怕未必。喜极不一定就悲。如果所喜的那件事本身和生活经历中悲的情事没有联系，喜极也无非就是狂喜而已，并不会"涕泪满衣裳"。这一句必须结合杜甫的生活经历，才能体会到它的真切与强烈。杜甫是一个忧国忧民而又饱经丧乱的诗人，多年来一直为国家的残破而感到极度沉痛，为国家的命运而担心、流泪。"不眠忧战伐，无力正乾坤。"他自己在这场旷日持久的战争中也吃尽了苦头。乍一听到安史之乱终于平定的消息，在意外惊喜的同时，过去长时期亲身经历的国家的灾难、百姓的痛苦和个人的颠沛流离、艰难困苦统统化为一股强烈的感情的潮流，一下子涌上心头，热泪不禁夺眶而出，洒满了衣裳。杜诗中类似的描写，像"妻孥怪我在，惊定还拭泪"，"喜心翻倒极，呜咽泪沾巾"，都和生活经历中悲的情事密切相关，喜极而悲，必定是在喜的瞬间唤起了对过去悲苦经历情事的追忆而悲从中来，尽管这种反应十分迅疾，有时连当事者自己都未必明确意识到。唯其如此，更加真切。不说"沾衣裳"而说"满衣裳"，也正见感情冲击力之强烈。

"却看妻子愁何在，漫卷诗书喜欲狂。"这一联紧承第二句，写悲痛过后接着产生的狂喜。用了两个生活细节（却看妻子、漫卷诗书）来渲染"愁何在""喜欲狂"的感情，极其真切传神，这两个细节都是在极度喜悦、兴奋的情况下一种情不自禁的近乎下意识的举动。在听到特大喜讯，心情极度兴奋时，总是抑制不住地想和别人交流一下内心的喜悦，正好朝夕相处的妻子就在旁边，于是情不自禁地回过头来就要跟她交流一下内心的激动喜悦，由于对方是对自己的思想感情、生活经历了若指掌的老伴，所以连"胜利了""终于等到了这一天"这样的话都无须说，只要迅速看上一眼，交换一个欣喜的目光，彼此的心情就迅速得到了交流。双方都立即感到历年来郁积的一切忧愁苦闷、精神上的一切重压，在一刹那间都烟消云散。"愁何在"三字，正道出了精神上大解放的快感。"漫卷诗书"也同样是在极度兴奋的情况下不自觉地做出来的一种下意识的动作。人在这种场合，往往会控制不住地手舞足蹈或者手足无措。因为喜欲狂，不知不觉地将摊开的书卷胡乱地卷成一团。或谓"漫卷诗书"是因为杜甫想到立刻回家，忙不迭地收卷诗书，这恐怕是将无意识的举动理解为目的性非常明确的归家准备，反失诗趣。上一联写初闻消息后的惊喜与悲从中来，这一联写悲过之后的欣喜若狂，感情的发展完全符合生活逻辑。

"白日放歌须纵酒，青春作伴好还乡。"这一联承上启下。上句承"喜欲狂"，用"放歌""纵酒"来渲染内心的兴奋喜悦；下句由狂喜进一步发展为"还乡"的渴望。同样是春天，在国破家散的情况下，是"感时花溅泪，恨别鸟惊心"，而在平叛战争胜利的情况下，却感到阳光也变得特别灿烂明亮，春天也变得特别多情了。"白日"不只是写出了艳阳高照的天气，也写出了人的心理感受；"青春作伴"，不只是趁着春天还乡的意思，而且把春天拟人化了，仿佛春天有意为胜利还乡的诗人做伴，可以说同时写出了诗人心里的春天。两句中的"须""好"两个虚字强调的意味很重，很传神。"须"者，应该也。大有此时不饮，更待何时的味道，充分表达出诗人兴会淋漓的情状。如果改成"兼"字，便兴味索然。"好"者，正好也，着一"好"字，便有天从人愿、天助人兴之感。若改成"可"字，同样情味顿失。放歌纵酒，似乎和我们印象中杜甫那种迂夫子的形象不大相符，但这的的确确是彼时彼地的杜甫。有那种长期积郁的忧愁苦闷，才会有胜利的消息传来后抑制不住的豪情狂态。

"即从巴峡穿巫峡，便下襄阳向洛阳。""巴峡"，指从梓州到渝州（今重庆市）这一带的巴江江峡。旧解"巴峡"为巴东三峡中的巴峡，并不是旅程的起点，不能说"从"。峡险而窄，故曰"穿"，同时也写出舟行如箭、一穿而过的迅疾感、轻快感。穿过巫峡以后，就到了今湖北境内的江陵，出峡顺水而迅速，故说"下"。由江陵到洛阳，要由水路改成陆路，先到襄阳，再到洛阳，这里不说"下江陵"，而说"下襄阳"，主要是与上句两"峡"字叠字对应，同时也因襄阳是诗人的祖籍，而"洛阳"是诗人的家乡，对于"还乡"而言，"襄阳"与"洛阳"二地具有标志性意义。"向"字具有"直指"的意味。这一联紧承第六句"还乡"，预想还乡时所取的路线和目的地。这一段路约有三千多里，在古代交通不便的情况下，要花几个月时间，但杜甫因为极度兴奋，归心似箭，巴不得一步就跨到家，所以在畅想中竟把这三千余里的水陆行程描叙得似乎可以朝发夕至。两句中一连用了四个带有叠字的地名（巴峡、巫峡、襄阳、洛阳），又接连用了"即从""穿""便下""向"四个词语，将它们组合在一起，就好像在读者面前接连闪过几个迅速变换的叠印镜头，使人眼花缭乱，目不暇接。空间的距离似乎根本不存在，一转眼就到了洛阳。就描写来说，这是高度的夸张；但就表现杜甫当时的心情来说，却是高度的真实。在句式上，这一联采用了流水对这种一意贯串的句式，更加强了其疾如飞的气势，诗也就在这种神驰天外的淋漓兴会中结束。

与《春望》并读，会更突出地感受到杜甫的喜怒哀乐和国家的安危息息相关。尽管这两首诗，一悲一喜，感情上是两个极端，但思想感情基础却同是对祖国深沉、强烈的爱。尽管这首诗除第一句叙事外，其他七句全是抒情，抒情诗句当中也没有任何政治术语，没有一处直接涉及时事，但它的确是典型的政治抒情诗，关键就在于诗里蕴含的感情与时代政治、国家命运紧密相连。

浦起龙称这首诗为杜甫"生平第一快诗"，可以说抓住了它的突出特点。首先是感情的痛快淋漓。从初闻消息时的"涕泪满衣裳"，到"愁何在""喜欲狂"，到"放歌""纵酒"，到渴望还乡，最后发展成对还乡行程的畅想，可以说整首诗的感情都是处在一种大悲大喜、完全放纵的状态。故读来倍感痛快淋漓，无复往日那种迂回曲折、抑扬吞吐的情味。但在痛快淋漓之中，又蕴含着一种内在的沉郁，这就是诗人对国家命运的深切关注和对祖国的深沉强烈的爱，同时还包含诗人多年来颠沛流离、艰难困苦的生活经历所造成的深沉积郁。没有这，就不可能有"涕泪满衣裳"的感情表现和"喜欲狂"的感情爆发，就不可能产生这种"泼血如水"式的诗。这种诗，可以说不是做出来的，而是喷涌出来的。但我们不能只看到它喷涌而出时的淋漓痛快，还应想想它何以有这样巨大的喷涌力量。生活基础的深厚、思想感情的深沉，是这首诗感情痛快淋漓的基础。因此这种"痛快"，是沉着痛快，而不是轻快或轻飘。方东树说此诗"通篇一气，而沉着激壮……与流利轻滑者不同"，可谓知言。

其次，是艺术风格上的"快"。读这首诗，八句诗句句紧接，逼着读者非一口气读完不可，确实给人以一气直下，其疾如飞之感。思想感情的"快"又和艺术风格的"快"和谐统一。但只看到这一点还比较表面，还应看到在"快"之中有递进发展。尽管这首诗整个来说都是抒写刚听到胜利消息后短时间内产生的感情，而且这种感情又是爆发性的、奔迸式的，但却是一个合乎逻辑的递进发展过程，即"初闻"而"悲"（涕泪满衣裳），继之而"愁何在""喜欲狂"，再接着是"放歌纵酒"的狂态，和"还乡"的渴望，最后发展成为对归程的"畅想"。这样一个感情发展过程，可以说是瞬息万变的，却被诗人非常准确细致地、有层次地表现出来了。去掉其中一个层次或改变层次的次序都不行。可以说是在充满浪漫主义激情的感情发展描写中体现出严谨的现实主义精神。

"快"之中有生动细致的细节描写。"快"与"细"是有矛盾的。感情的痛快、发展的迅疾，容易产生粗放的毛病。而粗放，没有生动的细节描绘，抒情就会流于空泛，缺乏生活气息。这首诗的一个优点，就是快中有细。像"却看妻子"和"漫卷诗书"这两个细节，就是完全从生活中来的传神写照之笔。如果没有它，"愁何在""喜欲狂"的感情就得不到真切而富有感染力的表达。

"快"之中有语言的精心锤炼。这首诗抒发的是一种奔泻而出的痛快淋漓的感情，发展又非常迅疾多变，按说应该用七古这种体裁来抒写。七律这种形式，字句、格律都有严格限制，很少回旋余地，似乎不大适合表现这种状态的感情。杜甫却出奇制胜，创造性地在每一句都用一个经过精心锤炼的虚字，即"忽""初""却""漫""须""好""即""便"。八个虚字就像一条纽带，把全诗连成一个不可分割的整体。它们既在各自的句子中有独立的表情达意的作用，又互相配合、呼应（"忽"与"初"、"却"与"漫"、"须"与"好"、"即"与"便"），把诗人当时那种兴会淋漓的情状传神地表达了出来，而且使全诗显得一气贯注，一气呵成。一般地说，七律不宜多用虚字，否则容易缺乏遒劲的骨格。这首诗却好像故意触犯这个忌讳，句句都用，而且都用得非常精彩。这在具体分析每一句时已经涉及。这里不妨从相反方面作一个假设，即把这些传神的虚字去掉或换掉，削成一首五言八句的诗：

> 人传收蓟北，涕泪满衣裳。
>
> 看妻愁何在，卷书喜欲狂。
>
> 放歌兼纵酒，春日可还乡。
>
> 巴峡穿巫峡，襄阳向洛阳。

不管通不通，似乎还是诗，但那种火山爆发式的感情大大减弱了，神采也不见了。可见虚字的运用下了很大功夫。然则虽是"快诗"，看来写得却未必"快"，甚至还可能是"新诗改罢自长吟"。总之，这首诗在杜甫的七律中虽为变格，但变中仍不失其沉郁顿挫的本色。

有感五首 (其三)①

洛下舟车入②，天中贡赋均③。日闻红粟腐④，寒待翠华春⑤。莫取金汤固⑥，长令宇宙新⑦。不过行俭德，盗贼本王臣⑧。

[校注]

①黄鹤注："此广德元年，逐时有感而作，非止成于一时。"（仇兆鳌注引）杨伦《杜诗镜铨》云："此诗或编在广德元年之春，事迹既多不合；或编在是年冬，方当蕃寇披猖，乘舆播迁，岂宜有'慎勿吞青海'语？且此时而欲议封建，则亦迂矣。详其语意，当是收京后广德二年春作。盖吐蕃虽退，而诸镇多跋扈不臣，公复忧其致乱，作

此惩前毖后之词。未几仆固怀恩遂引吐蕃、回纥入寇，亦已有先见。所谓编次得，诗意自明者也。"按：仇注引卢（元昌）注已谓："五章当收京后，追述当年时事，盖痛其前又勉其后也。"杨伦当本卢注。这里选的是组诗的第三首，系借议论迁都洛阳之事而主张朝廷应行俭德而恤百姓。②洛下，即洛阳。舟车入，指水陆交通便利。③天中，天下之中。《史记·周本纪》："成王在丰，使召公复营洛邑，如武王之意。周公复卜申视，卒营筑，居九鼎焉。曰：'此天下之中，四方入贡道里均。'"天中贡赋均，谓四方入贡，道里均等。④日闻，经常听说。红粟腐，《汉书·食货志》："太仓之粟，陈陈相因，腐败而不可食。"按：此本《史记·平准书》："至今上即位数岁，汉兴七十馀年间，国家无事，非遇水旱之灾，民则人给家足，都鄙廪庾皆满，而府库馀货财，京师之钱累巨万，贯朽而不可校。太仓之粟陈陈相因，充溢露积于外，至腐败不可食。"红粟，指储藏过久腐败变色的粮食，句意讽统治者任意糟蹋聚敛来的粮食，任其腐烂。⑤寒，指贫寒的百姓。翠华，皇帝仪仗中以翠羽为饰的旌旗，借指天子。春，名词作动词用，犹言恩煦、温暖。⑥莫取，不要只考虑。金汤固，城池的坚固。语本《汉书·蒯通传》："必将婴城固守，皆为金城汤池，不可攻也。"颜注："金以喻坚，汤喻沸热不可近。"句意谓建都之事，不要只考虑城池之坚固。⑦宇宙新，指天下百姓安居乐业，国家有新气象。⑧本王臣，本是皇帝的臣民。

[笺评]

顾宸曰：是年天兴圣节，诸道节度使献金饰器用、珍玩骏马，共值缯银二十四万。常衮上言请却之，不听。代宗渐有奢侈之志，故以俭德规之。（《杜少陵集详注》卷十一引）

钱谦益曰：自吐蕃入寇，车驾东幸，程元振劝帝都洛阳以避蕃乱，郭子仪附章论奏，其略曰："东周之地，久陷贼中，宫室焚烧，十不存一。矧其土地狭隘，才数百里间，东有成皋，南有二室，险不足恃，适为战场。明明天子，躬俭节用，苟能抑竖刁、易牙之权，任蘧瑗、史鳅之直，则黎元自理，寇盗自息。"公此意，正橐括汾阳论奏大意。（《杜少陵集详注》卷十一引）

朱鹤龄曰：唐江淮之粟，皆输洛阳，转运京师。时刘晏主漕，疏浚汴渠，故言洛下舟车无阻，贡赋大集，当急布春和，散储粟以赡穷民。（同上引）

王道俊曰：《伤春》诗有"近传王在雒"及"沧海欲东巡"之句，则此诗为传闻代宗将幸东都而作也。史称丧乱以来，汴水漕废，漕运自江汉抵梁、洋，迂险劳费。广德二年三月，以刘晏为河南江淮转运使。时兵火之后，中外艰食，晏乃疏汴水，岁运米数十万石以给关中。公之意，唐建东都，本备巡幸。今汴洛之间，贡赋道均，且漕运已通，仓粟不乏，只待翠华之临耳。忽谓洛阳陋隘，无金汤可守，乘此时而赫然东巡，号令天下，则宇宙长新矣，盖能行恭俭之德，则率土皆臣，盗贼岂足虑哉！王导论迁都云："能弘卫文大帛之剑，无往不可。若不织其麻，则乐土为墟。"公意正此意也。（同上引）仇兆鳌按：已上两说不同，今主钱氏，有子仪筹策可据也。

黄生曰：七律之《诸将》，责人臣也；五律之《有感》，讽人君也。然《有感》虽讽人君，未尝不责人臣，以疆事、国事败坏至此，皆人臣之罪也。公平日谆谆论社稷忧时事者，大指尽此五首……（其三）时代宗用程元振之谋，将都洛阳，因郭子仪附章论奏而止。公意盖亦主迁都之说。一以关中数遭残破，其险已不足恃；一以朝廷贡赋仰给东南，诸道上供，不以时至。洛阳昔称天中，舟车四达之地，居中以受四方之贡赋，所以便事也。后半盖言关中虽金城汤池，已非所论于今日。况保天下者在德不在险，欲为社稷灵（久）长之计，惟以俭德先天下，则物力可纾，元气可复，民心国脉，于此攸关，盗贼本是王臣，革面易心，可坐而致，奚必用兵而后得志乎？此章盖申上章未尽之旨。又曰：《有感五首》，在公生平为大抱负，即全集之大本

领。(《杜诗说》卷六)

仇兆鳌曰：此章，叹都洛之非计。上四，述时议；下四，讽时事。议者谓帝幸东都，其地舟车咸集，贡赋道均，且传仓多积粟，春待驾临。此特进言者之侈谈耳。岂知国家欲固金汤而新宇宙，实不系于此。若能行俭德以爱人，则盗贼本吾王臣耳，何必为此迁都之役耶！(《杜少陵集详注》卷十一)

浦起龙曰：五诗大意，总为河北藩镇而发。是年（广德元年）春，仆固怀恩奏留降将，意在蓄贼，朝廷厌苦兵革，因而授之。魏博、卢龙，形势连络，又习见安、史已事，擅命之势已成，公有忧之。一章云“云台旧拓边”，二章言“诸侯春不贡”，三章言“盗贼本王臣”，四章言“未有不臣朝”，五章言“胡灭人还乱”，皆明指河北，全不及吐蕃。钱、仇诸人援据纷纷，蕃、藩错出，几如乱丝难理，何其过欤！时虽吐蕃不久入寇，然此诗固各有所指也。（三章）钱笺以此章为避吐蕃，幸陕州，程无振劝都洛阳，郭子仪附章论之，谓东周险不足恃，天子躬俭节用，则寇盗自见，公正隐括其意。愚谓如钱所引，则诗当作于十月以后矣，何无一语及吐蕃陷京事耶？盖尝考之：洛阳为关中漕运咽喉，自兵兴陷没，道梗迁费，关中百姓，掇穗以给禁军，公私两竭久矣。时则东京再收，而元载、刘晏以宰相领度支，颇好言财利。必有议复旧运，而以迁都就饷之说进者。虽浚汴通漕之事尚在明年，而诸臣预筹国计，所必然也。公得之传闻，喜与惧交至焉。喜国用之复充，而惧根本之轻动及专利之渐长也。上四，传述所闻；下四，条陈理势，句句有下落。“日闻”，言近日有闻，此二句直贯两句，谓传闻驾将东幸也。“金汤”指洛下。“宇宙新”，起下“行俭”以安反侧。(《读杜心解》卷三)

邵长蘅曰：五诗皆纪时事，气格深浑，是大家数。（其三）此欲其行俭德以消逆乱。(《杜诗镜铨》卷十一引)

杨伦曰：(“寒待”句) 去冬有迁都洛阳之议。(“莫取”二句) 言立国不在乎地利，但能修德自强，节俭爱民，宇内自有更新气象也。

（《杜诗镜铨》卷十一）（"不过"二句）仁人之言。

李锳曰：通首一气转折，气足神完。议论尤为醇正。（《诗法易简录》）

[鉴赏]

此诗写作时间，有广德元年（763）春、广德元年秋、广德元年冬、广德二年春诸说。根据此诗内容涉及迁都洛阳之议，当以广德元年冬或广德二年春之说为是。《旧唐书·郭子仪传》："自西蕃入寇，车驾东幸，天下皆咎程元振，谏官屡论之。元振惧，又以子仪复立功，不欲天子还京，劝帝且都洛阳以避蕃寇，代宗然之，下诏有日。子仪闻之，因兵部侍郎张重光宣慰回，附章论奏曰（按：其内容钱笺已节引，不录）。代宗省表，垂泣谓左右曰：'子仪用心，真社稷臣也。可亟还京师。'十一月，车驾自陕还宫。"则程元振迁都之议及代宗然之之事，当在广德元年十月吐蕃陷长安至十一月代宗还京之间，子仪附章论奏亦在其时。杜甫此诗，写作时间可能稍晚，则广德元年冬及二年春均有可能。或以此诗未提及吐蕃入寇事而编元年秋，与迁都之议提出的时间不合，当非。

"洛下舟车入，天中贡赋均。"首联先从洛阳所处的优越地理位置写起。两句是说，洛阳居于全国中心，水陆交通便利，四方入贡赋税，到这里的路程也大致相等。这里所说的内容也就是主张迁都洛阳的人所持的主要理由。诗人用肯定的口吻加以转述，是因为单就地理位置而论，洛阳确有建都的优越条件。这里先让一步，正是为了使下面转出的议论更加有力。这是一种欲擒故纵的手法。

"日闻红粟腐，寒待翠华春。"颔联紧承"舟车""贡赋"，翻出新意。两句是说，我常听说，洛阳的国家粮仓里堆满了已经腐败的粮食，贫寒的老百姓正延首等待皇上能给他们带来春天般的温暖呢。话说得很委婉。实际上杜甫是反对迁都洛阳的，但他一则旁敲侧击，说"天中"只不过提供了聚敛贡赋之便,这些取之于民的粮食并不用之于民,而让它们在粮仓里白白烂掉;一则反话正说,明言百姓所待以见百姓所怨。当时持迁都之议的人们中,必有以百姓盼皇帝东幸洛阳为辞的,诗人接过这个话茬,含而不露地反唇相讥说:百姓所望的是"翠华春",是皇帝给老百姓带来春天般的温煦,而不是一场因迁都而劳民伤财的灾难。

主张迁都洛阳的人还将洛阳的地险作为迁都的理由,于是诗人又针对这种议论而发表见解道:"莫取金汤固,长令宇宙新。""莫取",就是"不要只着眼于"的意思。杜甫并不是否认"金汤固"的作用,但他认为,对于巩固封建国家政权来说,根本的凭借是不断革新政治,使百姓安居乐业,使全社会长期保持新的气象。两句一反一正,一谆谆告诫,一热情希望,显得特别语重心长。诗写到这里,已经从具体的迁都问题引申开去,提高升华到根本的施政原则,因此下一联就进一步说到怎样才能"长令宇宙新"。

"不过行俭德,盗贼本王臣。"答案原极简单而平常:只不过是皇帝躬行俭德,减少靡费,减轻人民的负担罢了。要知道,所谓"盗贼",本来都是皇帝的臣民呵!腹联"莫取""长令",反复叮咛,极其郑重,末联却轻描淡写地拈出"不过"二字。这高举轻放的戏剧性转折,使得轻描淡写的"不过"更加引人注目,更增含蕴。它暗示皇帝躬行俭德的重要性,历代帝王无不耳熟能详,甚至经常挂在口头,但真正能付诸实践,作为施政根本原则的却寥寥无几。"不过"二字,正揭示出统治者不能也不愿真正实行这个简单而有效的施政原则的情形。为了进一步强调"行俭德"的重要,诗人又语重心长地补上一句"盗贼本王臣",一针见血地揭示了封建统治者的奢侈淫逸、肆意诛求搜刮,而导致民穷为盗的事实,思想的深刻、感情的深沉和语言的明快尖锐,在这里被和谐地统一起来了。

杜甫这首诗的内容与郭子仪反对迁都的论奏大意的相合,看来不是出于偶然。很有可能是杜甫在得知代宗因郭子仪之论奏罢迁都洛阳之议以后，而写了这首诗。实际上，反对迁都在诗中只是一个话题，诗人的真正意图是希望皇帝行俭德，施仁政，惠百姓，从具体的问题上升到施政的根本原则。

诗富于政论色彩，又具有强烈的艺术感染力，是带有杜甫独特个性的作品。如果说将议论引入五律这种通常用来抒情写景的形式，并以之贯串全诗，是杜甫的一种有意义的尝试，那么议论挟情韵以行，便是杜甫成功的艺术经验。

登 高①

风急天高猿啸哀②，渚清沙白鸟飞回③。无边落木萧萧下④，不尽长江滚滚来⑤。万里悲秋常作客⑥，百年多病独登台⑦。艰难苦恨繁霜鬓⑧，潦倒新停浊酒杯⑨。

[校注]

①朱鹤龄注：旧编成都诗内。按：诗有"猿啸哀"句，定为夔州作。诗作于大历二年（767）深秋。②天高，秋高气爽，秋空高远明净，故云。三峡多猿，民谣有"巴东三峡巫峡长，猿鸣三声泪沾裳"之句，《水经注·江水》谓："每至晴初霜旦，林寒涧肃，常有高猿长啸，属引凄异，空谷传响，哀转久绝。"故云"猿啸哀"。③渚，江中小洲。也可指江边沙洲。回，回旋。④落木，落叶。《楚辞·九歌·湘夫人》："袅袅兮秋风，洞庭波兮木叶下。"萧萧，象声词，此处状草木摇落声。⑤滚滚，《全唐诗》原作"衮衮"，通。此据仇注本改。⑥句意即万里作客常悲秋。⑦百年，犹一生。⑧苦恨，犹忧愁、愁恨。繁霜鬓，白发日繁。⑨潦倒，指身体衰弱多病。浊酒，质量差的酒。杜甫因肺疾戒酒，故云"新停浊酒杯"。

[笺评]

罗大经曰：杜陵诗云："万里悲秋常作客，百年多病独登台。"盖万里，地之远也；秋，时之凄惨也；作客，羁旅也；常作客，久旅也；百年，齿暮也；多病，衰疾也；台，高迥处也；独登台，无亲朋也。十四字之间含八意，而对偶又精确。（《鹤林玉露》乙编卷五）

杨万里曰：又"无边落木萧萧下，不尽长江滚滚来"二句，亦以"萧萧""滚滚"唤起精神。又曰："词源倒流三峡水，笔阵独扫千人军""无边落木萧萧下，不尽长江滚滚来"，前一联蜂腰，后一联鹤膝。（《诚斋诗话》）又曰：全以"萧萧""滚滚"唤起精神，见得连绵，不是赘语。（《唐诗广选》引）

刘克庄曰："无边落木萧萧下，不尽长江滚滚来。万里悲秋常作客，百年多病独登台。"此二联不用故事，自然高妙，在樊川《齐山九日》七言之上。（《后村诗话》新集卷二）

刘辰翁曰：（"无边"二句）句自雄畅。（"艰难"二句）结复郑重。（《唐诗品汇》卷八十四引）

方回曰：此诗已去成都分晓，旧以为在梓州作，恐亦未必。当考公病而止酒是何年也。长江滚滚，必临大江耳。（《瀛奎律髓》卷十六）

李东阳曰："无边落木萧萧下，不尽长江滚滚来。万里悲秋常作客，百年多病独登台。"景是何等景，事是何等事！宋人乃以《九日蓝田崔氏庄》为律诗绝唱，何耶？（《麓堂诗话》）

王世贞曰：何仲默取沈云卿《独不见》，严沧浪取崔司勋《黄鹤楼》为七律压卷。二诗固胜，百尺无枝，亭亭独上，在厥体中，要不得为第一也……老杜集中，吾甚爱"风急天高"一章，结亦微弱。（《艺苑卮言》）

王慎中曰：起、结皆臃肿逗滞，节促而兴短，句句实，乃不满耳。（《五色批本杜工部集》）

胡应麟曰：杜"风急天高"一章五十六字，如海底珊瑚，瘦劲难名，沉深莫测，而精光万丈，力量万钧。通章章法、句法、字法，前无古人，后无来学。微有说者，是杜诗，非唐诗耳。然此诗自当为古今七言律第一，不必为唐人七律第一也。（元人评此诗云："一篇之内，句句皆奇；一句之中，字字皆奇。"亦有识者）又曰：若"风急天高"，则一篇之中，句句皆律；一句之中，字字皆律。而实一意贯串，一气呵成。骤读之，首尾若未尝有对者，胸腹若无意于对者；细绎之，则锱铢钧两，毫发不差，而建瓴走坂之势，如百川东注于尾闾之窟。至四句用字，又皆古今人必不敢道、决不能道者，真旷代之作也。然非初学士所当究心，亦匪浅识者所能共赏。又曰：此篇结句似微弱者，第前六句既极飞扬震动，复作峭快，恐未合张弛之宜，或转入别调，反更为全首之累。只如此软冷收之，而无限悲凉之意，溢于言外，似未为不称也。（《诗薮·内编·近体中·七言》）

胡震亨曰：无论结语腌重，即起处"鸟飞回"三字，亦勉强属对，无意味。（《唐音癸签》卷十）

张綖曰：少陵诗有二派。一派立论宏阔，如此篇"万里悲秋常作客，百年多病独登台"及"二仪清浊还高下，三伏炎蒸定有无"等作，其流为宋诗，本朝庄定山诸公祖之；一派造语富丽，如"珠帘绣柱围黄鹄，锦缆牙樯起白鸥""鱼起细浪摇歌扇，燕蹴飞花落舞筵"等作，其流为元诗，本朝杨孟载诸公祖之。（《杜少陵集详注》卷二十引）

唐汝询曰：此客中登眺感迟暮也。言登高而当秋风摇落之时，沙渚清幽之处，故啼猿飞鸟各自有情。落木江波，一望无际，是所见者万里皆秋，而以久客值此，其悲可知。百年多病而又独身登台，其愁更可想矣。盖客久则艰难备尝，病多则潦倒日甚，是以白发弥添，酒杯难举，将何以慰此穷愁也哉！（《唐诗解》卷四十三）

陆时雍曰：三、四是愁绪语。（《唐诗镜》）

陆深曰：杜格高，不尽合唐律。此篇声韵，句句可歌，与诸作又别。（《删补唐诗选脉笺释会通评林·盛七律》引）

蒋一葵曰：虽起联两句中各自对，老杜中联亦多用此法。（同上引）

吴山民曰：次联若大海奔涛，四叠字振起之。三联"常""独"二字，何等骨力！（同上引）

周珽曰：章法句法，直是蛇神牛鬼佐其笔战。（同上）

王夫之曰：尽古来今，必不可废。结句生僵，不恶。要亦破体特断，不作死板语。（《唐诗评选》）

王士禛曰：正当好诗，千回讽之不厌。（《五色批本杜工部集》引）

查慎行曰：对起有飒沓之势，结句亦对。（《初白庵诗评》）又曰：七律八句皆属对，创自老杜。前四句写景，何等魄力！（《瀛奎律髓汇评》引）

李因笃曰：高调古质，吴冠正声。（《杜诗集评》引）

吴农祥曰：八句对，一气折旋，意含百炼而成，句用千回而就。此诗唯胡元瑞知其奇绝。他人苟细，皆不知也。（同上引）

朱瀚曰：律贵匀稳，亦须著一、二得力字面，即通体生动，如武帝《秋风词》、荆轲《易水歌》，神采全在"风"字，此作亦尔。起手二字，是其得力处。惟"风急"，故猿啸哀绝，鸟飞却回，落木为之萧萧，长江为之滚滚，此传神法。"艰难"应"作客"，"霜鬓"则又年老，何堪萍转！"潦倒"应"多病"，止酒倍加寂寞，何以消愁！此进步法。胡元瑞谓结联为软冷，此隔靴之见。（《杜诗七言律解意》）

陈式曰：此诗读者亦谓五、六备极顿挫，不知此诗一句有一句之顿挫；合看两句，有两句之顿挫；合看通篇，有通篇之顿挫。顿挫为公独得之妙，此诗政当于字字顿挫求之。（《问斋杜意》卷十七）

杨逢春曰：此是辍饮独登而作。前四劈空写景。（《唐诗绎》）

吴昌祺曰：太白过散，少陵过整，故此诗起太实，结亦滞。（《删订唐诗解》）

胡以梅曰：对起对结，浑厚悲壮，大家数。此在夔州所作。江山境界，能助诗神。"风急天高"，极得"登高"之神情。（《唐诗贯珠串释》）

张谦宜曰：《登高》通体用紧调，雄健严肃，七律第一格。通体紧调最不易学，其声色气象齐到处，正是养得足。（《絸斋诗谈》卷四）

赵臣瑗曰："悲秋""多病"，公盖隐以宋玉、马卿自况。"常作客"，根"万里"二字来，"独登台"，倒结出题面，只是常调，无足异者。妙在一结。客久则"艰难"备尝，病多而"潦倒"为甚。发无可白，酒不能倾，当此凭高极目之时，真有不觉百端之交集者。诸家独赏"万里""百年"之精确，而反嫌结语卑弱，其又足为定论乎哉！（《山满楼笺注唐诗七言律》卷二）

黄生曰：前景后情，自是杜诗常格。起联转联，并三折句，工整有力。结联宜稍放松，始成调法。今更板对两句，通体为之不灵。《九日》《恨别》《野望》诸诗，并不得登甲集，皆以起结欠灵故也。（《杜诗说》卷九）

仇兆鳌曰：此章总结。（按：此前有《九日五首》，亦大历二年夔州作，故仇氏云云）上四，登高闻见之景；下四，登高感触之情。"登高"二字，明与首章相应。（按：《九日五首》之一云："重阳独酌杯中酒，抱病起登江上台。"）猿啸鸟飞，落木长江，各就一山一水对言，是登台遥望所得者，而上联多用实字摹景，下联多用虚字摹神。此诗八句皆对，黄生谓结调略须放松。（《杜少陵集详注》卷二十）

浦起龙曰：此辍饮独登之总慨也。望中所见，意中所触，层层清，字字响。胡应麟谓古今七律第一。（《读杜心解》卷四）

何焯曰："百年""万里"，恨为后人作佣。（《唐诗偶评》）又曰：远客悲秋，又以老病止酒，其无聊可知。千绪万端，无首无尾，使人无处捉摸。此等诗如何可学！"风急天高猿啸哀"，发端已藏"独"字……"潦倒新停浊酒杯"，顶"百年多病"，结凄壮，止益登高之悲，不见九日之乐也，前半先写登高所见。第五插出"万里作客"，呼起"艰难"，然后点出"登台"在第六句中，见排纂纵横。（《义门读书记》）

沈德潜曰：八句皆对。起二句，对举之中仍复用韵，格奇变。昔人谓两联俱可截去二字，试思"落木萧萧下""长江滚滚来"，成何语耶？好在"无边""不尽""万里""百年"。（《重订唐诗别裁集》卷十三）又曰：结句意尽语竭，不必曲为之讳。（《杜诗偶评》卷四）

纪昀曰：此是名篇，无用复赞。归愚谓"落句词意并竭"，其言良是。（《瀛奎律髓汇评》引）

《唐宋诗醇》：气象高浑，有如巫峡千寻，走云连风，诚为七律中希有之作。后人无其骨力，徒肖之于声貌之间，外强而中干，是为不善学杜者。（卷十六）

范大士曰：对起，用迭架法。通首都是对仗，而以浩气往来。只觉悲凉，不嫌呆板。（《历代诗发》）

杨伦曰：（"风急"四句）登高所见。四句俱分俯仰说。（"万里"二句）登高所感。两句中包无限意。（"艰难"二句）久客则"艰苦"备尝，痛多则"潦倒"日甚。下二句亦用分承。时公以肺病断饮。又曰：高浑一气，古今独步。为杜集七言律诗第一。（《杜诗镜铨》卷十七）

黄叔灿曰：次联着"无边""不尽"二字，悲壮中更极阔大。盖不如此，振不起下半首。又曰：通首下字皆不寻常。（《唐诗笺注》）

许印芳曰：七言律八句皆对，首句乃复用韵，初唐人已创此格，至老杜始为精密耳。此诗前人有褒无贬，胡元瑞尤极口称赞，未免过夸，然亦可见此诗本无疵颣也。至于沈归愚评语，今按所选《别裁集》评此诗云："格奇而变，每句中有三层。中四句好在'无边''不尽''万里''百年'。或谓两联俱可截去上二字，试思'落木萧萧下''长江滚滚来'，成何语耶！"归愚之言止此。晓岚称其贬落句为词意并竭，所引未审出于何书。果有是言，勿论所评的当与否，而一口两舌，沈之胸无学识，亦是虚谷一流耳。落句即结句。（《瀛奎律髓汇评》引）

宋宗元曰：上四句登高所见，下四句登高所感。八句皆对，而一

气贯串，全以神行。（《网师园唐诗笺》）

方东树曰：前四句景，后四句情。一、二碎，三、四整，变化笔法。五、六接递开合，兼叙点，一气喷薄而出，此放翁所常拟之境也。收不觉为对句，换笔换意，一定章法也。而笔势雄骏奔放，若天马之不可羁，则他人不及。（《昭昧詹言》卷十七）

李锳曰：前四句凭空写景，突然而起，层迭而下，势如黄河之水天上来，澎湃濙回，不可端倪。而以五、六句承明作客、登高情事，是何等神力！末二句对结，"苦恨"与"新停"对，"苦"字活用。（《诗法易简录》）

施补华曰：《登高》一首，起二"风急天高猿啸哀，渚清沙白鸟飞回"，收二"艰难苦恨繁霜鬓，潦倒新停浊酒杯"，通首作对而不嫌其笨者，三、四"无边落木"二句，有疏宕之气；五、六"万里悲秋"二句，有顿挫之神耳。又首句妙在押韵，押韵则声长，不押韵则局板。（《岘佣说诗》）

《十八家诗钞》：张曰：此孙仅所谓"夐邈高耸，若凿太虚而号万窍"者。

张世炜曰：四句如千军万马，冲坚破锐；又如飘风骤雨，折斾翻盆。夔州极爱之。真有力拔泰山之势。（《唐七律隽》）

吴汝纶曰：大气盘旋。（《唐宋诗举要》卷五引）

何满子曰：反复讽诵全诗，结句终究给人一种气力不足之感。但此句之不足为全诗病者，在于它和前七句气脉贯穿，前面三联一气排阆之势犹有充沛的馀力足以济穷，足以包容其荏弱，足以维持其全诗的雄浑苍凉之气于不坠。这样，末句在全诗完整的意象上还能尽其构成上的一份功能；它融入整体，然后显得它的存在具有意义。全诗八句四联，句句皆对，又对得圆浑自然，不见斧凿之痕，充分显示了诗人驾驭语言的工力。起句的峭急，续以第二句的略作纤馀，前者诉诸听觉，后者诉诸视觉，既有感情节奏上的妙用，又有艺术观照上的对比效果。如无颔联苍茫浩荡的气势，便映带不出颈联"万里""百年"

的沉郁悲壮;反之,没有颈联的感慨深厚,也无以与颔联的萧森雄迈相对。至于末联之于全诗,等于两句补语,或如高潮之后的下降,主体既佳,全诗自美。艺术作品也正如人体一样,不能苛求十个指头一般长的。(《历代名篇赏析集成》第865~866页)

[鉴赏]

这是杜甫单篇七律中最著名的一首。同时所作的《九日五首》,今存四首,或以此首足之,虽未能定,但前四首(特别是第一首七律)与此首辞、意多同,则是显著的事实。在解说鉴赏这首诗时,不妨联系比较,相互印证。

诗系大历二年(767)客居夔州时重阳节登高而作。"万里悲秋常作客"一句,即全诗之主句,亦全诗主旨所在。而"悲秋"之意绪,即因登高时所闻见的秋景而触发,故开头即写登高所见秋景。

"风急天高猿啸哀,渚清沙白鸟飞回。"发端两句意象密集,十四个字写了六种具有夔峡地域特征的深秋景象。其中"风急""天高"四字是贯串前两联的主要意象。时值寒秋,又立足于高台之上,故益感风之急疾猛烈,所谓"高台多悲风"。"急"字即含有"悲"意。由于"风急",故扫荡浮云万里,益见秋空之高远明净,故曰"天高"。巴东三峡多猿,晴初霜旦、林寒涧肃的寒秋季节,猿声显得特别凄异,加上疾风的传送,哀啭的猿声仿佛被放大了许多倍,故曰"猿啸哀"。这一句写登高仰望平视所见所闻所触所感("天高"写所见,"猿啸"写所闻,"风急"则既写听觉,又写触觉,"哀"写感觉)。下一句则全从视觉角度写俯视所见景象。由于天高气爽,云雾散尽,故江中的沙洲和岸边的沙地显得特别清朗明净、洁白无垢。由于"风急",故鸟只能在低空盘旋来回。如果说上句所写景象,透露出一种骚屑峻疾、凛寒悲哀的意绪,那么下句所写景象,则多少具有幽洁明净中略带凄清的色彩。两句所写均为秋景的特征,而格调则一疾一徐,显得张弛有致。

　　颔联写登高远视所见，一则写山，一则写水。时值深秋，三峡两岸的山峦上，层层叠叠的树林在经霜后，树叶凋黄，在疾风的吹拂下，纷纷陨落，耳畔似闻一片萧萧的落叶之声。这句所写景象，显然与《楚辞·九歌·湘夫人》的"袅袅兮秋风，洞庭波兮木叶下"有渊源关系，但情调却有显著区别。《九歌·湘夫人》中的"秋风"，是"袅袅"的轻盈舒徐之风，故所掀起的洞庭之波亦是微波动荡，而"木叶"之"下"也自然是一片两片地往下掉落。整个意境是阔大明净中具轻盈柔美之致，适宜于表现湘夫人的柔美情思。而《登高》中的秋风则是急疾猛烈的风，在它的强劲吹送下，千山万壑，丛林高树，木叶尽脱。着"无边"二字，既充分展示出境界之阔远，更渲染出在广远的空间中疾风席卷落叶的气势；而"萧萧"这一象声的叠字加在"下"字之上，更使读者如亲历其境，听到风卷无边落叶的声音，从而将"悲哉秋之为气也，草木摇落而变衰"的悲秋意蕴渲染到极致。整个情调是阔大悲壮，具有强烈的动荡感，适宜于表达诗人"万里悲秋"的意绪。下一句写长江之水东流，着"不尽""滚滚"四字，不仅展现出万里长江，自西向东，绵延伸展的广远空间，而且渲染出长江波涛汹涌，奔腾咆哮，一泻千里的气势。而上句无边落叶萧萧而下的景象，又使人自然联想起在广阔宇宙中生命凋衰的阔大悲凉；万里长江，滚滚东流的景象也同样极易唤起在悠悠不尽的历史长河中时间与生命的消逝的联想，从而为诗的后幅抒写"悲秋"之情作好了充分的铺垫。这一联与上一联之意象密集正好相反，只写了"落木"与"长江"两个意象，以它为中心，分别用"无边"与"不尽"，"萧萧"与"滚滚"，"下"与"来"加以尽情渲染，创造出极为阔远悲壮的境界，笔意显得非常疏宕。与上联正形成一密一疏的鲜明对照。

　　腹联转而抒写登高之情，"万里""百年"即从上联"无边""不尽"的广远之境中自然引出，故丝毫不显突兀。从叙事的角度看，这一联只不过说了客中登高而悲秋这样一件事（"多病"也可包于"悲秋"之意中）。但由于用"万里""百年""常""独"等词语分别加以形容渲染，加上意象之间的互相映衬渗透，遂使读者感到其中包含的感情意绪极其复沓多重，极具抑扬顿挫的情致。前代评家对这一联十四个字中所包含的多重意蕴已有细致入微的分析，不必重复。妙在虽意蕴多重，却具鲜明的整体感，似乎诗人于此并未作着意的经营琢炼，只是随口说出。而上句概括了诗人安史之乱以来悲剧性的处境与心境，下句则紧贴诗题"登高"，突出强调了"悲秋"意蕴中所包含的生命衰飒的悲慨，从而自然转到尾联。这种化繁复于单纯明快的艺术功力，也许更值得称赞。

尾联直承"多病""悲秋"，说自己由于历尽艰难困苦，尝尽愁苦恼恨，白发日繁；又因身体衰病，新近不得不戒了酒，连借酒浇愁的机会也没有了。或据《九日五首》之一的头两句"重阳独酌杯中酒，抱病起登江上台"，认为杜甫因病停杯之说为曲说。单看"独酌"之语，似乎有理，但诗人此下紧接着说"竹叶于人既无分，菊花从此不再开"（竹叶、菊花，指竹叶酒、菊花酒），则因病戒饮之说仍可成立，否则"既无分""不再开"就无法解释。作为全篇感情的结穴，这个结尾确实有点"黯然而收"。就杜甫的实际处境而言，这样的结尾自是无可厚非，但就诗的艺术意境而言，尾联（特别是末句）只是顺延敷衍腹联的意蕴，而乏新意，也是事实，尽管并不至于影响诗的整体。

诗所抒写的虽是"悲秋"之意绪，但正如《秋兴八首》的"秋兴"包蕴极为丰富深厚一样，这里所抒的"悲秋"意蕴亦绝不仅仅是对自然界秋景的感受，而是包含了身世之悲、家国之忧的丰富内涵。因此，所谓"艰难苦恨"也不仅仅是属于诗人一身之境遇，这正是整首诗虽抒悲秋之意，而境界却极高远阔大、雄浑悲壮的内在原因。

绝句二首 (其一)①

迟日江山丽②，春风花草香。泥融飞燕子③，沙暖睡鸳鸯④。

[校注]

①作于广德二年（764）春重归成都草堂时。②迟日，形容春天的太阳阳光温暖、光线充足的样子。《诗·豳风·七月》："春日迟迟。"朱熹集传："迟迟，日长而暄也。"③因泥融化湿润，燕子衔泥作巢，故飞来飞去。④因阳光照射，晴沙温暖，故鸳鸯贪睡。

[笺评]

罗大经曰：杜少陵《绝句》云："迟日江山丽，春风花草香。泥融飞燕子，沙暖睡鸳鸯。"或谓：此与儿童之属对何以异？余曰：不然。上二句，见两间莫非生意；下二句，见万物莫不适情。于此而涵泳之、体认之，岂不足以感发吾心之真乐乎！大抵古人好诗，在人如何看，在人把作甚么用……只把作景物看亦可，把作道理看，其中亦尽有可玩索处。大抵看诗，要胸次玲珑活络。（《鹤林玉露》乙编卷二）

王世贞曰：谢茂榛论诗，五言绝以少陵"日出东篱水"作诗法。又宋人以"迟日江山丽"为法。此皆学究教小儿号嗄者。（《艺苑卮言》卷四）

仇兆鳌曰：此章言春景可乐。摹写春景，极其工秀，而出语浑成，妙入化工矣。"丽"字"香"字，眼在句底；"融"字"暖"字，眼在句腰。杨慎谓绝句者，一句一绝，起于《四时咏》"春水满四泽，夏云多奇峰。秋月扬明辉，冬岭秀孤松"是也。今按此诗，一章而四时皆备。又吴筠诗云："山际见来烟，竹中窥落日。鸟向檐上飞，云

从窗里出。"是一时而四景皆列。杜诗"迟日江山丽，春风花草香"
四句似之。王半山诗"日净山如染，风暄草欲薰。梅残数点雪，麦涨
一溪云"又从此诗脱胎耳。此诗皆对语，似律诗中幅，何以见起承转
阖？曰：江山丽而花草生香，从气化说向物情，此即一起一承也。下
从花草说到飞禽，便是转折处，而鸳、燕却与江山相应。此又是收阖
法也。范元实《诗眼》曾细辩之。(《杜少陵集详注》卷十三)

浦起龙曰：只写春景，未出意。截中四体。(《读杜心解》卷六)

黄叔灿曰：有惜春之意，有感物之情，却含在二十字中，妙甚。
(《唐诗笺注》)

[鉴赏]

绝句主风神，贵含蓄，尚疏宕，杜甫此类对起对结，全篇写景，
一句一景，且均为实景的写法，每为诗评家所诟病，或讥为半律，或
讥为儿童属对。但杜甫现存的三十一首五绝中，这种对起对结的体式
达二十二首，可见他是有意为之，将它作为主要体式进行试验。在这
二十多首诗中，本篇是艺术上比较成功的例证。它的好处是体物细致
入微，描绘工整秀美，色彩秾艳绚丽，用字精工锤炼，而全篇仍能构
成浑融完整的意境，传达出春日特有的气氛和诗人观赏景物时的感受。

诗虽两联皆对，一句一景，但并非平列四景，首句"迟日江山
丽"实为一篇之主，其中"迟日"尤为起关键作用的核心意象，是全
篇景物、境界的总根由。"迟日"虽本《诗·豳风·七月》之"春日
迟迟"，但并不能径解为"春日"，其中自含对暮春时节的阳光温暖、
明亮的形容乃至光照时间久长的意思。这样的"迟日"才能使"江山
丽""花草香""泥融""沙暖"，才能出现一系列令人悦目娱情、令
人心醉神怡的境界。而首句"迟日江山丽"乃是一个全景镜头，展现
出在春日灿烂阳光的映照下，视野所及的江山阔远之境无不呈现出一
片明丽的景象。"江山"既包下三句所写的地上花草、空中飞燕、沙

上鸳鸯，而一"丽"字则尽括以下三句所描绘的境界的总特点。以下三句，便紧扣"迟日"特点从各个方面具体描绘江山丽景。

次句"春风花草香"，写骀荡的春风吹拂下，繁花似锦，碧草如茵，散发出阵阵醉人的香气。花红草碧，是春日最富特征的景象，这里却主要突出其袭人的芳香，以传达诗人对浓郁春意的嗅觉感受，较之写花草的颜色形状更能表现人的心理感受，一种微醺的醉意。表面上看，这香气似乎是"春风"传送的，但究其实，如果不是春天晴日的照映，则花草也不大可能传出袭人的香气。江淹《别赋》："闺中风暖，陌上草薰。""草薰"须"风暖"，"风暖"须晴日，故此句所写景象的真正主角仍是"迟日"。

三、四两句，转从视觉感受角度写春日江山丽景，而一写仰望所见空中景象，一写俯视所见沙上景象，一为动景，一为静景。燕子飞翔，春、夏、秋三季均常见，而衔泥筑巢则是春燕的特征。日暄天暖，泥土融化湿润，燕子正可衔以筑巢，着一"飞"字，写出春燕往返飞翔、穿梭而行的繁忙身影和春天的热闹气氛。而作为句眼的"融"字，则不仅传出了温煦的春天气息，而且表现出"迟日"的关键作用。由于晴日照耀，江边的沙洲被阳光晒得非常温暖，成对的鸳鸯便惬意地在晴沙上安然入睡。写鸳鸯，不写其撇波戏水的动态，而写其酣卧晴沙的睡态，却更能生动地表现出温煦的春意，点眼处正在那个"暖"字。夏日炎炎，则晴沙烫热，自不宜眠沙，唯有春阳温煦，不冷不热，才营造出催眠的环境。这句虽写静态景象，却把春天的温煦暖意和鸳鸯在这种环境中的舒适感和甜蜜意态描绘得非常生动传神。而诗人在仰视俯视之际那种喜悦安闲的意绪也被生动地表现出来了。

全篇不用一个虚字，也没有承接勾连的字眼，意象密集，色彩秾艳。但围绕"迟日江山丽"这个主句所描绘的三个场景，却把春天的温煦和生机，春天的色彩和气息，组成了一个浑融完整、令人陶醉的意境。实中寓虚，这"虚"便是那股浓郁的春意和诗人对它的愉悦微妙感受。

登 楼①

花近高楼伤客心，万方多难此登临②。锦江春色来天地③，玉垒浮云变古今④。北极朝廷终不改⑤，西山寇盗莫相侵⑥。可怜后主还祠庙⑦，日暮聊为梁甫吟⑧。

[校注]

①作于代宗广德二年（764）春自阆州初回成都时。②首二句倒装，谓自己在万方多难时登此高楼，故虽目睹近楼之春花而伤心。客，诗人自指。③句意谓锦江春色，弥天盖地而来。④玉垒，山名。在四川汶川县东北。《元和郡县图志·剑南道》：茂州汶川县："玉垒山，在县东北四里。"又：彭州导江县："玉垒山，在县西北二十九里。"导江县即今四川都江堰市。汶川县与都江堰市，一在玉垒山之西，一在玉垒山之东。这一带是唐与吐蕃交界处，常发生战争。作此诗之前数月（广德元年冬十二月），吐蕃陷松、维、保三州。杜甫有五律《岁暮》诗纪其事，云："岁暮远为客，边隅还用兵。烟尘犯雪岭，鼓角动江城。"⑤北极，北极星，喻朝廷。《晋书·天文志上》："北极，北辰最尊者也……天远无穷，三光迭曜，而极星不移，故曰'居其所而众星共之'。"故以喻帝王或朝廷。广德元年七月，吐蕃陷长安，立广武王李承宏为帝，改元，置百官，留十五日而退。十二月，代宗由陕州返长安，故曰"北极朝廷终不改"。⑥西山，即西岭、雪岭，岷山主峰。西山寇盗，指广德元年十二月吐蕃陷松、维、保三州事。《通鉴》卷二百二十三：广德元年十二月，"吐蕃陷松、维、保三州及云山新筑二城，西川节度使高适不能救，于是剑南西山诸州亦入于吐蕃矣"。⑦后主，指蜀后主刘禅。还，仍。成都城南有昭烈帝祠，祀蜀先主刘备，附祀后主，故云"还祠庙"。⑧《梁甫吟》，古歌曲名。《三国志·蜀书·诸葛亮传》："亮躬耕陇亩，好为《梁甫吟》。"此句

以《梁甫吟》借指所吟之《登楼》诗。

[笺评]

叶梦得曰：七言难于气象雄浑，句中有力，而纡徐不失言外之意。自老杜"锦江春色来天地，玉垒浮云变古今"与"五更鼓角声悲壮，三峡星河影动摇"等句之后，尝恨无复继者。(《石林诗话》卷下)

方回曰：老杜七言律一百五十九首，当写以常玩，不可暂废。今于"登览"中选此为式。"锦江""玉垒"一联，景中寓情。后联却明说破道理如此，岂徒模写江山而已哉！(《瀛奎律髓》卷一)

刘辰翁曰：先主庙中乃亦有后主，此亡国者何足祠！徒使人思诸葛《梁父》之恨而已。《梁甫吟》亦兴废之感也，武侯以之。(《唐诗品汇》卷八十四引)

钟惺曰：对花伤心，亦诗中常语，情景生于"近高楼"三字。("锦江"二句)动不得，却不板样。("可怜"句)七字蓄意无穷。(《唐诗归》)

谭元春曰：常人以"花近高楼"，何伤心之有？心亦有粗细雅俗，非其人不知。(同上)

陆时雍曰：三、四空头，且带俚气。凡说豪说霸，说高说大，说奇说怪，皆非本色，皆来人憎。第五句有疵。结二语浑浑大家。(《唐诗镜》)

唐汝询曰：按代宗广德元年十月，吐蕃陷京师，帝幸陕州。郭子仪复京师，车驾还。明年春，甫在成都，因登楼而有是作也。见花而伤心者，以登临当多难之时也。锦江春色乃从天地而来，玉垒浮云则尽古今之变，眺望愈远而心愈悲矣。时子仪已复京师，故言朝廷终不可动，吐蕃何事而相侵乎？然凡此多难者，皆由君德不明，谗邪得志耳。因见后主有祠，而云此亡国之君不宜在庙，于是作《梁父吟》以伤世道也。黜后主者，所以警时主耳。(《唐诗解》卷四十一)

周敬曰：三、四宏丽奇幻。结含意深浑，自是大家。(《删补唐诗选脉笺释会通评林·盛七律》)

蒋一葵曰：起二句呼应，后六句皆所以伤心之实。第三句野马绵缊，极目万里；第四句苍狗变化，瞬息万年。五、六因登楼而望西北。末上句有兴亡之感，落句自况。(同上引)

徐中行曰：天地、古今，直包括许多景象情事。(同上引)

郭濬曰：此诗悲壮，句句有力，须看他用字之妙。(同上引)

黄家鼎曰：触时感事，一读一悲怆。(同上引)

周珽曰：酸心之语，惊心之笔，落纸自成悲风凄雨之壮。(同上)

王嗣奭曰：此诗妙在突然而起，情理反常，令人错愕。而伤之故，至末始尽发之，而竟不使人知，此作诗者之苦心也……首联写登临所见，意极愤懑。词犹未露，此亦急来缓受，文法固应如是。言锦江春水与天地俱来，而玉垒浮云与古今俱变，俯视宏阔，气笼宇宙，可称奇杰。而佳不在是，止借作过脉起下。云"北极朝廷"如锦江水源远流长，终不为改；而"西山寇盗"如玉垒浮云，倏起倏灭，莫来相侵。……"终""莫"二字有微意在。(《杜臆》卷三)又曰：结语忽入后主，深思多难之故，无从发泄，而借后主以泄之。又及《梁甫吟》，伤当国无诸葛也。而自伤不用，亦在其中。不然，登楼对花，何反作伤心之叹哉！(《杜少陵集详注》卷十三引)

邢昉曰：胸中阔大，亦自诸家不及。(《唐风定》)

金圣叹曰：伤心原不在花，在于万方多难。一到登临之际，忽已如箭攒心。(《金圣叹选批杜诗》)

钱谦益曰："可怜后主还祠庙"，其以代宗任用程元振、鱼朝恩致蒙尘之祸，而托讽于后主之用黄皓乎！"日暮聊为梁父吟"伤时恋主，自负亦在其中，其兴寄微婉如此。(《钱注杜诗》)

冯舒曰：后六句皆从第二句生出。(《瀛奎律髓汇评》引)

冯班曰：拘情景便非高手。(同上引)

查慎行曰：发端悲壮，得笼罩之势。(同上引)又曰：破题多少

感慨，他人便信手点过。（《初白庵诗评》）

邵长蘅曰：此是杜集中有数五好。登临气壮，凭吊伤心，可谓扬之高华，抑之沉实。（《五色批本杜工部集》引）

李因笃曰：造意大，命格高，真可度越诸家。（《杜诗集评》引）

吴农祥曰：一起骇叹，唐人无能为此言者。接二语壮阔，而时趋世变，亦全包于此。结语另有寄托，自是奇警。（同上引）

朱瀚曰：俯视江流，仰观山色。矫首而北，矫首而西，切"登楼"情事。又矫首以望荒祠，因念及卧龙一段忠勤，有功于后主，伤今无是人，以致三朝鼎沸，寇盗频仍，遂傍徨徙倚，至于日暮，犹为《梁父吟》，而不忍下楼，其自负亦可见矣。（《杜诗七言律解意》，《杜少陵集详注》卷十三引）

申涵光曰："北极""西山"二语，可抵一篇《王命诰》。（同上引）

毛奇龄曰：自"花近高楼"起便意兴勃发，下句虽奇廓，然故平实有至理，总是纵横千万里，上下千百年耳。（《唐七律选》）

杨逢春曰：此在蜀而伤吐蕃之不靖也。因登楼发感，故即以命题。通首即景摄情，以情合景，融洽互显，一气顶接。体格极雄浑，作法亦极细密。（《唐诗体》）

胡以梅曰：五、六与"今"字有血脉。结则吊古之意。（《唐诗贯珠串释》）

黄生曰：（"花近"二句）反装起，总冒起。（"锦江"二句）缩脉句。三承上，四起下。首二句，在后人必云："花近高楼此一临，万方多难客伤心。"盖不知唐贤运意曲折，造句参差之妙耳。若尾联之寓意深曲，更万非所及也。锦江玉垒，后主祠庙，登临所见；北极朝廷、西山寇盗，登临所怀。锦江玉垒，兴而比也；北极西山，赋也；后主祠庙，赋而比也。风景不殊，人情自异，因万方多难，故对花亦自伤心耳。锦江春色，依旧来天地；玉垒浮云，一任变古今。承上启下之辞。古今递变如浮云，以治乱兴亡相寻不已也。然今日国祚灵长，如天时终古不忒，虽有小丑，安能为患！故若呼寇盗而告之。语虽警寇盗，而意实讽朝廷。故终托喻后主。而《梁父》成吟，则比己登楼有作焉尔。广德二（当作元）年，吐蕃陷京师，代宗出幸奉天，赖郭子仪收复，乘舆反正。五、六盖谓此。代宗亲任竖宦，疏远忠良，正与后主相似。祠庙虽曰即目，讽喻实极深切，后人多未之审。解者不易，作者奚怪其难乎？五言"欹忆吟梁父，躬耕也未迟"，正与末句相发，谓诸葛亮当躬耕时年尚少，故遭际未为迟暮。今己虽以诸葛自负，其年岂能得乎！亦仿效《梁父》为吟而已。此意全在"日暮"二字见之。镜花水月，有象无痕，吾盖不测其运笔之所以神所以化矣。全诗以"伤客心"三字作骨。（《杜诗说》卷八）

朱之荆曰：次句只了"伤客心"三字，下最难接。看此词句浑雅，而兴韵无亏，绝不堕怒骂一流。（以下抄黄生《杜诗说》不录）（《增订唐诗摘抄》）

仇兆鳌曰：上四，登楼所见之景，赋而兴也。下四，登楼所感之怀，赋而比也。以天地春来，起朝廷不改；以古今云变，起寇盗相侵，所谓兴也。时郭子仪初复京师，而吐蕃又新陷三州，故有"北极""西山"句，所谓赋也。代宗任用程元振、鱼朝恩，犹后主之信黄皓，故借祠托讽，所谓比也。《梁父吟》，思得诸葛以济世耳。"伤心"之故，由于"多难"，而"多难"之事，于后半发明之。其辞微婉，而其意深切矣。（《杜少陵集详注》卷十三）

佚名曰：当此万方多难之时，而高楼之花自近。登楼者不能从时而玩，反以目击而伤心。此固有心世道者，所贵有康济之业者也。（《杜诗言志》）

浦起龙曰：声宏势阔，自然杰作。须得其一线贯串之法，盖为吐蕃未靖而作也。"花近高楼"，春满眼前也。"伤客心"，寇警山外也。只七字，函盖通篇。次句申说醒亮。三从"花近楼"出，四从"伤客心"出，五从"春来天地"出，六从"云变古今"出。论眼内，则三、四实，五、六虚；论心事，则三、四影，五、六形也。而两联俱带侧注，为西戎开示，恰好接出后主祠庙来。"后主还祠"，见帝统为大居正，非幺麽得以妄干矣，是以《梁甫》长吟，"客心"虽"伤"，而不改其浩落也。于正伪久暂之间，勘透根源，彼狡焉启疆者，曾不能以一瞬，不亦太无谓哉！使顽犷有知，定当解体。"西山寇盗"四字浑读，只当"吐蕃"二字用，勿粘定蜀边看，恐与"北极朝廷"拍合不上也。注家以"后主"比天子，无理之甚。"梁甫吟"句，兼对严公，盖以诸葛勋名望之也。（《读杜心解》卷四）

沈德潜曰：（首二句）妙在倒装，若一倒转，与近人诗何异。（末二句）望世有诸葛其人，何等抱负。气象雄伟，笼盖宇宙，此杜诗之最上者。（《重订唐诗别裁集》卷十三）

屈复曰：三、四虽见地，然语含比兴。（《唐诗成法》）

范大士曰：虚处取神，其实一字不闲设；逐句接递，故为奇绝。（《历代诗发》）

宋宗元曰：雄浑天成，笼罩一切。（《网师园唐诗笺》）

纪昀曰：何等气象，何等寄托！如此种诗，如日月终古常见而光景常新。沈归愚谓"首二句若倒装，便是近人诗"（按：沈德潜谓"首二句妙在倒装，若一倒转，与近人诗何异"，沈氏误引，许印芳已指出），其论甚微。（《瀛奎律髓刊误》）

《唐宋诗醇》：律法极细，隐衷极厚，不独以雄浑高调之象陵轹千古。

杨伦曰：首二句倒装突兀。（"锦江"二句）承"高楼"句。（"玉垒"句）言治乱相寻不已也。（"可怜"二句）结意深，亦是登楼所感。伤时无诸葛之才，以使三朝鼎沸，寇盗频仍，是以吟想徘徊，至于日暮而不能自已耳。并自伤不用意亦在其中，其兴寄微婉若此。（按：末数语袭朱瀚、王嗣奭等人之笺而稍加变化）（《杜诗镜铨》卷十一）

吴东岩曰："可怜"字、"还"字、"聊为"字，伤心之故，只在吞吐中流出。（同上引）

方东树曰：起二句分点题面，各纬以情事，则不同平语。三句写景，乃从登楼所见如此言之，雄警阔大。四句治乱相寻。五、六情，而措语深厚沉着。吐蕃陷京，郭公反正吐蕃。收出场，亦即所见以志感。(《昭昧詹言》)

李锳曰："花近高楼"者，楼高则所见者远，故田野之花皆如近在檐下也。值此无边春色，足以惬登临之目矣，却陡以"伤客心"三字接之，便已动魄惊心。(《诗法易简录》)

施补华曰：起得沉厚突兀。若倒装一转："万方多难此登临，花近高楼伤客心。"便是平调。此秘诀也。(《岘佣说诗》)

邓绎曰："锦江春色来天地，玉垒浮云变古今。"意象超远，若峨眉之积雪，唐代诗人莫能及也。(《藻川堂谭艺》)

《唐宋诗举要》：(首联) 范曰：意在笔先，起势峻耸。(卷五)

高步瀛曰：(尾联) (钱) 说殊失之凿。盖意谓后主犹能祠庙三十馀年，赖武侯为之辅耳。伤今之无人也。故聊为《梁父吟》以寄慨，大意如此，不可深求。浦氏驳钱说是已，又谓以诸葛勋名望于严武，亦曲说也。祠庙犹言能守其宗庙社稷。鲁季钦引《通鉴》颜真卿请代宗先谒陵庙然后还宫事 (蔡笺引)，赵彦材又引《后主传》后主谓亮政由葛氏祭则寡人之语，皆就字而傅会，实不足取。(《唐宋诗举要》卷五)

萧涤非曰：末二句就登楼所见古迹以寄慨，寓感极深，用意甚曲，故向来解说，亦颇纷歧。大意是说，像蜀后主这样一个昏庸亡国之君，本不配有祠庙，然而由于先主和武侯对四川人民做过一些好事，人心不忘，所以还是有了祠庙。何况大唐立国，百有余年，当今皇上 (代宗)，又不比后主更坏，即使万方多难，寇盗相侵，也决不会就此灭亡。这句和《北征》结语"煌煌太宗业，树立甚宏达"同旨。但这只是一方面。另一面，杜甫对信任宦官程元振和鱼朝恩以致造成万方多难寇盗相侵这一局势的负责人——代宗，也给予了尖锐而深刻的讽刺，因为他把代宗比作后主，则代宗之为代宗，就可够可怜了。总之，这句诗，确是话中有话的。末句是自伤寂寞。杜甫是一个"济时肯杀身""时危思报主"的人，可是，当此万方多难之时，自己却只能像躬耕陇亩时的诸葛亮"好为《梁甫吟》"一样，在这里登高楼，吟吟诗，岂不无聊，岂不可叹！……这里的《梁甫吟》，即指这首《登楼》诗。(《杜甫诗选注》第219~220页)

[鉴赏]

钱锺书先生在《谈艺录·七律杜样》中指出："少陵七律兼众妙，衍其一绪，胥足名家。"并谓世人之所谓"杜样"者，乃指雄阔高浑，实大声弘一类，此外另有细筋健骨、瘦硬通神一类。《登楼》正是杜甫七律"雄阔高浑，实大声弘"一类的杰出代表，这也是其七律的主要类型，具有范型意义。

七言律不难在颔腹二联，难在发端与结句，这首诗可谓工于发端的范式。诗评家大都推崇此诗首联因倒装而造成的突兀之势，诗人所登之楼附近当有花木扶疏，值此三春时节，更是花团锦簇，一片明艳景象。这本是赏心悦目之景，但诗人却在"花近高楼"四字之下突接"伤客心"三字。这一出乎常情的转折，造成了巨大的落差和冲击力，也设置了疑问和悬念。下句"万方多难此登临"七字，便以极大的概括力揭示出此次登楼的特殊时代背景，从而回答了何以"花近高楼"而"伤心"的原因。"万方多难"四字，概括甚广，举凡藩镇割据、吐蕃入侵、蜀中战乱、浙右"盗贼"、民生凋敝等均可包蕴其中。这四个字，感情沉重而声调洪亮，本身就给人以悲壮之感，下接"此登临"三字，"此"字重重向下一抑，突出强调了这样一个令人悲慨的时间登楼的意蕴，读来有一种强烈的沉重感，仿佛可以听见诗人不胜心理的重压而缓慢艰难登楼的脚步声。这一联起势突兀，境界高远，万方多难的时局和花近高楼的春景形成强烈的反照，逼出"伤客心"这一全篇感情的主调，具有笼罩全局的气势。

"锦江春色来天地，玉垒浮云变古今。"颔联写登楼览眺所见景色，而情寓景中，兴在象外。锦江源出都江堰市，流经郫县、成都而入岷江。"春色来天地"，上承"花近高楼"，着一"来"字，使本来处于静态的春色具有鲜明的动感，仿佛随着锦江流水，弥天盖地，扑面而来。而"锦江"的字面与"春色"的配搭，更使眼前无边的春色显得特别壮丽，给人以天地山河一片锦绣之感，称得上是咏天府之国春天丽景的名句，其中既蕴含了诗人对它的热爱，也隐寓自然界的春色，终古常新的意蕴，暗逗腹联的"终不改"，意脉上下贯通。下句明写望中所见远景，而其内在意蕴则更为深微。玉垒山一带，是唐与吐蕃接壤地区，自初唐直到晚唐，唐蕃之间一直在这里进行争夺。因此，这玉垒山的浮云变化不定的景象便不是单纯的自然景物描绘，而是带有对人事的象喻意味，使人从中联想到边境形势的变幻不定，暗逗腹联的"西山寇盗"。而"变古今"三字，织入对悠远历史的想象，使诗人的视野和思绪更加悠远。这一联目极天地，思接古今，具有极广阔的空间感和悠远的时间感，境界壮阔雄浑，能引发读者深广悠远的联想，是杜甫诗中咏登临的名联。

"北极朝廷终不改，西山寇盗莫相侵。"腹联上承"万方多难"与"玉垒浮云"，正面揭出诗人心中最忧念的时局形势。写这首诗的前一年，长达八年的安史之乱刚告平定，藩镇割据的局面尚未结束，却接连发生了两起吐蕃入侵的严重事件。头年十月，吐蕃攻陷长安，立广武王李承宏为帝，代宗仓皇出奔陕州，后经郭子仪收复长安，代宗方还京，故说"北极朝廷终不改"，"终"字着意，既对唐廷统治地位的巩固表明信念，对战争的结局表示庆幸，也含蓄地透露出诗人对这种局面的忧虑担心。就在代宗还京的同时，吐蕃又连续攻陷松、维、保三州及云山新筑二城，"剑南西山诸州亦入于吐蕃""西山寇盗相侵"正指此近事。着一"莫"字，在意脉上自是紧承上句之"北极朝廷终不改"，表明这次入侵并不会动摇唐廷统治的全局，但其中也同样隐寓对其再次相侵的忧虑。细加吟味，还不难感到几分无奈。

"可怜后主还祠庙，日暮聊为梁甫吟。"蜀后主祠庙，亦为登高所见。但诗人于连为一体的蜀先主庙、武侯祠、后主祠中独拈出后主祠来，当是有感而发。"可怜"与"还"着意。可叹的是像刘禅这样昏庸无能的皇帝至今仍然保留了他的祠庙，与诸葛武侯一起配祀先主刘备，不由得令人感慨万端，自己虽欲像武侯那样，开创基业，匡济危局，却有志难伸，只能在暮色苍茫中，聊为《梁甫》之吟，来寄托自己的悲慨。这里所说的《梁甫吟》，实借指正在吟诵的《登楼》诗。诗人虽未必将当今的皇帝代宗比作蜀后主刘禅，但在览眺抒慨中，寓含了对自己所遭衰颓时世的感受，则不难体会。诗人之所以"伤心"，不但由于"万方多难"，更因遭逢衰世、有志难伸，无力拯救危局。因此尾联实际上是诗的意蕴的深化。

宿　府①

清秋幕府井梧寒②，独宿江城蜡炬残③。永夜角声悲自语④，中天月色好谁看⑤。风尘荏苒音书绝⑥，关塞萧条行路难⑦。已忍伶俜十年事⑧，强移栖息一枝安⑨。

[校注]

①广德二年（764）六月，成都尹兼剑南东西川节度使严武表署杜甫为检校工部员外郎、节度参谋。这首诗是广德二年秋留宿幕府有感而作。②古代行军，以帐幕为府署，故称"幕府"。此指剑南西川节度使府署。古代每于井边植梧桐树或桃李，故称"井梧"。③江城，指成都，因滨锦江，故称。④此句与下句均为四一二句法，吟读时应于此句"声"字、"悲"字，下句"色"字、"好"字处略顿。"自语"，指角声。⑤谁看，谁来观赏。"看"字平声。⑥风尘，指战尘。荏苒，辗转迁徙。⑦关塞萧条，指因战乱破坏，关塞荒凉萧瑟。⑧伶俜，困苦貌。十年，自天宝十四载（755）安史之乱爆发到写这首诗时

（764），已经十年。⑨强移，勉强移身。栖息一枝，指托身于严武的幕府。《庄子·逍遥游》："鹪鹩巢于深林，不过一枝。"

[笺评]

郭知达曰：甫时寓严武幕为参谋，此一枝之安也。（《九家集注杜诗》）

方回曰：此严武幕府秋夜直宿时也。三、四与"五更鼓角声悲壮，三峡星河影动摇"同一声调，诗之样式极矣。（《瀛奎律髓》卷十二）

刘辰翁曰：（"永夜"一联）上、下沉着。（《唐诗品汇》卷八十四引）

唐汝询曰：八句皆对，韵度不乏，非老杜不能。（《汇编唐诗十集》）又曰：此宿于幕府而作也。言府中秋气凄其，独宿不寐，烛残则夜深矣。角声愈悲，如人之自语；月色虽好，谁复能玩之乎。因想兵戈侵寻而乡书久绝，关塞萧条而道路难行，我之飘零于四方者十年矣，今在幕府宁得已乎，亦勉就一枝以栖息耳。（《唐诗解》卷四十一）

孙矿曰：通首俱是伤叹之意，而不点出伤叹字，读完自见，最有深味。（《杜律》七律卷一）

王嗣奭曰："永夜角声悲""中天月色好"为句，而缀以"自语""谁看"，此句法之奇者，乃府中不得意之语……余初笺将三、四联"悲""好"连上为句法之奇，今细思之，终不成语。盖"悲""好"当作活字看。（《杜臆》）

虞伯生曰：第二联雄壮工致，当时夜深无寐独宿之情，宛然可见。（《删补唐诗选脉笺释会通评林·盛七律》引）

唐陈彝曰："悲自语"三字，说角声，妙，妙！妆点联结，在"荏苒""萧条"四虚字。（同上引）

唐孟庄曰：好不能看，方见其苦。（同上引）

周珽曰：孤衷幽绪，低徊慨切。（同上）

朱瀚曰："一枝"应"井梧"，"栖息"应"独宿"，格意精妍。（《杜少陵集详注》卷十四引）

胡以梅曰：此诗对起对结，而气自流走。（《唐诗贯珠串释》）

冯舒曰：三、四之高妙，亦不在于声调。又曰：第四说宿幕府，意致情事，无穷之极。（《瀛奎律髓汇评》引）

李因笃曰：造意大，命格高，真可度越诸家。又曰：不落时艳，所以为难。（《杜诗集评》卷十一引）

吴农祥曰：八句皆对，既极严整从容，复带错综变化，此公之神境。（同上引）

吴昌祺曰："自语"，公自语也。三、四正"独宿"意。夔州每祖此二语。（《删订唐诗解》）

黄生曰：前半宿府之景，后半宿府之怀。角声之悲，如人自语，惟独宿乃觉其然。月色虽好，不耐起看，亦枕上无聊之语。五、六"音书绝"，非止谓亲友，盖言起废之命无闻耳。"栖息"，应转"幕府"字。音书既绝，行路又难，强就幕职，甚非己志。然因乱离，心事不遂，既已忍耐十年之久，则移枝栖息亦始安焉可耳，何事长怀郁郁乎！此盖无聊中强自宽释之辞。（《杜诗说》卷九）

仇兆鳌曰：此秋夜宿幕府而有感也。上四叙景，下四言情。首句点"府"，次句点"宿"。角声惨栗，悲哉自语；月色分明，好与谁看。此独宿凄凉之况也。乡书阔绝，归路艰难，流落多年，借栖幕府。此独宿伤感之意也，玩"强移"二字，盖不得已而暂时依幕下耳。《杜臆》……将"角声悲""月色好"连读于下两字未妥。（《杜少陵集详注》卷十四）

浦起龙曰："独宿"二字，一诗之眼。"悲自语""好谁看"，正即景而伤"独宿"之况也。"荏苒""萧条"，则从"自语""谁看"中追写其故，而总束之曰"伶俜十年"，见此身甘任飘蓬矣，今乃"移

息一枝"而"独宿"于此，亦姑且相就之词。盖初就幕职所作。"府"字起讫一点。（《读杜心解》卷四）

杨伦曰：（"永夜"二句）句有三折。二句言独宿凄凉之况。（《杜诗镜铨》卷十一）

邵长蘅曰：浑壮。（《杜诗镜铨》卷十一引）

纪昀曰：八句终有拙意。（《瀛奎律髓汇评》引）

许印芳曰：八句对。八句收到"宿府"，回应首句，法律细密。晓岚以词语之工拙苛求古人，吾所不取。（同上引）

《唐宋诗醇》：多少心事，于无聊中出之，字字沉郁。（卷十六）

范大士曰：写"独宿"之境，真至悲惋，令人想见其枕上踌躇，不能成寐。（《历代诗发》）

黄叔灿曰：十年劳苦，暂息一枝，此情此景，不堪卒读。（《唐诗笺注》）

卢麰曰：三、四峭。"永夜"则更悲，"中天"则堪看，着四字乃益增情。五、六隐括老尽，对结尤为沉挚。（《闻鹤轩初盛唐近体读本》）

方东树曰：章法同《登楼》，亦是起二句分点"府""宿"，而以情景纬之。三、四写宿，景中有情，万古奇警。五、六情，收又顾"宿"字，此正格。（《昭昧詹言》）

施补华曰："永夜角声悲自语，中天月色好谁看。""悲"字"好"字，作一顿挫，实七律奇调，今人读烂不觉耳。（《岘佣说诗》）

吴闿生曰："永夜"二句皆中夜不眠凄恻之景，而不明言，故佳。（《唐宋诗举要》卷五引）

[鉴赏]

这首七律写秋夜独宿幕府、辗转不寐的情况下所引发的丰富复杂情感。虽写当下情景，但却植根于安史之乱爆发以来诗人"十年伶傺"的生活经历，意境相当深远。

首联以对仗起，而句则倒装。出句先点染幕府的凄清冷寂氛围，对句方点醒"独宿"情事，逆笔取势，显得清迥峭拔，两句中"江城""幕府"点地、"清秋"点时，"独宿"点事，一篇之抒情要素已备。而出句的"清秋"与"井梧寒"，渲染出弥漫在幕府中的一片清寒孤寂气氛，夜间虽看不清井梧的颜色，但从那个"寒"字当中却可以想象出梧桐树叶发黄凋零的形状，对句的"独宿"与"蜡炬残"，则透露出诗人辗转反侧，长夜难寐的情景。杜甫家住城外的浣花草堂，幕府晨入昏归，回家路远，常宿幕府，像这样的"独宿"情景，经历已经多次，故对"独宿"况味的感受特深，这跟偶尔当值夜宿者所感自异。

颔联写夜宿幕府所闻所见，而所感自寓其中。两句均为四一二的句式，句法新奇，而意境清迥悲凄，极饶情韵。军中的画角声，本就给人以凄清悲凉之感，在这不眠的漫长秋夜，萦回不绝于耳际的画角声更引发"独宿"者挥之不去、缠绵不已的悲凄意绪和对于干戈战乱时代氛围的感触。妙在"悲"下着"自语"二字，突出渲染诗人对角声的特殊感受：这长夜萦回不绝的角声，仿佛在自言自语。它传出了夜间角声低回呜咽，如泣如诉的神韵，也传出了听角的诗人低回悲凄的心声。秋夜的中天月色，清辉普照，正是最值得观赏的景象，可是月色虽"好"，又复"谁看"。"好"下突接"谁看"二字，亦复含蕴丰富。黄生说："月色虽好，不耐起看，亦枕上无聊之语。"体会可谓真切。诗人长夜辗转，枕上见中天月色正佳，却丝毫提不起观赏的兴致。故曰"好谁看"。无心赏月，自是由于意绪索寞悲凉，而背后的原因则是由于长期干戈离乱，兄弟失散，彼此隔绝，见明月反而会增添离散之苦。写到这里，五、六两句抒情的内容已经呼之欲出。

"风尘荏苒音书绝，关塞萧条行路难。"这一联是永夜辗转不寐的诗人对阔远时空的联想与想象。"风尘"句紧承"中天"句。"风尘"指战尘。战尘弥漫，战火绵延，兄弟分散，音书断绝。"音书绝"正是对"中天月色好谁看"原因的一种说明。"关塞"句承"永夜"句。由于战乱尚未彻底平定，此伏彼起，关塞残破荒凉，归家的行程还很漫长而艰难。"行路难"正是对"永夜角声"所透露的战乱氛围的一种点醒。出句着眼于悠长的时间，对句着眼于广阔的空间。而骨肉分散，音书断绝，关塞荒凉，有家难回的悲凉，更加深了"独宿"者的孤寂悲凉意绪。

"已忍伶俜十年事，强移栖息一枝安。"尾联从悠远的时空回到眼前的幕府独宿。"伶俜十年事"总括安史之乱爆发以来自己所历的一切颠沛流离、艰难困苦的情事，而五、六二句所抒之情自亦包蕴其中，用"已忍"二字冠于其上，透露出一种难以忍受又不得不忍受的无奈意绪；而"栖息一枝安"之上冠以"强移"二字，则透露出栖身幕府，既非己之所愿，更难求得身心安恬的意绪。杜甫之入严武幕，乃因武之诚挚相邀，但入幕之后，却遭到同僚的猜疑嫉忌，心情并不愉快，其《莫相疑行》《遣闷呈严公二十韵》都透露了这一消息。尾联将"伶俜十年"所历的颠沛流离、艰难困苦与寄身幕府的不如意、不适应的感慨联结在一起，使"独宿"幕府的悲慨更增添了一份无奈和无聊的意绪。"一枝"暗切首句"井梧"，"栖息"遥承次句"独宿"，首尾呼应，律法细密。

绝句四首 (其三)①

两个黄鹂鸣翠柳，一行白鹭上青天。窗含西岭千秋雪②，门泊东吴万里船③。

[校注]

①代宗广德二年（764）三月，因友人严武再任成都尹兼剑南节度使，有信邀杜甫入幕，乃携家自阆州复回成都。这组七绝是杜甫刚回成都草堂后不久所作。所选的是第三首。②西岭，即岷山雪岭，系

岷山主峰。其上终年积雪，历时久远，故云"千秋雪"。③范成大《吴船录》："蜀人入吴者，皆从合江亭登舟，其西则万里桥。"杜甫的草堂在万里桥西，濒江，故云。东吴万里船，驶向万里之外的长江下游吴地的船。

[笺评]

程大昌曰：诗思丰狭，白其胸中来。若思同而句韵殊者，皆象其人，不可强求也。张祜送人游云南，固尝张大其境矣，曰"江连万里海，峡入一条天"。至老杜则曰"窗含西岭千秋雪，门泊东吴万里船"，又曰"路径滟滪双蓬鬓，天入沧浪一钓舟"，以较祜语，雄伟而又优裕矣。（《演繁露》卷四）

佚名曰：诗中有拙句，不失为奇作。若……子美诗云："两个黄鹂鸣翠柳，一行白鹭上青天"之类是也。（《漫叟诗话》）

曾慥曰：子美诗云："两个黄鹂鸣翠柳，一行白鹭上青天。窗含西岭千秋雪，门泊东吴万里船。"东坡《题真州范氏溪堂》诗云："白水满时双鹭下，绿槐高处一蝉吟。酒醒门外三竿日，卧看溪南十亩阴。"善用杜老诗意也。（《高斋诗话》）

曾季貍曰：韩子苍云：老杜"两个黄鹂鸣翠柳，一行白鹭上青天"古人用颜色字，亦须配得相当方用。"翠"上方见得"黄"，"青"上方见得"白"，此说有理。（《艇斋诗话》）

范季随曰：杜少陵诗云："两个黄鹂鸣翠柳，一行白鹭上青天。"王维诗云："漠漠水田飞白鹭，阴阴夏木啭黄鹂。"极尽写物之工。（《陵阳先生室中语》，《诗人玉屑》引）

杨慎曰：绝句四句皆对，杜工部"两个黄鹂"一首是也。然不相连属，即是律中四句也。绝句者，一句一绝，起于《四时咏》："春水满四泽，夏云多奇峰，秋月扬明辉，冬岭秀孤松"是也。或以为陶渊明诗，非。杜诗"两个黄鹂鸣翠柳"实祖之。（《升庵诗话》卷十一）

胡应麟曰：杜之律，李之绝，皆天授神诣。然杜以律为绝，如"窗含西岭千秋雪，门泊东吴万里船"等句，本七言律壮语，而以为绝句，则断锦裂缯类也。李以绝为律，如"十月吴山晓，梅花落敬亭"等句，本五言绝妙境，而以为律诗，则骈拇枝指类也。(《诗薮》)

顾元庆曰：长江万里，人言出于岷山，而不知元从雪山万壑中来。山亘三千馀里，特起三峰，其上高寒多积雪，朝日曜之，远望日光若银海。杜子美草堂正当其胜处，其诗曰"窗含西岭千秋雪"。(《夷白斋诗话》)

王嗣奭曰：此四诗盖作于入居草堂之后，拟客居此以终老，而自叙情事如此。其三，是自适语，草堂多竹树，境亦超旷，故鸟鸣鹭飞，与物俱适，窗对西山，古雪相映，对之不厌，此与拄笏看爽气者同趣。门泊吴船，即公诗"平生江海心，夙昔驻扁舟"是也。公盖尝思吴，今安则可居，乱则可去，去亦不恶，何适如之！(《杜臆》)

李因笃曰：化古人"白鹭一一飞上天"为整调，馀则配足之耳。(《杜诗集评》卷十五引)

吴农祥曰：极熟诗，却用意陶铸者。(《杜诗集评》卷十五引)

仇兆鳌曰：三章，咏溪前情景。此皆指现前所见，而近远兼举。(《杜少陵集详注》卷十三)

浦起龙曰："鹂"止"鹭"飞，何滞与旷之不齐也！今"西岭"多故，而"东吴"可游，其亦可远举乎！盖去蜀乃公素志，而安蜀则严公本职也。蜀安则身安，作者有深望焉。上兴下赋，意本一串。注家以四景释之，浅矣。(《读杜心解》卷六)

杨伦曰：("门泊"句)句亦寓下峡意。(《杜诗镜铨》卷十二)

《唐宋诗醇》：虽非正格，自是绝唱。

李思敬曰：这首诗第三句"窗含西岭千秋雪"，杜甫没有用"临""迎""邻"等字样，而用了个"含"字。偌大的一座山竟然可以"含"在窗内，实在是用透视的眼光观察到的。这句诗与"隐几唯青山"不同，那纯然是从窗口向外看山，而"窗含西岭千秋雪"主要是看窗，是把窗外西岭之雪连同方形的窗口放在一个平面上来欣赏的。这"窗"，犹如油画的框，而"西岭千秋雪"，则是框中的画。这就是第三句的情趣所在。"千秋雪"是说西山很高，高得积雪终年不化，高到雪线以上。这么高的山可以嵌在（含在）小小的窗中，可见西岭之远，不远则"含"不入。所以说这句诗表明他的观察、描绘是合乎透视学原理的。第四句诗"门泊东吴万里船"，是说诗人欣赏过以窗为框的西山雪景之后，再把眼光投向院门，又看到辽远的水面上漂着东去的航船。那船因为太远了，所以觉不出它在动，只像停泊在那里一样。泊在哪里呢？就泊在杜宅院门的门框中间。他把辽远的"万里船"和杜宅院门压在一个平面上来欣赏，这又是一个合乎透视学原理的描绘。只有这样来理解第四句诗，才能明白杜甫何以把"门泊"和"万里船"这两个无法联系在一起的意念联系起来，才能领悟这句诗的意境。统观全诗，老杜只用四句便描绘出近、远、更远、极远这四种景物，好像一个画家画一幅练笔的小幅水彩一样，信笔点染，毫不费力。而最值得称道之处全在于运用透视学原理来观察、处理景物，从而显现出逼真的画境。（《百家唐宋诗新话》第 260~261 页）

[鉴赏]

《绝句四首》，均咏草堂景物。这一首写草堂近观远眺所见景物，每句一景，对起对结，乍读似各自独立，不相连属，实则都贯注着诗人流眺景物时的喜悦感情和广远襟怀。

前幅写草堂附近景物，时值春末夏初，草堂周围的柳树，一片翠绿，两只黄鹂在柳树丛中欢快地鸣啭歌唱，草堂近处的江天上，一行白鹭正振翅直上云霄。这本是春夏之交郊野常见的景物，但经诗人的着意点染，却显得色彩鲜明，生机盎然。"黄"和"翠"、"白"与"青"的色彩配搭组合，使前者更加鲜妍明丽，充满生机，使后者更加对比鲜明，境界高远。而数量词"两个"和动词"鸣"之间的配搭，则不但传达出了黄鹂鸣声的欢快清脆，而且创造出一种成双成对、物遂其性的和悦气氛；"一行"与"上"之间的配搭，则不仅使江天寥廓的境界借以显现，而且使整个画面充满了动感，仿佛可见白鹭凌波而起，排成整齐的一行，直上青天的态势。而诗人在目接耳闻之际那种对自然界鲜妍明丽、高远寥廓情境的愉悦感受也自然流露于笔端。

后幅分写草堂远眺近观之景。"窗含西岭千秋雪"，是在窗前向西北远眺所见。"含"字极富创意，向为评家所赏。西山雪岭，高远巍峨，广大磅礴，而方广不过数尺的"窗"却可将它尽收眼底，故曰"含"。或谓诗人将窗框想象成画框，而"西岭千秋雪"则像是窗框中的一幅画；或谓此系运用透视学原理来观察、描绘景物，所言皆是。但我更欣赏这"含"字中所透露的那份纳须弥于芥子的怡然自得的情趣。"雪"而曰"千秋"，自是由于岷山主峰上的积雪终年不化之故，但不说"终年雪"而曰"千秋雪"，则已在直观景物的同时融入了想象的成分，广远的空间又叠加了悠远的时间，则此"窗"所"含"者不仅有广远的空间，且有悠远的时间，其中所蕴含的情趣又不单是怡然自得，且有一种对广远时间的悠然神往之情了。

"门泊东吴万里船"：草堂的门前就是锦江的支流浣花溪，东边不远处就是"万里之行始于此"的万里桥。《野老》诗前幅说："野老篱边江岸回，柴门不正逐江开。渔人网集澄潭下，贾客船随返照来。"可见草堂的门外就能见到贾客的商船，着一"泊"字，说明这船此刻正停泊在门外，写的是近景，但特意标出"东吴万里船"，则在目接之际同样包含了想象和神驰的成分。这一方面是由于"万里桥"的名称和掌故的触发，另一方面则是基于诗人在日常生活中的观察了解。但更重要的是诗人对青年时代曾游历的吴越之地始终怀有强烈的向往。其《壮游》诗追忆吴越之游时说："东下姑苏台，已具浮海航。到今有遗恨，不得穷扶桑。王谢风流远，阖庐丘墓荒。剑池石壁仄，长洲荷芰香。嵯峨阊门北，清庙映回塘。每趋吴太伯，抚事泪浪浪。枕戈忆勾践，渡浙想秦皇。蒸鱼闻匕首，除道哂要章。越女天下白，鉴湖五月凉。剡溪蕴秀异，欲罢不能忘。"在夔州时所作的《夔州歌十绝句》（其七）云："蜀麻吴盐自古通，万斛之舟行若风。长年三老长歌里，白昼摊钱高浪中。"《解闷十二首》（其二）云："商胡离别下扬州，忆上西陵故驿楼。为问淮南米贵贱，老夫乘兴欲东游。"联系上述诗作，可以体味出"门泊东吴万里船"之句中蕴含的对往昔壮游经历的回忆，以及今日在战乱平定后重游东吴的祈望。所见者虽为门前停泊的船只，所思者却是万里之外的东吴和壮岁时的漫游经历。"东吴万里船"的意象，由于融入了想象，使诗歌境界在空间、时间上都极大延伸了。而"窗含西岭千秋雪"与"门泊东吴万里船"的工整对仗，更使整个诗境在空间上西起岷山雪岭，东极东吴大地，横贯华夏大地，时间上由几十年前的壮游上溯到"千秋"万代。这广远的时空境界，不但使短小的绝句展现出前所未有的阔大悠远之境，而且表现了诗人身在草堂，而思接千载，视通万里的胸襟。

旅夜书怀①

细草微风岸，危樯独夜舟②。星垂平野阔③，月涌大江流④。名岂文章著⑤，官应老病休⑥。飘飘何所似？天地一沙鸥⑦！

[校注]

①此诗旧编代宗永泰元年（765）杜甫离成都乘舟东下至忠州之旅途中，与颔联描绘之阔大景象不符。今依陈尚君说，系于晚年客居江陵前舟行之际，时约在大历三年（768）春。②危樯，高高的桅杆。③"星垂"与"平野阔"互相关联：因见繁星点点，高垂天宇，而益感平野之阔；因平野宽阔，而见广阔的天空中繁星如垂。④"月涌"与"大江流"亦互相关联：因见月光之随波涌动而益感大江东流滚滚的气势；因大江之波涛涌动，故见月影随波而涌的景象。⑤这句表面

的意思是说，自己岂因工诗能文而著名？似自负语，实则深寓壮志不遂、空以文章著名的感慨。⑥应，《全唐诗》原作"因"，校"一作应"。兹据改。杜甫因疏救房琯而获罪，由左拾遗贬华州司功参军，后又弃官远游。但这是贬官弃官，而非休官。且系十年前的旧事。此处所说的"官"，当指永泰元年杜甫辞严武幕职后，严武奏请朝廷任命他为检校工部员外郎这一官职。杜甫本拟去蜀入朝为官，但在夔峡、江陵一带羁留漂泊日久，始终得不到朝廷任用的消息，故云"官应老病休"，"应"是揣测之辞，也是愤懑牢骚之语。⑦以天地之间一沙鸥形况自己的飘荡无依和渺小孤独。

[笺评]

赵彦材曰："细草"，春时也。（《九家集注杜诗》）

黄鹤曰：当是永泰元年，去成都，舟下渝、忠时作。（《杜少陵集详注》卷十四引）

罗大经曰：诗要健字撑柱，活字斡旋。如"红入桃花嫩，青归柳叶新""弟子贫原宪，诸生老伏虔"，"入"与"归"，"贫"与"老"字，乃撑柱也……"名岂文章著，官应老病休"……"岂"与"应"字，乃斡旋也。撑柱，如屋之有柱，斡旋，如车之有轴。诗以字，文以句。（《鹤林玉露》）

吴沆曰："星垂平野阔，月涌大江流"等数诗，皆雄健警绝。又曰：如"月涌大江流"，人犹能道；"星垂平野阔"，则人不能道矣，为一"垂"字难下。（《环溪诗话》）

刘辰翁曰：等闲星月，着一"涌"字，复觉不同。（《唐诗品汇》卷六十二引）

方回曰：老杜夕、暝、晚、夜五言律近二十首，选此八首洁净精致者，多是中二句言景物，二句言情。若四句皆言景物，则必有情思贯其间。痛愤哀怨之意多，舒徐和易之调少。以老杜之为人，纯乎忠

襟义气，而所遇之时，丧乱不已，宜其然也。(《瀛奎律髓》卷十五)

范德机曰：作诗要有惊人语，险诗便惊人。如子美……"星垂平野阔，月涌大江流"……李贺"黑云压城城欲摧，甲光向日金鳞开"，此等语，任是人道不到。(《唐诗训解》引)

谢榛曰：子美"星垂平野阔，月涌大江流"，句法森严。"涌"字尤奇，可严则严，不可严则又放过些子。若"鸿雁几时到，江湖秋水多"意在一贯，又觉闲雅不凡矣。(《四溟诗话》卷一)

胡应麟曰："山随平野尽，江入大荒流"，太白壮语也；杜"星垂平野阔，月涌大江流"，骨力过之。(《诗薮》)

郭濬曰：描写情、景都入妙。"星垂"二句壮远，意实凄冷。(《增定评注唐诗正声》)

王世贞曰：结语学之便袭。(《五色批本杜工部集》引)

王慎中曰：宏壮。(同上引)

李维桢曰：首二句言夜景，景近而小者；中一联言(夜)景，景大而远者。后乃言情作结。(《唐诗隽》)

唐汝询曰：此叹生平之不遇也。依岸而宿，就舟而居，星月之景远矣。而言名不当以文章著，今勋业不就而至于此。"官应老病休"，顾不当以论事罢也。今此身漂泊，寄迹扁舟，正犹天地间一沙鸥耳。可慨矣夫!(《唐诗解》卷三十四)

许学夷曰：子美律诗，大都沉雄含蓄，浑厚悲壮。然有句法奇警而沉雄者，有意思悲感而沉雄者，有声气自然而沉雄者。五言如……"星垂平野阔，月涌大江流"……皆句法奇警而沉雄者。(《诗源辩体》卷十九)

周敬曰：写景妙，传情更妙。(《删补唐诗选脉笺释会通评林·盛五律》)

陆时雍曰：三、四寡趣，稍近于呆。(《唐诗镜》)

王嗣奭曰：前四句是旅夜，后四句是书怀。(《杜臆》)

金圣叹曰：通篇是黑夜舟面上作，非偃卧篷底语也。先生可谓耿耿不寐，怀此一人矣。("星垂"二句）千锤百炼，成此奇句。(尾联）夫天地大矣，一沙鸥何所当于其间，乃言一沙鸥而必带言天地者？天地自不以沙鸥为意，沙鸥自无日不以天地为意。然则非咏天地而带有沙鸥，乃咏沙鸥而定不得不带有天地也。(《杜诗解》卷三)

王夫之曰：颔联一空万古，虽以后四语之脱气，不得不留之，看杜诗常有此憾，"名岂文章著"自是好句。"天地一沙鸥"则大言无实也。(《唐诗评选》)

李因笃曰：起联幽细。次联浑雄。五、六书怀。结语承上而气象廓然，收得全诗住。中二联皆一字起头，亦小失检点。(《杜诗集评》卷九引)

查慎行曰：此舟中作，题中四字，分作上下两截写，各极其妙。(同上引)

邵长蘅曰：三、四警联，不易得。(《五色批本杜工部集》引)

吴庆百曰：精紧。三、四蜀道之景而想不到。"名岂文章著"，谓非科第也。"官应老病休"谓非朝命也。婉转自恨，岂人所识！(同上引)

叶矫然曰：杜"星垂平野阔，月涌大江流"，又"野流行地日，江入度山云"，说得江山气魄与日月争光，罕有及者。(《龙性堂诗话初集》)

史流芳曰：次句即点"夜"字。"星""月"承"夜"字来，下四句写"书怀"。(《固说》)

黄生曰：(首联) 对起。("星垂"句) 下因句。("月涌"句) 双眼句。("名岂"句) 折腰句。("官应"句) 双关字。又曰：姚崇有"听草遥寻岸"句，起语较浑妙矣，此初盛句法之别也。三、四，上二字因下二字，李白亦有"山随平野尽，江入大荒流"句，句法略同，然彼止说得江、山，此则野阔、星垂、江流、月涌，自是四事也。"岂""应"二字，上下关互。七、八，言外亦有二字蒙上文也。"一沙鸥"，何其渺！"天地"字，何其大。合而言之，曰"天地一沙鸥"，作者吞声，读者失笑。后半言志存勋业，不在文章；念切归朝，不甘老病。今尚孤旅寄于此，名岂应以文章著耶？官岂应以老病休耶？飘飘天地，岂应竟似一沙鸥耶？此有怀莫诉，怪而自叹之辞。此诗与《客亭》工力悉敌，不差累黍，格同意同，但语异耳。"圣朝无弃物，老病已成翁。多少残生事，飘零任转蓬！"此不敢怨君，引分自安之语，"名岂文章著，官应老病休。飘飘何所似？天地一沙鸥"。此无所归咎，抚躬自怪之语，虽然语异矣，意仍不异。彼有"圣朝"字，故不敢怨；此无"圣朝"字，故可以怨。其不敢怨者，其深于怨者也。故曰"意仍不异"也。（《杜诗说》卷五）

仇兆鳌曰：上四，旅夜；下四，书怀。微风岸边，夜舟独系，两句串说。岸上星垂，舟前月涌，两句分承。五属自谦，六乃自解。末则对鸥而自伤漂泊也。（《杜少陵集详注》卷十四）

顾宸曰：名实因文章而著，官不为老病而休，故用"岂""应"二字反言以见意，所云"书怀"也。（《杜少陵集详注》引）

吴昌祺曰："星""月"二句胜太白"山随平野"二句。（《删订唐诗解》）

张谦宜曰："星垂平野阔，月涌大江流"气象极佳。极失意事，看他气不疲苶，此是骨力定。（《𦁖斋诗谈》卷四）

吴瞻泰曰：前半旅夜之景，后半书怀。然"独夜舟"三字，直贯后半；"一沙鸥"三字，暗抱前半。（《杜诗提要》卷九）

浦起龙曰：起不入意，便写景，正尔凄绝：三、四，开襟旷远。五、六揣分谦和。结再即景自况，仍带定"风岸""夜舟"，笔笔高老。（《读杜心解》卷三）

沈德潜曰：胸怀经济，故云名岂以文章而著；官以论事罢，而云老病应休。立言之妙如此。（《重订唐诗别裁集》卷十）

杨伦曰：上四旅望，下四书怀。（"星垂"二句）雄浑。末句应舟中。（《杜诗镜铨》卷十二）

纪昀曰：通首神完气足，气象万千，可当雄浑之品。（《瀛奎律髓

汇评》引)

何焯曰：首句已领"独"字。三句顶"独"字、"岸"字，四句顾"樯"字。(《义门读书记》)

宋宗元曰：("星垂"二句)十字写得广大，几莫能测。(《网师园唐诗笺》)

《唐宋诗醇》："小市常争米，孤城早闭门。"写荒凉之景，如在目前。若此孤舟夜泊，著语乃极雄杰，当由真力弥满耳。太白"山随平野"一联，语意暗合，不分上下，亦见大家才力天然相似。

卢麰曰：三、四雄大而有骨，不入虚枵，此居可辩。五、六亦大峭健，必无时弱。且二联一景一情，肉骨称适，章法最整。首联必是对起，又每用"独"字，此老杜所独。(《闻鹤轩初盛唐近体读本》)

潘德舆曰：门人陆梦月欲学诗，请法于予。予手书"细草微风岸""江上日多雨"二律示之曰："此二篇近人以为佳诗耳，深观之，乃知少陵诗非有事在也。""名岂文章著"，此语道不得知诗来，"官应老病休"，此语道不得不知诗教。(《养一斋诗话》)

施补华曰："星垂平野阔，月涌大江流"，是雄壮语。(《岘佣说诗》)

李少白曰：胡元瑞曰："'山随平野尽，江入大荒流。'此太白壮语也，子美'星垂平野阔，月涌大江流'二语骨力过之。"丁友龙解之曰："李是昼景，杜是夜景；李是行舟暂视，杜是停舟细观。未可概论。"以予观之，二说皆非定评。杜句警练，李句雄浑。警练则力大，雄浑则气长。以品而论，李句当在杜句之上，赏音者各以其好可也。(《竹溪诗话》卷一)

[鉴赏]

这首著名的五律写出了一种雄浑壮阔境界中的孤独感和漂泊感，在杜甫"漂泊西南天地间"时期的诗作中具有代表性。

首联写旅夜泊舟江岸。大江岸边，春天的微风吹拂着细草，诗人所乘的船，桅杆高竖，正孤独地停泊着。细草、微风，透露出时令正值春天。如果说首句所写的景象还多少带有春天傍晚和煦安闲的气息，那么次句的"危""独"二字就明显传出一种孤独、不安的感受。两种不同景象所形成的对照，正透露出在这个和煦的春夜，孤舟泊岸的诗人内心的那份孤独不宁的心绪。

颔联写诗人舟上仰观俯视所见壮阔雄浑景象。仰望天穹，繁星密布，遥接天际，平原旷野，广阔无边；俯视大江，但见月影随波涌动，粼粼波光，闪烁不定，滔滔江水，汹涌奔流。这一联境界极壮阔雄浑，两句中的"垂"字、"阔"字，"涌"字、"流"字则是构成此种境界的句眼。特别是"垂"字尤为奇警而贴切。广阔无垠的江汉大平原上，四望无阻，天似圆盖，笼盖四野。这种天地相接、浑然一体的景象使人的视觉感受产生天似乎低垂于人的头顶。这正是"星垂"二字所描绘的境界。而星之低垂，正衬托出天穹的阔远；而天穹的阔远，又正显示出它所笼盖的平野的广阔。一"垂"字而天之广、野之阔毕现。或谓这两句均为"下因句"即下三字为因，上二字为果，其实，诗人虽字烹句炼，但两句均为浑沦一体、直书即目所见。即使景象之间有因果关联，也是互为因果。正因为所写为一浑沦的整体，故虽锤炼而仍具浑成之致。上句所写本为静景，因"垂"字而使其带有某种动感，下句所写更是动感强烈的景象，不仅具有奔腾的气势，而且因"大江"之"流"而展示出更为阔远的境界。评家每以此联与李白"山随平野尽，江入大荒流"一联作比较，正说明李、杜这两联所写的景象在地理上的相近。旧说杜甫此诗作于自成都至忠州的旅途中，陈尚君已提出："江水流至戎、泸诸州，多在群山中穿行。至渝、忠二州，已渐入峡谷，两岸山势更为险峻。舟中很难见到'星垂平野阔'这样开阔的平原景色。"甚是。而李白《渡荆门送别》"山随"一联则明显是写荆门以外的江汉平原景象。李、杜此二联虽有昼景、夜景之别，但所描绘的开阔景象同属江汉平原一带则灼然可见。且杜甫永泰元年（765）春夏之交由成都动身，中途在嘉州、戎州、泸州、渝州均有停留，有纪行诗，据陈贻焮《杜甫评传》所考，端阳节前抵嘉州，与族兄杜某相聚，稍作盘桓，五月十五月圆前后过青溪驿，五月底六月初舟次戎州，受到杨刺史接待，至渝州又因候严六侍御而有耽搁。按其时令，早就过了春天，无复此诗首句所写"细草微风岸"之春日景象了。而大历三年（768）三月，由夔州抵达江陵，此诗如作于抵江陵前，时令正合。

腹联由前幅旅途夜泊所见之景转而书怀。"名岂文章著，官应老病休。""岂""应"二虚字，开合相应，是这一联中传情达意的句眼。"岂"字在这里含有"岂应"的意味，意思是说，声名岂能因文章而著称于世呢？这是带有反问语气的话。杜甫的理想抱负是"致君尧舜上，再使风俗淳"，"窃比稷与契"，并不以"文章惊海内"为自己的人生追求，但由于政治的腐败、时局的动乱，使自己的凤志落空，徒以诗名著称于世，这实在是极大的悲哀。故"名岂文章著"之句，在仿佛是自负的口吻中透露出的正是志业不遂的深沉悲慨。名本不应因文章而著而竟因文章而著，"岂"字中所寓含的正是这种事与愿违的悲哀。与"岂"字相应，"官应老病休"的"应"字，则含有理所应当的意味。杜甫当时的境况是"老病有孤舟"，朝廷虽然给了他一个检校尚书工部员外郎的官职，却一直没有实授，如今自己既老且病，看来理所应当成为"圣朝"的"弃物"了。而杜甫的实际想法却是"落日心犹壮，秋风病欲苏。古来存老马，不必取长途"，虽然老病，却壮心不已，仍希为国效力。因此，这句表面上是说，官理应因老病而休，而实际上对此既心有不甘，又对朝廷的冷漠心怀牢骚愤懑，感到自己虽老而壮心犹在，却被朝廷看成无用的"弃物"了。

"飘飘何所似？天地一沙鸥。"既因老病而为朝廷所弃，又贫困无依，只能随孤舟到处漂泊，自己的境况就像是广阔天地之间一只渺小的沙鸥，飘飘然无所依傍止宿了。时值夜间，沙鸥飘飞的景象自非目接，但不妨因日间所见而引发联想。沙鸥的意象，在杜甫诗中经常出现，但在不同的诗作中，具有不同的寓含。天宝七载（748）所作的《奉赠韦左丞丈二十二韵》结尾说："白鸥没浩荡，万里谁能驯?"这里出现的"白鸥"，是自由无拘、不受驯服意态的象征，表达了当时杜甫虽困顿失意却仍保持着傲岸不羁的性格和心态。而这首诗中出现的"沙鸥"，却因广阔天地的衬托而愈显其孤单、渺小，它那"飘飘"的身影也成了漂泊者的象征。比起"残生随白鸥"的诗句，感情虽不像那样沉痛，但在仿佛是超旷的口吻中仍可品味出一种无奈的凄凉。

就诗人的处境而言，这首诗所反映的无疑是晚年杜甫老病交加、漂泊无依、孤独寂寞的困境，但全诗的意境却并不局促、感情也不颓唐，而是雄浑壮阔，气象万千，显示出诗人虽穷困老病而仍具阔大的胸襟气魄。这当中，颔联所描绘的境界起着至关重要的作用。它虽非直接书怀，却体现出诗人阔大的胸怀。

宿江边阁①

暝色延山径②，高斋次水门③。薄云岩际宿④，孤月浪中翻。鹳鹤追飞静⑤，豺狼得食喧。不眠忧战伐，无力正乾坤⑥!

[校注]

①大历元年（766）在夔州西阁居住期间所作。江边阁，即西阁。大历元年秋自山腰移居西阁，二年春，自西阁迁居赤甲山。②暝色，犹暮色。延，延伸。延山径，从山间小路逐渐延伸而至。③高斋，即题内"江边阁"。次，临。水门，指瞿塘峡口。作者《长江》云："众水会涪万，瞿塘争一门。"亦即夔门。《西阁二首》之一："层轩俯江壁，要路亦高深。"即此句意。④宿，停驻不动。⑤鹳鹤，泛指鹤类。静，《全唐诗》校："一作尽。"⑥正，整顿。

[笺评]

蔡絛曰：诗之声律，成于唐，然亦多原六朝旨意。何逊《入西塞诗》云："薄云岩际出，初月波中上。"至少陵《江边水阁》诗则云："薄云岩际宿，孤月浪中翻。"虽因旧而益妍。此类獭髓补痕也。（《西清诗话》。《苕溪渔隐丛话》引）

黄鹤曰：鹳鹤喻军士，豺狼喻盗贼，起下"战伐"，时蜀有崔旰之乱。（仇兆鳌《杜少陵集详注》卷十七引）

刘辰翁曰：自是仙骨。（《删补唐诗选脉笺释会通评林·盛五律》引）

吴山民曰："翻"字佳，作对语结整有力。（同上引）

周启琦曰：阴铿有（按：当作何逊）"薄云岩际出，初月波中上"，杜有"薄云岩际宿，孤月浪中翻"，又阴有"花逐下山风"，杜有"云逐度溪风"，所谓祖述有自，青出于蓝也。若今人病为盗袭矣。（同上引）

王嗣奭曰："无力正乾坤"，无限感慨。（《杜臆》卷九）

田同之曰：《西清诗话》云云如此。以予论之，"出"与"上"，"宿"与"翻"，四字各有意会，各有见地，所谓同而不同，并不可以言优劣。且杜句着力，而何句乃在有意无意之间，识者自得之。（《西圃诗说》）

黄生曰：（首联）对起，实眼句。（颔联）三、四承上，语含比兴。（腹联）五、六起下，语含比兴。（尾联）对结。又曰："延""次"，字法并真而确。三、四又用意在"薄"字"孤"字，喻也。"浪中翻"，飘泊无定。"岩际宿"，暂此依栖意。五起八意。五喻贤人远举，六喻盗贼纵横。故已虽有忧时之心，难为独济之力也。（《杜诗说》卷七）又曰：尾联见意格。五句喻贤人远举，六句喻盗贼纵横，与结尾二句榫缝密密相接。字字协律。（《唐诗矩》）

仇兆鳌曰："延暝色"，将宿之时；"次水门"，西阁之地。上二点题。中四，分承山、水。云过山头，停岩似宿；月浮水面，浪动若翻。此初夜之景。鹳鹤飞静，水边所见；豺狼喧食，山上所闻，此夜深之景。忧乱萦怀，故竟夕不寐。"薄云岩际出，初月波中上"，何仲言诗

尚在实处摹景。此用前人成句，只换转一二字，便觉点睛欲飞。此诗八句皆对。(《杜少陵集详注》卷十七)

李因笃曰：写时、地毫无遗憾，结正稷、契分中语。全诗雄健，足以副之。(《杜诗集评》卷九引)

浦起龙曰：上四，相承而下，亦于写景中含旅泊意。五、六，引起结联，亦于写景中含稔乱意。"追飞静"，姑息了事也，隐讽鸿渐。"得食喧"，攻杀不休也，盖指崔、杨。结语沉著，却能以"不眠"二字顾题。(《读杜心解》卷三)

陈德公曰："延""次"字法高老。三、四袭古。可知前人好古，心摹手追，不嫌直用。如此后半作庄语，亦有正气在。评：水部句亦自佳。但"出""上"二字无甚分别，少陵易"出"以"宿"，易"上"以"翻"，一静一动，意象各殊……且"宿"字切合夜景，而"翻"字尤写得月涌江流，涵光弄碧，上下不定，正从"不眠"中领略得来，故当让此公青出。(《闻鹤轩初盛唐近体读本》)

[鉴赏]

这首五律写夜宿西阁，忧念国事，彻夜难眠的情景。通体皆对，却情景相生，一气浑成。

首联对起，点明时地。"暝色"点暮，暗透题内"宿"字；"高斋"即题内"江边阁"。对面的山上，暮色苍茫，一条弯曲的山径，蜿蜒而下，逐渐加深的暮色也随着山径延伸而下，弥漫开来。"延"字富于动态感，不仅显示出苍然暮色，自远而近的动态，而且透露出时间的渐进和暮色的逐渐加深。诗人在薄暮中有些黯淡的心情也似乎随着暮色的延伸而弥漫开来，次句写西阁下临瞿塘峡口的夔门，见地势之高峻，亦点题内"江边"。

颔联写在江边阁上的眺望所见。上句写山景，承首句。淡薄的云彩缭绕在山间，停滞不动，像是在那里栖宿一样。下句写江景，承次句。一轮孤月，照映在江中，随着波浪的奔腾起伏，水中的月影也在不停地翻动。上句静景，下句动景。乍读此联，似是单纯的即景描写，但细加品味，又感到其中含有诗人面对此景时的一种感触。浮云的意象，常是游子飘零身世境遇的象征。所谓"浮云游子意"。因此这栖宿于山岩边上的薄云似乎和诗人眼前在漂泊中暂时得栖托的境遇有着某种类似之处。"孤月"的意象，也常用作孤子境遇的象征，所谓"永夜月同孤"。而在随波动荡不已的水中孤月，似乎正透露出处境孤子的诗人内心的动荡起伏。只不过，这只是诗人触景而生的一种联想，而非刻意设喻。与其说是有意的比兴，不如说是一种自然的联想，一种在有意无意之间的"兴"。

"鹳鹤追飞静，豺狼得食喧。"腹联从前两联写目眺所见转为耳闻，时间也由前两联的分写薄暮、初夜之景转为深夜之景。句末的"静""喧"二字透露出这一联系从听觉角度写。"鹳鹤"系水禽，承二、四写江边之景；"豺狼"为猛兽，承一、三写山上之景。在这异乡山城的深夜，鹳鹤在追飞中发出不断的鸣叫声，至夜深时分，终于静寂下来；而山间的豺狼，却因为攫取到了食物而在喧哗吼叫。较之领联，这一联的比喻象征意味便相当明显。如果说上句是当时蜀中一带动乱不靖局面的象喻，那么下句便是军阀混战，残害百姓的象喻。比兴而由隐而显，正透露出诗人感情的强烈愤激。"喧"字尤为明显。

尾联紧承五、六，直抒悲慨。"不眠"二字，点醒上文均为不眠之夜江边阁所见所闻，"忧战伐"则是"不眠"中所感。落句却突作转折，揭出自己"无力正乾坤"的悲愤。豺狼肆虐，正是乾坤颠倒之世，亟须英雄豪杰之士出而整顿，使之重现正常的秩序，自己也素有稷契之志，"忧黎元"之心，但却为统治者所弃置，辗转漂泊，忽已衰暮，虽有正乾坤之志，却无"正乾坤"之"力"了。这是诗人晚年悲愤境遇、悲剧心态的集中反映，也是其处困穷之境而怀济世之志的精神品格的集中表现，虽悲慨深沉，却力重千钧。二句虽用对结，而意则一贯；上句从正面抒忧国之情，下句从反面抒"无力"济世之愤，扬抑纵收之间，倍见顿挫曲折之姿，亦倍增沉郁之情。全诗在感情达到最高潮时作收，收得极圆满而淋漓尽致。

全篇以"不眠忧战伐"为中心，以时间的渐进为线索，次第展现由暮而夜、由初夜而深夜的进程中所见所闻景物的变化，以及由此引起的感触与联想。情由隐而显，逐渐强化深化，象喻也由"有意无意之间"到明显自觉。虽是短章，却有层次、有发展，显得自然而合理，浑然一体。

阁　夜①

岁暮阴阳催短景②，天涯霜雪霁寒宵③。五更鼓角声悲壮④，三峡星河影动摇⑤。野哭几家闻战伐⑥，夷歌数处起渔樵⑦。卧龙跃马终黄土⑧，人事依依漫寂寥⑨。

[校注]

①阁，指诗人在夔州所居之西阁。据首联，诗当作于大历元年（766）冬。②阴阳，指日月交替运行。短景，犹短日。冬日昼短，故云。③天涯，指僻远的夔州。雨过天晴曰霁，此处形容霜雪映照寒宵有如晴霁。兼写晓霁之景。④《通典》卷一百四十九："行军在外，日出日入，挝鼓千捶。三百三十三捶为一通。鼓声止，角声动，吹十二声为一叠。角音止，鼓音动。如此三角三鼓，而昏明毕之。"又见《李卫公兵法》。⑤星河，指天上的银河。影，指江中银河倒影。⑥几，《全唐诗》校："一作千。"⑦夷歌，彝人之歌，指巴东一带少数民族之歌。数，《全唐诗》校："一作是。"仇注本作"几"。起渔樵，起于渔人樵夫之口。左思《蜀都赋》："陪以白狼，夷歌成章。"李善注："白狼夷在汉寿西界，汉明帝时作诗三章以颂汉德。"⑧卧龙，指诸葛亮。《三国志·蜀书·诸葛亮传》："诸葛孔明者，卧龙也。"跃马，指公孙述。西汉末恃蜀中地险，时局动乱，据益州自称白帝，又述曾改

鱼腹县为白帝，建武十二年（36）为汉军所灭。《后汉书》卷十三有传。左思《蜀都赋》："公孙跃马而称帝。"诸葛亮、公孙述在夔州均有活动及遗迹。有白帝庙、孔明庙。⑨人事，人间世事。依依漫，《全唐诗》校："一作音尘日，一作音书颇。"仇注本作"音书漫"。依依，依稀隐约貌。漫，空自，徒然。

[笺评]

苏轼曰：七言之伟丽者，杜子美云："旌旗日暖龙蛇动，宫殿风微燕雀高。""五更鼓角声悲壮，三峡星河影动摇"，尔后寂寞无闻焉。（《东坡题跋》）

蔡絛曰：作诗用事，要如禅家语，水中着盐，饮水乃知盐味。此说诗家秘密藏也。如"五更鼓角声悲壮，三峡星河影动摇"，人徒见凌轹造化之工，不知乃用事也。《祢衡传》："挝渔阳操，声悲壮。"《汉武故事》："星辰动摇，东方朔谓民劳之应。"则善用事者，如系风捕影，岂有迹邪！（《苕溪渔隐丛话·前集》卷十引《西清诗话》）

周紫芝曰：凡诗人作语，要令事在语中而人不知……"五更鼓角声悲壮，三峡星河影动摇"盖暗用迁语，而语中乃有用兵之意。诗至于此，可以为工也。（《竹坡老人诗话》）

赵彦材曰：英雄皆不免于死，人事依依，何至漫自寂寥乎！（《九家集注杜诗》）

刘辰翁曰：第三第四句对看，自是无穷俯仰之悲。（《唐诗品汇》引）又曰：三、四二句只见奇丽，若上句何足异？评诗未易，以此。（《唐诗广选》引）

方回曰：此老杜夔州诗，所谓"阁夜"，盖西阁也。"悲壮""动摇"一联，诗势如之。"卧龙跃马终黄土"，谓诸葛、公孙，贤愚共尽，"孔丘盗跖俱尘埃""玉环飞燕皆尘土"一意。感慨豪荡，他人所无。（《瀛奎律髓》卷一《登览类》）又曰：三、四东坡所赏，世间此

等诗，唯老杜有之。(《瀛奎律髓》卷十五《暮夜类》)

胡应麟曰：老杜七律全篇可法者……《阁夜》……气象雄盖宇宙，法律细入毫芒，自是千秋鼻祖。异时微之、昌黎，并极推崇，而莫能追步。(《诗薮·内编·近体中·七言》)

桂天祥曰：全首悲壮慷慨，无不适意。中二联皆将明之景。首联雄浑动荡，卓冠千古，次联哀乐皆眼前景，人亦难道。结以忠逆同归自慰，然音节尤婉曲。(《批点唐诗正声》)

叶羲昂曰：光芒四射，若令人不敢正视。(《唐诗直解》)

陆时雍曰：三、四意尽无馀。(《唐诗镜》)

蒋一梅曰：鼓角，阁上所闻；星河，阁上所见；"野哭""夷歌"，是倒装法。(《删补唐诗选脉笺释会通评林·盛七律》引)

唐汝询曰：此阁中候晓而作也。言岁暮而光景促，夜寒而霜雪严，晴霁则鼓角之声壮，将晓则星河之影动也。然星辰动摇，本民劳之应，故遂言民俗厌兵，一闻战伐则哭声遍野，渔樵之人尽为渔歌，则中国半为左衽矣。盖蜀中华夷杂处，华人畏兵而哭，夷人乐战而歌也，末因其地有诸葛、公孙之庙而感，忠逆贤否，同归于尽，则人生徒自悲苦耳，故我于人事音书任其寂寥而已。(《唐诗解》)

周启琦曰：杜《刈稻咏怀》云："野哭初闻战，樵歌稍出村。"只此五、六意，说诗者何必多喙！(同上引)

单复曰：结语愈缓而意愈切。(同上引)

王嗣奭曰：此诗全于起结着意，而向来论诗止称"五更"一联，并不知其微意之所在也。"卧龙"句总为自家才不得施、志不得展而发，非笑诸葛也。(《杜臆》)

卢世㴶曰：杜诗如《登楼》《阁夜》《黄草》《白帝》《九日二首》，一题不止为一事，一诗不止了一题。意中言外，怆然有无穷之思，当与《诸将》《古迹》《秋兴》诸章相为表里，读者宜知其关系至重也。(《杜少陵集详注》卷十八引)（按卢氏《杜诗胥钞馀论》于"怆然"句下有"十分筋两，十分关系"八字。"读者"句作"读者切宜郑重，至视至视"）

冯舒曰：无首无尾，自成首尾，无转无接，自成转接。但见悲壮动人。诗至此而《律髓》之选法于是乎穷。（《瀛奎律髓汇评》引）

陆贻典曰：五、六妙绝，盖言天下皆干戈，惟此一隅尚有安稳渔樵耳。（同上引）

查慎行曰：对起，极警拔。三、四尤壮阔。（同上引）

金圣叹曰：通篇悲愤之极。悲在夜，愤在阁（《贯华堂选批唐才子诗》）又曰：一解写"夜"……笔势又浓郁，又精悍，反复吟之，使之增长意气百倍。（前四句下评）（《杜诗解》）

毛奇龄曰："三峡星河"二句，在夜起时常有此境。（《西河诗话》）

李因笃曰：壮采以朴气行之，非泛为声调者比。（《杜诗集评》引）

吴农祥曰：起四语精紧，后亦称。（同上）

何焯曰：感慨与人同，自是气势迥绝。（《唐律偶评》）

杨逢春曰：此因寄居西阁，出峡无期，乡书不至，寒宵辗转，怅触见闻，不胜"催短景"之感，故结处聊为宽解之词。（《唐诗绎》）

吴昌祺曰：气极沉雄。（《删订唐诗解》）

黄生曰：（首联）对起。（颔联）三折句。（腹联）倒剔句。（"卧龙"句）陡接。（"人事"句）反言见意。又曰："几家"，一作"千家"，似太闹。钱云："晋本作此二字（几家）。"今从之。"野哭"字出《檀弓》，"夷歌"字出左思《蜀都赋》，各有来处，始见其工。若三、四"声悲壮""影动摇"，亦诗中常语，未必定出《祢衡传》及《汉武故事》也。"星临万户动""星月动秋山""含星动双阙""落月动沙虚"，杜屡言之，岂皆用元光星动事耶？又，上句"悲壮"字，偶与《祢衡传》相合，遂亦以掺挝事傅之，即谓二语俱非虚设。星动民劳，以刺时事；鼓声悲壮，又将何指？杜之命意精切，属对工致，必不尔也。自蔡絛凿为此说，解者遂若获一珠船。以今观之，空腹者固不可注杜，即腹笥便便者，亦未必果皆中的。噫！难言哉！五、六顺之本云：战伐几家闻野哭，渔樵是处起夷歌。必倒剔成句者，乍闻野哭，审听乃征人之妇；初闻夷歌，徐觉是渔樵之人也。夷歌非渔樵本色，乃至此属亦效其声，盖隐然辛有之忧矣。"漫寂寥"，漫忧其寂寥也。卧龙跃马，因夔州祠庙而言。人寿无几，贤愚同尽，况堪为忧患所煎迫耶！人事音书，亦任其寂寥可耳，无为抱此戚戚也。目前之人事，远地之音书，皆不足赖，情怀极恶，而姑为自宽之辞。题云"阁夜"，诗顾及晓景，乃知此老为人事音书之故，彻晓不寐，猛然思及公孙、诸葛，真是一场扯淡，人生波劫，亦何益耶！（《杜诗说》卷八）

仇兆鳌曰：此在阁夜而伤乱也。上四，阁夜景象；下四，阁夜情事。鼓角，夜所闻；星河，夜所见。野哭夷歌，将晓所伤感者，末则援古人以自解也。鼓角之声，当更尽而悲壮；星河之影，映峡水而动摇。皆宵霁之景。吴论悲壮、动摇下两字当另读。思及千古贤愚，同归于尽，则目前人事，远地音书，亦漫付之寂寥而已。"千家""几处"，言哭多而歌少。（《杜少陵集详注》卷十八）

浦起龙曰："天涯""短景"，直呼动结联。而流对作起，则以阴晴不定，托出"寒宵"忽"霁"。三、四，从"霁寒宵"生出。"鼓角"不值"五更"，则声不透；五更，最凄切时也。再著"悲壮"字，直刺睡醒耳根也。"星河"不映"三峡"，则"影"不烁，三峡，最湍激处也。再著"动摇"字，直闪蒙眬眼光也。于"寂寥"中对此，况触以"野哭""夷歌"得不戚然伤心耶！老去伤多，焉能久视，故想到近地古迹，转自宽解焉。彼"定乱"之"卧龙"，起乱之"跃马"，总归黄土，则"野哭""夷歌"，行且霎时变灭，顾犹以耳"悲"目"动"，寄虚愿于纷纷漠漠之世情，天涯短景，其与几何！曰"漫寂寥"，任运之旨也。噫！其词似宽，其情弥结矣。（《读杜心解》卷四）

杨伦曰：（首句）题前写一句。三、四正从"宵霁"后见出。鼓角天晴则更亮。蒋云：三峡最湍激处，加霜雪照耀，故见星河动摇。

又在"声悲壮"里觉得，足令人惊心动魄。（末二句）言贤愚同归于尽，则寂寥何足计哉！末二句仍借古人以自解也。（《杜诗镜铨》卷十五）

吴瞻泰曰："人事"绾上"野哭""夷歌"；"音书"绾上"天涯""三峡"，关锁极密。（《杜诗镜铨》引）

佚名曰：而吾唯于此《阁夜》一首，独爱其气骨之雄骏，更为集中之杰出者。不禁三复而乐道之……读此诗令人增长气魄，开拓胸襟，非直为咏歌而已也。（《杜诗言志》）

纪昀曰：前路凌跨一切，结句费解。凡费解便非诗之至者。三、四只是现景，宋人诗话穿凿可笑。（《瀛奎律髓汇评》卷一引）又曰：总是主持太过。（卷十五引）

无名氏（乙）曰：大名独步，何可比肩。（同上引）

许印芳曰：结虽费解，却无不可解处，不能以小疵废之。（同上引）

沈德潜曰：此西阁夜中作。结言贤愚同尽，则目前人事，远地音书，亦付之寂寥而已。（《重订唐诗别裁集》卷十三）

范大士曰：洞阳公曰：中四句叹时事，结二句叹人世，其感益深。（《历代诗发》）

宋宗元曰：三、四与"锦江春色"同一笔力。（《网师园唐诗笺》）

赵翼曰："五更鼓角声悲壮，三峡星河影动摇""锦江春色来天地，玉垒浮云变古今"，亦是绝唱。然换却"三峡""锦江""玉垒"等字，何地不可移用？则此数联亦不可无议。只以此等气魄从前未有，独创自少陵，故群相尊奉为劈山开道之始祖，而无异词耳。自后亦竟莫有能嗣响者。（《瓯北诗话》卷二）

《唐宋诗醇》：音节雄浑，波澜壮阔，不独"五更鼓角""三峡星河"脍炙人口为足赏也。

卢麰曰：前四写景，后四言情，笔力坚苍，两俱称惬。千古绝调，

公独擅之。(《闻鹤轩初盛唐近体读本》)

方东树曰：起二句夜。三、四切阁夜，并切在蜀，东坡赏此二句，此自写景，钱以为星摇民乱，不必如此解，五、六情。（《昭昧詹言》）

马鲁曰：句法有上五下二者……"五更鼓角声悲壮，三峡星河影动摇"。(《南苑一知集》)

张云卿曰：勿学其壮阔，须玩其沉至。(《十八家诗钞》引)

[鉴赏]

《阁夜》是杜甫七律正格的代表作，以风格之沉雄悲壮、意境之阔大苍凉著称。

题曰"阁夜"，首句却从题前写起。又是一年将尽的岁暮季节，隆冬日短，太阳和月亮此落彼起，匆匆交替，仿佛在催促着短暂的白天赶快消逝。"岁暮"而"短景"，已使人深感岁月易逝，流光难驻，着一"催"字，更突出地渲染了时间消逝的迅疾和日月更替催人老的意蕴。虽系点时，却透露出一种浓烈的生命匆匆消逝的悲凉。

次句点地。"天涯"指僻处西南一隅的夔州。"寒宵"点题内"夜"字。这是一个霜雪初停、分外凛冽的寒夜，着一"霁"字，不仅形象地显示出霜雪交映的寒夜一片银白的光辉，而且在一片银白的光影中更透露出凛冽彻骨的寒意，诗人目接此境时的凛然生寒的感受亦自然寓含在其中。这一联虽点时、地和题内"夜"字，而诗人的迟暮之感、天涯羁旅之慨和孤寂悲凉之情也都自然融合在"阴阳催短景""霜雪霁寒宵"的境界中。"霁寒宵"三字兼写寒宵将尽时的晴霁之色。

颔联写寒宵将尽时阁上所闻所见景物。天阴雨湿则鼓皮松弛而声沉浊，天晴雪霁则鼓皮紧绷而声响亮，五更将晓之时，四围一片静寂，城头上的鼓角之声显得分外悲壮。夔州虽是偏僻的山城，但因蜀中连年战乱，这原本宁静的山城也染上了浓重的战争气息，在饱经战乱的诗人听来，这破晓时分的鼓角声就显得分外悲壮了。上句从听觉角度写，下句从视觉角度写。三峡的上空，星河西斜，倒映入江，因江水的汹涌澎湃而其影动荡不已。前人或谓星辰动摇系民劳之象，系用事，实过凿。此虽实写眼前壮观之景，但在雄壮阔大中有飞动之势，且透露出诗人目接此境时动荡起伏的情思，与上句所写雄浑悲壮之境融合，极沉雄悲壮之致。

"野哭几家闻战伐，夷歌数处起渔樵。"腹联全从听觉角度写阁上所闻。"几家"或作"千家"，恐非。夔州是个小城，"千家"正是它的大致户数，《秋兴八首》之三"千家山郭静朝晖"可证。如说"千家"，则夔州全城皆闻哭声，即使是夸张渲染之词，亦不免太过。仍以"几家"为是。诗人伫立西阁，遥闻四野传来哭声，从哭声中联想到蜀中战乱不断，民间因征战或兵乱而死者，而家人离散者不少，故闻野哭几家而如闻战伐之声。这句与领联出句之"鼓角声悲壮"正紧相承接。下句写在阁上听到当地少数民族的百姓的歌谣，联想到值此寒夜将尽、天已破晓之际，他们一天的渔樵劳动生活又要开始了，点眼处在"夷歌"二字，在天涯羁泊的诗人听来，这"夷歌"之声不免使他更增添了羁泊异乡的孤寂感。

"卧龙跃马终黄土，人事依依漫寂寥。"尾联多异文，通行本多作"人事音书漫寂寥"，颇具音律宛转低回之美，但前代注家评家对此句的解说多嫌牵强，萧涤非谓"朝廷记忆疏"是人事方面的寂寥，"亲朋无一字"是音书方面的寂寥，似乎可通。但联系全诗，总觉"音书"寂寥之慨有些突然，虽说"天涯""夷歌"等字中亦略透羁泊天涯异域之意，但作为总收，仍嫌与上文有些脱节。所谓"人事"，当紧承上句"卧龙跃马终黄土"而言，指人间世事，亦即贺知章《回乡二首》"近来人事半销磨"、鹿虔扆《临江仙》词"烟月不知人事改"之"人事"。"依依"依稀隐约貌，形容历史上的英雄人物如号称"卧龙"的诸葛亮和跃马称帝的公孙述均已化为黄土，他们的事迹和音容如今已依稀隐约，只存留于人们的想象中了。想到这一点，诗人不免有萧条异代不同时的寂寞之感，故说"人事依依漫寂寥"。这种感慨，明显地流露在他的《上白帝城二首》中，其一云："英雄馀事业，衰迈久风尘"，其二说："白帝空祠庙，孤云自往来……勇略今何在，当年亦壮哉！"都可旁证此诗"人事依依"乃指公孙述、诸葛亮的英雄事业如今只依稀地留存在人们记忆想象中，而自己已经是衰暮之年，又长期羁滞异乡，虽追慕前代英雄亦不可能有所作为，只能空自寂寥了。这是因其地有公孙、诸葛的遗迹、祠庙而引发的历史感慨和人生感慨。

总的来看，这首诗的首联点明时地、题目，带有总写的性质，以下三联，便分别从所闻、所见、所想的角度来写，内容既有对战乱时世、人民苦难的忧悯，也有对自身羁滞天涯、无所作为境遇的悲慨，还有对夔峡寒夜雄浑壮伟景色的描绘。但多方面的内容又统一在沉雄悲壮的基调之中。

八阵图①

功盖三分国②，名成八阵图③。江流石不转④，遗恨失吞吴⑤。

[校注]

①八阵图，古代用兵的一种阵法。八阵，指天、地、风、云、龙、虎、鸟、蛇八种阵势。东汉窦宪曾勒八阵以击匈奴。班固《封燕然山铭》："勒以八阵，莅以威神。"李善注引《杂兵书》："八阵者，一曰方阵，二曰圜阵，三曰牝阵，四曰牡阵，五曰冲阵，六曰轮阵，七曰浮阻阵，八曰雁行阵。"唐李筌《神机制敌太白阴经·阵图》谓指天、地、风、云、龙、虎、鸟、蛇八阵。此从之。《三国志·蜀书·诸葛亮传》："推演兵法，作八阵图。"《晋书·桓温传》："初，诸葛亮造八

阵图于鱼腹平沙之下，垒石为八行，行相去二丈。温见之，谓：'此常山蛇势也。'文武皆莫能识之。"八阵图遗迹除夔州奉节县南江边（即鱼腹平沙）最为著称之外，尚有沔县东南诸葛亮墓东（《水经注·沔水》）、新都县八阵乡（《太平寰宇记》）等多处。此诗所指则为奉节县江边之八阵图。《刘宾客嘉话录》："王武子曾在夔州之西市，俯临江岸沙石，下看诸葛亮八阵图，箕张翼舒，鹅形鹳势，聚石分布，宛然尚存。峡水大时，三蜀雪消之际，颓涌混漾，可胜道哉！大树十围，枯槎百丈，破碗巨石，随波塞川而下，水与岸齐，雷奔山裂，则聚石为堆者，断可知也。及乎水落川平，万物皆失故态。唯诸葛阵图，小石之堆，标聚行列，依然如是者。仅已六七百年。年年淘洒推激，迄今不动。"《太平寰宇记》引《荆州图副》谓，阵聚细石而成，八阵各高五尺，广十围，纵横棋布，中间相去九尺，正中开南北巷道，广五尺。凡六十四聚。诗约作于大历元年（766）夏杜甫初抵夔州时。②魏、蜀、吴三国之中，曹操挟天子以令诸侯，孙权据有江东六郡，均有所凭借，唯诸葛亮辅佐刘备，"受任于败军之际，奉命于危难之间"，取荆、益，建蜀汉，创业最为艰难，故曰"功盖三分国"。③谓诸葛亮因八阵图而名扬后世。④石不转，指八阵图聚石为阵的阵形遗迹历久不改，不被汹涌的江流所冲毁。参见注①引《刘宾客嘉话录》。《诗·邶风·柏舟》有"我心匪石，不可转也"之句，"石不转"，用其语。⑤此句主要有以未能吞吴为恨及以失策于吞吴为恨两种说法。从历史记载看，似以后说较为符合诸葛亮的本意。《三国志·蜀书·先主传》："（章武元年六月）车骑将军张飞为其左右所害。初，先主忿孙权之袭关羽，将东征，秋七月，遂帅诸军伐吴。孙权遣书请和，先主盛怒不许……二年……夏六月……陆议大破先主军于猇亭，将军冯习、张南等皆没。先主自猇亭还秭归，收合离散兵，遂弃船舫，由步道还鱼复，改鱼复县曰永安……（三年三月）先主病笃，托孤于丞相亮，尚书令李严为副。夏四月癸巳，先主殂于永安宫。"又《法正传》："先主既即尊号，将东征孙权以复关羽之耻，群臣多谏，一不从。章武二年大军败绩，还住白帝。亮叹曰：'法孝直若在，则能制主上，令不东行；就复东行，必不倾危矣。'"但亦可作他解。

[笺评]

苏轼曰：仆尝梦见人，云是杜子美，谓仆："世多误会予诗《八阵图》云：'江流石不转，遗恨失吞吴。'世人皆以谓先主武侯欲与关羽复仇，故恨不能灭吴。非也。我意本谓吴、蜀唇齿之国，不当相图。晋之所以能取蜀者，以蜀有吞吴之意。以为恨耳。"其理甚近。（《东坡题跋》卷二《记子美〈八阵图〉诗》）

周珽曰：洒英雄之泪，唾壶无不碎者矣。（《删补唐诗选脉笺释会通评林·盛五绝》）

钱谦益曰：史，昭烈败秭归，诸葛亮曰："法孝正若在，必能制主上东行。就使东行，必不倾危。"观此，则征吴非孔明意也，子美此诗，正谓孔明不能止征吴之举，致秭归挫辱，为生平遗恨。东坡之说殊非。（《杜少陵诗集详注》卷十五引）

刘逴曰：孔明以江上奇才，制为江上阵图，至今不磨。使先主能用其阵法，何至连营七百里，败绩于猇亭哉！欲吞吴而不知阵法，是则当时之遗恨也。（同上）

卢世㴶曰：至诸葛丞相，则几于食寝梦寐以之矣。屡入其祠，古其柏，傍徨其阵图，言之不足，嗟叹之不足，恻恻于三致意焉。（《杜诗胥钞·大凡》）

李因笃曰：只四句，橐括生平。"遗恨失吞吴"，是大议论，乃上句"江流石不转"，则似归咎山水。蜀东入吴为下流，而不能折回中原，地势使然，故长令英雄遗恨也。化大议论为无议论，妙不可言。（《杜诗集评》卷十五引）

黄生曰：《水经注》：亮作八阵图，因曰："八阵既成，自今行师更不覆败。"《三国志·法正传》（略）。观《水经注》及《法正传》

之语，知其本意谓伐吴犹不足恨，所恨者行师无法，故致大败耳。杜公咏阵图，盖推孔明之心而言之。意谓公之灵爽默示，后人依此立阵，宜如山之不可拔。如先主志欲吞吴，乃疏于立阵，连营七百里，不知进退分合之法，以至一败涂地，岂非千古之大恨哉！诗本咏阵图，自当从行阵立意，不宜泛及天下大计。子瞻所云，故是作史断主见，偶于杜诗发之耳。《志林》一书，凡不欲直言，便托之梦寐，不第此条为然。解杜诗者辄信其说，直痴人不可说梦也。刘逴曰："末句谓先主猇亭之败，连营七百里，何不以八阵吞吴？东坡梦中语误。"按此注先得我心，世间未尝无明眼人也。（《杜诗说》卷十）

仇兆鳌曰：今按：下句有四说：以不能灭吴为恨，此旧说也；以先主之征吴为恨，此东坡说也；不能制主上之东行，而自以为恨，此《杜臆》、朱注说也；以不能用阵法而致吞吴失师，此刘氏之说也。又曰："江流石不转"，此阵图之垂名千载者，所恨吞吴失计，以致三分功业，中遭跌挫耳。下二句用分应。（《杜少陵集详注》卷十五）

浦起龙曰：说是诗者，言人人殊。大率皆以吞吴失计之恨，与武侯失于谏止之恨，坐煞武侯心上着解。抛却"石不转"三字，致全诗走作，岂知"遗恨"从"石不转"生出耶？盖阵图正当控扼东吴之口，故假石以致其惋惜。云此石不为江水所转，天若欲为千载留此遗恨迹耳。如此方是咏阵图之诗。彼纷纷推测者，皆不免脱母。（《读杜心解》卷六）

杨伦曰：诗意谓吴、蜀唇齿之国，本不应相图，乃孔明不能谏止征吴之举，致秭归挫辱，为生平遗恨。亦以先主崩于夔州，故感及之。一说，刘逴曰（略）。如此说两句，似较融洽。（《杜诗镜铨》卷十二）

《唐宋诗醇》：遂使诸葛精神，炳然千古，读之殷殷有金石声。（卷十七）

沈德潜曰：吴、蜀唇齿，不应相仇。"失吞吴"，失策于吞吴，非谓恨未曾吞吴也。隆中初见时，已云"东连孙权，北拒曹操"矣。（《重订唐诗别裁集》卷十九）

李锳曰："失吞吴"，东坡谓失在吞吴之举，此确解也。前题《武侯庙》，故写出武侯全部精神；此题《八阵图》，故只就阵图一节写其遗恨，作诗切题之法有如是。（《诗法易简录》）

俞陛云曰：武侯之志，征吴非所急也。乃北伐未成，而先主猇亭挫败，强邻未灭，剩有阵图遗石，动悲壮之江声。故少陵低徊江浦，感遗恨于吞吴，千载下如闻叹息声也。（《诗境浅说》续编）

刘永济曰：首句极赞武侯，次句入题，三句就八阵图说。"江流"句，从句面看似写聚石不为水所冲激，实已含末句"恨"字之意。末句说者聚讼，大概不出二意，一则恨未吞吴，一则恨失于吞吴……盖鼎足之势，在刘备不忍一时之忿，伐吴兵败，致蜀失吴援而破裂，遂使晋能各个击破……"石不转"有恨不消之意，知此五字亦非空设。杜甫运思之细，命意之高，于此可见。（《唐人绝句精华》）

萧涤非曰："遗恨"二字即承上"石不转"而来。石实无所谓恨不恨，诗人往往无中生有，这也是诗的妙用……（浦）说最通达。诸葛亮的联吴，其实是吞吴的一种手段，并不是他的目的。（《杜甫诗选注》）

[鉴赏]

这是杜甫一首著名的咏怀古迹诗，因夔州奉节县八阵图古迹而联及诸葛亮一生的功绩与遗恨，抒发对英雄人物志事不遂的悲慨。

首句用高度概括之笔赞颂诸葛亮的功绩。三国时代，英雄豪杰纷起并出，竞相驰逐，其中曹操、孙权、诸葛亮更是建立鼎足三分霸业的关键人物。但在杜甫看来，曹操"挟天子以令诸侯"，政治上具有特殊的依凭和号召力，孙权据有江东，已历三世，国险民附，也具有可靠的依凭。只有诸葛亮辅佐刘备，是"受任于败军之际，奉命于危难之间"，在毫无基础与依傍的条件下，靠超人的智慧和杰出的才能，靠正确的战略战术，攻取荆、益，建立起蜀汉政权的，其建功立业的艰难程度远超曹操和孙权，因此，国虽三分鼎足，功则超越曹、孙而成为那个时代的最杰出的英雄。特别是刘备死后，他辅佐昏庸的后主刘禅，更是竭精殚虑，匡济危时，鞠躬尽瘁，死而后已。"两朝开济"之功，确实称得上是三国时代的盖世英雄。一锤定音的崇高评价中寓含着诗人的崇敬追思之情。

"名成八阵图"，次句紧扣题目，赞颂其名垂后世和杰出的军事才能。诸葛亮的出名当然不能单纯归结为八阵图，但八阵图的著名古迹确实使后世很多人因此而了解了诸葛亮的生平事迹、不朽业绩和杰出才能。次句正应从这个意义上去理解。

既功盖当世，又名垂后世，对诸葛亮的"功"与"名"的赞颂仿佛已臻极至，第三句似难以为继，诗人却就八阵图古迹经数百年江流的汹涌冲击而屹立不动的特点，将对诸葛亮功名事业、才能智慧的赞颂更进一层，表明其功名业绩之亘古不磨，永驻人心。"江"之"流"与"石"之"不转"，形成鲜明的对比，前者象征性地显示了历史的变迁，时代的更迭，后者则象征性地显示了诸葛亮光辉业绩的永存。

一首只有四句二十个字的五绝，竟用四分之三的篇幅赞颂诸葛亮功盖当时，名垂后世、功业长存，末句似乎只能循此轨迹再作发挥，诗人却突接"遗恨失吞吴"一句，揭示出这位英雄人物的深沉遗恨。实际上，这正是全诗主旨的集中体现。

关于"失吞吴"的"遗恨"，如果联系诸葛亮的隆中对策——"外结好孙权""可与为援而不可图"和他日后的具体行事——"遣使聘吴，团结和亲，遂为与国"来看，他显然是反对对东吴用兵，认为刘备征吴之举是失策的。因此苏轼、钱谦益以及多数注家、评家的理解似乎比较符合诸葛亮本人的一贯主张和行事。但联系杜甫的《蜀相》，特别是诗的尾联"出师未捷身先死，长使英雄泪满襟"，却不难看出，所谓"遗恨失吞吴"，实际上和"出师"二句所表达的悲慨并无二致。因为，诸葛亮一生追求的政治目标，并不只是成鼎足三分的"霸业"，而且要成就兴复汉室的"王业"。"兴复汉室，还于旧都"，进而统一全国，这才是他的终极目标。"吞吴"之"失"，正在于它极大地影响了其终极目标的实现。从这个最终目标看，无论是"北定中原"，还是"吞吴"，都是题内应有之义。因此，"出师未捷身先死"和"失吞吴"一样，都是志业未竟的悲剧，也都是诸葛亮这个悲剧英雄人物的"遗恨"。杜甫这首诗，和《蜀相》一样，都是在赞颂其盖世功业的同时着重抒发了其志业未竟的悲剧结局和绵绵长恨，而对其功业的赞颂又正成为悲剧结局和遗恨的有力铺垫，使得这种悲剧结局和遗恨更加震撼人心。

诗用大概括、大议论，如此短小的篇幅，本极易流于空泛抽象，但读来却感到通篇洋溢着饱满的感情，寓含着深沉的感慨，这是因为与诗人所咏对象精神上高度契合，对诸葛亮的悲剧有深刻的理解与同情的缘故。读这首诗的末句，也仿佛可以听到诗人所发出的"长使英雄泪满襟"的悲慨。

白　帝①

白帝城中云出门②，白帝城下雨翻盆③。高江急峡雷霆斗④，翠木苍藤日月昏⑤。戎马不如归马逸⑥，千家今有百家存⑦。哀哀寡妇诛求尽⑧，恸哭秋原何处村⑨。

[校注]

①白帝，指白帝城。此亦登白帝览眺有感而作。据末句，约作于大历元年（766）秋。②白帝城建在白帝山上，常有云雾缭绕。时值雨前，故登城楼而见云从城门腾涌而出。③雨翻盆，形容暴雨倾盆而下的气势。④暴雨倾盆，江水涨满，故云"高江"；水涨而峡紧束江水，使江水更加湍急，故云"急峡"。雷霆斗，形容江涛的巨响。⑤翠，《全唐诗》校："一作古。"日月，系复词偏义，指日色。⑥戎马，指作战之马。归马，指从事生产的马。语本《书·武成》："乃偃

武修文，归马于华山之阳，放牛于桃林之野。"逸，安逸，安闲。⑦谓因战乱影响，人民死伤惨重，十不存一。⑧诛求，强行征收勒索。⑨哭声遍野，不辨发自何处，故云"何处村"。

[笺评]

郭知达曰：民死于役，故多寡妇；暴赋横敛，故多诛求。此言军旅之际，民不聊生也如此。（《九家集注杜诗》）

胡应麟曰：崔曙"汉文皇帝有高台，此日登临曙色开"，老杜"野老篱前江岸回，柴门不正逐江开"，"白帝城中云出门，白帝城下雨翻盆"……虽意稍疏野，亦自有一种风致。（《诗薮·内编》卷五）

钟惺曰：（首句）奇景，移用不得。（《唐诗归》）

谭元春曰：（"戎马"句）此句丑，下句不然。（同上）

许学夷曰：子美七言律……至如"黄草峡西""共忆荆州""白帝城中"……等篇，以歌行入律，是为大变。宋朝诸公及李献吉辈虽多学之，实无有相类者。（《诗源辩体》卷十九）

王嗣奭曰：首四句因骤雨而写一时难状之景，妙。（斗、昏）二字写峡中雨后之状更新妙，然实兴起"戎马"以写乱象，非与下不相关也。（《杜臆》）又曰：前叙雨景，便兴下乱象，戎马指作乱者。不如归马逸，笑其劳而无益。（仇注引）

贺裳曰：（杜甫）唯七言律，则失官流涉之后，日益精工，反不似拾遗时曲江诸作，有老人衰飒之气。在蜀时犹仅风流潇洒，夔州后更沉雄、温丽，如……写景则"高江急峡雷霆斗，古木苍藤日月昏"……真一代冠冕。（《载酒园诗话又编》）

张谦宜曰：一气喷礴，不关雕刻。拗格诗，炼到此地位也难。"高江急峡雷霆斗，古木苍藤日月昏"，险怪夺人魄，却自文从理顺，与鬼窟中伎俩有天渊之别。（《絸斋诗谈》卷四）

蒋弱六曰：（首联）云在城中出，雨在城下翻，已想见此山城风

景。(《杜诗镜铨》卷十三引)

邵长蘅曰：奇警之作。不曰急江高峡，而曰高江急峡，自妙于写此江此峡也。(杨伦注引)

吴农祥曰：起横逸。三、四苍老雄杰，不易再得也。后四语稍减，然比《滟滪》作似过，彼拙中之拙，此拙中带工也。（《杜诗集评》引)

黄生曰：三喻干戈相寻，四喻朝廷昏乱，此苍生所以不得苏息也，故接后半云云。何处村间，寡妇恸哭秋原，必因诛求已尽之故，岂不重可哀乎！此亦漫兴成诗，摘首二字为题者。三、四写景既奇，比兴复远。人谓杜诗不宜首首以时事影附，然此类即景寓意者，其神脉自相灌注，岂可不为标出！第俗解强生枝叶，则失之耳。甲集不选此诗，以起作歌行体，转联句中掉字为卑调故也。然三、四之写景，七、八之句法，则乙集之所必登也。(《杜诗说》卷九)

仇兆鳌曰：此章为夔州民困而作也。上四，峡中雨景；下四，雨后感怀。江流助以雨势，故声若雷霆之斗；树木蔽以阴云，故昏霾日月之光，此阴惨之象也。戎马之后，百家仅存，户口销于兵赋；故寡妇哭于秋村。此为崔旰之乱而发欤！又曰：杜诗起语，有歌行似律诗者，如"倚江楠树草堂前，故老相传二百年"是也。有律体似歌行者，如"白帝城中云出门，白帝城下雨翻盆"是也。然起四句一气滚出，律中带古何碍？唯五、六掉字成句，词调乃稍平耳。(《杜少陵集详注》卷十五)

浦起龙曰：自是率语。结语少陵本色。(《读杜心解》卷四)

杨伦曰：（"戎马"句）偶因所见言之。(《杜诗镜铨》卷十三)

范大士曰：前四句写雨景豪壮，后四句写离绪惨凄。（《历代诗发》)

陈德公曰：五、六反是婉笔，故作白话，不见俚率。结转痛切。此篇四句截，上下如不相属者。评：起二末三字，最作异。三、四写得奇险。(《闻鹤轩初盛唐近体读本》)

徐孟芳曰：前四写雨，后四言情，妙在绝不相蒙而意仍贯。（同上引）

方东树曰：此所谓意度盘薄，深于作用，力全而不苦涩，气足而不怒张。他人无其志事者学之，则成客气，是不可强也。《暮归》首结二句亦然。（《昭昧詹言》）

[鉴赏]

这首古风式的七律拗体，写登白帝高城所见暴雨倾盆景象和农村荒凉凋敝情景，境界雄奇动荡，感情激切沉痛，具有浓郁的时代气息和地域色彩。

开头两句用复沓句式写登白帝高城所见云涌雨泻景象。白帝城依山而建，登上高处的城楼，但见整个白帝城中，云涛汹涌，翻腾而出城门；白帝城下，暴雨如泻，倾盆而下。时值秋高气爽的季节，但夔峡之中，气候变幻不常，高秋之际，忽遇此汹涌狂暴的骤雨，自然景象本身便给人一种突兀奇特之感，透露出诗人内心的骚屑不宁、汹涌动荡的心态。两句连用"白帝城中""白帝城下"。于复沓中见目不暇接之态；而下三字"云出门"与"雨翻盆"的紧相承接，更见风起云涌而暴雨随之倾泻的急骤之势。这一切，都使这开篇两句显得奇横而峭急，突兀而劲健。

三、四两句，用工整的对仗写暴雨倾泻下的夔峡景物，上句写水，下句写山。"高江急峡"，或谓本当作"急江高峡"，或云"高江"形容此段长江地势之高，恐非。站在一个点上看某一段长江，并不会感到其地势之高；至于江水之"急"，峡中平时亦然。此句之"高"与"急"，均因次句"雨翻盆"而生。暴雨倾泻，江水猛涨，如山洪暴发，往日在低处流泻的江水突然变得高了，故云"高江"。夔门天险，平常水流就极湍急，这时上游奔腾倾泻而下的洪水被狭窄的夔门紧紧束住，更使江水湍急激荡，奔腾驰突，形成奇观。这"急"字既显示了水势的湍急，也显示了夔峡紧束江水的态势。汹涌澎湃，奔腾咆哮的江水向紧束的夔峡冲击，水石激荡，发出雷霆争斗般的巨响。这一句将暴雨倾泻、江水猛涨、洪水与夔峡激荡的奇观描绘得极为雄奇宏肆，令人惊心动魄。下一句转写夔峡两旁的高山上，翠木苍藤，遮天蔽日，此刻都被笼罩在一片浓云暗雾之中，令人感到整个天地都呈现出昏暗的色彩。如果说上句所描绘的境界，以雄奇峭险为特点，那么下句所描绘的境界，则以幽深昏暗为特点。这两种境界，都带有鲜明的夔峡一带的地方色彩，使人一望而知为夔峡一带具有神奇原始色彩的山水。注家或谓二句有具体喻义，如黄生谓"三喻干戈相寻，四喻朝廷昏乱"，恐过于着实拘泥。但也不是单纯的写景，而是在写景之中自然渗透或融合了诗人对那个动乱不宁、昏暗惨淡的时代氛围的感受。它不是有意设喻或借景象征，而是在观赏、描绘景物的同时不自觉地流露了自己的上述感受与心态。它比较接近传统的"兴"。一种有意无意之间的联想，而不是以自然景象作明显的政治比附。这两句对仗极工整（不但出句与对句对仗，且句中自对），音律和谐，意象密集，色彩浓郁，与前两句之疏宕正形成鲜明对照，读来倍感其节奏音律格调的富于变化。

"戎马不如归马逸，千家今有百家存。"腹联又改用复沓句式与疏宕笔法，写骤雨初歇之际所见农村荒凉残破景象。"戎马"即战马，当是眼前所见。这里需要稍稍交代一下时局。上一年（永泰元年，765）闰七月，汉州刺史崔旰攻剑南节度使郭英义，郭奔简州，晋州刺史韩澄杀之，邛州牙将柏茂琳、泸州牙将杨子琳等举兵讨崔旰，蜀中大乱。永泰二年二月，命杜鸿渐以宰相充成都尹、剑南西川节度使，使平蜀乱。八月，鸿渐至蜀，请以崔旰为成都尹，柏茂琳任夔州都督。览眺而见"戎马"，正反映出其时蜀乱虽暂时平息，战争气氛仍存。"戎马不如归马逸"的感慨，正是诗人由眼前所见而发出的对战乱时局的憎厌，对和平安乐生活的渴望。而"千家今有百家存"，则是累年战乱对蜀地造成巨大破坏的概括，是"戎马"所导致的恶果。这种景象，在杜甫的蜀中诗中经常出现，如"十室几人在，千山空自多。路衢惟见哭，城市不闻歌"（《征夫》），"一国实三公，万人欲为鱼……谈笑行杀戮，溅血满长衢"（《草堂》），"二十一家同入蜀，惟残一人出骆谷"（《三绝句》）。而今，连偏僻的山城夔州也出现了"千家今有百家存"的景象，可见吐蕃的侵扰和军阀的混战所造成的惨祸之烈。两句流走的格调与惨痛的内容形成强烈反差，使后者在对照中更显突出。

尾联写登高所闻，在腹联写人民死伤之惨的基础上进一步写诛求之烈。茫茫秋原之上，一片残破荒凉景象，只听到远处传来一片寡妇哀伤的哭声。农村中的男丁，不是战死就是饿死了，只剩下穷苦无告的寡妇。秋天本是收成的季节，而寡妇却因诛求之严苛而家无余粮，只能哀号痛哭。在高处览眺，远处村庄的哭声本不易听到，此刻却只听到寡妇哀痛的啼哭声此伏彼起，连成一片，以致诗人不辨其发自何处。说"何处村"，正说明村村哭声。两句出语似畅达，而意则曲折层递，情则沉痛愤激。全篇即在感情发展到最高潮时收束，悲慨极深。

诗的前后幅之间，乍读似不相属，但在前幅的景物描写中已渗透对战乱时代氛围的感受，故后幅写战乱带来的惨祸正与前幅神连。

白帝城最高楼①

城尖径仄旌旆愁②，独立缥缈之飞楼③。峡坼云霾龙虎卧④，江清日抱鼋鼍游⑤。扶桑西枝对断石⑥，弱水东影随长流⑦。杖藜叹世者谁子⑧，泣血迸空回白头⑨。

[校注]

①白帝城，在重庆奉节县东，瞿塘峡西口之长江北岸。相传为西汉末公孙述所筑。奉节秦时称鱼复，西汉末公孙述割据时，迁鱼腹于此，称白帝城。《水经注·江水》："白帝山城，周回二百八十步，北

缘马岭，接赤岬山，其间平处，南北相去八十五丈，东西七十丈。又东傍瀼溪，即以为隍。西南临大江，瞰之眩目。唯马岭水差逶迤，犹斩山为路，羊肠数转，然后得上。"《元和郡县图志·山南道·夔州》："奉节县，本汉鱼复县……白帝山，即州城所据也，与赤甲山接。初，公孙述殿前井有白龙出，因号白帝城。城周回七里，西南二里，因江为池，东临瀼溪，惟北一面小差，逶迤羊肠，数转然后得上。"白帝城城楼不止一座，此曰"最高楼"，当指诸城楼中最高者。代宗大历元年（766）夏初，杜甫由云安抵夔州，此诗当是初抵夔州时所作。②白帝城在白帝山上，其山尖峭，最高楼正在山尖上，故曰"城尖"。仄，《全唐诗》原作"庆"，据仇注本改。径仄，指通向最高楼的路径狭仄险峻，所谓"斩山为路，羊肠数转"。旌旆，军旗。③缥缈，高远隐约貌。飞楼，凌空而建，其势若飞的高楼，即白帝城最高楼。④峡坼，峡裂。白帝城在夔门之前，峡坼正指夔门天险如山峡从中裂开。云霾，浓云遮蔽。龙虎卧，形容峡中奇形怪状的岩石如龙虎睡卧。卧，《全唐诗》校："一作睡。"⑤鼋（yuán），大鳖。鼍（tuó），俗称猪婆龙，即扬子鳄。日抱鼋鼍游，日照清江，江波湍急动荡，有如鼋鼍之游。"抱"字形容日光笼盖之状。⑥扶桑，神话传说中的神木，日出于扶桑之下，拂其树杪而升。《楚辞·九歌·东君》："暾将出兮东方，照吾槛兮扶桑。"王逸注："日出，下浴于汤谷，上拂其扶桑，爰始而登，照曜四方。"断石，指石峡，即前所谓"峡坼"。⑦弱水，神话传说中的水名。《山海经·大荒西经》："（昆仑之丘）其下有弱水之渊。"注："其水不胜鸿毛。"长流，指长江。⑧杖藜，拄着藜茎做的拐杖。⑨回白头，掉转白头，不忍再眺望。

[笺评]

赵彦材曰：颔联言峡壁开坼，而云气霾龙虎之睡；江水澄清，而日光抱鼋鼍之游。腹联则为张之之语，以见楼之最高也。（《九家集注

杜诗》）

张戒曰：杜子美《登慈恩寺塔》云："回首叫虞舜，苍梧云正愁。惜哉瑶池宴，日晏昆仑丘。"此但言其穷高极远之趣尔，南及苍梧西及昆仑，然而叫虞舜，惜瑶池，不为无意也。"扶桑西枝对断石，弱水东影随长流。"使后来作者如何措手？东坡《登常山绝顶广丽亭》云："西望穆陵关，东望琅邪台。南望九仙山，北望空飞埃。相将叫虞舜，遂欲归蓬莱。"袭子美已陈之迹，而不逮远甚。（《岁寒堂诗话》卷上）

杨慎曰：韩石溪廷延语余曰："杜子美《登白帝最高楼》云：'峡坼云霾龙虎卧，江清日抱鼋鼍游。'此乃登高临深，形容疑似之状耳。云霾坼峡，山木蟠拿，有似龙虎之卧；日抱清江，滩石波荡，有若鼋鼍之游。"余因悟旧注之非。（《升庵诗话》卷一）

胡应麟曰：杜七言律……太险者，"城尖径昃旌旆愁"之类，杜则可，学杜则不可。（《诗薮》）

王慎中曰：此古体诗也。（《五色批本杜工部集》引）

孙矿曰：突然起"旌旆愁"，煞是奇险，次句用"之"字，以文句入诗，自奇。颔联宏壮。颈联气象……东举西言，西举东言，尤奇。结自称自叹，豪迈自肆。"迸空"字，奇险与上称。（《杜律》七律卷二）

唐汝询曰：字字琢炼，字字奇古。（《汇编唐诗十集·壬集二十》）

王嗣奭曰：此诗真惊人之语，总是以忧世苦心发之，以自消其垒块者……"扶桑"一联，亦形容所立之高，不意想头到此。"叹世"二字，为一章之纲。"泣血迸空"，起于叹世，以"迸空"写高楼，落想尤奇。（《杜臆》卷七）

王士禛曰：唐人拗体律诗有二种，其一苍茫历落中自成音节，如老杜"城尖径昃旌旆愁，独立缥缈之飞楼"诸篇是也；其一，单句拗第几字，则偶句亦拗第几字，抑扬抗坠，读之如一片宫商，如许浑之

"溪云初起日沉阁，山雨欲来风满楼"，赵嘏之"湘潭云尽暮山出，巴蜀雪消春水来"是也。（张宗柟附识：予弟咏川述蒿芦先生云：按前一种即老杜集中所谓"吴体"，大抵八句皆拗。）（《带经堂诗话》卷一）

黄生曰：（"峡坼"二句）语含比兴，折腰句，近景，实景。（"扶桑"二句）意见言外，承三、承四，远景，虚景。旌旆，城上所植。曰"愁"者，危之也。下"缥缈"字应此意。拗律本歌行变化，故得用"之"字。《郑县亭子》"涧之滨"亦然。中二联并作景语，分一远一近，一实一虚。三、四望之所及见，五、六望之所不及见。写景阔大，至此二语极矣。"断石"承"峡"字来，"长流"承"江"字来。弱水本西流，今极目江源，浩渺无际，疑弱水之影亦随而东；东望惟为峡壁所封，不然，扶桑西枝，固宜可见耳。二语刻划题中"最高"字，可谓尽情。扶桑、弱水，皆目所不及者，偏能取为极目之景，奇绝险绝，前俱写景，尾联始出意，然"叹世"二字，亦非凭空吐此，盖有中二联暗为针线。三、四乃英雄伏处、宵小近君之喻；五、六即"回首扶桑铜柱标，冥冥氛祲未全销。沧海未全归禹贡，蓟门何处尽尧封"之意，比兴见于言外，尤觉力大思沉。"城尖径仄"，与"花近高楼"寓慨一也。"花近高楼"，以"伤心"而直陈其事；"城尖径仄"以"泣血"而微见其辞。直陈其事，不失和平温厚之音；微见其辞，翻成激楚悲壮之响。若以本集较之，"花近高楼"，正声第一；"城尖径仄"，变声第一。（《杜诗说》卷八）

吴乔曰：子美之"峡坼云霾龙虎卧，江清日抱鼋鼍游"，晚唐人险句之祖也。（《围炉诗话》）

邵长蘅曰：奇气纍兀。此种七律，少陵独步。（《五色批本杜工部集》引）

李因笃曰：浑古之极，不可名言。律不难于工而难于宕，律中古意不难于宕而难于劲。此首次句着一"之"字，其力万钧。（《杜诗集评》引）

吴农祥曰：郭美命极赏此作，盖雕刻之极，归于自然；纵放之馀，时见精理者。（同上引）

仇兆鳌曰：首写楼高。次联近景。三联远景，皆独立所想见者。末乃感慨当世，尖，城角也；径，步道也。旌旆亦愁，言其高且险也。曹植诗"东观扶桑曜，西临弱水流"，是正言东西也；此诗"扶桑西枝"，是就东言西，"弱水东影"，是就西言东。东自扶桑，西及弱水，所包世界甚阔，故下有"叹世"句。（《杜少陵集详注》卷十五）

李长祥曰：通首作意造句，极奇凿之诗，却又元气流行，自然成文，所以似奇凿，以境奇而意到故也。（《杜诗编年》卷十二）

吴瞻泰曰：刻划山川，一瞬万里。亦不嫌其雕琢之奇。因叹此天险之国，宜多窃据也。然却不显露，只以"叹世"二字见意，含蓄无穷。此拗律中之歌行也，横绝一世。（《杜诗提要》卷十一）

佚名曰：老杜以稷契自命立身，当生民流离之日，一肚皮热泪迫于暮年，故当独立最高之地，蓦然打动。见此乾坤景象……不能自禁，不禁喟然兴叹，冲口而出，形之于诗。（《杜诗言志》）

浦起龙曰：二句起，二句结。"独立""叹世"四字，以两头交贯中腹。"峡坼""江清"之外，"西枝""东影"之间，此中有无数起倒，无限合离，皆于"独立"时览之，是以"叹世"者悲之也。胸含元气，眼穷大荒，才配得题中"最高"二字。"云霾"中，能收"龙虎"使不动，故曰"卧"；"日抱"处，能烛"鼋鼍"使不昏，故曰"游"。"扶桑"出海外，故曰"断"；"弱水"言"影"，影能回曜，故曰"随"。（《读杜心解》卷四）

杨伦曰：拗体，歌行变格。（"旌旆愁"）三字便含末二句意。（末句）应"独立"。（《杜诗镜铨》卷十二）

蒋弱六曰：三、四身在云霄，目前一片云气茫茫，平低望去，峡中多少怪怪奇奇之状，隐约其际。惟下视江流，不受云连，却受日光，遂觉如日抱之。而波光日光两相涌闪，亦怪奇难状，以一语该万态，妙绝千古。（《杜诗镜铨》卷十二引）

朱鹤龄曰：（"扶桑"二句）峡之高，可望扶桑西向；江之远，可望弱水东来。与"朱崖著毫发，碧海吹衣裳"同义。（同上引）

邵二泉曰："扶桑西枝"，以西言东；"弱水东影"，以东言西。谢灵运诗"早闻夕飚急，晚见朝日暾"，略同此句法，而此尤奇横绝人。（同上引）

屈复曰：此与《玉台观》"中天秋翠"一篇同一作法，七律中三唐所无也。（《唐诗成法》）

沈德潜曰：句法古体，对法律体，两者兼用之。（《重订唐诗别裁集》卷十三）

《唐宋诗醇》：笔势险绝，与题相配。

何焯曰：城当云顶，日漾江中，惨淡变幻。弱水无力，犹随江流朝宗，叹息我老独不能出峡也。（《义门读书记》）

范大士曰：世多将此诗入近体，细看作歌行为当。（《历代诗发》）

翁方纲曰：拗律如杜公"城尖径仄"一种，历落苍茫，然亦自有天然斗笋处，非如七古专以三平为正调也。（《石洲诗话》）

方东树曰：此亦造句用力之法。句法字字攒炼。起句促簇。次句疏直而阔步放纵，乃立命之根，通首根此所见也。中四句，二近景，二远景，以下三字形上四字，句法已奇。五、六更出奇采，所谓意相高妙，与康乐"早闻夕飚急，晚见朝日暾"同其奇。于东见其西，于西见其东。极形高处所见之远，出寻常想外，只完题"最高"二字。收句气格历落，用意疏豁，非是则收不住中四句之奇崛。如此奇险，寻其意脉，却文从字顺，各识其职。（《昭昧詹言》）

林昌彝曰：少陵《白帝城》，以古调入律也。（《海天琴思录》）

施补华曰：七律有全首拗调如古诗者，少陵"主家阴洞"一首、"城尖径仄"一首之类是也，初学不可轻效。（《岘佣说诗》）

李兆元曰：通体平仄入古，其源自庾开府《乌夜啼》等作来，而气魄特盛，宋陆放翁尤多此作。（《十二笔舫笔录》）

[鉴赏]

这是杜甫一首著名的拗体七律。全篇除中间两联用对仗，第三句平仄合律外，其余七句全不合律。且其音律较之一般古诗更凸显出佶屈聱牙、不顺畅、不谐和的特点，二、四、六句后三字甚至全为平声，是律诗最忌的三平调。很显然，诗人之所以独创此体，不仅是为了在艺术体裁上求新求变，而且是为了表达特定的情思。

首句写最高楼的地势，突兀而起。白帝城依山而建，最高楼处于山巅，亦即城墙的最高处，故曰"城尖"。无论是由下往上望，或由上往下望，最高楼处于城之尖端的感受都非常突出。因此这个"尖"字既用得奇峭，又非常形象，给人以突兀感、真切感。"径仄"，是形容通往最高楼的走道狭窄逼仄，突出道路的险峻。最高楼上旌旗飘扬，看上去似乎带着愁绪。"旌旆"是无知之物，本无所谓"愁"，因所处极高，下临大江，登楼犹感目眩，故感到眼前的旌旆也似乎临高而惧，不胜其愁了。"愁"字实际上是登楼的诗人主观感情的投影。一句中连用"尖""仄""愁"三个带有尖锐感、逼仄感和愁闷感的字眼，渲染出一种峭急不平和郁闷不舒的气势，为全篇设定了总的基调与氛围。

第二句"独立缥缈之飞楼"点明题目。"缥缈"和"飞"都是形容"最高楼"的，前者极状其高，四周云雾弥漫，高楼似置于半空，缥缈隐约；后者状其飞动之态，楼建于山顶，凭空而立，其势若飞。"独立"二字置于句首，顿有凭空独立，苍茫百感之意。上一句意象密集，这一句却疏宕有致，疏密相映，使起联在渲染郁闷不平氛围的同时兼具跌宕的气势，散文化的句式更加强了这种疏宕之致。

颔联写高楼登望所见近景。上句写峡。白帝城的东面就是瞿塘峡的西口，峡口即夔门，峭壁千仞，宛如刀削，中贯一江，形如大门，有"夔门天下雄"之称。"峡坼"正指夔门天险，两山坼裂中断。夔峡一带，云雾弥漫，奇形怪状的岩石在云雾的遮蔽下，变得恍惚迷离，看上去犹如龙蹲虎卧。下句写江。日光透过云雾，洒满江面，清澈的江水，湍流翻腾，漩涡滚动，看上去像是日光抱着電鼉在遨游。这一联所写的本是云遮峡壁、日照江波的平常景象，却因诗人的想象而变幻出"龙虎卧""電鼉游"的惊心骇目景象和奇险诡异境界，而诗人胸中的郁结不舒之气也得到生动的展现。

腹联写高楼东西极望的远景。上联写怪石峭壁、急流漩涡，虽以龙虎電鼉为喻，毕竟是写实景，这一联却纯从想象着笔，借神话传说中的意象描绘虚景。向东极望，那神话传说中日出之处的扶桑神树，正伸展出长长的西枝，遥对着中断的峡壁；向西极望，昆仑山下的弱水，它的身影似乎正一直东移而与长江相接。这样一幅东极沧海日出之处，西极昆仑弱水之源的广远画面，已经完全脱离了实际生活经验的范围，也超越了一般的艺术夸张，而成为一种完全用虚构想象之笔创造出来的幻境，通过这种幻境，不但将"最高楼"的"最高"二字作了淋漓尽致的渲染，而且将诗人登临之际那种企图超越现实世界的强烈愿望和恍惚迷离的神情也透露出来了。

尾联从神驰天外收归登临现境，集中抒发登临之际强烈的感慨。上句以设问起，引出一个衰病缠身、杖藜独立的老人——诗人自己，以"叹世"二字集中揭示其登高临眺时的感情。所叹的内容，诗人虽未明言，但从诗人的一系列诗作中不难窥见其具体所指不外乎战乱未休、诛求不已、民生凋敝、政治昏暗等方面。这一切"叹世"之情，使凭高览眺的诗人心情极度悲痛激愤，不但悲泣，而且"泣血"；不但"泣血"，而且"迸空"，其激愤强烈的程度已经到了无法抑制，也无法忍受的程度，只能回转白头，不再面对了。全篇就在感情发展到高潮时猛然收束，迸发出极大的艺术震撼力。

诗以凭空独立，满怀愁绪开端，以叹世泣血结束，感慨痛愤激切，完全可以看出是由于现实的触发。但中间两联写景，却撇开现实的生活情事。出之以迷离恍惚的想象虚构之笔。这种虚境，虽未必有具体的托喻与象征意义，但可以体味出，诗人是借这种迷离恍惚的虚境来宣泄磊落不平、郁勃不舒之气，来寄托胸中的愤激沉痛之情。因此，尾联的"叹世""泣血"，正是其感情发展的自然归宿。

秋兴八首①

其　一

玉露凋伤枫树林②，巫山巫峡气萧森③。江间波浪兼天涌④，塞上风云接地阴⑤。丛菊两开他日泪⑥，孤舟一系故园心。寒衣处处催刀尺⑦，白帝城高急暮砧⑧。

其　二

夔府孤城落日斜，每依北斗望京华⑨。听猿实下三声泪⑩，奉使虚随八月槎⑪。画省香炉违伏枕⑫，山楼粉堞隐悲笳⑬。请看石上藤萝月，已映洲前芦荻花⑭。

其　三

千家山郭静朝晖⑮，日日江楼坐翠微⑯。信宿渔人还泛泛⑰，清秋燕子故飞飞⑱。匡衡抗疏功名薄⑲，刘向传经心事违⑳。同学少年多不贱，五陵衣马自轻肥㉑。

其　四

闻道长安似弈棋，百年世事不胜悲㉒。王侯第宅皆新主，文武衣冠异昔时㉓。直北关山金鼓振㉔，征西车马羽书驰㉕。鱼龙寂寞秋江冷㉖，故国平居有所思㉗。

其　五

蓬莱宫阙对南山㉘，承露金茎霄汉间㉙。西望瑶池降王母，东来紫气满函关^㉚。云移雉尾开宫扇，日绕龙鳞识圣颜^㉛。一卧沧江惊岁晚^㉜，几回青琐点朝班^㉝。

其　六

瞿塘峡口曲江头^㉞，万里风烟接素秋^㉟。花萼夹城通御气^㊱，芙蓉小苑入边愁^㊲。珠帘绣柱围黄鹤^㊳，锦缆牙樯起白鸥^㊴。回首可怜歌舞地^㊵，秦中自古帝王州^㊶。

其　七

昆明池水汉时功^㊷，武帝旌旗在眼中。织女机丝虚夜月^㊸，石鲸鳞甲动秋风^㊹。波漂菰米沉云黑^㊺，露冷莲房坠粉红^㊻。关塞极天惟鸟道^㊼，江湖满地一渔翁^㊽。

其　八

昆吾御宿自逶迤^㊾，紫阁峰阴入渼陂^㊿。香稻啄馀鹦鹉粒⁵¹，碧梧栖老凤凰枝⁵²。佳人拾翠春相问⁵³，仙侣同舟晚更移⁵⁴。彩笔昔曾干气象⁵⁵，白头吟望苦低垂⁵⁶。

[校注]

①秋兴，秋日的情怀。西晋潘岳有《秋兴赋》。《秋兴八首》是杜甫在夔州创作的一系列组诗中最著名的七律组诗。据"丛菊两开他日泪"之句，这组诗当作于他来到夔州的第二年秋天——大历元年（766）秋。与其他组诗中的每一首诗分开可独立成篇不同，这组诗的八首有严密的组织结构，次序很难移易，每首也很难独立，必须作为一个艺术整体来阅读吟诵，感受理解。②玉露，晶莹的露水。凋伤枫树林，指枫林经霜后颜色变红，凋衰陨落。李密《淮阳感秋》："金风

荡初节，玉露凋晚林。此夕穷途士，郁陶伤寸心。"杜诗此句用其语意。③巫山巫峡，《水经注·江水》："江水历峡，东径新崩滩，其下十馀里有大巫山，其间首尾百六十里，谓之巫峡，盖因山为名也。自三峡七百里中，两岸连山，略无阙处，重岩叠嶂，遮天蔽日。自非亭午夜分，不见曦月。"萧森，萧瑟阴森。④江间，指这一带的长江。兼天，连天。⑤塞上，指险峻的巫山。第七首"关塞极天惟鸟道"之"关塞"同此。非指想象中的边塞。仇兆鳌注引陈廷敬（泽州）注："塞上即指夔州。《夔府书怀》诗：'绝塞乌蛮北。'"《白帝城楼》诗："城高绝塞楼"可证。二句所写均为眼前景象。接地，连地。⑥他日，昔日、往日。去年秋天诗人已在夔州云安，见丛菊开而思念故乡，伤心落泪；今年秋天仍滞留夔州，见丛菊再开而再次触动乡愁落泪。⑦催刀尺，用剪刀、尺子赶裁衣服。⑧急暮砧，傍晚的捣衣砧杵声一声紧似一声。裁制衣裳之前，先将衣料用砧杵捣之使软。⑨北，原作"南"，《全唐诗》校："一作北。"兹据改。京华，指京城长安。《晋书·天文志上》："北斗七星在太微北……斗为人君之象，号令之主也。"故后以北斗喻帝王，亦可喻指帝都。仇兆鳌云："赵、蔡两注俱云秦城上直北斗。长安在夔州之北，故瞻依北斗而之。"浦起龙云："盖紫微垣为天帝座，以象帝京。北斗正列垣旁，又名帝车，故依此以望耳。"⑩三声泪，《水经注·江水》："每至晴初霜旦，林寒涧肃，常有高猿长啸，属引凄异，空谷传响，哀转久绝。故渔者歌曰：'巴东三峡巫峡长，猿鸣三声泪沾裳。'"⑪八月槎，张华《博物志》卷十：旧说天河与海通，近世有人居海渚者，年年八月见有浮槎去来，不失期。遂立飞阁于槎上，赍粮乘槎而去，十余日至天河。又《荆楚岁时记》，汉武帝令张骞使大夏，寻河源，乘槎经月而至一处，见城郭如州府，室内有一女织，又见一丈夫牵牛饮河。此句"奉使""八月槎"合用此二书所载，喻指诗人自己参严武幕之事。杜甫为严武辟署为节度参谋，故曰"奉使"。《奉赠萧使君》云："昔在严公幕，俱为蜀使臣。"可证"奉使"正指参幕。杜甫本拟日后随严武还朝，但严武于永泰元年（765）夏突然去世，这一愿望遂落空，故云"虚随八月槎"。⑫画省，指尚书省。《汉官仪》："尚书省中，皆以胡粉涂壁，青紫界之，画古贤人烈女。尚书郎更直，给女侍史二人，执香炉烧熏，从入护衣服。"伏枕，指卧病。永泰元年春，杜甫离严武幕后，严武奏请朝廷任命杜甫为检校尚书省工部员外郎。此句谓自己因为卧病而违离朝廷，不能在尚书省就职寓直。疑另有解，见鉴赏。⑬山楼，指夔州城楼。粉堞，城上涂以白色的女墙。隐悲笳，悲凉的笳声隐现萦回。⑭藤萝月，照映在藤萝上的月光。洲，江边沙洲。芦荻花，即芦花。二句写夜间时间的推移，原先照在山石藤萝上的月光，不知不觉中已经映在沙洲边的芦花之上了。⑮千家山郭，指夔府山城。⑯日日，原作"一日"，《全唐诗》校："一作日日。"兹据改。翠微，指青翠的山色。⑰信宿，连宿两夜。再宿曰信。还，仍也。泛泛，漂浮貌。⑱故，仍，还。与上句"还"互文同义。⑲《汉书·匡衡传》："荐衡于上，上以为郎中。迁博士、给事中。是时，有日蚀、地震之变，上问以政治得失，衡上疏（略）。上说其言，迁衡为光禄大夫，太子少傅。"抗疏，向皇帝上疏直言。杜甫任左拾遗时，曾上疏救房琯，得罪了肃宗，遭到贬斥。这句说自己虽然像匡衡那样，上疏直言，但却因此遭到贬斥，功名不遂，官位低微。上四字以匡衡抗疏自比，下三字自慨。下句同。⑳《汉书·刘向传》："向字子政，本名更生……初立《穀梁春秋》，征更生受穀梁，讲论五经于石渠。……成帝即位……更名向。……诏向领校中五经秘书。"钱谦益曰："刘向虽数奏封事不用，而犹居近侍，典校五经。公则白头幕府，深愧平生，故曰心事违也。"传经，指刘向典校五经，使经书得以流传。杜甫家世奉儒，故以传经之刘向自比，但却连在朝廷典校经书亦不可得，故曰"心事违"。㉑五陵，西汉长安渭北五座皇帝的陵墓（长陵、安陵、阳陵、茂陵、平陵）。元帝之前每建陵墓，辄迁四方富豪及外戚居此，供奉园陵，故五陵之地为豪杰贵戚所聚。《论语·雍也》："乘肥马，衣轻裘。"衣马，即裘马。㉒似弈棋，形容长安政局如棋局之互相争斗、此消彼长、变化不定。百年世事，泛指百年来所历之政局变化。㉓二句承上"似弈棋"，极言朝廷政局变化之大，未必有具体所指，是对政局变幻的一种概括与悲慨。㉔直北，正北。《史记·封禅书》："汉文帝出长安门，若见五人于道北，遂因其直北立五帝坛，祠以五牢具。"直北关山金鼓振，指北面边塞一带，金鼓震天，回纥时常入侵。㉕征西，指征讨西面吐蕃入侵。羽书，传送紧急军情的文书，插羽其上，以示紧急。驰，原作"迟"，《全唐诗》校："一作驰。"兹据改。羽书驰，羽书快马传送，交驰于途。㉖鱼龙寂寞，点秋景。《水经注》："鱼龙以秋日为夜。龙秋分而降，蛰寝于渊，故以秋日为夜也。"㉗故国，指故都长安。平居，平日、平素。杜甫《赠特进汝阳王二十韵》："晚节嬉游简，平居孝义称。"㉘蓬莱宫阙，指唐大明宫。《唐会要》卷三十："龙朔二年，修旧大明宫，改名蓬莱宫，北据高原，南望爽垲。"南山，即终南山。大明宫建于长安城北龙首原上，正遥对长安城南的终南山。㉙承露，承露盘。金茎，铜柱。班固《西都赋》："抗仙掌以承露，擢双立之金茎。"汉武帝迷信神仙，于建章宫筑神明台，立铜仙人舒掌捧铜盘承接甘露，冀饮以延年。《史记·封禅书》："其后则又作柏梁铜柱承露仙人掌之属矣。"唐代宫中并无承露盘及铜柱，此借汉事以形容宫殿建筑之崔巍宏丽。㉚此二句，或谓借指玄宗宠杨妃、好道术，或谓为帝京设色。《穆天子传》卷三："乙丑，天子觞西王母于瑶池之上。"西王母系神话传说中的人物，瑶池系西王母所居。其地在极西，故云"西望"。降，下降。西王母下降事，见《汉武内传》。东来，《关尹内传》："关令尹喜常登楼，望见东极有紫气西迈，曰：应有圣人经过。果见老君乘青牛东来。"函关，函谷关。老子从洛阳入函谷关，故曰"东来紫气"。㉛云移雉尾，雉尾障扇像云彩一样移动分开。《唐会要》卷二十四："开元中，萧嵩奏：每月朔望，皇帝受朝于宣政殿，宸仪肃穆，升降俯仰，众人不合得而见之。乃请备羽扇于殿两厢，上将出，扇合，坐定，乃去扇。"《新唐书·仪卫志》："唐制，人君举动必以扇，大驾卤簿仪物则有曲直华盖，六宝香灯大伞、雉尾障扇、雉尾扇、方雉尾扇、花盖子雉尾扇、朱画图扇、俾倪之属。"龙鳞，皇帝所穿衮衣上所绣的龙纹图案。以上二句，形容朝仪之盛。㉜沧江，指夔州，因其滨江，故云。岁晚，切"秋"，兼指自己年已迟暮。㉝点，原作"照"，《全唐诗》校："一作点。"兹据改。青琐，指宫门。《汉官仪》卷上："黄门郎，每日暮，向青琐门拜，谓之夕郎。"点，传点。杜甫《至日遣兴奉寄北省旧阁老两院故人》（其一）："去岁兹辰捧御床，五更三点入鹓行。"朝臣早晨上朝时听到传报五更三点时依官职大小依次排班入殿，故云"点朝班"。此句当指玄宗朝唐王朝盛时至今，又不知换了几朝皇帝，几回朝班。㉞瞿塘峡口，夔州奉节县东即瞿塘峡之西口。曲江头，曲江边。"曲江"见《哀江头》诗注①。㉟风烟，风尘烟雾迷蒙的景象。素秋，指秋天。秋当西方，属金，色白，故曰素秋。㊱花萼，唐长安兴庆宫内楼名。《唐六典》："兴庆宫在皇城之东南，宫之南曰通阳门，通阳之西曰花萼楼。"原注："兴庆宫即今上（指唐玄宗）龙潜旧宅也。开元初以为离宫。至十四年，又取永嘉、胜业坊之半以置朝，自大明宫东夹罗城复道，经通化门礓道潜通焉。"《旧唐书·玄宗纪》："开元二十年六月，遣范安及于长安广花萼楼，筑夹城，至芙蓉园。"芙蓉园在曲江。夹城，两边筑有高墙的通道。唐代长安东边的城墙共两道，中为复道（即夹城），由北至南，直达曲江。供皇帝后妃游幸专用。御气，天子之气。㊲芙蓉小苑，即芙蓉园，见上句注。钱谦益笺："禄山反报至，帝欲迁幸，登兴庆宫花萼楼，置酒，四顾凄怆，此所谓'小苑入边愁'也。"㊳鹤，《全唐诗》校："一作鹄。"按：鹤、鹄通。㊴锦缆，游船上锦制的缆绳。牙樯，以象牙为饰的桅杆。㊵歌舞地，承上指曲江游赏享乐之地。㊶秦中，指关中地区。《汉书·娄敬传》："秦中新破，少民，地肥饶，可益实。"颜师古注："秦中谓关中，故秦地也。"谢朓《鼓吹曲》："金陵帝王州。"西周、秦、西汉、北周、隋、唐均建都长安。㊷昆明池，在长安西南，汉武帝元狩三年（前120）开凿以习水战，池周围四十里，广三百三十二顷。《汉书·

武帝纪》："（元狩三年春）发谪吏穿昆明池。"颜师古注引臣瓒曰："《西南夷传》有越嶲、昆明国，有滇池，方三百里。汉使求身毒国，而为昆明所闭。今欲伐之，故作昆明池象之，以习水战。在长安西南，周围四十里。"《史记·平准书》："大修昆明池，列观环之。治楼船高十馀丈，旗帜加其上甚壮。"《西京杂记》卷下："昆明池中有戈船楼船各数百艘，楼船上建楼橹，戈船上建戈矛，四角悉垂幡旄旍葆麾盖，照灼涯涘。"杜甫《寄贾严两阁老》："无复云台仗，虚修水战船。"可证唐玄宗曾置船于昆明池。此盖以汉武喻玄宗。㊸《文选·班固〈西都赋〉》："集乎豫章之宇，临乎昆明之池。左牵牛而右织女，似云汉之无涯。"李善注引《汉宫阙疏》曰："昆明池有二石人，牵牛织女象。"曹毗《志怪》："昆明池作二石人，东西相望，象牵牛织女。"虚夜月，空对夜月。㊹《西京杂记》卷上："昆明池刻玉石为鲸，每至雷雨，鱼常鸣吼，鬐尾皆动。汉世祭之以祈雨，往往有验。"㊺《西京杂记》卷上："太液池边皆是雕胡、紫箨、绿节之类，菰之有米者，长安人谓之雕胡。"菰米，茭白所结之实，又称雕胡米，可以作饭。㊻唐时昆明池中种植莲藕，白居易、韩愈等人诗中均有提及。韩愈《曲江荷花行》云："问言何处芙蓉多，撑舟昆明渡云锦。"注云：昆明池周回四十里，芙蓉之盛如云锦也。此句写昆明池中露凝莲房，粉红色的莲花陨落。㊼关塞，指夔州附近的险峻高山。极天，上至于天，极形其高。鸟道，飞鸟才能越过的道路。㊽江湖满地，指身之所处的夔州，因滨长江，故云。"江湖"多指隐逸者居处。《南史·隐逸传序》："或遁迹江湖之上，或藏名岩石之下。"一渔翁，诗人自指。㊾《汉书·扬雄传》："武帝广开上林，东南至宜春、鼎湖、御宿、昆吾。"晋灼曰："昆吾，地名也，有亭。"师古曰："御宿在樊圃西也。"《三秦记》："樊川一名御宿川。"逶迤，曲折连绵貌。自长安至渼陂，必经昆吾、御宿。㊿紫阁，长安城南终南山峰名。张礼《游城南记》："圭峰、紫阁粲在目前。"注曰："圭峰、紫阁在终南山祠之西。圭峰下有草堂寺，紫阁之阴即渼陂，杜诗'紫阁峰阴入渼陂'是也。"紫阁峰在圭峰东，旭日照之，烂然而紫，其形上耸，若楼阁然，故名。《长安志》：“渼陂在鄠县西。”《十道志》：“陂鱼甚美，因名之。”渼陂湖水源于终南山，出谷后潜流地下，隐渡十里天桥，复涌成泉，汇流成陂，陂水甘美。杜甫有《渼陂行》。(51)此句倒装，意即香稻乃鹦鹉啄馀之粒。香稻，《草堂》本作“红豆”。(52)此句亦倒装，意即碧梧乃凤凰栖老之枝。(53)拾翠，拾翠羽。曹植《洛神赋》：“或采明珠，或拾翠羽。”后遂作为妇女游春的代称。相问，互相赠送礼物。(54)《后汉书·郭太传》：“太与李膺同舟而济，众宾望之，以为神仙焉。”仙侣，指志同道合的朋友。杜甫曾与岑参兄弟同游渼陂。其《渼陂行》云“岑参兄弟皆好奇，携我远游来渼陂……船舷暝戛云际寺，水面月出蓝田关。”此即“仙侣同舟晚更移”之例。移，移舟。(55)干气象，上冲云霄天象，形容诗之风格宏伟遒上。明张綖曰：“气象指山水之气象。干者，言彩笔所作，气凌山水也。”（仇注引）(56)吟望，吟诗遥望（京华）。苦低垂，忧伤愁苦地低垂着。

[笺评]

第一首

赵彦材曰：盖公于夔州见菊者二年矣，方丛菊之两开，皆是他日感伤之泪也。(《九家集注杜诗》)

刘辰翁曰：(“丛菊”句）此七字拙。(《唐诗品汇》卷八十四引)

范梈曰：作诗实字多则健，虚字多则弱，如此诗“丛菊”“孤舟”一联，语亦何尝不健。(《杜少陵集详注》卷十七引)

王慎中曰：“兼天”“接地”四字终不佳。(《五色批本杜工部集》引)

胡震亨曰：七言律压卷，迄无定论。宋严沧浪推崔颢《黄鹤楼》，近代何仲默、薛君采推沈佺期“卢家少妇”，王弇州则谓当从老杜“风急天高”“老去悲秋”“玉露凋伤”“昆明池水”四章中求之……

"玉露凋伤"较前二章似匀称，然勔两自薄，况"一系"对"两开"，"一"字甚无着落，为瑕不小。（《唐音癸签》卷十）

王维桢曰："江间"承峡，"塞上"承山。菊开山际，舟系江中，四句错综相应。（《杜律颇解》）

王嗣奭曰：前联言景，后联言情，而情不可极，后七首皆胞孕于（五、六）两言中也。又约言之，则"故园心"三字尽之矣。发兴四句，便影时事，见丧乱凋残景象。后四句，乃其悲秋心事。此一首便包括后七首。（仇注引）又曰：余谓"故园心"三字为八篇之纲，诚不易之论，然与名客思归者不同。身本部郎，效忠有地，盖欲归朝宣力，以救世之乱。又曰："丛菊""孤舟"，目所见；"刀尺""暮砧"，耳所闻。（《杜臆》卷八）

周甸曰：江涛在地而曰"兼天"，风云在天而曰"接地"，见汹涌阴晦，触目天地间，无不可感兴也。（《删补唐诗选脉笺释会通评林·盛七律》引）

屠隆曰：杜老《秋兴》诸篇，托意深远，如"江间""塞上"二语，不大悲壮乎！（同上引）

蒋一葵曰：五、六不独"两开""一系"为佳，有感时溅泪，恨别惊心之况。末句掉下"一声"，中寓千声万声。（同上引）

周珽曰：天钩异奏，人间绝响。（同上）

王夫之曰：笼盖包举一切，皆在"丛菊两开"句，联上景语，就中带出情事，乐之如贯珠者，拍板与句，不为终始也。捱句截然，以句范意，则村巫傩歌一例，以俟知音者。（《唐诗评选》）

钱谦益曰："玉露凋伤"一章，秋兴之发端也。江间、塞上，状其悲壮；丛菊、孤舟，写其凄紧。末二句结上生下。江间汹涌，则上接风云；塞上阴森，则下连波浪，此所谓悲壮也。丛菊两开，储别泪于他日；孤舟一系，傲归心于故园，此所谓凄紧也。以节则杪秋，以地则高城，以时则薄暮。刀尺苦寒，急砧促别。末句标举兴会，略有五重，所谓嵯峨萧瑟，真不可言。公孙白帝城，亦英雄割据之地，此地闻砧，尤为凄断。《上白帝城》诗云："老去闻悲角"，意亦如此。（《钱注杜诗》卷十五）又曰："丛菊两开"，即公《客舍》诗"南菊再逢人病卧"；"孤舟一系"，即公《九日》诗"系舟身万里"。（同上）

朱鹤龄曰：公至夔已经三秋，时舣舟以俟出峡。故再见菊开，仍陨他日之泪；而孤舟乍系，仍动故园之心。（《杜少陵集详注》引）

金圣叹曰：若谓玉树斯零，枫林叶映，虽志士之所增悲，亦幽人之所寄托，奈何流滞巫山巫峡，而举目江间，但涌兼天之波浪；凝眸塞上，惟阴接地之风云。真为可痛可悲，使人心尽气绝。此一解总贯八首，直接"佳人拾翠"末一解，而叹息"白头吟望苦低垂"也。"波浪兼天涌"者，自下而上一片秋也；"风云接地阴"者，自上而下一片秋也。（《杜诗解》卷三）又曰：前解从秋显出境来，后解从境转出人来，此所谓"秋兴"也。（《金圣叹选批杜诗》）

黄周星曰：此即八首之一也，较有别致，故独收之。（《唐诗快》）

李因笃曰：首篇时地在目，景情相涌，不旁借一语，清雄圆健，更为杰出。（《杜诗集评》引）

吴农祥曰：惊心动魄，不可以句求，不可以字摘。后人言"兼天""接地"之太板，"两开""一系"之无谓，岂不知工中有拙，拙中有工者也。（同上引）

杨逢春曰：首章，八首之纲领也。明写秋景，虚含兴意，实拈夔府，暗提京华。（《唐诗绎》）

徐增曰：此是《秋兴》第一首，须看其笔下何等齐整。（《而庵说唐诗》）

顾宸曰："催刀尺"，制新衣；"急暮砧"，捣旧衣。曰"催"曰"急"，见御寒者有备，客子无衣，可胜凄绝。（《辟疆园杜诗注解》。仇注引）

吴乔曰：《秋兴》首篇之前四句，叙时与景之萧索也。"泪"落于

"丛菊"，"心"系于"归舟"，不能安处夔州，必为无贤地主也。结不过在秋景上说，觉得淋漓悲戚，惊心动魄，通篇笔情之妙也。（《围炉诗话》卷四）

黄生曰：杜公七言律，当以《秋兴》为裘领，乃公一生心神结聚之所在也。八首之中，难为轩轾。"闻道长安"作虽稍逊，然是文章之过渡，岂可废之？"凋伤"二字连用，以字法助句法。巫山巫水，分山、水二项。三、四喻乾坤扰乱，上下失位之象。花如他日，泪亦如他日，非开花也，开泪而已。身在孤舟，心在故园，非系舟也，系心而已，故云云。结处虚点"秋兴"之意，以后数章始得开展。（《杜诗说》卷八）

仇兆鳌曰：首章，对秋而伤羁旅也。上四，因秋托兴；下四，触景伤情。（《杜少陵集详注》卷十七）

浦起龙曰："秋"为寓"夔"所值，"兴"自"望京"发慨，八诗总以"望京华"作主，在次章点眼，钱氏所谓"截断众流"句也。说者俱云：前三章主夔，后五章乃及长安，大失作者之旨，且于八章通体结构之法，全未窥见。首章，八诗之纲领也。明写"秋"景，虚含"兴"意，实拈"夔府"，暗提京华。（按：此数语与杨逢春《唐诗绎》同）首句拈"秋"，次句拍"夔"。"江间""塞上"，紧顶"夔"。"浪涌""云阴"，紧顶"秋"。尚是纵笔写。五、六，则贴身起"兴"，"他日""故园"四字，包举无遗。言"他日"，则后七首所云"香炉""抗疏""奕棋""世事""青琐""珠帘""旌旗""彩笔"，无不举矣；言"故园"，则后七首所云"北斗""五陵""长安""第宅""蓬莱""曲江""昆明""渼陂"，无不举矣。舍蜀而往，仍然逗留。历历前尘，屡洒花间之泪；悠悠去国，暗伤客子之心。发兴之端，情见乎此。第七仍收"秋"，第八仍收"夔"，而曰"处处催"，则旅泊孤寒之况，亦吞吐句中，真乃无一剩字。（《读杜心解》卷四）

何焯曰：中四句，虚实蹉对。"江间波浪兼天涌"二句，虚含第二首"望"字。"丛菊两开他日泪"二句，虚含"望"之久也。（《义

门读书记》）

屈复曰：此第一首，无不包举。（《唐诗成法》）

沈德潜曰：首章乃八章发端也。"故园心"与四章"故国思"隐隐注射。（《重订唐诗别裁集》卷十四）

宋宗元曰：首从"秋"入，见因秋起兴，为八章发端，次点所寓之地。下六句总写萧疏之况。（《网师园唐诗笺》）

黄叔灿曰：起联陡然笔落，气象横空，着眼在"气萧森"三字。（《唐诗笺注》）

张谦宜曰：其一"秋"起"秋"结，"丛菊"二句，兴也。（《绚斋诗谈》卷四）

佚名曰：此第一首，从"秋"字上笼盖而起。下历举"兴"之所由生。看他开口一句，将造物神奇一笔写出。（《杜诗言志》）

李锳曰：末二句写出客子无家之感，紧顶"故园心"作结，而能不脱"秋"字，尤佳。（《诗法易简录》）

方东树曰：起句秋，次句地，亦兼秋。三、四景，五、六情。情景交融，兴会标举。起句下字密重，不单侧佻薄，可法，是宋人对治之药。三、四沉雄壮阔。五、六哀痛。收别出一层，凄紧萧瑟。（《昭昧詹言》）

赵星海曰：（"丛菊"二句）花如他日，泪亦如他日，非开花也，直开泪耳。身在孤舟，心在故园，非系舟也，直系心耳。……归结到底，只是忠君爱国之一心。（《杜解传薪七律摘抄》）按：此多袭黄生说。

施鸿保曰：此言乘舟至夔，一系以来，已经二载不乘也，亦急于出峡之意。（《读杜诗说》）

萧涤非曰：首二句点出所在地点，开门见山。（"江间"二句）写景物萧森阴晦之状，自含勃郁不平之气。身世飘零，国家丧乱，一切无不包括其中，语长而意阔。（"丛菊"二句）落到自身，感叹身世之萧条。"开"字双关，菊开泪亦随之而开。此诗"他日泪"，亦犹"前日泪"。见得不始于今秋，乃是流了多年的老泪。杜甫把回乡的希望都寄托在一条船上，然而，这条船却总是停泊江边开不出去，所以说"孤舟一系故园心"，"系"字也是双关。(末二句) 处处催，见得家家如此，言外便有客子无衣之感。(《杜甫诗选注》第 252 页)

第二首

赵彦材曰：末句想像扁舟之行如此。(《九家集注杜诗》)

刘辰翁曰：("听猿"句) 语苦。(《唐诗品汇》卷八十四引) 又曰："画省香炉"虽点缀意，然亦朴。(《删补唐诗选脉笺释会通评林·盛七律》引)

郎瑛曰：通篇悲惋。"实""虚""违""隐"，又是篇中之目。(《七修类稿》)

吴山民曰：三、四根"京华"句说来。(同上引)

周珽曰：精笃快思，异情自溢。(同上)

王嗣奭曰："望京华"，正故园所在也，望而不得，奚能不悲？又曰：公虽不奉使，然朝廷授以省郎……公不赴任，实以病故，是"画省香炉"，因"伏枕"而"违"也。(《杜臆》)

王夫之曰：斡旋善巧。尾联故用活句，以留不尽。(《唐诗评选》)

金圣叹曰：第一首悲身之在客，此首方及客中度日也。前以"暮"字结，此以"落日"起。唐人诗，每用"秋"字，必以"暮"字对。秋乃岁之暮，暮乃日之秋也。都作伤心字用。(《金圣叹选批杜诗》) 又曰：三，应云"听猿三声实下泪"，今云然者，句法倒装，与第七首三、四一样奇妙……"请看"二字妙，意不在月也。"已"字妙，月上山头，已穿过藤萝，照此洲前久矣，我适才得见。先生唯有望京华过日子，见此月色，方知又是一日了也。(《杜诗解》)

钱谦益曰："每依北斗望京华"，皎然所谓"截断众流句"也。孤城砧断，日薄虞渊，万里孤臣，翘首京国。虽又八表昏黄，绝塞惨淡，惟此望阙寸心，与南斗共其色耳。此句为八首之纲骨。(《钱注杜

诗》）

吴乔曰：子美在夔，非是一日，次篇乃薄暮作诗之情景。蜀省屡经崔、段等兵事，夔亦不免骚动，故曰"孤城"。又以穷途而当日暮，诗怀可知。"依南斗"而"望京华"者，身虽弃逐凄凉，而未尝一念忘国家之治乱，"处江湖之远则忧其君"，与范希文同一宰相心事也。猿声下泪，昔于书卷见之；今处此境，诚有然者，故曰"实下"。浮查，犹上天，已不得还京，故曰"虚随"。离昔年之画省，而独卧山楼寂寞之地，故曰"画省香炉违伏枕，山楼粉堞隐悲笳"。日斜吟诗，诗成而月已在藤萝芦荻，只以境结，而情在其中。（《围炉诗话》卷四）

李因笃曰：承接之间，缓急俱好。（《杜诗集评》引）

吴农祥曰：起语怅然，中联沉着。（同上引）

徐增曰：前以暮字结，此以落日起。落日斜，装在"孤城"二字下，惨澹之极，又如亲见子美一身立于斜阳中也。（《而庵说唐诗》）

黄生曰：起语紧接上章末句来。次句意，杜诗中时时见之，盖本"日近长安远"意耳。钱牧斋云："此句为八首之纲骨，章重文叠，不出于此。"《荆楚岁时记》以乘槎犯斗为张骞事，公承袭用之耳。闻猿下泪，奉使随槎，皆古语。今我淹留此地。闻猿下泪，盖实有之。若夫依北斗而京华，尚不能至，则乘槎犯斗，非事实可知。用"虚""实"二字点化古事，笔圆而法老。三、四、五、六，承"夔府""京华"，两两分应。七、八言如此情怀，又度却一日，故下章以"日日"字接之。诗中只是身在此，心在彼，恨不能去；身在此，日不可度。光阴催人，借长歌以代痛哭，此秋之不能已于兴，秋兴之不能已于八也。钱牧斋云："'每依北斗望京华'，盖无夕而不然也。"石上之月，已映洲前，又是依斗望京之候矣。"请看"二字，紧映"每"字，无限凄断，见于言外，如云已又过却一日矣，不知何日得见京华也。（《杜诗说》卷八）

仇兆鳌曰：二章，言夔州暮景。依斗在初夜之时，看自在夜深之候，此上下层次也。亦在四句分截。京华不可见，徒听猿声而怅随槎，曷胜凄楚！以故伏枕闻笛，卧不能寐，起视月色于洲前耳。陈泽州注：杜诗："白帝夔州各异城。"白帝在东，夔府在西。听猿堕泪，身历始觉其真，故曰"实下"；孤舟长系，有似乘槎不返，故曰"虚随"。香炉直省，卧病远违。堞对山楼，悲笳隐动，皆写日落后情景，萝间之月，忽映洲花，不觉良宵又度矣。"听猿""悲笳"，俱言暮景；八月芦荻，点还秋景。又曰：唐人七律，多在四句分截，杜诗于此法更严。张性《演义》，拈"夔府""京华"作主，以"听猿""山楼"应"夔府"，以"奉使""画省"应"京华"，逐层分顶，似整齐。然未知杜律章法，而琐琐配合，全非作者本意。后面"长安""蓬莱""昆明""昆吾"四章，旧注各从六句分段，俱未合格。今照四句截界，方见章法也。（《杜少陵集详注》卷十七）

佚名曰：通首重"望京华"三字，盖"望京华"者，乃少陵之至性所钟，生平命脉，皆在于此。所谓与身而俱来，寝食不忘者也。（《杜诗言志》卷十一）

浦起龙曰：二章，乃是八章提掇处。提"望京华"本旨，以申明"他日泪"之所由，正所谓"故园心"也，如八股之有承题然。首句，明点"夔府"。次句，所谓"点眼"也。三、四，申上"望京华"，起下"违伏枕"。"奉使"向无的解，仇指严武为节度使，其说是也。"虚随"者，随使节而成虚也。五、六，长去"京华"，远羁"夔府"也。"伏枕"即所云"一卧沧江"，不必说病。"藤萝月"，应"落日"；"芦荻花"，含"秋"字。此章大意，言留南望北，身远无依，当此高秋，讵堪回首！正为前后筋脉。旧谓夔州暮景，是隔壁话。（《读杜心解》卷四）

张谦宜曰：其二兴起秋结。又曰："奉使虚随八月槎"，时以京官留幕府，故称"奉使"。海边槎依时而至，而我拟还京，年年不果，故曰"虚随"。（《绚斋诗谈》）

何焯曰：后此皆"望京华"之事，三字所谓诗眼也。以"夔府"

"京华"蹉对……上承"日斜",下起"月映",忽晦忽明,曲折变化。(《义门读书记》)

沈德潜曰:"望京华"八章之旨,特于此章拈出。身羁夔府,心恋京华,望而不见,不能不为之黯然也。(《重订唐诗别裁集》卷十四)

屈复曰:七、八情景合结,又应起句。(《唐诗成法》)

宋宗元曰:首句接上"白帝城"来。次及三、四言,"望"字生感,恨不得身往。五以"京华"言,六以"夔府"言,七句应"落日",八句点秋景。(《网师园唐诗笺》)

杨伦曰:此首言才看落日,已复深更,正见流光迅速,总寓不归之感,故下章接言"日日"。("每依"句)此八诗之骨。("请看"二句)对结无痕。八首篇篇映带秋意。(《杜诗镜铨》卷十三)

胡本渊曰:《秋兴》诗虽以雄赡擅名千古,实乃唯此作与"玉露""昆明"二篇为胜。然"玉露"篇独"丛菊"一联叫绝,"昆明"篇结语不出,虽强为之解者,累墨连楮,而总无裨于实理,又不如此篇深细见情,婉折可爱也。(《近体秋阳》)

陈德公曰:"虚""实"作句眼、字法,杜陵每用之。盖亦无端,此更有力。五、六"违"既自言,"隐"亦在己,二句琢叠,弥费安吟,遂成沉郁。结语回映"日斜"。"八月"二句绪道所迟暮之感,意流语对,乃见萧疏。评:此首以"夔府"二字为纽,以下俱属夔府情景。(《闻鹤轩初盛唐近体读本》)

方东树曰:正言在夔府情事。结句乃叹岁月蹉跎,又值秋辰,作惊惋之情,以致哀思。乃倒煞题"秋"字,收拾本篇,即从次句"每"字生来。"每"者,二年在此,常此悲思,而今忽又值秋辰,玩末章末句可见。(钱)《笺》乃妄解,引皎然盲说,以次句为"截断众流"。此诗词意景物,皆主夔府言,不主长安,何谓"截断众流"也?(《昭昧詹言》)

吴汝纶曰:(尾联)指点生动。(《唐宋诗举要》卷五引)

第三首

赵彦材曰："五陵衣马"，言贵公子也。（《九家集注杜诗》）

刘辰翁曰："泛泛"，无所得也。（"匡衡"二句）既前后不相涉，只用二人名，亦莫知其意之所在，落落自可。（《唐诗品汇》卷八十四引）

胡震亨曰：诗家虽讥刺中，要带一分含蓄，庶不失忠厚之旨。杜甫《秋兴》"同学少年多不贱，五陵衣马自轻肥"，着一"自"字，以为怨之，可也；以为羡之，亦可也。何等不露！（《唐音癸签》）

王嗣奭曰：公在江楼，暮亦坐，朝亦坐。前章言暮，此章言朝，承上言光阴迅速，而日坐江楼，对翠微，良可叹也。故渔舟之泛，燕子之飞，此人情、物情之各适。而从愁人观之，反觉可厌。曰"还"、曰"故"，厌之也。（《杜臆》卷八）

李梦沙曰：（后）四句合看，总见公一肚皮不合时宜处，言同学少年既非抗疏之匡衡，又非传经之刘向，志趣寄托，与公绝不相同，彼所谓富贵显赫，自鸣其不贱者，不过"五陵衣马自轻肥"而已，极意夷落语，却显如叹羡，乃见少陵立言蕴藉之妙。（顾宸注引）

钱谦益曰：第三首正中《秋兴》各篇大意，古人所谓文之心也。千家山郭，朝晖冷静，写出夔府孤城也。"信宿渔人"，不但自况，以其延缘荻苇，携家啸歌，羁栖之客，殆有弗如。又曰：《七歌》云："长安卿相多少年。"所谓"同学"者，盖"长安卿相"也。曰"少年"，曰"轻肥"，公之目当时卿相如此。（《钱注杜诗》）

王夫之曰：此与下作（指第四首），皆以脱露显本色，风神自非世间物。（《唐诗评选》）

金圣叹曰：此夜已过，又是明日。"山郭"，言其僻也；"千家"，言其高也；"静朝晖"，言其冷寂也；"日日"，言每日朝晖时也。"翠微"，山之浮气，当朝晖时而浮气未净，或者是江楼之偶然。（《金圣叹选批杜诗》）又曰："千家山郭"下加一"静"字，又加一"朝晖"字，写得何等有趣，何等可爱！"江楼坐翠微"，亦是绝妙好致，

但轻轻只用得"日日"二字，便不但使江楼翠微生憎可厌，而山郭朝晖俱触目恼人。(《杜诗解》)

吴乔曰：第三篇乃晨兴独坐山楼，望江上之情景。故起语云"千家山郭静朝晖，日日江楼坐翠微"。一宿曰宿，再宿曰信。"信宿"与"日日"相应。"信宿渔人还汎汎"，言渔人日日泛江，则己亦日日坐于江楼，无聊甚也。"清秋燕子故飞飞"，言秋时燕可南去，而正飞于江上，似乎有意者然，子美此时有南适衡湘之意矣。"匡衡抗疏功名薄"，言昔救房琯次律而罢黜也。"刘向传经心事违"，言己之文学，传自其祖审言，将以致君泽民，今不可得也。"同学少年多不贱，五陵衣马自轻肥"，既无贤地主，又无在朝忆穷交之故人，夔州之不可留也决矣。(《围炉诗话》卷四)

李因笃曰：老极，然自新；淡极，然自壮。(《杜诗集评》引)

赵臣瑗曰：其旨微，其文隐而不露，深得立言蕴藉之妙。此章前四句结上，后四句起下，乃八篇中之关键也。(《山满楼笺注唐诗七言律》)

张谦宜曰：秋起兴结。(《絸斋诗谈》卷四)

黄生曰：首联时与地，皆从上章接来。上章写晚景，此章乃写朝景。上云"每依"，此云"日日"，可知早夜无时暂释矣。坐翠微，对翠微而坐也。集中多以物能去，形己不去，此三、四又怪渔人、燕子可去偏不去，自翻自意。衡、向皆历事两朝者，喻己立朝，亦更玄、肃两主，其始有同抗疏之匡衡，而功名远逊，其后不及传经之刘向，而心事重违。意盖不满肃宗，而其辞则"可以怨"矣。"薄"字即平声"微"字耳。抗疏虽似匡衡，功名何薄！传经仅比刘向，心事甚违。公盖不欲以文章名世，即五言所谓"名岂文章著"者，特借用刘向事耳。衣马轻肥，反取"与朋友共"意，言长安知旧，不惟不相援引，并周急恤友之意亦无之矣。"同学少年"者，易之之辞。此诗气脉深浑，首尾全不关合，乃诗腹之体也。(《杜诗说》卷八)

仇兆鳌曰：三章，言夔州朝景。上四咏景，下四感怀。秋高气清，故朝晖冷静；山绕楼前，故坐对翠微。渔人、燕子，即所见以况己之淹留。远注："匡衡抗疏""刘向传经"，上四字一读；"功名薄""心事违"，属公自慨。顾注："同学少年"，不过志在轻肥，见无关于轻重也。末句"五陵"，起下"长安"。以"故"对"还"，是依旧之词，非故意之谓。（《杜少陵集详注》卷十七）

浦起龙曰：三章，申明"望京华"之故，主意在五、六逗出，文章家原题法也。"山郭""江楼"，仍从"夔"起。"静朝晖"，即含"秋"意。"日日"，含留滞无聊意。"渔人""燕子"，日日所见，由漂泊者见之，故着"泛泛""飞飞"字，其所以触绪依违者何哉？"功名"其遂已矣，"心事"其难副矣，"五陵"同学，长此谢绝已乎！前二首"故园""京华"，虽已提出，尚未明言其所以，至是说出事与愿违衷曲来。是吾所谓"望"之故。钱氏所谓"文之心"也。他说概谓夔州朝景，岂不辜负作者！（《读杜心解》卷四）

何焯曰："五陵"起下"长安"。（《义门读书记》）

沈德潜曰：以上就夔府言，以下就长安言，此八诗分界处也。或谓末句"五陵"逗起"长安"，此又失之于纤矣。（"信宿"二句）二句喻己之漂泊。（"匡衡"二句）二句概己之不遇。（《重订唐诗别裁集》卷十四）

屈复曰：此伤马齿渐长，而功名不立于天壤也……有言此首首尾全不关合者。一、二即暗含"京华"，五、六言"京华"事，七、八正接五、六，非不关合也。（《唐诗成法》）

宋宗元曰：首二句有身羁夔府、日月如流之感。三四喻己之漂泊。五、六慨己之不遇。（《网师园唐诗笺》）

佚名曰：此第三首，承上，言我之飘泊于孤城而怀抱难堪者，岂徒悲己志之无成哉！（《杜诗言志》）

杨伦曰：（"同学"二句）直是目空一世，公之狂不减乃祖。"同学少年"指"长安卿相"，言谋国者用此等人，宜乎如奕棋之无定算矣，即起下章意。"故飞飞"，即公诗"秋燕已如客"意。（《杜诗镜

铨》卷十三)

陈德公曰：三、四亦寓迟暮之感。五、六使事能自入情，不为泛率。评：此首以"江楼"二字作纽。"信宿"二句，江楼所见之景，下则江楼之情。(《闻鹤轩初盛唐近体读本》)

方东树曰：以"坐江楼"为主，以下只是江楼所见所思。结句出场，兴会陡入，如有神助。反结不测入妙。(《昭昧詹言》)

施鸿保曰：作"日日"非但重字太多，与"千家"字亦不对。(按："日日"，一作"一日"，一作"百处"。)(《读杜诗说》)

第四首

刘克庄曰：公诗叙离乱多至百韵，或五十韵，或三四十韵，惟此篇最简而切也。(《后村先生大全集》卷一八二)

方回曰：八首取一。广德元年癸卯冬十月，吐蕃入长安，代宗幸陕。安、史死久矣，而又以有此事，故曰"奕棋"。然首篇云"巫山巫峡气萧森"，即大历初诗也。(《瀛奎律髓》卷三十二)

查慎行曰：三、四紧承"似奕棋"。若如评语，则首句反无着落。(《汇评》引)

王嗣奭曰：遂及国家之变。则长安一破于禄山，再乱于朱泚，三陷于吐蕃，如奕棋之迭为胜负，而百年世事，有不胜悲者。百年，谓开国至今。又曰：思故国平居，并思其致乱之由，易"故园心"为"故国思"者，见孤舟所系之心，为国非为家也，其意加切矣。(《杜臆》)

王夫之曰：末句连下四首，作提纲章法，奇绝。(《唐诗评选》)又曰：至若"故国平居有所思"，"有所"二字，虚笼喝起，以下曲江、蓬莱、昆明、紫阁，皆所思者，此自《大雅》来。又曰："子之不淑，云如之何"，"胡然我念之"，"亦可怀也"，皆意藏篇中，杜子美"故国平居有所思"，上下七首，于此维系，其源出此。俗笔必于篇终结锁，不然则迎头便喝。(《姜斋诗话》卷上)

钱谦益曰：肃宗收京后，委任中人，中外多故，公不以移官僻远，愁置君国之忧，故有长安世事之感。"每依北斗望京华"，情见乎此。白帝城高，目瞻故园，兼天波浪，身近鱼龙，曰"平居有所思"，殆欲以沧江遗老，奋袖屈指，覆定百年举棋之局，非徒伤惋惋，如昔人愿得入帝京而已。又曰：天宝中，京师堂寝已极宏丽，而第宅未甚逾制，然卫国公李靖庙已为嬖人杨氏厩矣。及安史作逆之后，大臣宿将，竞崇栋宇，人谓之木妖。（《钱注杜诗》）又曰：玄宗宠任蕃将，而肃宗信向中官，俾居朝右，文武衣冠皆异于昔时矣。所谓"百年世事"者如此。

陈廷敬曰："故国平居有所思"，犹云"历历开元事，分明在眼前"。此章末句，结本章以起下数章。（《杜少陵集详注》卷十七引）又曰：广德元年，吐蕃入寇，陷长安。二年，仆固怀恩引回纥、吐蕃入寇，又吐蕃寇醴泉、奉天，党项羌寇同州，浑奴剌寇盩厔。是时西北多事，故金鼓振而羽书驰。或谓吐蕃入长安时，征天下兵莫至，故曰"羽书迟"，非也。又曰：公诗"愁看直北是长安"，指夔州之北；此云"直北关山金鼓震"，指长安之北。（同上引）

顾宸曰："有所思"，从"寂寞"来。故国平居之事，当秋江寂寞，历历堪思也。"秋江"二字，点"秋兴"意。（《杜少陵集详注》卷十七引）

金圣叹曰：前首结"五陵裘马"，故此以长安起……此一首望京华而叹其衰。（《金圣叹选批杜诗》）又曰："闻道"，妙，不忍直言之也，也不敢遽信之也。二字贯全解。世事可悲，加"百年"二字妙，正见先生满肚真才实学，非腐儒呴吁腹非迂论。"迟"字上用"羽书"妙，羽书最急，而复迟迟，想见当时世事。"故国"下用"平居"字妙，我自思我之平居尔，岂敢于故国有所怨讪哉！（《杜诗解》）

李因笃曰：似极力言之，仍自悠然不尽。（《杜诗集评》引）

张谦宜曰：兴起秋结。又曰：其四，上二句冒下六句格。（《絸斋诗谈》卷四）

吴乔曰："闻道长安似弈棋，百年世事不胜悲"，悲世即悲身也。

第三首犹责望同学故交，此则局面更不同矣。"王侯第宅皆新主，文武衣冠异昔时"，别用一番人，更无可望也。"直北关山金鼓震，征西车马羽书迟"，北边能振国威，西边不至羽书狎至，宜若京都安静，有可还居之理。"鱼龙寂寞秋江冷，故国平居有所思"，鱼龙川在关中，秋以谓夔江，欲还京则无人援引，欲留夔则人情冷落，去住俱难，末句真有"匪兕匪虎，率彼旷野"之叹。李林甫一疏，贺野无遗才，而使贤士沦落至此，玄宗末年政事，其不亡者幸也。(《围炉诗话》卷四)

黄生曰：首句接上章"五陵"字来。言长安经乱，人事多有变更。乃今吐蕃内逼，祸尚未弭，天涯羁旅，回思故国平居之事，不胜窸寠永叹耳。金鼓轰而直北之关山俱振，羽书急而征西之车马自迟，横插二字成句。七句陡然接入，得此一振，全篇俱为警策，言外实含比兴。意谓世事纷纭，志士正宜乘时展布，奈何龙蟠鱼伏，息影秋江！回思昔日，亦尝侧足朝班矣，乃令一跌不振，谁实为之？下章"一卧沧江""几回青琐"之句，分明表白此意。八句结本章而起下四章之义，下四章不过长言之以舒其悲耳。或谓寓讥明皇神仙、游宴、武功之事，是犹其人方痛哭流涕，而诬其嬉笑怒骂，岂情也哉！(《杜诗说》卷八)

仇兆鳌曰：回忆长安，叹其洊经丧乱也。上四，伤朝局之变迁；下四，忧边境之侵逼。故园有思，又起下四章。邵注："王侯之家，委弃奔窜，第宅易为新主矣。文武之官，侥幸滥进，衣冠非复旧时矣。"北忧回纥，西患吐蕃，事在广德、永泰间，或指安史徐孽为北寇者非。(《杜少陵集详注》卷十七)

佚名曰：此第四首，则悲时事之甚失也。承上章言我之生平既未得其志，而时事之可悲者又有甚焉者。(《杜诗言志》)

浦起龙曰：四章，正写"望京华"，又是总领，为前后大关键。"奕棋""世事"不专指京师沦陷。观三、四单以"第宅""衣冠"言可见。"百年"，统举开国以来，今昔风尚之感也。三、四，即衣马轻肥而推广言之，以映己之寂寞。曰"皆新"，曰"异昔"，则寓甲卒新贵、冠裳倒置之慨。是时朝局如此。"鼓震""书驰"，见乱端不已，归志长违，所以滞"秋江"而怀"故国"，职此之由也。带定"夔""秋"，不脱题面。"故国思"，缴本首之"长安"，应前首之"望京"，起后诸首之分写，通首锁钥。通观八首，带言国事处，总是慨身事也。人知每饭不忘，不知立言宗主，征引国故，文庞义杂。记曰：夫言岂一端而已，夫各有所当也。(《读杜心解》卷四)

屈复曰：中四皆长安今事，故曰"闻道"。(《唐诗成法》)

沈德潜曰：前半指朝廷之变迁，后半指边境之侵逼，北忧回纥，西患吐蕃，追维往事，不胜今昔之感。(《重订唐诗别裁集》卷十四)

宋宗元曰：七句点"秋"意，末应上"悲"意，以笼起下四诗。(《网师园唐诗笺》)

杨伦曰：("王侯"句)公在京往还如汝阳王琎、郑驸马潜曜之类。("文武"句)如诸蕃将封王，及鱼朝恩判国子监事之类。("直北"句)谓回纥内侵。("征西"句)谓吐蕃入寇。("鱼龙"句)自比。("故国"句)三、四言朝局之变更，五、六言边境之多事。当此时而穷老荒江，了无所施其变化飞腾之术，此所以回忆故国，追念平居而不胜慨然也。此首承上起下，乃文章之过渡。前三章皆主夔州言，此下五章乃及长安事。前首慨身，此首慨世，皆是所以依斗望京之故。(《杜诗镜铨》卷十三)

陈德公曰：一结束上三章，起下四章。(《闻鹤轩初盛唐近体读本》)

方东树曰：第四首思长安。自此以下，皆思长安。"奕棋"言迭盛迭衰，即鲍明远《升天行》意，而此首又总冒。三、四近，皆"闻道"事，承明上二句。五、六远，忽纵开，大波澜起，既振又换。结"秋"字陡入悲壮，勒转收足五、六句意。而"思"字又起下四章，章法入妙无痕。又曰：此诗浑浩流转，龙跳虎卧。(《昭昧詹言》)

施鸿保曰："百年"只是虚说，即第六章"秦中自古帝王州"意。

若就唐开国以来说，则高祖、太宗、高宗时，未可云"长安似奕棋"也。(《读杜诗说》)

郭曾炘曰："长安似奕棋"上着"闻道"二字，疑当时有此语。"百年"乃统举开国以来言之。此二句乃发端感叹之词，下乃入时事。(《读杜札记》)

吴汝纶曰：(首句)开拓好。(《唐宋诗举要》卷五引)

第五首

赵彦材曰："一卧沧江"者，公自谓也。"几回青琐点朝班"，则想望省中诸公之朝也。青琐者，汉未央宫中门名。(《九家集注杜诗》)

刘辰翁曰：("西望"二句)律句有此，自觉雄浑。(《唐诗品汇》卷八十四引)

王嗣奭曰：极言玄宗当丰亨豫大之时，享安富尊荣之盛。不言致乱，而乱萌于此。语若赞颂，而刺在言外。(《杜臆》卷八)

徐常吉曰：以下几诗，但追忆秦中之事，而故宫离黍之感，因寓其中。"蓬莱宫阙"，言明皇之事神仙；"瞿塘峡口"，言明皇之事游乐；"昆明池水"，言明皇之事武功；而末但寓感慨之意。(《删补唐诗选脉笺释会通评林·盛七律》引)

吴山民曰：起联皇居之壮。(同上引)

蒋一葵曰：因开宫扇，故识圣颜，有映带法。(同上引)

周明辅曰：只就实事赋出，沉壮温厚无不有。(同上引)

梅鼎祚曰：八首皆有大声响，余得"玉露""蓬莱""昆明"尔。(同上引)

金圣叹曰：因故国之思而想及百年之事，盖当日亦不可谓非全盛也。(《金圣叹选批杜诗》)又曰："点"字妙。先生此时之在朝班，只如密雨中之一点耳，虽欲谏议，亦复何从。(《杜诗解》)

王夫之曰：无起无转，无叙无收，平点生色。八风自从，律而不奸。真以古诗作律。后人不审此制，半为皎然老髡所误。(《唐诗评

选》)

钱谦益曰：此诗追思长安全盛，叙述其宫室崇丽，朝省尊严，而伤感则见于末句。盖自灵武回銮，放逐蜀郡旧臣，自此中官窃柄，开元、天宝之盛世，不可复见。而公坐此移官，沧江岁晚，能无三叹于今昔乎！几回青琐，追溯其近侍奉引，时日无几也。嗟乎！"西望瑶池"以下，开、宝之长安也；"王侯第宅"以下，肃宗之长安也。徘徊感叹，亦所谓重章而共述也。（《钱注杜诗》卷十五）又曰：仪卫森严之地，公以布衣召见，所谓"往时文采动人主"也。末句"朝班"，方及拾遗移官之事。天宝元年，田同秀见老君降于永昌街，云有灵宝符在函谷关尹喜宅傍，上发使求得之。（同上。仇兆鳌《杜少陵集详注》卷十七引）

吴乔曰：此诗前四句，言玄宗时长安之繁华也。第五、六句，叙肃宗时扈从还京，官左拾遗，作《春宿左省》《晚出左掖》《送人南海勒碑》《端午赐衣》《和贾至早朝》《宣政殿退朝》《紫宸殿退朝》《题省中壁》诸诗之时，故言宫扇开而得见圣颜也。"一卧沧江惊岁晚"，言今日已衰老也。"几回青琐点朝班"，回，还也，归也。点，去声，义同"玷"字，谦词也。此语有"梦"字意，含在上句"卧"字中，在他人为热中，在子美则不忘君也。凡读唐人诗，孤篇须看通篇意，有几篇者须会看诸篇意，然后作解，庶可得作者之意，不可执著一、二句一、二字轻立论也。《秋兴八首》俱是追昔伤今，绝无讥刺。且肃、代时干戈扰攘，日不暇给，何曾有学仙之事？《宿昔》诗之"王母"是比杨妃，此八首中绝无此意。宋人诗话谓此诗首句言天子，次句讥学仙。次联应首句，第三联应次句，名为二句贯串格。其胸中无史书时事，固非所责，独不可于八首中通求作者之意乎？唐人诗被宋人一说便坏，莫如之何！此诗前六句皆是兴，结以赋出正意，与《吹笛》篇同体，不可以起承转合之法求之也。（《围炉诗话》卷四）

徐增曰："有所思"，正思此长安全盛之日也。昔当太平，主上无事，辄好神仙之事，而宫阙之壮丽亦如仙境。故前四句纯用蓬莱、金茎、王母、紫气等字，非有讥刺于其间也……蓬莱，海上三神山之一，唐取以名宫，盖有意于长生也。前对终南，终南亦习仙之处。承露盘又求仙之事。如是起，则下不得不如是承。承又凑手。南对终南，则以西望瑶池，东来紫气承。承露盘在通天台，招仙人、候神人者也。王母恰是仙人，玄元恰是神人。"霄汉间"，是高，故有"降"字、"满"字，真是天衣无缝。公自谓"老去渐于诗律细"，律，非另有一个别法，只在起承转合间用意，下字一丝不错是也。"蓬莱宫"只三字，乃敷成如许二十八字，如来千百亿化身，可见更无有二身也。其律法如此，王母、玄元又何必多方拟议哉！（《而庵说唐诗》）

贾开宗曰：律诗对偶，在他人得其上句，即可测知下句，唯杜少陵不然。试取一诗，覆其对句而射之，十不得一、二，及发覆视之，绝出人之意外。反复细玩，却又各如人意之所欲出。《秋兴八首》，对语凡十六，皆极俪词之能事。如此首额联二语，对偶错综，不惟三、四与六、七互错，即二与五亦相综。其推班出色之妙，匪彝所思。（《秋兴八首偶评》）

李因笃曰：前六句追想盛时，极其叙写，第七句忽一转，结句仍缴上。（《杜诗集评》引）

吴农祥曰：极刺时事而雄浑不觉。（同上引）

陈廷敬曰：此诗前六句，是明皇时事；一卧沧江，是代宗时事；青琐朝班，是肃宗时事。前言天宝之盛，陡然截住，陡接末联。他人为此，中间当有几许繁絮矣。（《杜少陵集详注》卷十七引）又曰：唐公主如金仙、玉真之类，多为道士，筑观京师，"西望瑶池"，盖言道观之盛。（同上）

徐士新曰：蓬莱宫阙言明皇之事，神仙不若指贵妃为当。（《杜诗集评》引）

黄生曰：此思己立朝得觐天颜之作也。初以蓬莱宫阙起兴，次句承"南山"而言。金茎虽入霄汉，实因南山之高，以为高耳。山高则望远，故又以三、四承之。四亦蒙上"望"字。"瑶池王母""函关紫气”，不过与“承露金茎”作一副当说话。前半只了得“对南山”三字。五、六方贴“蓬莱宫”叙及早朝，结故以“点朝班”三字挽之。“雉尾”即宫扇，“开”，言驾坐而扇撤也。曰“云移”，则宫扇之多可知。“龙鳞”指衮衣，“识”字云者，前此尚未辨色，至日出而后睹穆穆之容耳。“几回”字，见立朝不久，一“点”字，更觉官卑之可怜。立朝曾几何时，而一卧沧江遂惊岁晚矣，自伤不得再觐天颜也。赋长安景事，自当以宫阙为首。“不睹皇居壮，安知天子尊”，正是此诗立局之意。“西望”“东来”，不过铺张皇居门户之广大耳，以为讥明皇之好仙，真小儿强作解事。（《杜诗说》卷八）

仇兆鳌曰：五章，思长安宫阙，叹朝宁之久违也。上四，记殿前之景；下四，溯入朝之事。宫在龙首冈，前对南山，西眺瑶池，东瞰函关，极言气象之巍峨轩敞，而当时崇奉神仙之意，则见于言外。“卧沧江”，病夔州；“惊岁晚”，感秋深；“几回青琐”，言立朝止几度也。此章用对结。末两章亦然。又曰：卢德水疑上四用宫殿字太多，五、六似早朝诗语。今按赋长安景事，自当以宫殿为首，所谓“不睹皇居壮，安知天子尊”也。公以布衣召见，感荷主知，故追忆入朝觐君之事，没齿不忘。若必全首俱说秋景，则笔下有“秋”，意中无“兴”矣。此章下六句，俱用一虚字、二实字于句尾，如“降王母”“满函关”“开宫扇”“识圣颜”“惊岁晚”“点朝班”，句法相似，未免犯上尾、叠足之病矣。（《杜少陵集详注》卷十七）

张谦宜曰：兴起秋结。又曰：“西望瑶池降王母，东来紫气满函关”，极言殿基之高，无远不见。“王母”“函关”，借人、地点注东、西字耳。（《𫄸斋诗谈》卷四及卷八）

佚名曰：此第五首，追忆太平宫阙之盛，为孤忠之所爱慕不忘也……通首博大昌明，铿铉绮丽，举初盛早朝、应制诸篇，一齐尽出其下，真杰作也。（《杜诗言志》）

浦起龙曰：五章以后，分写“望京华”。此溯宫阙朝仪之盛。首帝居也，而意却在曾列朝班，是为所思之一。一、二，点宫阙。三、四，表形胜。其"金茎""瑶池""紫气"等，总为帝京设色。盖以上帝高居，群仙拱向为比。旧云讥册贵妃、祀玄元，泽州既非之矣。而说者以此四句，专指天宝之盛，亦非通论也。看五、六即入身预朝班，系肃宗朝事，则上四便不得坐煞天宝，打成两橛。大段言帝居壮丽，显显然在心目间，而扇影威颜，朝班曾点，不可复得于"沧江""一卧"时矣。如此乃一片。"沧江"带"夔"，"岁晚"，本言身老，亦带映"秋"。圣子神孙，钟虡无恙，丁宫阙自不得参入今昔盛衰等语。识得文章体制，才可与言诗。(《读杜心解》卷四)

屈复曰：此思昔日之得觐天颜也。七开笔说今日，八合，方是追昔。(《唐诗成法》)

沈德潜曰：前对南山，西眺瑶池，东接函关，极言宫阙气象之盛，无讥刺意。追思长安全盛时，宫阙壮丽，朝省尊严，而末叹己之久违朝宁也。(《重订唐诗别裁集》卷十四)

宋宗元曰：上半盛写宫阙之壮丽，五、六写朝省之尊严。(《网师园唐诗笺》)

杨伦曰：此思长安宫阙之盛，而叹朝宁久违也。前六句直下，皆言昔之盛，第七一句打住，笔力超劲。旧注以王母比贵妃之册为太真，紫气句指玄元之降于永昌，虽记天宝承平盛事，而荒淫失政亦略见矣。今按西眺瑶池，东瞰函关，只是极言宫阙气象之宏敞，而讽意自见于言外。公诗每有此双管齐下之笔。(《杜诗镜铨》卷十三)

陈秋田曰：下四首不用句面呼吸，一片神光动荡，几于无迹可寻。(同上引)

管世铭曰：杜公"蓬莱宫阙对南山"，六句开，两句合；太白"越王勾践破吴归"，三句开，一句合，皆是律、绝中创调。(《读雪山房唐诗序例》)

陈德公曰：结二方是此时意绪，上六止写入结内一"朝"字耳，章法极为开动。结语仍是对出。起二警亮。五、六郁丽，弥见沉挚。(《闻鹤轩初盛唐近体读本》)

方东树曰：思宫阙。高华典丽，气象万千。起句大明宫南望终南。三、四远，五、六近，忽断，接追序事。此不加振纵，而换笔换意，用阴调平调，又一法也。结句收五、六句，忽跳开出场，归宿自己，收拾全篇，苍凉凄断。此乱后追思，故极言富盛，一片承平瑞气，而言外有馀悲，所以为佳。（《昭昧詹言》）

施鸿保曰：公律诗中复字亦多，此两"宫"字，"宫阙"字实，"宫扇"字虚，且本不复也。（《读杜诗说》）

高步瀛曰：钱（谦益）说此诗以"西望"二句为讽，得之。浦（起龙）氏谓五、六即入身预朝班，系肃宗时事，则上四便不得坐煞天宝，打成两橛。殊为谬戾，非也。钱、陈皆以前六句为玄宗时事，即以"云移"二句为子美为拾遗时事，在肃宗朝，正自无碍。时代虽移，宫阙如故，安得目为两橛乎！若如浦氏所言，大段言帝居壮丽，然则王母、函关不泛滥无归邪？阎百诗《潜丘札记》卷三谓二句皆借古事以咏今，讽刺隐然。惟钱独得其解，而非朱长孺辈所能梦见，谅哉！（《唐宋诗举要》卷五）

第六首

刘辰翁曰：（"花萼"二句）两句写幸蜀之怨怀。故京之思，不分远近，如将见其实焉。（"珠帘"二句）对句耳，不足为雅丽。（《唐诗品汇》卷八十四引）

王慎中曰：起语惟此老有之，终非正法。（《五色批本杜工部集》引）

唐孟庄曰："入"字莫轻看，见自我致之。（《删补唐诗选脉笺释会通评林·盛七律》引）

徐常吉曰："歌舞地"，今戎马场；"帝王都"，今腥膻窟，公之意在言表。（同上引）

王嗣奭曰：此章直承首章而来，乃结上生下，而仍归宿于故国之思也。又曰：城通御气，前则敦伦勤政；苑入边愁，后则耽乐召忧。见一人之身，理乱顿殊也。因想边愁未入之先，江上离宫，珠帘围鹄；

江间画舫，锦缆惊鸥。曲江歌舞之地，回首失之，岂不可怜！然秦中自古建都之地，王气犹存，安知今日之乱，不转为他日之治乎？（《杜臆》卷八）

钱谦益曰：“万里风烟”，即所谓“塞上风云接地阴”也。又曰：禄山反报至，帝欲迁幸，登兴庆宫花萼楼，置酒，四顾凄怆，所谓“小苑入边愁”也。又曰：“珠帘绣柱”，指陆地帝幕之妍华；“锦缆牙樯”，指水嬉櫂梲之炫耀。（《钱注杜诗》卷十五）

金圣叹曰：“御气”用一“通”字，何等融和；“边愁”用一“入”字，出人意外。先生字法不尚纤巧，而耀人心目如此。（《金圣叹选批杜诗》）

王夫之曰：揉碎乱点，掉尾孤行以显之，如万紫乘风，回飙一合。“接素秋”，妙在“素秋”二字，止此之外，不堪回首。（《唐诗评选》）

陈廷敬曰：上章长安宫阙，此下三章，长安城外池苑。此章曲江也。上下四章，皆前六句长安，后及夔州。此章在中。首二句便以瞿唐、曲江合言，亦章法变换处。然以下只言曲江，不言瞿唐，以详于首章故也。曲江与乐游园、杏园、慈恩寺素相近，地本秦汉遗迹，唐开元中疏凿，更为胜境，故曰“回首可怜歌舞地，秦中自古帝王州”由衰忆盛，感慨无穷。（《杜律诗话》卷下）

顾宸曰：宫殿密而黄鹄之举若围，舟楫多而白鸥之游忽起。此皆实景。旧云柱帷绣作黄鹄文者非。（同上引）

吴乔曰：“瞿塘峡口曲江头，万里风烟接素秋”，言两地绝远，而秋怀是同，不忘魏阙也。故即叙长安事。而曰“花萼夹城通御气”，言此二地是圣驾所常游幸。而又曰“芙蓉小苑入边愁”，则转出兵乱矣。又曰“珠帘绣柱”不围人而“围黄鹄”，“锦缆牙樯”无人迹而“起白鸥”，则荒凉之极也。是以“可怜”。又叹关中自秦、汉至唐皆为帝都，而今乃至于此也。（《围炉诗话》卷四）

吴农祥曰：本言黍离麦秀之悲，乃反拟秦中富盛，立言最有含蓄。

（《杜诗集评》引）

徐士新曰：讥明皇之事逸游误矣。（同上引）

赵臣瑗曰：（"花萼"二句）此二句则谓之顺便成对，种种神奇，不可思议，勿但以工丽赏之。（《山满楼笺注唐诗七言律》）

张谦宜曰：其六秋起兴结。（《絸斋诗说》卷四）

黄生曰：此思曲江之游也。首句接上章"沧江"字来，一、二分明言在此地思彼地耳，却只写景。杜诗至化处，景即是情也……四句叙禄山陷长安事，浑雅之极；稍粗率，即为全诗之累。三、四句藏"初时"、"后来"四字。五、六应三句，七、八应四句，又总挽首句。当边愁之未入也，宫殿舟楫，备极繁华，可怜藏歌贮舞之地，一朝化为戎马之场。因思秦中历代所都，胜迹里非一处，益令人不堪回首耳。下二章遂复以池苑之属起兴。珠帘绣柱，苑内之宫殿；锦缆牙樯，江中之舟楫。"围黄鹄"者，水穿其内也；"起白鸥"者，舟满其间也。鹄可驯，故曰"围"，鸥易惊，故曰"起"。极形繁华之景，秾丽而不痴笨，紧要在句眼二字。后人学盛唐，易入痴笨者，由不能炼句眼故也。（《杜诗说》卷八）

仇兆鳌曰：六章，思长安曲江，叹当时之游幸也。上四，叙致乱之由；下四，伤盛时之难再。瞿峡曲江，地悬万里，而风烟遥接，同一萧森矣。长安之乱，起自明皇，故追叙昔年游幸始末。"帝王州"又起下汉武帝。（《杜少陵集详注》）

佚名曰：此第六首，则叙次及于巡幸之地，而兼伤其变乱之所由生……上言宫阙，则极其盛。此首言胜地，则带言其衰。此自互文，而亦见立言有体，且得杼柚，饶有变化也。（《杜诗言志》）

浦起龙曰：六章，就"曲江头"写"望京华"。次池苑也，为所思之二。此诗开口即带夔州，法变。"瞿峡""曲江"，相悬万里，次句钩锁有力，趁便嵌入"秋"字，何等筋节！中四，乃申写曲江之事变景象，末以嗟叹束之。总是一片身亲意想之神，亦不必如俗解说衰说盛之纷纷也。若黏定玄宗，则为追咎先朝；若泛说君王游幸，今昔改观，

则将使子孙尤效而后可乎！俱非著述之体。(《读杜心解》卷四)

屈复曰：此首格奇。(《唐诗成法》)

沈德潜曰：见"有德易以兴，无德易以亡"意。此追叙长安失陷之由：城通御气，指敦伦勤政时；苑入边愁，即所云"渔阳鼙鼓动地来"。上言治，下言乱也。下追叙游幸之时，见盛衰无常，自古为然。言外无穷猛省。(《重订唐诗别裁集》卷十四)

宋宗元曰：此思失陷后之长安。(《网师园唐诗笺》)

翁方纲曰：论者但知"故国平居有所思"一句，领起下四首，皆忆长安景事，此亦大概粗言之耳。其实"瞿唐峡口"一首，首尾以两地回环，其篇幅与"蓬莱""昆明""昆吾"三首皆不同，而转若与"闻道长安"一首之提振有相类者。盖第四首以"长安""故国"特提，而"蓬莱"一首以实叙接起，第六首以"曲江""秦中"特提，而"昆明""昆吾"二首以实叙接起，则中间若相间，插入"瞿唐"一首作沉顿回翔者，此大章法之节奏也。若后四首皆首首从长安景事叙起，固伤板实；即不然，而一章特提，一章实叙，又成何片段耶？今第五首实叙，而第七、八首又实叙，中一首与末二首层叠错落，相间出之，乃愈觉"闻道长安""瞿唐峡口"二首之凌厉顿挫，大开大合。在杜公则随手之变，虚实错综，本无起伏错综之成见耳。(《杜诗附记》卷下)

杨伦曰：此思长安之曲江而伤乱也。此章起处即及夔州，法变。《隋书·天文志》："天子气内赤外黄，天子欲有游往处，其地先发此气。"通御气，言自南内至曲江，俱为翠华行幸处耳，与敦伦勤政意无涉。("花萼")二句言以御气所通，即为边愁所入，正见奢靡为亡国之阶，耽乐乃危身之本。下更又反复唱叹言之。("珠帘"二句)回忆当日："珠帘绣柱"，曲江殿宇之繁华；"锦缆牙樯"，曲江水嬉之炫耀。宫室密，故黄鹄之举若围；舟楫多，故白鸥之游惊起。("回首"句)公《乐游园歌》："曲江翠幕排银牓，缘云清切歌声上"，诗所言当即指此。("秦中"句)言秦中本古帝王崛兴之地，今以歌舞之故而致遭沦没，亦甚可怜也已。(《杜诗镜铨》卷十三)

姚鼐曰：瞿唐乃杜公即目之语，蒙叟谓指明皇幸蜀，谬也。(《五七言今体诗抄》)

方东树曰：思曲江。他篇或末句结穴点"秋"字，或中间点"秋"字，此却易为起处，横空贯入，又复错综入妙。瞿唐，己所在地；曲江，所思长安地，却将第二句回合入妙，点"秋"字，较"隔千里兮共明月"健漫悬绝。……凡六句一气。首二句正点，中四句虚写曲江景物，浅深大小，远近虚实。末句兜回，收全篇，无限低徊，所谓弦外之音。(《昭昧詹言》)

张廉卿曰：收句雄远奇妙，它人不能到。(《十八家诗钞》引)

施鸿保曰："珠帘绣柱"之间，但"围黄鹄"，"锦缆牙樯"之处，亦"起白鸥"也。意本衰飒，而语特浓丽，犹下章"织女""石鲸"等句。(《读杜诗说》)

萧涤非曰：("花萼"二句)上句故毫无讽意，下句"入边愁"三字，讽刺之意亦轻，惋惜之意反重。("珠帘"二句)撇开边愁，再极力追叙曲江之繁华景象，正是下文"可怜"二字的张本。末二句承上陡转，但语极吞吐，意在言外，须细心寻玩……"回首可怜"，是说回想当初的繁华，不能不使人可怜现在的荒凉落寞。"回首"二字缴前，"可怜"二字却没有着落，因为作者并未说出，黄生谓此句为"歇后句"，很对。末句放开，由曲江一地说到整个秦中，由当代说到自古，意在借古讽今，激励执政者的自强，并警戒统治者的荒淫佚乐。以"自古帝王州"这般形胜之地，一朝化戎马交驰之场，岂止令人可怜，简直让人愧煞。(《杜甫诗选注》第258~259页)

第七首

叶梦得曰：禅宗论云间有三种语：其一为随波逐浪句，谓随物应机，不主故常；其二为截断众流句，谓超出言外，非情识所到；其三为函盖乾坤句，谓泯然皆契，无间可伺。其深浅以是为序。余尝戏为学子言，老杜诗亦有此三种语，但先后不同。"波漂菰米沉云黑，露冷莲房坠粉红"，为函盖乾坤句，以"落花游丝白日静，鸣鸠乳燕青

春深"为随波逐浪句,以"百年地僻柴门迥,五月江深草阁寒"为截断众流句。若有解者,当与渠同参。(《石林诗话》卷上)

杨慎曰:客有见余拈"波漂菰米"之句而问曰:"杜诗此首中四句,亦有所本乎?"余曰:"有本,但变化之极其妙耳。"隋任希古《昆明池应制》诗曰:"回眺牵牛渚,激赏镂鲸川。"便见太平宴乐气象。今一变云:"织女机丝虚夜月,石鲸鳞甲动秋风。"读之则荒烟野草之悲见于言外矣。《西京杂记》云:"太液池中有雕菰,紫箨绿节,凫雏雁子,唼喋其间。"《三辅黄图》云:"宫人泛舟采莲,为巴人棹歌。"便见人物游嬉,宫沼富贵。今一变云:"波漂菰米沉云黑,露冷莲房坠粉红。"读之则菰米不收而任其沉,莲房不采而任其坠,兵戈乱离之状具见矣。杜诗之妙在翻古语,《千家注》无有引此者,虽万家注何用哉?因悟杜诗之妙。如此四句,直上与《三百篇》"牂羊羵者,三星在罶"同,比之晚唐"乱杀平人不怕天""抽旗乱插死人堆",岂但天壤之隔!(《升庵诗话·波漂菰米》)

王世贞曰:秾丽况切,惜多平调,金石之声微乖耳。(《艺苑卮言》)

胡震亨:"昆明池水",前四语故自绝,奈颈联肥重,"坠粉红"尤俗。(《唐音癸签》)

钟惺曰:此诗不但取其雄壮,而取其深寂。又曰:中四语(指"织女"四句)诵之,心魄谡谡。(《唐诗归》)

黄家鼎曰:写怨怀思,劲笔深情,言外自多馀想。(《删补唐诗选脉笺释会通评林·盛七律》引)

周珽曰:风华韵郁,静想其得力,不独以诗学擅富者。(同上)

王嗣奭曰:其七与后章俱言秦中形胜⋯⋯汉武将征昆明夷而穿此池以习水战,亦前代帝王之雄略也,故首及之,而谓旌旗犹在眼中⋯⋯且"织女""石鲸",铺张伟丽,壮千载之观;"菰米""莲房",物产丰饶,溥生民之利,予安能不思?乃剑阁危关,才通"鸟道",欲归不得,而留滞峡中;"江湖满地",而漂泊如"渔翁",与前所见之"信宿泛

泛"者何异？（《杜臆》卷八）

金圣叹曰："在眼中"，妙。汉武武功，固灿然耳目，百代一日者也。三、四即承上昆明池景，而寓言所以不能比汉之意。织女秋丝既虚，则杼柚已空；石鲸鳞甲方动，则强梁日炽，觉夜月空悬，秋风可畏，真是画影描风好手，不肯磕唐突语磕时事也。（《杜诗解》）又曰：此因曲江而更及昆明池也。最为奇作。前诸作皆乱后追想，此特于事前预虑。千年来，人只当平常读去，辜负先生苦心久矣，可叹也。（《金圣叹选批杜诗》）

王夫之曰："旌旗"字入得分外光鲜。尾联藏锋极密，中有神力，人不可测。（《唐诗评选》）

钱谦益曰：今人论唐七言长句，推老杜"昆明池水"为冠，实不解此诗所以佳。昔人叙昆明之盛者，莫如孟坚、平子。一则曰"集乎豫章之馆，临乎昆明之池，左牵牛而右织女，若云汉之无涯"；一则曰："豫章珍馆，揭焉中峙，牵牛立其左，织女处其右，日月于是乎出入，象扶桑与濛汜。"此杨用修所夸盛世之文也。余谓：班、张以汉人叙汉事，铺陈名胜，故有"云汉""日月"之言，杜公以唐人叙汉事，摩挲陈迹，故有"夜月""秋风"之句。何谓彼颂繁华，而此伤丧乱乎？菰米莲房，此补班张铺叙所未及，沉云坠粉，描画素秋景物，居然金碧粉本。池水本黑，故赋言"黑水玄阯"，菰米沉沉，象池水之玄黑，乃极言其繁殖也。用修言兵火残破，菰米漂沉不收，不已倍乎？又曰：今谓"昆明"一章紧承"秦中自古帝王州"一句而申言之，故时则曰"汉时"，帝则曰"武帝"。"织女""石鲸""莲房""菰米"，金堤灵沼之遗迹，与戈船楼橹并在眼中，因自伤其僻远，而不得见也。于上章末句，克指其来脉，则此中叙致，褶叠环锁，了然分明矣。如是而曰：七言长句果以此诗为首，知此老亦为点头矣。末二句正写所思之况。"关塞极天"，岂非"风烟万里"；"满地一渔翁"，即"信宿""泛泛"之渔人耳，上下俯仰，亦在眼中，谓公自指一渔翁则陋。（《钱注杜诗》卷十五）

李因笃曰：末联自述其播迁绝域，寄慨深而措辞雅，无妙不臻，殆难为怀。（《杜诗集评》引）

吴农祥曰：此篇杨用修批为确。世人惘惘，去取逞偏说以驰骋。伯敬指为深寂，孝辕目之俚俗，皆劣见耳。（同上引）

吴乔曰：汉凿昆明池，武帝游幸之盛事，犹可想见。今则"织女机丝"已"虚夜月"；"石鲸鳞甲"惟"动秋风"。菰蒲沉没，莲房坠露，荒凉之极。至于"关塞极天"，非夷狄即叛臣，一家漂荡于乱世，可悲孰甚焉！（《围炉诗话》卷四）

黄生曰：此思昆明之游也。诗皆赋秋景，亦承上章"万里风烟"之句而来。武帝凿昆明，本以习水战，故用"旌旗"二字，"在眼中"，想象之意也。谢康乐诗："想见山阿人，薜荔若在眼。"三字出此。三、四与"画省香炉违伏枕，山楼粉堞隐悲笳"并倒押句，顺之则"夜月虚织女机丝，秋风动石鲸鳞甲"也。句法既奇，字法亦复工极。五、六比赋句。菰米、莲房，赋也；云、粉，比也。又双眼句，以句中"漂"字"沉"字、"冷"字"坠"字皆眼也。七言道阻难归，八言旅泊无定。公思归不得，多以道远为辞，盖本张衡《四愁》之旨。"江湖满地"即"陆沉"二字变化出之。说者多以汉武指明皇，然自"蓬莱宫阙"以后，并叙己平居游历之地，以伸故国之思耳，何必首首牵入人主？况昆明以下诸处，皆前代之迹，诗已明言"自古帝王州"矣。后人都不细绎，故其知者则以为思明皇，其不知者遂以为讥明皇荒淫失国。肤见小生，强作解事，竟使杜公冤沉地下。"文章千古事，得失寸心知。"公盖已预料后人不能窥其潭奥矣。噫！或曰：五言《宿昔》《能画》《斗鸡》诸作，固皆指切明皇，子何所见而谓《秋兴》必无讥乎？曰：凡说诗，当审其命意所在，而后不以文害辞，不以辞害志。如"望京华""思故国"乃《秋兴》之本意也。以此意逆之，自然丝丝入扣，叶叶归根。若云讥及明皇，支离已甚，其害辞害志岂细乎？而谓与《宿昔》诸诗可同日而语乎？（《杜诗说》卷八）

仇兆鳌曰：七章，思长安昆明池，而叹景物之远离也。"织女"

二句，记池景之壮丽，承上"眼中"来。"波漂"二句，想池景之苍凉，转下"关塞"去。于四句分截，方见曲折生动。旧说将中四句作伤感其衰，《杜臆》作追溯其盛，此独分出一盛一衰，何也？曰：织女、鲸鱼，亘古不移；而菰米、莲房，逢秋零落，故以兴己之漂流衰谢耳。穿昆明以习水战，其迹起于武帝，此云旌旗在眼，是借汉言唐，若远谈汉事，岂可云"在眼中"乎？公《寄岳州贾司马》诗："无复云台仗，虚修水战船。"则知明皇曾置船于此矣。身阻鸟道，而迹比渔翁，以见还京无期，不复睹王居之盛也。范季随《陵阳室中语》曰：少陵七律诗，卒章有时而对，然语意皆收结之词，今人学之，于诗尾作一景联，一篇之意，无所归宿，非诗法也。（《杜少陵集详注》卷十七）

张谦宜曰：其七兴起兴结，中四句带入"秋"字。起、结各二句格。中四句妙在壮丽语写荒凉景。又曰"昆明池水汉时功，武帝旌旗在眼中"，只"在眼中"三字，已知不指汉武。若板定汉武，不知少陵何年曾见汉武旌旗而游昆明乎？若说借映，于明皇独不可借映乎？"织女""石鲸"四句，皆言昔盛今衰，带写秋来零落之象。钱牧斋峬主盛时，便不是。自禄山、回纥、吐蕃三乱，昆明尚如初乎？若靠汉武，与本题本事有何交涉！（《絸斋诗谈》卷四、卷八）

佚名曰：此第七首，因上文"自古帝王"之语，遂引汉武以为明皇之比……末二语言天下大势坏乱已极，忧之者唯己一人也。此一首追咎明皇喜开边，而宠任贼臣之过也。（《杜诗言志》）

浦起龙曰：就"昆明池"写"望京华"。次武事也，为所思之三。前诗尾云"回首"，此章起云"在眼"，可知皆就身亲见之设想。三、四切"昆明"傅彩，五、六从"池水"抽思，一景分作两层写。其曰"夜月""秋风""波漂""露冷"，就所值之时，染所思之色。盖此章秋意，即借彼处映出，故结到夔府不复带秋也。"极天鸟道"，夔多高山也；"江湖满地"，犹云漂流处处也。钱云"自伤僻远而不得见"，此得情之论也。必欲定盛象衰象之是非，则诗如孔翠夺目，色色变现，

不可得而捉摸矣。(《读杜心解》卷四)

杨伦曰：此思长安之昆明池而借汉以言唐也。昆明在唐屡为临幸之地，与曲江相类，故次及之。中四句特就昆明所有清秋节物，极写苍凉之景，以致其怀念故国旧君之感，言外凄然。纷纷言盛言衰，聚讼总觉无谓。（末联）极天、满地，乃俯仰兴怀之意。言江湖虽广，无地可归，徒若渔翁之漂泊，昆明旧事，何日而能再睹也哉！（颔联）二句池畔。（腹联）二句池中。(《杜诗镜铨》卷十三)

屈复曰：中四昆明秋色景物皆在眼中者。结自伤远客，不得再如昔游也。(《唐诗成法》)

沈德潜曰：借汉喻唐，极写苍凉景象。结意身阻鸟道，迹比渔翁，见还京无期也。　中间故实，点化《西京赋》及《西京杂记》中语意。(《重订唐诗别裁集》卷十四)

范大士曰：极状昆明清秋景物非复汉时。(《历代诗发》)

宋宗元曰：此承上末句思古帝王之长安，借汉喻唐。(《网师园唐诗笺》)

姚鼐曰：蒙叟谓"渔翁"即"信宿""泛泛"之"渔人"，谓公自指则陋，此谬解也。公以垂纶自命，诗本数见，何陋之有！结句若非自指，何以收拾本篇？(《五七言今体诗抄》)

方东树曰：思昆明池。中四句分写两大景、两细景。收句结穴归宿，言己流落江湖，远望弗及。气激于中，横放于外，喷薄而出，却用倒煞，所谓文法高妙也。沉着悲壮，色色俱绝。此"渔翁"公自谓，乃本篇结穴。（钱）《笺》乃谓指"信宿"之"渔人"，成何文理！此借汉思唐，以昆明迹本于武帝也。《笺》乃以为思古长安，可谓说梦。试思"菰米""莲房"亦指汉物乎？(《昭昧詹言》)

陈德公曰：三、四，十二实字，只着二活字作眼，雄丽生动，遂成一悲壮名句。五、六自"菰米""莲房"相属字外，一不现成，逐字琢叠，吟安定竭工力，成兹郁语，如见盘错，岂容可几（讯？）评：菰米沉黑，莲房坠红，即景言情，乱离无人之状，宛然在目。(《闻鹤

轩初盛唐近体读本》）

施鸿保曰："沉云"字不当连读，犹下句"坠粉"也。（《读杜诗说》）

萧涤非曰：这首诗的结构和"蓬莱宫阙"一首最相似，因为都是前六句说长安说过去，末二句才回到夔州回到现在的，都应在第六句分截。前人狃于律诗以四句为一解的说法，便多误解。又曰：夔州四面皆山，故曰"惟鸟道"，一"惟"字便将上文所说的旌旗、织女、石鲸、菰米、莲房等等一扫而空，见得那些东西只存在于个人想象之中，而眼前所见，则只有"峻极于天"的鸟道高山，岂不大可悲痛！但如果没有前六句的煊赫，也就难于衬出末二句的凄凉。（《杜甫诗选注》第260页）

第八首

李颀曰：杜子美诗云："红稻啄馀鹦鹉粒，碧梧栖老凤凰枝。"此语反而意奇。退之诗云："舞鉴鸾窥沼，行天马度桥。"亦效此理。（《古今诗话》）

刘辰翁曰：（"香稻"二句）语有悲慨，可念。（"佳人"二句）甚有风韵，"春"字又胜。（《唐诗品汇》卷八十四引）

范梈曰：错综句法，不错综则不成文章。平直叙之，则曰"鹦鹉啄馀红稻粒，凤凰栖老碧梧枝。"而用"红稻""碧梧"于上者，错综之也。（《诗学禁脔》）

胡应麟曰：七言如……"香稻啄馀鹦鹉粒，碧梧栖老凤凰枝""听猿实下三声泪，奉使虚随八月槎"，字中化境也。（《诗薮》）

王嗣奭曰：地产香稻，鹦鹉食之有馀；林茂碧梧，凤凰栖之至老……此诗止"仙侣同舟"一语涉渼陂，而《演义》云："专为渼陂而作。"误甚。"香稻"二句，所重不在"鹦鹉""凤凰"，非故颠倒其语，文势自应如此，而《诗话》乃以"舞镜鸾窥沼"拟之，真同说梦。（《杜臆》卷八）

周珽曰：次联撰句巧致，装点得法。……要知此句法，必熟练始得，否则不无伤雕病雅之累也。故王元美有曰："倒插句非老杜不能"，正谓不能臻此耳。此妙在"啄馀""栖老"二字。（《删补唐诗选脉笺释会通评林·盛七律》）

张远曰：此诗末联，与上章末联，皆属对结体，"昔曾"对"今望"，意本明白，旧作"吟望"，乃字讹耳。（《杜诗会粹》）

钱谦益曰：今更指昔游之地，谓亦连蹑上章而来。又曰：公诗云："气冲星象表，词感帝王尊。"所谓彩笔昔曾干气象也。（《钱注杜诗》）

朱鹤龄曰："气象"句，当与《题郑监湖上亭》"赋诗分气象"参看，钱解作赋诗干主，非也。（《杜工部诗集辑注》）

金圣叹曰：末一首乃其眷恋京华之至也。又曰：此解与"玉露凋伤枫树林"句命意相似，盖极写秋之可兴也。（《金圣叹选批杜诗》）

王夫之曰：一直荡下。八首中，此作最为佳境，为不忝乃祖，俗论不谓然。（《唐诗评选》）

陈廷敬曰："香稻""碧梧"，属昆吾、御宿；"拾翠""同舟"，属渼陂。公《城西泛舟》诗："青蛾皓齿在楼船，横笛短箫悲远天。"所谓"佳人拾翠春相问"也；又《与岑参兄弟游渼陂行》："船舷暝戛云际寺，水面月出蓝田关。"所谓"仙侣同舟晚更移"也。又曰：（末句）此"望"字与"望京华"相应，既望而又低垂，并不能望矣。笔干气象，昔何其壮；头白低垂，今何其惫。诗至此，声泪俱尽，故遂终焉。（仇兆鳌《杜少陵集详注》卷十七引）

顾宸曰：旧注以香稻一联为倒装法，今观诗意，本谓香稻乃鹦鹉啄馀之粒。碧梧则凤凰栖老之枝，盖举鹦鹉、凤凰以形容二物之美，非实事也。重在稻与梧，不重在鹦鹉、凤凰。若云"鹦鹉啄馀香稻粒，凤凰栖老碧梧枝"，则实有鹦鹉、凤凰矣。少陵倒装句固不少，惟此一联，不宜牵合。首联记山川之胜，此联记物产之美，下联则写士女游观之盛。（《辟疆园杜诗注释》）

徐增曰：子美躬遭乱离，依栖夔府，辄又虑及东南，天下无一宁宇，因深忆长安风土之乐……"佳人"句娟秀明媚，不知其为少陵笔。如千年老树挺一新枝……吾尝论文人之笔，到苍老之境，必有一种秀嫩之色，如百岁老人有婴儿之致。又如商彝周鼎，丹翠烂然也。今于公益信……子美嶙峋处，至今使人咄咄。然子美非自夸张，总要反衬出"白头吟望苦低垂"七字来也。昔少年，今白头矣。"吟"，吟此《秋兴》也；"望"，望归长安。今羁栖夔府，那得便归，即此便是苦，头只管低下去，泪只管垂出来……独此一句苦，若非此首上七句追来，亦不见此句之苦也。此句又是先生自画咏《秋兴》小像也。吾当题其上曰："好个诗丞相，秋霜两鬓寒。头重扶不起，老眼泪难干。"（《而庵说唐诗》卷十七）

吴乔曰："昆吾御宿"三联，皆叙昔之繁华，必玄宗时事。肃宗草草，无此事也。"彩笔"句，追言壮年献赋，及天宝六载就试尚书省，并疏救房琯事也。献赋不得成名，就试为李林甫所掩，奔进贼中，九死一生，以至行在，仅得一官。又以房琯事被斥，忍饥匍匐以入蜀。幸得严武以父友亲待，而武不久又死，子居夔门，进退维谷，其曰"白头吟望苦低垂"，千载下思之，犹为痛哭。若宋人作此八首诗，自必展卷知意，不须解释，而看过即无回味。此诗及义山之《无题》、飞卿之《过陈琳墓》、韩偓之《惜花》诸篇，皆是一生身心苦事在其中。作者不好明说，读者即不能解……"昔年文采动天子，今日饥寒趋道旁"，是"彩笔"句之注脚。（《围炉诗话》卷四）

李因笃曰：第七句总收，第八仍转到蜀夔旅泊，无一意不圆足。且不止结此篇，并八诗皆缴住，真大手笔。（《杜诗集评》卷十一引）

黄生曰：此思昆吾以下诸游也。"逶迤"兼下句而言。"红豆"，一作"香稻"，非。钱注引草堂本及沈存中《笔谈》正之，是也。三、四旧谓之倒装法，余易名"倒剔"，盖倒装则韵脚俱动，倒剔不动韵脚也。设云"鹦鹉啄馀红豆粒，凤凰栖老碧梧枝"，亦自稳顺，第本赋红豆、碧梧，换转即似赋凤凰、鹦鹉矣。杜之精意固不苟也，《诗》："杂佩以问之。""拾翠"字出《洛神赋》，而意则暗用汉皋解佩事，此熔化古人处。三、四咏景中之物，五、六咏景中之人。要形容士女游宴之盛，非必有所指。乃仙侣同舟，解者动辄以岑参兄弟当之；然则佳人拾翠，又将以何诗为证耶？其陋极矣。七、八予尝疑其似对结，而以中二字不侔为恨，又疑"吟"字当作"今"字。后阅钱牧斋本，乃作"昔游"，而注云："一作曾。"予始大悟，上句当以"游"字为正，下句则"今"字无疑也。（按：黄解本作"彩笔昔游干气象，白头今望苦低垂"）"昔游""今望"，对结既不可易，而二字又皆横插成句。且一"游"字，不但收尽一篇之意，兼收尽"曲江"以下数篇之意，而"望"字则又遥应第二首"望"字，因叹公诗经营密致，殆同织锦。不幸为误本所汩没，安得人人而梦告之？（《杜诗说》卷八）

仇兆鳌曰：八章，思长安胜境，溯旧游而叹衰老也。"香稻"二句，记秋时之景，连属上文。"佳人"二句，忆寻春之兴，引起下意，仍在四句分截。《演义》："公自长安游渼陂，必道经昆吾御宿，及至，则见紫阁峰阴，入于渼陂，所谓'半陂以南纯浸山'"是也。唐解、赵注以"香稻"一联为倒装句，诗意本谓香稻则鹦鹉啄馀之粒，碧梧乃凤凰栖老之枝，盖举鹦、凤以形容二物之美，非实事也。若云"鹦鹉啄馀香稻粒，凤凰栖老碧梧枝"，则实有凤凰、鹦鹉矣。（按："诗意"以下一段袭用顾宸之解）"春相问"，彼此问遗也；"晚更移"，移舟忘归也。（《杜少陵集详注》卷十七）

吴农祥曰：三、四浓艳，五、六流逸。结本"今望"，非"吟望"，是对结体，当从。（《杜诗集评》引）

张谦宜曰：其八兴起兴结。"红豆"二句，暗藏"秋"字。（《𥷷斋诗谈》卷四）

佚名曰：此第八首，承上文"昆明池"，而次及于"昆吾御宿""紫阁""渼陂"诸胜，以追忆昔游之不可复得也……前数首皆慷慨君国，以极其怨慕之意。此一首则悼己身之盛衰，亦先公后私之义也。（《杜诗言志》）

浦起龙曰：卒章之在"京华"无专指，于前三章外，别为一例。此则明收入自身游赏诸处，所谓"向之所欣，已为陈迹，情随事迁，感慨系之"，此《秋兴》之所为作也，为八诗大结局。一、二，罗列长安诸胜，皆身所历者。"鹦鹉粒"，即是红豆；"凤凰枝"，即是"碧梧"，犹饲鹤则云鹤料，巢燕则云燕泥耳。二句铺排精丽，要亦借影京室才贤之盛，如《诗》咏荃薆，赋而比也。不著秋景说，旧解俱谬。"拾翠""同舟"，则当时身历实事，泽州以《城西陂泛舟》及《与岑参兄弟游渼陂》证之，最合。"彩笔"句七字承转，通体灵动。末句以今日穷老哀吟结本章，即结八首。再着一"望"字，使八首"京华"之想，眼光一亮，而又曰"低垂"，则嗒焉自丧之状如见。八首虽皆以"望京华"为主，然首首不脱夔秋，或疑此首中因不黏"秋"说，便脱却矣。殊不知作者于此，偏将当日京华，写出春夏丽景，末但用"吟望""低垂"一语翻转，而夔远秋高之况，悠然言表，所谓意到而笔不到者此也。杜公《秋兴》，三尺童子皆知道之。兹只疏言其命意引脉，布局谋篇之大凡。至其魄力气骨如何高妙，不敢妄赞一词。（《读杜心解》）

何焯曰：安溪云：稻馀鹦粒而栖老凤枝，佳人拾翠，仙侣移棹，皆因当年景物起兴。隐寓宠禄之多而贤士远去，妖幸之惑而高人遁迹也。末联入己事，宛与此意凑泊。按：师说更浑融，亦表里俱彻也。（《义门读书记》）

屈复曰：此思昆吾诸处之游也。一、二诸处地名，三、四诸处所见之景物，五、六诸处之游人。七昔游，结后四首；八今望，结前四首，章法井然。（《唐诗成法》）

沈德潜曰：此章追叙交游，一结并收拾八章。所谓"故园心""望京华"者，一付之苦吟怅望而已。（《重订唐诗别裁集》卷十四）

宋宗元曰：此追叙昔游之长安。三、四有秋景如昨意。五、六叙宴游渼陂情事。七句指献赋，言兴怀壮盛，俯仰摇落，唯将一段"望京华"苦衷付之白头闲吟。末句恰总收八章。（《网师园唐诗笺》）

杨伦曰：此思长安之渼陂也。上三首皆言国事，归到自己忆旧游作结。（"香稻"二句）言陂中物产之美。（"佳人"二句）此首复借春景作反映。（"彩笔"二句）俞（场）云："用作诗意总结，并八篇俱缴，真大家手笔。"公诗："赋诗分气象。"即指集中《渼陂行》诸篇，谓山水之气象，笔足凌之也。（《杜诗镜铨》）

陈德公曰：章法、结法亦同前篇，中联亦关吟琢，特用跳脱之笔。评：第二隽句。末语乃极沉郁。（《闻鹤轩初盛唐近体读本》）

方东树曰：思渼陂。起点明地方。三、四景。五、六与"云移"同追昔游，即指岑参兄弟也。末二句收本篇，兼收八首。以七、八结五、六，与第五同。（《昭昧詹言》）

萧涤非曰：（末联）二句与《莫相疑行》之"往时文采动人主，今日饥寒趋路旁"同意。钱解最得要领。《秋兴八首》的写作核心，本在君国身世，不在景物气象，故必如钱解，方通结得八首，如指山水之气象，则只结得这一首，至多也只结得后四首，却结不得八首。再说"昔曾"，二字也欠交代，难道昔日文章能干山水之气象，而今日文章反不能了吗？我们不能这样看，杜甫也不会这样想。杜甫是有政治抱负的诗人，所以他有时也颇以文章自负，但并不是或主要不是为了能摹山范水于大自然之气象，而是为了能够同时也曾经打动过人主干天子之气象。这也就是杜甫为什么老是念念不忘献赋那件事的原因。当此日暮穷途，遥望京国，又复想起这件得意的事，更是十分自然的。……此句承上，再极力一扬，有"鸢飞戾天"之势，转落下句，方更有力。这也就是所谓顿挫。"吟望"是仰首，"低垂"是俯首，"苦低垂"是苦苦的只管低垂着，一味地低垂着……在这里，我们清楚地看到诗人杜甫给他自己塑造的形象。（《杜甫诗选注》第262页）

总评

刘辰翁曰：八诗大体沉雄富丽。哀伤无限，尽在言外，故自不厌。惟实小家数乃不可仿佛耳。（《集千家注批点杜工部诗集》卷十五）

吴渭曰：诗有六义，兴居其一。凡阴阳寒暑，草木鸟兽，山川风景，得于适然之感而为诗者，皆兴也。《风》《雅》多起兴，而楚骚多赋比。汉魏至唐，杰然如老杜《秋兴八首》，深诣诗人之阃奥，兴之入律者宗焉。（《杜少陵集详注》卷十七引）

张綖曰：《秋兴八首》，皆雄浑丰丽，沉着痛快。其有感于长安者，但极言其盛，而所感自寓其中。徐而味之，则凡怀乡恋阙之情，慨往伤今之意，与夫夷狄乱华，小人病国。风俗之非旧，盛衰之相寻，所谓不胜其悲者，固已不出乎言意之表矣。卓哉一家之言，复然百世之上，此杜子所以为诗人之宗仰也。（《杜工部诗通》卷十四）

郝敬曰：《秋兴八首》，富丽之词，沉浑之气，力扛九鼎，勇夺三军，真大方家如椽之笔。王元美谓其藻绣太过，肌肤太肥，造语牵率而情不接，结响凑合而意未调，如此诸篇，往往有之。由其材大而气厚，格高而声弘，如万石之钟，不能为喁喁细响，河流万里，那得不千里一曲？子美之于诗，兼综条贯，非单丝独竹，一戛一击，可以论宫商者也。（《唐宋诗醇》引）又曰：八首才大气厚，格高声宏，真足虎视词坛，独步一世。（《杜诗镜铨》卷十三引）

钟惺曰：《秋兴》偶然八首耳，非必于八也。今人诗拟《秋兴》已非矣，况舍其所为秋兴，而专取盈于八首乎？胸中有八首，便无复秋兴矣。杜至处不在《秋兴》，《秋兴》至处亦不在八首也。（《唐诗归》）

《唐诗训解》：《秋兴八首》是杜律中最有力量者，其声响自别。

唐汝询曰：秋兴者，值秋而作也。前三章感秋而叹事，后五章感事而悲秋。首章盖总序时景而伤羁旅也。（次章）怀京师也。（三章）叹己之不遇也。（四章）叹朝政之昏乱也。（五章）追刺明皇惑于神仙以阶乱也。（六章）因曲江遭乱而追叹明皇之荒游也。（七章）此因明皇征南诏以罢（疲）中国，故借汉武昆明事以发黍离之悲也。（八章）追思壮游以自叹也。（《唐诗解》卷四十一）具体解说从略。

王嗣奭曰：《秋兴八首》以第一首起兴，而后七首俱发中怀。或承上，或起下，或互相发，或遥相应。总是一篇文字，拆去一章不得，单选一章亦不得……起来发兴数语，便影时事，见丧乱凋残景象。"故园心"三字固是八首之纲，至第四章"故国平居有所思"，读者当另着眼。"故国思"即"故园心"，而换一"国"字，见所思非家也，国也。其意甚远，故以"平居"二字语之。而后面四章，皆包括于其中。如人主之荒淫、盛衰之倚伏、景物之繁华、人情之逸豫，皆足以召乱，而平居思之，已非一日，故当时彩笔上干，已有忧盛危明之思，欲为持盈保治之计，志不得遂，而漂泊于此，人已白头，匡时无策，止有吟望低垂而已。此中情事，不忍明言，不能尽言，人当自得于言外也。(《杜臆》卷八)

陈继儒曰：云霞满空，回翔万状，天风吹海，怒涛飞涌，可喻老杜《秋兴》诸篇。(《杜少陵集详注》卷十七引)

宗子发曰：《秋兴》诸作，调极铿锵而能沉实，词极工丽而尤耸拔，格极雄浑而兼蕴藉，词人之能事毕矣，在此体中可称神境。乃世犹有訾议此八首者，正昌黎所谓"群儿愚"也。(《唐诗援》引)

王夫之曰：八首如正变，七音旋相为宫而自成章。或为割裂败神，体尽失矣。选诗者之贼不小。笼盖包举，一切皆生。(《唐诗评选》卷四)

钱谦益曰：潘岳有《秋兴赋》遂以名篇。又曰：此诗一事叠为八章，章虽有八，重重钩摄，有无量楼阁门在。今人都理会不到，但少分理会，便恐随逐穿穴，如鼷鼠入牛角中耳。(《钱注杜诗》卷十五)

朱鹤龄曰：前三章俱主夔州，后五章乃及长安事。(《杜工部诗集辑注》)

金圣叹曰：此诗八首凡十六解，才真是才，法真是法，哭真是哭，笑真是笑。道他是连，却每首断；道他是断，却每首连。倒置一首不得，增减一首不得。分明八首诗，直可作一首诗读。盖其前一首结句，与后一首起句相通。后来董解元《西厢》，善用此法。题是《秋兴》，诗却是无兴。作诗者，满肚皮无兴，而又偏要作《秋兴》，故不特诗是的的妙诗，而题又是的的妙题，而先生的的妙人也。试看此诗第一首纯是写秋，第八首纯是写兴，便知其八首是一首也。（《杜诗解》）

毛奇龄曰：八首意极浅，不过抚今追昔四字而已，而诗甚伟练。旧谓杜诗以八首冠全集，又谓八首如一首，阙一不得，皆稚儿强解事语。（《唐七律选》）

徐增曰：《秋兴八首》，规模弘远，气骨苍丽，脉络贯通，精神凝聚。痛真是痛，痒真是痒，笑真是笑，哭真是哭，无一假借，不可动摇。论才情，真正是才情；论手笔，真正是手笔。七字之内，八句之中，现出如是奇观大观，直使唐代人空，千秋罢唱。寄语世间才人，勿再和《秋兴》诗也。秋兴者，因秋起兴也。子美一肚皮忠愤，借秋以发之，故以名篇也。子美律诗必作二解，《秋兴八首》分开有十六解。独其诗前首结一句与后首起一句意相通，直作一首诗读可也。（《而庵说唐诗》卷十七）

王士禛曰：近日王梦楼太史云："子美《秋兴》八篇，可抵庾子山一篇《哀江南赋》。"此论亦前人所未发。（《杜诗镜铨》卷十三引）

陈廷敬曰：八诗章法绪脉相承。蛛丝马迹，分之如骇鸡之犀，四面皆见；合之如常山之阵，首尾呼应。其命意炼句之妙，自不必言。又曰：前三章，详夔州而略长安；后五章，详长安而略夔州，次第秩然。前人皆云，李如《史记》，杜如《汉书》，予独谓不然。杜合子长、孟坚为一手者也。（《杜诗镜铨》卷十三、《杜少陵集详注》卷十七引）按：陈氏《杜律诗话》卷下与此稍异，见《中华大典》。

俞玚曰：身居巫峡，心忆京华，为八诗大旨。曰"巫峡"、曰"夔府"、曰"瞿塘"、曰"江楼""沧江""关塞"，皆言身之所处；曰"故国"、曰"故园"、曰"京华""长安""蓬莱""昆明""曲江""紫阁"，皆言心之所思。此八诗中线索。（《杜诗镜铨》）

邵长蘅曰：《秋兴》自是杜集中有名大篇，八章固有八章之结构，一章亦各有一章之结构。浑浑吟讽，佳趣当自得之。必如《笺》所云如何穿插，如何钩锁，则凿矣。作者胸中定无此见。（《五色批本杜工

部集》)

郭美命曰：八首极力撰句，却雄浑不露。(《杜诗集评》引)

陆嘉淑曰：八诗要不可更与评论。反复读之，意气欲尽。(同上引)

吴农祥曰：春容富丽，朴老浑雅，自唐迄今，竟为绝调。八首篇篇映带"秋"意并"夔"地。(同上引)

黄生曰：杜公七言律，当以《秋兴》为裘领，乃公一生心神结聚之所在也。八首之中，难为轩轾，"闻道长安"作虽稍逊，然是文章之过渡，岂可废之？又曰：余尝谓子美之八首，即宋玉之《九辩》，故曰："摇落深知宋玉悲，风流儒雅亦吾师。"惟能深知其所悲之何故，而师其风流儒雅，此拟悲秋为秋兴，乃所谓善学柳下也。若后人动拟杜之八首，纵能抵掌叔敖，未免捧心里妇。嗟乎！秋之为兴，岂无病而呻，不醉而謈者？所能知其故，所能得其师也哉！(《杜诗说》卷八)

贺裳曰：《秋兴》诗体高格厚，意味深长。乃因秋起兴，非咏秋也。其言忽而蜀中，忽而秦中，忽而写景，忽而言怀，忽而壮丽，忽而荒凉，忽而直陈，忽而隐喻。正所谓哀伤之至，语言失伦，或笑或泣，苦乐自知者。(《载酒园诗话》卷一)

钱良择曰：一题八首，句句稳叶，前后照应，结构森严，此格自公创之，遂为七言律诗之祖。有谓本于左思《咏史》诗者，亦强为之说也。(《唐音审体》)

张谦宜曰：《秋兴》八首，"秋""兴"二字，或在首尾，或藏腰脊，钩连甚密。毛稚黄嫌其若无题者，何也？其一秋起秋结，"丛菊"二句兴也。其二兴起秋结，其三秋起兴结。其四兴起秋结。其五兴起秋结。其六秋起兴结。其七兴起兴结，中四句带入"秋"字。其八兴起兴结，"红豆"二句，暗藏"秋"字。其四，上二句冒下六句格。其六，后二句擎上六句格。其七，起、结各二句格，中四句妙在壮丽语写荒凉景。(《茧斋诗谈》卷四)

佚名曰：《秋兴》言当秋日漫兴以为诗也。漫兴诗本无深意，而老杜即于此诗备极淋漓工巧。盖唐人七律，以老杜为最；而老杜七律，又以此八首为最者，以其生平之所郁结与其遭际，暨其伤感，一时荟萃，形为慷慨悲歌，遂为千古之绝调。余尝总而计之，唐人七律，莫盛于早朝、应制诸篇，而未免言之太庄，工丽有馀而生动不足。中晚以后，鲜丽旖旎，而气格寖微。若高华典赡，而望之又如出水芙蕖，妍秀轻灵，而按之又龙文百斛，则推此《秋兴》之为独步也。八首先后次第，彼此映照，如游蓬山，处处谿壑迥别；如登阆苑，层层户牖相通。以言格律，则极其崇闳，议论则极其博大，性情则极其温厚，罕譬则极其精当，然皆其兴会所至，一笔写来，自然妙丽天成，不待安排思索。此天地间至文也，读者详之。（《杜诗言志》卷十一）

吴烶曰：每篇末俱用叹惜结尾，以见题旨，所谓书不尽言，言不尽意者耳。诸选删取数首，并不全刊，是割尺锦而遗天章矣。（《唐诗选胜直解》）

浦起龙曰："秋"为寓"夔"所值，"兴"自"望京"发慨。八诗总以"望京华"作主，在次章点眼，钱氏所谓截断众流句也。说者俱云：前三章主夔，后五章乃及长安，大失作者之旨，且于八章通身结构之法，全未窥见。（《读杜心解》卷四）

吴瞻泰曰：昔人谓《秋兴八首》，其题原于卢子谅，其气取之刘太尉，其文词纵横，一丝不乱，法本于左太冲。此特论其"精熟文选理"也。然少陵一腔忠愤，沉郁顿挫，实得之屈原之《九歌》，宋玉之《九辩》而变化之。至其惨淡经营，安章顿句，血脉相承，蛛丝马迹，则又八首如一首，其序次不可紊焉。一章记夔州之秋兴，为总冒；次章承"急暮砧"，而及夔州之晚景；三章又及夔州之朝景。四章承"五陵衣马"而忆长安，因有"王侯第宅""文武衣冠"之语，遂结云"故国平居有所思"，故下皆思长安游历之地。五章思蓬莱宫之朝班，六章思曲江之游，七章思昆明池之游，八章思渼陂之游。写得长安之盛衰，历历如见，而乃以"昔游""今望"为一大结，仍不脱夔州之秋兴。回环映带，首尾相应，公诗所云："美人细意熨贴平，裁缝灭尽针线迹。"此其是也。苟不得少陵悲秋之故，与夫长篇之法，初拟《秋兴》，以为善学柳下惠，吾不敢也，吾不能也。(《杜诗提要》卷十三)

范廷谋曰：此诗八章，公身居夔州，心忆长安，因秋遣兴而作，故以"秋兴"名篇。八章中，总以首章"故园心"为枢纽，四章"故国平居有所思"为脉络，方得是诗主脑。若浑沦看去，终无端绪可寻。首章以"凋伤"二字作骨，凡峡中天地、山川、草木、人事，无不萧森，已说尽深秋景象。提出"故园心"三字，点明遣兴之由。"暮砧"句，结上生下。"孤城落日"，承上咏暮景。"山阁""朝晖"，又承上咏朝景。虽俱就夔府而言，细玩次章曰"望京华"，三章曰"五陵衣马"，仍是不忘长安，正所谓"一系故园心"也。四章则直接长安，煞出"故国平居有所思"，将"故园心"三字显然道破。下四章即承此句分叙，抚今追昔，盛衰之感和盘托出。却首首不脱"秋"意。"蓬莱"一章，指盛时言；"瞿塘""昆明"二章，指陷后言；"昆吾"一章，追忆昔游而言，皆故国平居之所思者。末则以"白头吟望"结出作诗之意，总收全局。统观篇法次第，一首有一首之照应，八首有八首之联贯。气体浑厚，法脉周密，词意雄壮。其间抑扬顿挫，慷慨淋漓，全是浩然之气相为终始。公之心细如发，笔大如椽，已可概见。至于忧国嫉时，怀才不偶，满腔愤闷，却出以温厚和平之语，全然不露圭角，怨而不怒，哀而不伤，《三百篇》之遗响犹存，真所谓大家数也。学诗者熟读细玩，顷刻不离胸次，则思过半矣。(《杜诗直解》七律卷二)

沈德潜曰：怀乡恋阙，吊古伤今，杜老生平，具见于此。其才力之大，笔力之高，天风海涛，金钟大镛，莫能拟其所到。(《杜诗偶评》卷四) 又曰：潘岳有《秋兴赋》，言因秋而感兴，重在"兴"不在"秋"也。每章中时见"秋"意。又曰：曰"巫峡"、曰"夔府"、曰"瞿唐"、曰"江楼""沧江""关塞"皆言身之所处；曰"故国"

"故园", 曰"京华""长安""蓬莱""曲江""昆明""紫阁", 皆言心之所思, 此八诗中线索也。(按: 此似本查慎行语)(《重订唐诗别裁集》卷十四)

屈复曰: 此诗诸家称说大相悬绝: 有谓妙绝古今者, 有谓全无好处者。愚谓若首首分论, 不唯唐一代不为绝佳, 即在本集亦非至极; 若八首作一首读, 其虚幻纵横, 沉郁顿挫, 一气贯注, 章法句法, 妙不可言。初、盛大家七律一题八首者, 谁乎?(《唐诗成法》)

《唐宋诗醇》: 如此八首, 根源二《雅》, 继迹《骚》《辩》, 思极深而不晦, 情极哀而不伤。九曲回肠, 三叠怨调, 讽之足以感荡心灵。

袁枚曰: 余雅不喜杜少陵《秋兴八首》, 而世间耳食者, 往往赞叹, 奉为标准。不知少陵海涵地负之才, 其佳处未易窥测。此八首, 不过一时兴到语耳, 非其至者也。(《随园诗话》)

翁方纲曰: 七律《秋兴》诸作, 皆一气喷洒而出, 风涌泉流, 万象吞吐, 故转有不避重复之处。其他诸作, 大都类作。其巨细精粗, 远近出入, 各自争量分寸之间, 不必以略复为疑也。(《石洲诗话》)

方东树曰: "秋兴"者, 因秋而发兴也。谓之"兴"者, 言在于此, 意寄于彼, 随指一处一事为言, 又在此而思他处也。而皆以己为纬, 以秋为主, 以哀伤为骨。(《昭昧詹言》)又曰: 此诗八首, 前三首在己所在夔州本地, 其下五首皆思长安, 而第四首又为长安总冒。其下分思宫阙、曲江、昆明池、渼陂, 所谓身在江湖, 心殷魏阙, 古之忠爱者其情皆如是也。第二首只是言现在夔州己所在地, 而以每望京华为言, 隐逗后四篇意。(同上)

赵星海曰: 少陵《秋兴八首》, 即屈原之《九歌》, 宋玉之《九辩》也。须深知其所兴之何在, 而后不负作者苦心。(《杜解传薪七律摘抄》)

萧涤非曰:《秋兴八首》的中心思想是"故国之思", 是对祖国的无限关怀, 个人的哀怨牢骚也是从此出发的。篇中"每依北斗望京华""故国平居有所思", 是全诗的纲目。由于心怀故国, 所以虽身在夔州，而写夔州的反少，写长安的反多……由于杜甫所最关心的不是个人狭小的家园，而是整个国家，所以关于长安的描写又全是有关国家兴衰治乱的大去处，如曲江、昆明池等，而对于"杜曲桑麻""樊川秋菊"，反而撇在脑后，全未触及。这种爱祖国胜于爱家园的精神，便是《秋兴八首》的真正价值之所在。《秋兴八首》的结构，从全诗来说，可分两部，而以第四首为过渡。大抵前三首详夔州而略长安，后五首详长安而略夔州；前三首由夔州而思及长安，后五则由思长安而归结到夔州；前三首由现实走向回忆，后五首由回忆回到现实。至各首之间，则亦首尾相衔，有一定次第，不能移易，八首只如一首。《秋兴八首》为杜甫惨淡经营之作，或即景含情，或借古为喻，或直斥无隐，或欲说还休，必须细心体会。(《杜甫诗选注》第251页)

[鉴赏]

《秋兴八首》是杜甫晚年诗歌创作的巅峰之作，也是他组诗创作的精品。历来的选家、评家对题内的"兴"字所包含的内容意蕴都非常注意，实则"兴"的内容意蕴离不开"秋"字。诗人的情怀和感慨，因萧瑟的秋色、秋气而引发，故曰"秋兴"。注家或引潘岳《秋兴赋》以释诗题"秋兴"二字所本，其实从精神实质上看，它的真正源头应是宋玉的《九辩》。"悲哉秋之为气也，萧瑟兮草木摇落而变衰"的悲秋音调同样是《秋兴八首》贯串始终的主旋律。具体地说，诗人的因秋而感发的悲秋意蕴主要表现在两个方面：一是因秋色秋气引发的个人的漂泊异乡之悲、栖迟不遇之感和人生衰暮之慨，亦即所谓"故园心"；一是秋色秋气引发的对百年世事、时代盛衰的悲慨，亦即所谓"故国思"。这两方面的悲秋意蕴在宋玉的《九辩》中都有出色的抒写，而以"贫士失职而志不平"的个人失意困顿之悲作为主轴；而在杜甫的《秋兴八首》中，则以"故国思"作为组诗的主要内容，而个人的失意漂沦的悲剧命运则紧紧地联系着时代的盛衰、国家的命运，这是组诗的基本内容和整体构思。

第一首写峡中秋色引发的"故园心"，直接点明"秋兴"的题目和组诗内容意蕴的一个重要方面，可视为前三章的总冒。

首联点明时、地，总写峡中萧森的秋景秋气。"玉露"即白露，晶莹的露水和经霜后一片火红的枫树林，本是绚烂秋色的突出表征，于二者之间着"凋伤"二字，立即改变了景物明丽绚烂的色调，呈现出一片黯淡凋零的景象，透露出诗人面对此景象时凄伤的心情。这句写的是眼前的近景。次句宕开，从广阔的视野概写峡中秋气，诗人身居夔州，处瞿塘峡的入口，在地理上与巫山、巫峡本有一段距离，这里不如实地写夔峡夔山，而说"巫山巫峡"，实际上是将三峡中最长的巫峡作为三峡的代称，将巫山作为三峡七百里两岸连山的代称，因此这句虽从眼前景出发，却融入了想象的成分，成为对三峡地区秋色的一个总括。"萧森"，是萧条森寒的意思。不说"景萧森"，而说"气萧森"，固因直承宋玉《九辩》"悲哉秋之为气"之语，同时也透露出诗人所感受的不仅仅是具体的秋景秋色，而且是充溢渗透于天地之间的秋气，一种令人凛然生悲的秋之神魂。这种直取其神的虚笔，与从广阔视野概写三峡秋色正相吻合。

颔联承"气萧森"，进一步具体描绘峡中秋景。到过夔州一带的人都会感到，这一联所描绘的景象不大像是实写夔州夔峡秋景，因为在两岸连山，重岩叠嶂的三峡地区，江流被紧束在两岸的高山之间，不大可能出现在广阔的平原地区才有的"江间波浪兼天涌，塞上风云接地阴"的天地相接的混茫景象。显然，诗人笔下的景象已经过诗人感情的熔铸改造，带上了想象夸张的成分。从诗中所写的情况看，诗人所面对的是一个阴寒有风的秋日，江间波浪汹涌，那奔腾澎湃的气势像是要直上云霄，与天相接；两岸的高山绝塞，风云屯聚，像是和地上的阴寒之气连成混茫的一片。这种描写，似乎更主要的是抒写诗人的胸中所感。呈现在读者面前的这幅图景，既具壮阔混茫的境界和飞动的气势，又隐隐传出一种阴寒萧森、动荡不宁的气氛。它虽不是诗人有意借景物描写象征时代环境，却是那个动荡不宁、阴寒惨淡的时代环境在诗人心中的投影。故虽非有意用象征手法，却具有象征色彩。从中不但可以联想到时代的动荡不安、萧森阴寒，而且可以隐见诗人澎湃起伏的心潮。

以上两联，均写夔峡秋景，腹尾两联，转抒滞留峡中羁旅漂泊之感与思念故园之情。"丛菊"点秋。诗人于去年春夏间离蜀沿江东下，于重阳节前抵达云安，因肺疾发作而留滞，"丛菊"开放之时正在云安；至今年（大历元年，766）初夏移居夔州，到写这组诗时，他在峡中已经经历二秋，故云"丛菊两开"。"他日泪"，指昔日泪，亦即去年丛菊开时因留滞思乡而流之泪。今年再开，仍复留滞峡中，不禁触动旧日的记忆而再次流泪。是今年之泪，犹复去年之泪，故云"两开他日泪"。妙在"两开"二字，似乎菊开即泪开，泪即因菊之开而流，将触物伤情的情景表现得新颖别致。对杜甫说，菊花不仅是秋天物候的表征，而且是故园的象征。长安杜陵，是他的祖籍（十五世祖杜畿，京兆杜陵人)，他自己又曾长期居住在这里，《九日五首》之四说："故里樊川菊，登高素浐源。他时一笑后，今日几人存。"由眼前的夔州之菊，联想到故里樊川之菊而勾起怀念故园之情，原极自然。故下句即直接点出全诗的核心"故园心"。上下句对照，可知无论是他日之泪、今日之泪，皆为怀念故园而流。妙在将"孤舟一系"与"故园心"组接，含蕴丰富，韵味无穷。"孤舟"是诗人归乡的凭借，也是其思乡之情的寄托，更是其晚年漂泊生涯和孤子身世的象征（所谓"亲朋无一字，老病有孤舟"）。而"系"既有牵系之义，又有牢系之义。停泊在江边的那一叶孤舟既无时无刻不在牵系引起诗人迫切希望归乡的心情，但它却一动不动地停靠着，又像是牢牢地拴住了诗人迫切返乡的希望，使归乡之愿无法实现。"系"字的双重含义，在这里起了奇妙的作用，使本来平常的诗句变得隽永而富于含蕴。

就在诗人因丛菊之开、孤舟之系而引动故园之思、流淌思乡之泪的过程中，天色已经向晚，暮色苍茫中，伫立在白帝高城上的诗人，耳畔传来一阵紧似一阵的清亮的捣衣砧杵声，像是催促家家户户拿起刀尺，赶制冬衣。"急暮砧"点秋。前三联写玉露、枫林、巫山、巫峡、波浪、风云、丛菊、孤舟，均为目接之景，从视觉角度写，末尾改从听觉角度，写"急暮砧"所代表的秋声。又到了一年将暮的寒秋季节，那清亮而凄清的砧杵声使长期漂泊羁留异乡的诗人倍感孤寂凄凉，使本已萦绕胸间的"故园心"更加深浓强烈了。着一"急"字，不仅传出诗人对砧声一声紧似一声的突出感受，而且使人感到这一声声凄清的砧声似乎都敲在诗人的心上，砧声和诗人凄伤寂寞的心声融为一体，砧声亦即心声，其中都渗透着浓郁的秋意。

这一首写夔峡秋色秋景秋气秋声，意绪沉郁悲凉而意象高华美丽，意境壮阔飞动，给人以凄悲而华美、哀伤而激壮的突出感受。全篇基本上是写景，"故园心"只总提一笔，而诗人的感情意绪却渗透在所有景物描写中，可称寓情于景、情与境偕的范例。如果把整个组诗看成一部大型交响乐，这一首便像是它的序曲。

第二首紧承上首"暮砧"，写夔府孤城从"落日斜"到月映洲前的情景。首句点时、地，唐代的夔州郡城，是一个仅有千家的偏僻山城，它孤零零地处于群山万壑之中，故曰"孤城"。如此僻远的山城，又值暮色苍茫的"落日斜"时分，更加重了羁旅漂泊者孤寂凄凉的况味。这一句虽似叙述交代诗人所在之地之时，却透过"孤城"和"落日斜"的意象，点染出特有的环境气氛，为次句重笔叙写作势。长安在夔州之北，其上正值北斗，而北斗又向为帝王、帝都的象喻，故有"依北斗而望京华"的诗句。看到北斗星，就联想到其下的帝京。但虽可"依"北斗而遥望"京华"，而京华实不可望见，故所谓"望"，实即伫望而遥思。"望"中有萦回缠绕的感情活动、心灵活动。这一句向为评家所称引，谓是八首之主意。从组诗的主要内容是写诗人身处夔州，时刻思念长安这一点来说，这一句确实是对组诗主意的提挈。

曰"每依"，则月明之夜，夜夜如此，"望"之频繁，"思"之执著可知。对杜甫来说，"京华"既是朝廷所在，亦是家园所在，"故园心"与"故国思"是完全统一在同一"京华"上的。故这"望"中之"思"，蕴含原极丰富，此处亦只总提一笔，浑沦而书，随着以下的抒写，自会逐次展开。

领联紧承"夔府孤城"与"望京华"，分写身羁孤城的孤寂凄凉和未能随严武返朝的悲慨。三峡多猿，夜间猿声响于山谷，在静寂中尤显凄凉。民谣素有"巴东三峡巫峡长，猿鸣三声泪沾裳"之语，今日亲历其境，方觉其语之真实可信，故曰"听猿实下三声泪"。"奉使"句兼用《博物志》与《荆楚岁时记》乘槎之典，说自己参西川严武幕，犹如奉使乘槎，本企日后随其还朝，不料严武遽然去世，还朝之望成空，故曰"奉使虚随八月槎"。两句分用"听猿""乘槎"二典，将自己羁留峡中心情的凄苦孤寂和还朝无望的悲慨表达得曲折有致。"实"与"虚"的鲜明对照，强化了现实处境的凄凉和希望成空的悲慨。"听猿""奉使"分别上承"夔府"与"望京"。

腹联出句"画省香炉违伏枕"承二、四句，进一步具体抒写"望京华"的感情活动。"画省"即尚书省的代称。杜甫离严武幕后，严武奏请朝廷任命其为检校尚书省工部员外郎，故用"画省"典。"违伏枕"，旧解均以为指"因卧病而远违"，固可通。《奉赠萧二十使君》："旷绝含香舍，稽留伏枕辰。"可证。但详味应劭《汉官仪》"尚书郎给青缣白绫被，以锦被帷帐毡褥通中枕……从直女侍执香炉烧从入台护衣"的记述，疑"伏枕"非指己之卧病峡中，而是指在尚书省直夜住宿，"枕"即所谓"通中枕"，系寓直时所用之卧具。"画省香炉违伏枕"，是慨叹自己徒有尚书员外郎的虚衔，却不能回到长安，真正任职寓直，"违"即违离之意。这样解释，既紧扣原典中的"通中枕"，又与"奉使虚随"句意一贯。

对句"山楼粉堞隐悲笳"承一、三句，写自己身在夔府城楼，入夜之后，白色的女墙外隐隐传来阵阵悲凉的胡笳声，为这座偏僻的山城增添了紧张的军旅气氛，诗人心忧国事的感情和悲凉心绪也隐现于字里行间。

尾联写深夜景色。随着时间的推移，一轮明月，已经升至中天，原先照映在石壁藤萝上的月光，此刻已经移照到江边沙洲前的芦荻花了。三峡层岩叠嶂，非亭午夜分，不见曦月。月映洲前芦花，正是中宵之月。两句用流水对，以"请看"提起，以"已映"照应，从景物的变化中见时间之推移，而诗人伫立"望京华"时间之久，思念之深，心境之孤寂均寓于其中。"芦荻花"点明深秋季候。"请看"二字，仿佛是诗人的心灵自语。

这一首以时间的推移、景物的变化为线索，写从"落日斜"到月映洲前的时间过程中诗人遥望京华而引发的萦回缠绕的思绪和孤寂悲凉的心境。其中"奉使虚随八月槎""画省香炉违伏枕"的悲慨，正是全篇主意。与上一首着重从广阔的空间着笔写法有别。

第三首紧承第二首尾联月映洲前，写夔州江楼朝坐所见所感。"千家山郭"即夔府山城，"江楼"指所居临江之西阁。清晨时分，独坐西阁，整个夔州山城都沉浸在一片朝晖之中，四围一片寂静，自己所居的江楼，正面对连绵的群山，沐浴在青翠蓊郁的山色之中。"坐翠微"，即坐对翠微之省。不说"对翠微"而说"坐翠微"，仿佛整个人就融化在一片青翠的山色之中。首联写夔州山城朝景，极饶画意，而上句的"静"字、下句的"坐"字尤具神韵，为画笔所难到。这景色原极清新优美、宁静闲远，字里行间也不难感受到诗人面对此景时的愉悦与赏爱。但下句开头的"日日"二字，却隐隐透露出一丝单调重复、孤寂无聊的况味。

颔联续写独坐江楼所见景物，江上渔人，泛舟而渔；清秋燕子，来往飞翔。这种景色，原亦为优美的生活画面和自然景象，但上句着一"还"字，下句着一"故"字，便透露出诗人"日日"面对此景时的单调无聊感受。"还"与"故"对文，互文见义，都是"仍旧"

"依旧"之义，或解"故"为"故意"，当非。这种日对佳景而生厌的意绪，正是长久羁留异乡的漂泊者典型的感受。"泛泛""飞飞"，叠字的运用，加强了这种厌倦感。

以上两联，写"日日"面对夔州江山景物，久而生厌的情绪，原因自不在自然景物本身，而是诗人的境遇遭际所致。腹联便分用匡衡、刘向二典，以古人之得意际遇反托自己的"功名薄""心事违"。自己虽也像匡衡那样，抗疏上奏，疏救房琯，却因此触忤肃宗，被贬出朝廷。从此名宦不达，坎壈终身。虽也像刘向那样，以奉儒守道、传授经书为己任，却心事乖违，愿望落空。这种境遇，正是虽面对美景而意绪无聊的深刻原因。这也是诗人对自己平生困顿际遇的回顾与概括，句末的"薄""违"二字，透露出对这种际遇的愤激不平。

尾联由自己的困顿不遇联想到昔日的"同学少年"的得意境遇。所谓"同学少年"亦即《自京赴奉先县咏怀五百字》中的讥笑自己迂拙守志的"同学翁"们，他们但自营其穴，而如今都衣轻裘，乘肥马，成了达官显宦，驰骋于五陵之间，得意扬扬，风光无限。"多不贱""自轻肥"，以貌似欣美的口吻，传达出对此辈的轻蔑与不屑。萧涤非说："意极不平，语却含蓄。""一'自'字，婉而多讽。"深得诗意。

以上三首，或写羁泊夔峡、怀念故园之情，或写不能回到京华供职寓直的悲慨，或写自己"功名薄""心事违"的困顿境遇，每首中虽均写到夔州秋景，但都是作为上述情绪的背景和环境，起着或正面渲染烘托，或反面衬托的作用。由眼前秋景发兴，落脚点都在自己的羁泊、困顿境遇上。从下一首起，诗意开始转向对长安今昔状况的描写和对盛衰之慨的抒写。

第三首尾联写到"同学少年多不贱，五陵衣马自轻肥"，虽是用来和自己的羁滞异乡、困顿栖迟的境遇作对照，却已涉及长安今日政坛人物和政坛状况，第四首便自然过渡到对长安政局、国家忧患的描写与感慨。首联以"闻道"二字提起，点明以下所述乃是身在夔州山城所听到的情况，切合当下身份。出语平淡而寓慨自深。用"弈棋"来形容比喻长安政局，既揭示出争斗不断，此消彼长，又揭示出其反复无常，变化多端。如果说盛世的政局常具有稳定、和谐的特征，则"似弈棋"的政局正是乱世衰世政局的突出表征。第二句宕开，从广阔的视野俯视百余年来的政局，深感盛衰不常，感慨生悲。这一句写得很概括虚泛，"百年世事"既包括了贞观、开元的盛世，也包括了安史之乱以来的乱世衰世。盛衰的巨变，正是"百年世事"的突出特征，故诗人回顾这一段"世事"，悲慨甚深。论者多以"望京华"或"故园心""故国思"为八首之主意，固是；但私意以为"百年世事不胜悲"一句似更能揭示八首的内在意蕴。整个组诗就是抒发诗人对唐王朝由极盛而急剧转衰的沧桑巨变的悲慨，以及在这样一个时代中对个人的悲剧命运的感慨。这一点，在后四首诗中体现得更为明显。

领联是对"长安似弈棋"政局的具体叙写。表面上看，"王侯第宅皆新主，文武衣冠异昔时"所描述的似乎是政坛上人事更迭的自然现象和自然规律，但联系杜甫在夔州期间所作《八哀诗》中对贤相张九龄、名将李光弼等人的追缅，《诸将五首》讽回纥、吐蕃入侵，诸将不能御敌，以及肃、代二朝宠信宦官、滥行封爵等情况，不难体味到诗人对当时王侯第宅中的新主人、朝廷上新封的文武衣冠，是明显带有讥讽之意的。将这两句与上首尾联与此首腹联对照着来读，会更感到其讽意的深长。

"直北关山金鼓振，征西车马羽书驰。"如果说前两联写"似弈棋"的政局是揭示其内部的争夺纷乱，那么这一联便是揭示其外患。出句写回纥扰边，长安北边的关山金鼓震天；对句写吐蕃入寇，朝廷征西的军队车马交驰，羽书飞传，一片警急的景象。杜甫在蜀期间，回纥吐蕃多次入寇。广德二年（764）八月仆固怀恩引回纥、吐蕃十万众将入寇，京师震骇。十月，复引回纥、吐蕃至邠州。永泰元年（765）九月，仆固怀恩复诱回纥、吐蕃、吐谷浑、党项、奴剌数十万人同时入寇，士民惊骇，宦官鱼朝恩欲使代宗去河中避吐蕃，后吐蕃大掠男女数万而去，所过焚毁庐舍、践踏禾稼殆尽。十月，吐蕃又联合回纥入寇，屯兵北原，长安形势危急。这都是杜甫写作《秋兴八首》之前两年内发生的近事。"直北"二句，正是对外患频仍、回纥吐蕃交相入侵形势的艺术概括。这种局面的形成，与当时朝廷上的文武大臣、王侯显贵的腐败无能有密切关联，正如诗人在《诸将五首》之二所抨击的："独使至尊忧社稷，诸君何以答升平!"故"似弈棋"的政局和严重的外患之间有着内在的联系，诗的颔、腹二联之间正是迹断而神连。

以上三联，从长安纷争不已、变化无常的政局写到唐王朝深重的内忧外患，对百余年来盛极而衰的"世事"深表悲慨，"闻道"二字直贯到第六句。尾联突然宕开，收转现境。时值深秋，鱼龙蛰伏，眼前的夔江显得特别清冷寂寞，这是写眼前的夔江秋景，也是写诗人清冷寂寞的处境与心境，从中不难体味出诗人"济时敢爱死，寂寞壮心惊"的感慨。处此清冷寂寞之境，对长安故国的思念，对国家命运的思考，对时代盛衰的悲慨反而变得更加深长执著、强烈深沉，这正是末句"故国平居有所思"所蕴含的内容。

在《秋兴八首》中，这一首是唯一直接涉及政局时事的。在整个组诗中，它居于承前启后的枢纽地位。前三首写夔州秋景，兴起诗人的故园之心和羁滞异乡、困顿栖迟之悲，主要抒写个人的悲剧境遇，而个人的悲剧境遇，又植根于时代的政治，故第四首自然联及长安政局和国家的内乱外患。而政局的纷乱和国家的忧患又正是唐王朝由盛转衰的突出表征，故下四首即由"故园心"转为"故国思"，由个人悲剧境遇的抒写转为对国家命运、时代盛衰的抒写。"故国平居有所思"一句正是后四首内容的一个总括和提示。"故园"和"故国"，尽管具体所指均为长安，但作为自己旧居和第二故乡的长安以及作为唐王朝政治中枢的长安，其内在含意并不相同。"故园心"主要指长期羁泊异乡、困顿栖迟的诗人对家园的思念、对个人悲剧境遇的感慨，而“故国思”则主要指对唐王朝由盛转衰局势的悲慨与思考。

第五首抒写对长安宫阙壮盛气象和早朝景象的追思缅怀，是“故国平居有所思”首先涉及的内容。

“蓬莱宫阙对南山，承露金茎霄汉间。”蓬莱宫阙，指长安城北的大明宫。它建在龙首原上，地势高敞，天清气朗之时，可以清楚地看到长安城南四十里的终南山。着一“对”字，既显示出自北而南，纵贯百里的广阔视野，又显示出巍峨壮丽的宫阙与气势雄壮的终南山遥遥相对、竞相比高的态势，以突出大明宫的宏伟壮丽气象。次句将视线收到宫前，描绘承露的铜柱矗立霄汉的景象。有关唐代的文献记载，从未提及大明宫或其他宫前立有承露铜柱及金铜仙人像，故此句显系借汉代故实以喻唐。从它所描绘的景象来看，是要显示宫中建筑的高耸挺拔，与上句的阔远视野正构成一远一高的立体画面。但承露铜柱及金铜仙人之建既为企图求仙长生，而唐玄宗又在好道求仙这一点上与汉武神似，则此句中寓有玄宗好道之意，是可以肯定的。只不过它未必寓有明显的讽刺之意，最多也只是在追忆宫阙的华美壮丽之中微寓感慨而已。这一点，联系三、四两句，会看得更加清楚。

“西望瑶池降王母，东来紫气满函关。”三、四一联，写在蓬莱宫上东西眺望所见景象。向西极望，居住在瑶池仙境的神仙西王母正下降人间，与君主相会；向东极望，紫气东来，正充满了函谷旧关，预示着老子即将入函谷关。两句分别用西王母下降及老子入函谷关之典，所言皆神仙之事；瑶池王母之典又曾被诗人用来借喻杨妃，故注家以为此二句寓讽玄宗好女色、宠杨妃、惑神仙。从这两句全用典故、全用虚笔来看，其中有所寓托可以肯定，否则未免写得太虚无缥缈，不着边际。但诗句所流露的感情倾向是追缅中略寓感慨，既渲染皇宫的壮盛气象，又寓含对玄宗宠杨妃、好道术的轻微感慨。如果理解为明显的讽刺，则与追缅长安宫阙的壮盛之整体感情倾向有矛盾。总的来说，后四首在追思缅怀长安昔日之盛的同时都寓有盛衰不常之慨，都不同程度地存在追缅与寓慨的关系如何把握的问题。就诗人的创作而言，寓慨以不破坏总体的追思缅怀倾向为前提；就读者的理解而言，亦当适当把握追缅与寓慨的关系及寓慨的度。

腹联仍就"蓬莱宫阙"着笔，正面描绘早朝景象。由于只有一联十四个字的篇幅，不可能作铺叙渲染，只能抓住雉扇乍开、圣颜初现的瞬间着笔，以表达激动喜悦的感受。宫扇之开如云彩移动，日光照映衮衣如龙鳞闪耀的描写又传达出朝仪的隆重与皇帝的威严。这类描写，如出现在一般的早朝诗中并不见出色，但作为对长安宫阙壮盛景象的追思缅怀，笔端自渗透了浓重的感情。此联或以为写杜甫自己天宝十载（751）献《三大礼赋》，得以觐见玄宗事，或以为写自己在乾元元年（758）任左拾遗时早朝见肃宗事。关于献赋事，《旧唐书·文苑传》只说"天宝末，献《三大礼赋》，玄宗奇之，召试文章"。《新唐书·文艺传》也说："甫奏赋三篇，帝奇之，使待制集贤院，命宰相试文章。"并未提到因献赋得见玄宗事。杜甫自己在《莫相疑行》也只说"忆献三赋蓬莱宫，自怪一日声烜赫。集贤学士如堵墙，观我落笔中书堂。往时文采动人主"，根本未提及曾因献赋而得见玄宗，故此事实属子虚乌有。且诗中所写明为早朝景象，杜甫在玄宗朝既未为京官，自无参加早朝的经历。至于乾元元年任左拾遗时，则确有早朝经历，且写过和贾至的早朝大明宫诗，但此诗前三联所写皆唐王朝盛时宫廷景象，而肃宗时已历安史之乱，急剧衰落，已非乱前景象，从诗的结构说，也不大可能前四句写玄宗时事，五、六句却跳到肃宗朝。比较合理的解释是，诗人根据自己肃宗朝参加早朝的经历，想象玄宗唐王朝盛时早朝景象，而诗人自己并不在朝列，"识圣颜"云云，只是泛说群臣，自己并不在内。

"一卧沧江惊岁晚，几回青琐点朝班。"尾联出句从对盛时宫阙朝廷的壮盛气象的遥想中突然掉转，回到眼前，"沧江"指夔州；"岁晚"点秋深，亦寓迟暮之感、蹉跎之慨。"一卧"与"惊"相呼应，见沉沦时间之长与恍如隔世之感。此句笔力苍劲，感慨深沉，下句却又再转回到长安，说从玄宗朝唐王朝极盛时至今，又不知换了几朝皇帝，几回朝班？故作摇曳不定之语，而无限盛衰之慨即寓其中。大开之后又复大合，更显示出千钧笔力和深沉感慨。

这一首前六句极力渲染唐王朝盛时宫阙之巍峨壮丽与早朝景象之庄严华美，表现出对盛世的深情追缅向往，而在这追缅之中亦对玄宗之崇道术、求长生、宠杨妃微有寓慨。尾联大开大合，一转再转，在"一卧""惊岁晚"和"几回""点朝班"中寓含深沉的时代盛衰之慨。

第六首追忆昔日曲江游幸盛况而发今昔盛衰之慨，是"故国"之思的又一内容。紧承上首之追忆宫阙壮丽早朝气象而及于池苑。

首联大处落笔，将身之所在的瞿塘峡口与心所之系的曲江头，通过想象组合在一起，展现出清秋万里，两地风烟遥遥相接的广阔画面。不担抒发了身在夔府的诗人对长安故国的深情思念，而且寓含了对万里江山的深情赞美，具有极广阔的空间感，境界寥廓壮美，音调爽利浏亮。

颔联写当年游幸曲江情事。玄宗由所居的兴庆宫花萼楼出发，通过专门修筑的夹道去曲江芙蓉楼等地游幸。颔联所写实即此情事，妙在两句于"花萼夹城""芙蓉小苑"之后各缀以"通御气""入边愁"，含蓄地透露出二者之间的因果关系，暗寓耽于游幸享乐所导致的是无尽的"边愁"。"入边愁"，实即"渔阳鼙鼓动地来"，却不用这类显露的表达方式，仅以轻描淡写的"边愁"隐隐逼出，而乐极哀来的感慨自寓其中。

"珠帘绣柱围黄鹤，锦缆牙樯起白鸥。"腹联承"通御气"，渲染曲江游幸的热闹繁华："珠帘绣柱"与"锦缆牙樯"均指曲江中的豪华游船，船上有珠帘、画柱，有锦缆、牙樯，见其装饰之华丽。而由于游船众多，密密层层，池中的黄鹤像是被游船所包围；而游船如织，来往穿梭，惊起了池中悠游的白鸥。两句均以"黄鹤"之"围"，"白鸥"之"起"来渲染昔日游幸之繁盛。于貌似客观描绘之中寓含的感情既有追缅向往，也有感慨叹息。

"回首可怜歌舞地，秦中自古帝王州。"尾联承"入边愁"，想象今日曲江的荒凉，抒发今昔盛衰的感慨。第七句"回首"二字从昔日繁华一笔兜转，用"可怜"二字点醒今日的悲慨。秦中自古为帝王建都之州，曲江更为帝王歌舞游乐之地，其形胜与繁华自令人无限追思缅怀，然经历了长达八年的安史之乱和吐蕃的屡次入侵，今日的帝王州和歌舞地恐怕已是一片荒凉凄清景象。无限今昔盛衰之慨，只用"可怜"二字逗出，不作任何渲染描绘，而读者自可意会。此联按自然顺序，应为：秦中自古帝王州，（曲江自古）歌舞地，（今日）回首（只感）可怜了。改用现在这样的句法，于"秦中自古帝王州"之后陡然顿住，倍感"回首可怜"四字寓慨的深沉。或解末句为对国家中兴的前途抱有希望，恐非诗人本意。与上两首尾联陡然转至所居之"沧江""秋江"，写自己的处境有别，这一首是由忆昔转到伤今，显示出其构思的多样性。

第七首写对昆明池的思忆，是"故国"之"思"的又一内容。但写法上与前二首之由盛而衰，以盛托衰不同，反过来主要写昆明池今日之荒凉冷落，以透露昔日之繁华热闹，寄寓今昔盛衰之慨。

首联从追忆昆明池的开凿写起，首句点明昆明池系汉武帝为伐昆明、练水战而修凿，故次句即据此而展开想象，说今日想起昆明池，眼前就会出现楼船壮丽、旌旗飘扬、戈矛森列的壮观景象。据杜甫的《寄贾严两阁老》诗，唐时昆明池也修造过水战船。无论是就昆明池的开凿追忆汉时昆明池练水军的壮观，还是依唐人借汉喻唐的习惯将这一联理解为唐代昆明池的景象，都是对壮盛时代昆明池景象的追忆，但诗人对昆明池之盛不作铺陈渲染，仅以"旌旗在眼中"五字一笔带过。以下即转入对其今日衰败景象的描绘。

"织女机丝虚夜月，石鲸鳞甲动秋风。"颔联想象昆明池边景物。

昆明池边有两石像，东西相望，以象牵牛、织女。刻玉石为鲸，每至雷雨，鱼常鸣吼，鬐尾皆动。这两句化用上述记载，将环境设置为秋天的月夜。想象今日昆明池畔，织女织机上的丝缕，正冷冷清清地空对着夜月，而石鲸身上的鳞甲在秋风的吹拂下，仿佛在歙动开张。这境界，幽冷凄清，空寂虚幻，透露出昔日昆明池上楼船壮丽、旌旗飘扬的热闹景象均已成空，只留下无知的织女石像和石鲸雕像空对着秋风夜月。

"波漂菰米沉云黑，露冷莲房坠粉红。"腹联转写池中景物。池中的波浪漂荡着菰米，逐渐沉落堆积，在湖底堆满了厚厚的一层黑云般的积淀；秋晚露冷，莲花的粉红色花瓣在一瓣瓣地坠掉落。菰米如沉云之黑，见久无人收，荒废之状可想；莲坠粉红，任其自开自落，见久无人游赏，空寂之境如见。两句中"漂""沉""冷""坠"四字，都是着意锤炼的句眼，透露出一种浓重的荒凉冷寂气息。

颔、腹二联，一写池边，一写池中，均着意渲染想象中今日之昆明池荒凉冷寂之境，言外自有无限世事沧桑、盛衰不常之慨，荆棘铜驼之悲、黍离麦秀之感，或解为忆盛时之昆明，不啻南辕北辙。五代鹿虔扆《临江仙》词中有"藕花相向野塘中，暗伤亡国，清露泣香红"等句，意境颇似"露冷"句，相互参照，杜诗所寓含的感情昭然可见。不妨说，这两联正是对一个已经逝去的壮盛时代的哀挽凭吊。

尾联由想象故国池苑的荒凉冷寂回到身之所处的现境。关塞，指夔州四周的高山；江湖，指长江，亦寓身处江湖之上，远离故国；渔翁自指，寓漂泊之意。眼前所见，唯高峻至天的崇山峻岭，与外界唯鸟道可通，面对满地江湖，深感自己就像一个漂荡无依的渔翁。两句由"故国"之荒凉冷寂，及于己身之漂泊羁滞，家国之盛衰与个人境遇的沉沦融为一体。

第八首追忆渼陂旧游，是"故国"之"思"的内容之四。

首联写赴渼陂所经及到渼陂所见。从长安城内赴渼陂须经昆吾、御宿，"逶迤"形容道路曲折绵延之状。着一"自"字，透出诗人与朋侣沿着曲折绵延的道路缓缓徐行，顾盼流连，赏玩优美风光的自得之情状。或谓此首系忆昆吾、御宿及渼陂等地，是把所经当成目的地了。次句接写到达目的地渼陂后首先映入眼帘的景色：紫阁峰的倒影映入清澈的渼陂之中。山北曰阴。映入湖中的正是紫阁峰北面的影子，故曰"紫阁峰阴入渼陂"。渼陂之所以成为长安近郊风景佳胜，与其靠近终南山，具湖光山影之美有密切关系。杜甫在《渼陂西南台》诗中说："错磨终南翠，颠倒白阁影。"《渼陂行》亦云："半陂以南纯浸山，动影袅窕冲融间。"均可证。因此这一句正突出地强调了渼陂给人的第一印象和整体印象，使人仿佛眼前突然一亮。

"香稻啄馀鹦鹉粒，碧梧栖老凤凰枝。"颔联写渼陂周围物产之丰饶与风景之佳胜。由于有一大片广阔的水域，故这一带盛产名贵的香稻，又生长着许多珍奇美丽如碧梧一类的树木。此联前人评论解说甚多，其句法之老健、色彩之秾艳固极突出，实则均是为了渲染香稻之美与碧梧之珍，说这里的香稻乃鹦鹉啄余之粒，碧梧乃凤凰栖老之枝。鹦鹉、凤凰，均非实有，而是诗人因香稻、碧梧之美好珍奇而引发的想象。"香稻"之"馀"、"碧梧"之"老"，均暗寓"秋"字，不过写的是渼陂秋日的丽景而非衰飒凄清之景，这和其他各首均有别。或因第五句写到"春相问"，遂以为此首所写系春景，恐非。

"佳人拾翠春相问，仙侣同舟晚更移。"这一联转写渼陂士女游赏之乐。上句写妇女们在美好的三春季节，游春拾翠，互相赠送礼物；下句写士人结伴泛舟，流连忘返，到傍晚仍移舟更游。上一联"香稻""碧梧"写的是渼陂秋景，这一联改写春日游赏，见春秋佳日，渼陂美好景色都吸引着长安的游人。"仙侣"句更融进诗人自己与岑参兄弟的一段游历，见注引《渼陂行》。"晚更移"，正见游兴之浓与渼陂景色之美不胜收，写出当时的淋漓兴会。

尾联由渼陂的美好景色追昔慨今。"彩笔昔曾干气象"，是说自己当年曾用彩笔描绘过这一带的美好景色，风格宏伟遒劲，上干云霄之象，但这一切都已成为永难重复的过去，如今的自己，只能吟诗遥望京华，忆念承平气象，吟罢而白头苦苦低垂，心中充满了无限深沉的时代盛衰的悲慨和个人命运的悲慨。或解上句"干气象"为"气冲星象表，词感帝王尊"，谓指天宝末献赋得到玄宗赏识之事，与以上六句写渼陂游赏了不相涉，恐非。"彩笔昔曾干气象"，当指昔年与岑参兄弟游渼陂而赋《渼陂行》，上干山水之气象，见当时意气之风发；而"白头吟望苦低垂"则指今日吟《秋兴》而望京华，不胜国家命运和个人命运的悲慨而白首低垂，可以视为整个组诗的结尾。

《秋兴八首》的思想感情内容，可以用两句话概括，即伤流滞羁泊、坎坷困顿而思故园、忆京华；伤内忧外患、今昔盛衰而思故国、忆长安。夔府秋色，既是引发上述思绪的自然景物、环境氛围，又是表现个人悲剧命运和国家命运的凭借或载体。组诗的前三首，大体上以时间为线索，写夔峡的秋色秋声所引发的"故园心"，或将思绪引向自己"抗疏功名薄""传经心事违"的困顿境遇，或将思绪引向"奉使虚随八月槎""画省香炉违伏枕"的欲归不能的失落苦闷。而自身的悲剧境遇和命运又紧紧地联系着国家的安危盛衰。因此，以第四首为转关，便由伤流滞羁泊、坎坷困顿的个人悲剧命运转向忧念国家命运、感慨时代盛衰，由"故园心"转为"故国思"，诗所描绘的主要景象也由夔州移向长安。由"故园心"而"故国思"，由个人悲剧命运而国家命运，是诗人思想感情的自然发展，也是其思想感情的深化与升华。诗人在抒写"故园心"和个人悲剧境遇时，心中常激荡着对动荡不安时代的感受（如第一首颔联）；在抒写"故国思"，感慨时代盛衰时，更常在字里行间寓含对衰乱原因的思考与叹惋（如第五首前幅、第六首颔、尾二联），并常与自己沉沦漂泊的身世境遇相联系（如其四、其五、其七、其八各首的结尾）。因此整个组诗所显示的，是个人悲剧命运与国家命运、时代盛衰的密不可分。

组诗的后四首，以所忆的对象为线索，从宫阙早朝气象到池苑风景名胜，选择诗人认为最能代表盛世气象的所在进行深情的追思想象，尽管在追思中不无感慨叹惋和思考，但基调是深情的追缅而非讽慨。这使得整个组诗充溢着浓重的怀旧情调。这种情调，不但贯串在夔州时期的诗歌创作中，而且贯串在此后的湖湘诗中。从更广远的范围看，这也是整个中晚唐诗歌的一个重要基调，而杜甫的夔州诗，特别是《秋兴八首》，则为中晚唐的这类感慨时代盛衰的怀古诗、怀旧诗树立了一个创作范型。中国长期的封建社会中出现过几个著名的盛世，但达到巅峰并具有大转折意义的盛世则无疑是开元盛世。不管其时的诗人在抒写盛衰之慨时是否隐约地感受到安史之乱前后的时代盛衰的典型意义，但他们对这种盛衰变化的强烈深刻感受和深沉感慨，至少在客观上显示了封建社会盛世巅峰的消逝。从这个高度看，这类抒写时代盛衰之慨的诗或许有更深远的认识意义和审美价值。它留下的是诗人对封建社会巅峰时期的美好追忆和深情追缅。讽世刺时与感慨时代盛衰固不必绝缘，但毕竟是两种对时世的感情态度。如果刻意去寻求《秋兴八首》这类诗中更多的讽时刺世的内容，不免会感到失望，因既非诗人的本意，亦非诗的主要价值。

正由于诗人的"故园心"和"故国思"如此浓重深沉，缠绕不已，因此在表现这种感情时不但采用了组诗的形式，而且运用了连章复沓、反复回旋的表达方式。具体地说，前三章主要从时间上着眼，写夔峡自朝至暮、自暮至夜、自夜至朝的不同秋景所引发的羁泊异乡、思念故园的情怀和坎坷困顿的人生境遇；后五首主要从空间着眼，写身在夔峡、心系故国的情思，分写长安政局、蓬莱宫阙、曲江池苑、昆明池水、渼陂胜景，而归总为对故国魂牵梦绕的深情追忆，对唐王朝盛世的无限追恋和对时代盛衰的无限感怆。在反复吟咏中将"故园心""故国思"逐步深化强化。而前三首当中，或由巫山巫峡而心系故园，再由高城暮砧而回到眼前；或由夔府落日而遥忆京华，勾起对画省香炉的思忆，又由山楼闻笛而回到当前的月映洲前芦荻；或由眼前的朝晖映照山郭、渔舟泛而燕子飞的日日坐对的景色而生留滞异乡之感，引发"功名薄""心事违"的感慨，而顺势忆及衣马轻肥的达官显贵，思绪反复在夔府与长安之间回旋。后五首则或由长安政局而直北关山、征西车马，再回到眼前的寂寞秋江；或由蓬莱宫阙、早朝气象而回到当前的独卧沧江；或由瞿塘峡口而遥忆盛时曲江游幸，复由当年之盛跌入当前之衰，慨叹帝王州、歌舞地之荒乱荒凉；或遥忆昆明池旌旗战舰之盛，而跌入今日之荒凉，又由遥忆回到当前的关塞极天、江湖满地，叹己身之漂泊；或遥忆盛时渼陂之胜与诗兴之高涨，而归结到当前的"白头吟望苦低垂"。诗思反复回翔于夔府、长安之间，诗情则回环于时代盛衰的变化之间。这反复回旋的情思，组成了回肠荡气的交响乐章，使诗人的故园情、故国思得到了最充分的展开、最深入的表现。

组诗在表现方式和艺术风格上还有一个突出的特点，就是以壮阔的境界表现悲凉的情思，以绮丽的语言表现悲哀的情思、盛衰的感慨。像首章的"江间波浪兼天涌，塞上风云接地阴"，就是典型的以壮阔之境抒悲凉之思的例证。而"昆明池水"一首，则是以绮语写荒凉的突出例证。这种表达方式，收到了相反相成的艺术效果，也使这组诗在整体艺术风格上呈现出一种悲而能壮、哀而不伤、华而不靡的可贵特征。

咏怀古迹五首 (其三)①

群山万壑赴荆门②，生长明妃尚有村③。一去紫台连朔漠④，独留青冢向黄昏⑤。画图省识春风面⑥，环佩空归月夜魂⑦。千载琵琶作胡语⑧，分明怨恨曲中论⑨！

[校注]

①《咏怀古迹五首》，分咏夔州辖境内及附近的五处古迹（庾信宅、宋玉宅、昭君村、永安宫、武侯庙），借以抒写自己的情怀，故

题曰"咏怀古迹"。当作于大历元年（766）居夔州时。昭君村，在唐归州兴山县北（今湖北兴山县南），相传为汉王昭君故里。归州与夔州邻接，故诗人居夔时前往寻访。其《负薪行》云："若道巫山女粗丑，何得此有昭君村?"可见昭君村即在巫山附近。或云昭君村在荆门山附近，恐非杜甫此诗中所指的昭君村。荆门山在湖北宜都市，已出峡。②群山万壑，指三峡两岸的连绵高山和深谷，亦即《水经注·江水》所谓"自三峡七百里中，两岸连山，略无阙处，重岩叠嶂，隐天蔽日，自非亭午夜分，不见曦月"。荆门，山名，在今湖北宜都市西北，长江南岸，隔江与虎门山相对。《水经注·江水》："江水又东历荆门、虎牙之间。荆门在南，上合下开，暗彻山南，有门象虎牙，在北……此二山，楚之西塞也。"至荆门，则"山随平野尽"而"江入大荒流"（李白《渡荆门送别》）。此句概写三峡一带重岩叠嶂、奔赴而东下荆门的山势。③谓王昭君生长的村子今尚存。《太平寰宇记》："山南东道归州兴山县，王昭君宅，汉王嫱即此邑之人，故云昭君之村，县连巫峡，即其地。"④去，离开。紫台，即紫禁、紫官，指皇宫。古以紫微垣喻皇帝居处，因称皇帝所居为紫禁、紫官、紫台。《文选·江淹〈恨赋〉》："若夫明妃去时，仰天太息。紫台稍远，关山无极。"李善注："紫台，犹紫官也。"朔漠，北方沙漠之地，指匈奴统治地区。《汉书·匈奴传》："竟宁（汉元帝年号）元年，单于（呼韩邪单于）来朝，自言愿婿汉。元帝以后官良家子王嫱字昭君赐单于。单于欢喜，上书，愿保塞，请罢边备，以休天子之民。昭君号宁胡阏氏，生一男伊屠智牙师，为右日逐王。呼韩邪立二十八年，建始（汉成帝年号）二年死。子雕陶莫皋立，为复株累若鞮单于，复妻王昭君（《后汉书·南匈奴传》谓昭君上书求归，成帝令从胡俗），生二女，长女为须卜居次，小女为当于居次。"⑤青冢，指王昭君墓，在今内蒙古自治区呼和浩特市城南二十里。《太平寰宇记》："其上草色常青，故曰青冢。"⑥《西京杂记》卷二："元帝后官既多，不得常见，乃使画工图形，案图召幸之。诸官人皆赂画工，多者十万，少者亦不减五万。独王嫱不肯，遂不得见。匈奴入朝，求美人为阏氏，于是上案图，以昭君行。及去，召见，貌为后宫第一，善应对，举止闲雅。帝悔之，而名籍已定。帝重信于外国，故不复更人。乃穷案其事，画工皆弃市，籍其家，资皆巨万。画工有杜陵毛延寿，为人形，丑好老少，必得其真。安陵陈敞、新丰刘白、龚宽……下阳杜望……樊育……同日弃市。京师画工，于是差稀。"省识，曾识。句意谓元帝当年曾因画图而见识过王昭君的美好容颜，言外之意是竟不辨其美丑而轻嫁于匈奴单于。此"省"字与下句"空"字对文，均为副词。或解为"解识"，恐非。详参张相《诗词曲语辞汇释》第573页。⑦环佩，指妇女身上佩带的玉环、玉佩等佩饰。⑧作胡语，犹作胡音。石崇《王昭君辞并序》："王明君者，本是王昭君。以触文帝讳，故改之。匈奴盛，请婚于汉。元帝以后宫良家子明君配焉。昔公主嫁乌孙，令琵琶马上作乐，以慰其道路之思，其送明君，亦必尔也。"《琴操》："昭君在匈奴，恨帝始不见遇，心思不乐，心念乡土，乃作《怨旷思惟歌》。"琴曲有《昭君怨》。此句糅合以上记载。⑨曲中论，曲中诉说。韦庄《小重山》词："万般惆怅向谁论？凝情立，宫殿欲黄昏。"

[笺评]

薛梦符曰：《旧经》云：邑人悯昭君不回，立台以祭焉。今有昭君村。（《九家集注杜诗》）

刘克庄曰：《昭君村》云："画图省识春风面，环佩空归月夜魂。"亦佳句。（《后村诗话》新集卷二）

刘辰翁曰：（"群山"二句）起得磊落。（《唐诗品汇》卷八十四引）

张綖曰：时肃宗以少女宁国公主下嫁回纥，临别之语，闻者心酸，公故借明妃之事以哀之。（《杜工部诗通》）

王慎中曰：妙超。(《五色批本杜工部集》引)

胡震亨曰："群山万壑赴荆门"，当似生长英雄起句，此未为合作。(《杜诗选》)

唐汝询曰：此经昭君村而咏其事，言我登历山水以入荆门，适睹明妃生长之村庄犹在。因思其人，生则去紫台而就朔漠，没则留青冢以向黄昏也。吾想其初为延寿所误，画图非真，帝罕识其面，然妃意竟不忘君，故既殁而魂犹归国也。且妃以汉人而琵琶犹作胡语，正以投弃于胡而写其怨恨于曲耳。夫明妃以色而被捐，子美以才而见逐，其不遇一也。故借以发怨慕于君之意。(《唐诗解》卷四十一)

吴曰：此篇温雅深邃，杜集中最佳者。钟、谭求深而不能探此，恐非网珊瑚手。(唐汝询《汇编唐诗十集》引)

徐常吉曰："画图"句，言汉恩浅。不言"不识"，而言"省识"，婉转。(《删补唐诗选脉笺释会通评林·盛七律》)

郭濬曰：悲悼中，难得如此风韵。五、六分承三、四，有法。(同上引)

周珽曰：写怨境愁思，灵通清回，古今咏昭君无出其右。(同上)

陈继儒曰：怨情悲响，胸中骨力，笔下风电。(同上引)

王嗣奭曰：因昭君村而悲其人。昭君有国色，而入宫见妒；公亦国士，而入朝见嫉，正相似也，悲昭以自悲也……"月夜"当作"夜月"，不但对"春风"，而且与夜月俱来，意味迥别。(《杜臆》卷八)

王夫之曰：只是现成意思，往往点染飞动，如公输刻木为鸢，凌空而去。首句是极大好句，但施之于"生长明妃"之上，则佛头加冠矣。故虽有佳句，失所则为疵颣。平收，不作论赞，方成诗体。(《唐诗评选》卷四)

金圣叹曰：咏明妃，为千古负材不偶者，十分痛惜。"省"作"省事"之省，若作实字解，何能与"空归"对耶？(《杜诗解》)

朱鹤龄曰：画图之面，本非真容，不曰不识，而曰"省识"盖婉词，月夜魂归，明其终始不忘汉宫也。(《杜诗镜铨》卷十三引)

黄周星曰：昔人评"群山万壑"句，颇似生长英雄，不似生长美人，固哉斯言！美人岂劣于英雄耶？（《唐诗快》）

贺裳曰：（"一去"四句）生前寥落，死后悲凉，一一在目。（《载酒园诗话又编》）

吴乔曰：子美"群山万壑赴荆门"等语，浩然一往中，复有委婉曲折之致。温飞卿《过陈琳墓》诗，亦委婉曲折，道尽心事，而无浩然之气。是晚不及盛之大节，字句其小者也。（《围炉诗话》卷四）

王士禛曰：青邱专学此种。（《杜诗镜铨》引）

陶开虞曰：风流摇曳，此杜诗之极有韵致者。（同上引）

李因笃曰：序事如天马行空，光采焕发，而毫无形迹，可称神化之篇。只序明妃始终，无一语涉议论，然意俱包括在内，诸家总不能及。细阅公此篇，凡代明妃作怨望思归者，犹堕议论，未离小家数。（《杜诗集评》卷十一引）

朱瀚曰：起处见钟灵毓秀而出佳人，有几许珍惜。结处言托身绝域而作胡语，含许多悲愤。曲中诉论，正指《昭君怨》诗，不作后人词曲。又曰：此诗"连"字即"（关山）无极"意。"青冢"句，即"芜绝"意。（江淹《别赋》："望君王兮何期，将芜绝兮异域。"）庾信《昭君词》："胡风入骨冷，夜月照心明。方调琴上曲，变入胡笳声。""琵琶"句，乃融化其语，"连"字写出塞之苦，"向"字写思汉之心，笔下有神。（《杜少陵集详注》卷十七引《杜诗解意七言律》）

邵长蘅曰：咏明妃得如此起，大奇。（《五色批本杜工部集》引）

杨逢春曰：此因村而咏明妃，申怨情也。以"怨恨"二字作骨。（《唐诗绎》）

胡以梅曰：五、六须两句相串读，有深味。（《唐诗贯珠串释》）

黄生曰：一、二见明妃生长之地，便与泛作《昭君怨》者有别。"赴"字上，以之成句，句亦工。起势槎枒笼炎，咏昭君作如此起调更工。三句承上，叙及入宫，又叙及出塞，只七字说尽，在他人必对一联矣。三妙难见，四妙易知。五妙难解，六妙易知。五承三，六承四。五有两层意思，言昭君临行，天子始知其美，若按图索骏，徒为画工所欺，岂省识之耶！以"岂省"为"省"，从《毛诗》出。中二联皆流水对，以出手庄重不觉。"论"字即仄声"写"字，"怨恨"者，怨己之远嫁，恨汉之无恩也。必后世琵琶所传之曲，非华夏正声，故七、八云云。此诗寓意在"画图省识"句。盖如入宫而主不见知，与士怀忠而上不见察，其事一也。公之咏古迹而及昭君也，抑其所以自咏与？（《杜诗说》卷八）

仇兆鳌曰：此怀昭君村也。上四，记叙遗事，下乃伤吊之词。生长名邦，而殁身塞外，此足该举明妃始末。五、六承上作转语，言生前未经识面，则殁后魂归亦徒然耳。唯有琵琶写意，千载留恨而已。（《杜少陵集详注》卷十七）

吴瞻泰曰：发端突兀，是七律中第一等起句，谓山水逶迤，钟灵毓秀，始产一明妃。说得窈窕红颜，惊天动地。（《杜诗提要》卷十二）

赵臣瑗曰：只此二十八字（按：指中四句），已将古往今来无数才人不遇、壮士无成、忠臣抱屈之两行眼泪，都从红颜薄命中，一一掩映而出。（《山满楼笺注唐诗七言律》卷二）

浦起龙曰：因村而咏明妃，悯怨思也。结语"怨恨"二字，乃一诗归宿处。起笔珍重，著遗村说，另为一截。中四，述事申哀，笔情缭绕。"一去"，怨恨之始也；"独留"，怨恨所结也。"画图识面"，生前失宠之怨恨可知；"环佩归魂"，死后无依之怨恨何故！末即借"出塞"声点明。"省识"只在画图，正谓不"省"也。（《读杜心解》卷四）

杨伦曰：（首句）从地灵说入，多少郑重。（《杜诗镜铨》卷十三）

《唐宋诗醇》：破空而来，文势如天骥下坂，明珠走盘，咏明妃者，此为第一。欧阳修、王安石诗，犹落第二乘。（卷十七）

沈德潜曰：咏昭君诗，此为绝唱，馀皆平平。至杨凭"马驼弦管向阴山",风斯下矣。("省识")犹"略识",临去一见,略识其面也。("千载"句)指吊明妃者。(《重订唐诗别裁集》卷十四)

宋宗元曰:奔腾而来,悲壮浑成,安得不推绝唱!(《网师园唐诗笺》)

黄叔灿曰:此咏明妃以自悲。(《唐诗笺注》)

李重华曰:音节一道,难以言传。有可略为浅作指示者,亦得因类悟入。如杜律:"群山万壑赴荆门",使用"千山万壑",便不入调,此轻重清浊法也。又如龙标绝句:"不斩楼兰更不还",俗本作"终不还",便属钝句,此平仄一定法也。(《贞一斋诗说》)

赵翼曰:古来咏明妃者,石崇诗:"我本汉家子,将适单于庭。""昔为匣中玉,今为粪上英。"语太村俗。唯唐人"今日汉宫人,明朝胡地妾"二句,不着议论,而意味无穷,最为绝唱。其次则杜少陵"千载琵琶作胡语,分明怨恨曲中论",同此意味也。(《瓯北诗话》卷十一)

梅成栋曰:此等识见已扫尽千古人,其音韵气骨又其馀事矣。(《精选七律耐吟集》)

佚名曰:此第三首,则专咏明妃之事,无一字及于己怀。乃吾正谓此为少陵自咏己怀,非咏明妃……夫明妃抱此怨恨,不可明言,只以托之千载琵琶;而少陵之怨恨,不可明言,又以托之明妃。通篇只重写"怨恨"二字,乃所以写明妃,即所以写己怀也。(《杜诗言志》)

李锳曰:起笔亦有千岩竞秀,万壑争流之势。(《诗法易简录》)

郭曾炘曰:琵琶胡语,怨恨谁论?亦隐寓知音寥落之感。(《读杜札记》)

陈德公曰:三、四笔老峭而情事已尽。后半沉郁,结最缠绵。评:开口气象万千,全为"明妃""村"三字作势,而下文"紫台""青冢"亦俱托起矣。且"赴"字、"尚有"字、"独留"字,字字相生,不同泛率,故是才大而心细。(《闻鹤轩初盛唐近体读本》)

吴汝纶曰:庾信、宋玉皆诗人之雄,作者所以自负。至于明妃,若不伦矣，而其身世流离之恨固与己同也。篇末归重琵琶，尤其微旨所寄，若曰虽千载已上之胡曲，苟有知音者聆之，则怨恨分明若面论也，此自喻其寂寞千载之感也。是三章者固一意所贯矣。（《唐宋诗举要》卷五引）

俞陛云曰：咏明妃诗多矣。沈归愚推此诗为绝唱，以能包举其生平，而以苍凉激楚出之也。首句咏荆门之地势，用一"赴"字，沉重有力。（《诗境浅说》）

[鉴赏]

《咏怀古迹五首》，分咏庾信、宋玉、王昭君、蜀先主刘备、诸葛亮五位在夔州一带地区有历史遗迹的人物，以寄托自己的身世遭遇、抱负情怀。其中咏王昭君的这一首，由于所咏对象的特殊性，寄慨最为深沉，情韵最为深长，堪称杜甫七律中的精品。

"群山万壑赴荆门，生长明妃尚有村。"起句陡健飞动，雄奇阔远，勾画出三峡一带群山万壑、连绵不绝、奔赴荆门的壮盛气势，为次句昭君村展现出一个阔远的背景。诗人之所以用这样的笔墨来写昭君生长的环境，是因为在他心目中，昭君并不是一般的闺阁女子，而是一位其身世遭遇与国家民族紧密相连、其怨思愁恨具有广远意义的特殊人物，诗人所寄寓的情怀也非常深远的缘故。因此，对于这样一位对象，自不能像歌咏寻常闺阁女子那样，用清澈的香溪水作为其生长的背景，而必须大笔濡染，以"群山万壑赴荆门"之阔远雄奇背景作烘托。"赴"字极富动感和气势。三峡一带，不但重岩叠嶂，略无阙处，而且水平落差很大，"赴"字不但将静止的群山写活了，而且展现出其奔赴东下的连绵态势，写山态山势极富力度。次句点题，"尚有"二字，见事隔千载，遗迹尚存，感怀之情，自寓其中。

"一去紫台连朔漠，独留青冢向黄昏。"颔联由古迹而过渡到人，对昭君一生的悲剧遭遇作出最精练的概括。用"紫台"指代汉宫，是因为它具有鲜明的色彩，可以唤起对帝都长安宫阙壮丽及繁华景象的种种联想，而"朔漠"则给人以广漠无边、荒寒萧索的联想，它们之间，形成鲜明的对照，隔着广远的空间，用一"连"字将它们勾连起来，不但展现出昭君离开故国远赴大漠途中关山迢递、前路漫漫的情景，透露出内心的迷茫凄伤之感；而且因句首"一去"与"连"的呼应，使原本连接遥远空间的"连"字带上了连接长远时间的意味。一去紫台，遂连朔漠，此后的悠长岁月，明君的生命遂和荒寒萧索的大漠连成一体，直至生命的终结，一句话写尽了昭君离京赴胡的大半生，其中"连"字正是绾结广远时空的句眼，却用得自然浑成，不着痕迹。

"独留青冢向黄昏"，这一句悲慨死葬异域，只留下一座青冢寂寞地对着黄昏。这句的意思，如只说死葬异域，则不免质实乏韵，妙处全在情景的渲染。"青冢"与"黄昏"，和上句的"紫台"与"朔漠"一样，也有鲜明的色彩对比。"黄昏"的黯淡和周围一片土黄色的无边大漠越发衬托出了"青冢"的寂寞和孤独，使句首的"独留"二字更加突出而富于形象感；而"青冢"的"青"字又透出了生命乃至青春的气息，使人联想到昭君的"春风面"和她那不死的精魂。"向"字尤具神韵。"向"有"对"义，但却不是单纯的"对"，它具有一种渐进的动态感，仿佛可以看到在浩瀚无垠的一片广漠之中，一座草色常青的孤坟正默默无言地面对着越来越黯淡下去的黄昏。这里所透露出来的是一种永恒的孤独感和寂寞感，一种被"生长"于斯的故国永远抛弃在异域荒原的深沉怨怅和无穷遗恨，远韵远神，令人玩味无尽。

腹联分承三、四，从昭君一生的遭遇转而揭示造成悲剧的原因，抒发其魂灵空归的遗恨。"省识"一语，或解作"略识"，或解作"曾识"，或解作"解识"，但究其实都是感慨皇帝的不辨妍媸。靠画工的图像来取舍召幸对象，画工为取得贿赂，必然会颠倒妍媸；这样，皇帝在画工颠倒妍媸的画像中自然不辨妍媸，不识昭君的"春风面"

了。浦起龙说："'省识'只在画图，正谓不'省'也。"此语最为通透。因为即使画像能约略得昭君其形，却难以传其神，所谓"意态由来画不成"是也。正因为元帝按图"省识春风面"，这才造成了昭君被遣异域的悲剧。这一联揭示了悲剧造成的原因，矛盾直指皇帝"选美"方式的荒谬。类似的悲剧，又岂止是宫中选美！

下句承"独留青冢"，想象其魂魄空归。"月夜"承上"黄昏"。昭君尽管被无知的统治者遣送匈奴、死葬异域，但她却始终怀念生长的故国，在清冷的月夜，千里魂归，身上的环佩叮咚作响。这月夜环佩归来的境界，清冷幽寂，而又极具远神，着一"空"字，悲慨深沉。悲剧已经铸成，只能留下绵绵不尽的永恒遗恨。

"千载琵琶作胡语，分明怨恨曲中论！"琵琶本为胡乐，而《琴操》、石崇《王明君辞并序》中又有昭君心念乡土作《怨旷思惟歌》的记载及昭君入匈奴时弹奏琵琶的传闻，琴曲中有《昭君怨》，故诗人据此想象，千载之下，琵琶中所奏出的胡音，分明是昭君的无穷怨恨借乐曲而尽情倾诉！点出"怨恨"二字为全篇意旨点眼。

由于所咏对象是一位女子，因此诗人在诗中所寄寓的情怀便不能像其他四首那样明显直接，如咏庾信之"漂泊西南天地间""词客哀时且未还""庾信平生最萧瑟，暮年诗赋动江关"，所咏对象与诗人自身融为一体；咏宋玉之"风流儒雅亦吾师""萧条异代不同时"和四、五两首之向往"君臣一体"亦然。而本篇的托寓则更注重其内在的神合。诗人于昭君的悲剧命运及其原因，着眼其为不辨妍媸的统治者所远遣、所抛弃的那种悲慨和寂寞感、孤独感。我们从"一去紫台连朔漠，独留青冢向黄昏"的悲慨中，自然会联想起《秋兴八首》中"鱼龙寂寞秋江冷，故国平居有所思""关塞极天惟鸟道，江湖满地一渔翁"一类诗句。从这一点说，杜甫之于昭君，也是"怅望千秋一洒泪，萧条异代不同时"了。

江　汉①

江汉思归客，乾坤一腐儒②。片云天共远，永夜月同孤③。落日心犹壮，秋风病欲苏④。古来存老马⑤，不必取长途⑥。

[校注]

①大历三年（768）正月，杜甫由夔州启程出峡，三月，抵达江陵。同年秋，移居公安（今属湖北），诗题为"江汉"，当是大历三年秋天赴公安途中所作。或编寓居江陵时，或系大历四年秋，恐误。江汉系泛指今湖北南部一带地区。②腐儒，迂腐不通世务的读书人。杜甫自称，带贬意的称呼中既含自嘲亦含自负，与《咏怀五百字》之"老大意转拙"的"拙"，"许身一何愚"的"愚"意味近似。③两句意为自己飘然一身，孤子无依，与远天的片云同样遥远，与长夜的孤月同其孤单。④苏，《全唐诗》原作"疏"，校："一作苏。"兹据改。苏，苏息，恢复，指病体好转。⑤存，存留，留养。《韩非子·说林上》："管仲、隰朋从于桓公而伐孤竹，春往而冬反，迷惑失道。管仲曰：'老马之智可用也。'乃放老马而随之，遂得道。"⑥不必取长途，谓留养老马是为了用其智慧经验，而非取其能长途跋涉、日行千里。借以自喻年虽衰迈而尚能为朝廷献智出谋。

[笺评]

刘攽曰：杨大年不喜杜工部诗，谓为村夫子。乡人有强大年者，读杜句曰"江汉思归客"，杨亦属对。乡人徐举"乾坤一腐儒"，大年默然若少屈。（《中山诗话》）

方勺曰：诗中用"乾坤"字最多且工，唯杜甫，记其十联"乾坤万里眼，时序百年心"，"身世双蓬鬓，乾坤一草亭"，"江汉思归客，乾坤一腐儒"……（《泊宅编》）

陈师道曰："乾坤一腐儒"，言乾坤之大，腐儒无所寄身。(《杜少陵集详注》卷二十三引)

张表臣曰：予读杜诗云："江汉思归客，乾坤一腐儒"，"功业频看镜，行藏独倚楼"，叹其含蓄如此。(《珊瑚钩诗话》)

赵彦材曰：公之意，盖比之于老马，虽不能取长途，而犹可以知道解惑也。(《九家集注杜诗》)

吴沆曰：如"江汉思归客，乾坤一腐儒"，即上一句在地，下一句在天。(《环溪诗话》)

方回曰：此诗余幼而学书，有古印本为式，云杜牧之书也。咏之久矣，愈老而愈见其工。中四句用"云""天""夜""月""落日""秋风"，皆景也，以情贯之。"共远""月孤""犹壮""欲苏"八字绝妙。世之能诗者，不复有出其右矣。(《瀛奎律髓》卷二十九)

赵汸曰：中四句情景混合入化。云天夜月，落日秋风，景也。与天共远，与月同孤，心视落日而愈壮，病遇秋风而欲苏，情也。他诗多以景对景，情对情，人亦能效之。或以情对景，则效之者已鲜。若此之虚实一贯，不可分别，则能效之者尤鲜。近唯汪古逸有句云："年年飞鸟疾，云共此生浮。"近此四句意。(《杜律题注》卷上)

李维桢曰：声口不凡，亘卓今古。又曰：词达气尽，最为佳作。(《唐诗隽》)

胡应麟曰："片云天共远，永夜月同孤。落日心犹壮，秋风病欲苏。"含阔大于深沉，高、岑瞠乎其后。(《诗薮·内编·近体·五言》)

钟惺曰：(末二句)老人厚语。(《唐诗归》)

谭元春曰："乾坤一腐儒"，此老杜累句，今人便称之。(同上)

董养性曰：此篇起联便突兀。或疑中联不应全用天文字，殊不知二联自"归客"上说，三联于"腐儒"上说。况老杜于诗，虽有纵诞，终句句有理，不可以常格拘之，然有极谨严处。学者先当以谨严为法，若首以纵诞为师，必取败也。(《删补唐诗选脉笺释会通评林·

盛五律》）

唐汝询曰：此客中言志也。言此临江汉而思归之客，乃乾坤中一腐儒耳。身如片云，去天俱远；永夜无伴，与月同孤。年龄既暮，如日将落而壮心未已，经此凉爽而病骨顿苏，犹足效用也。且古人之存老马，非为其能胜长途而取之，遭其适也，然则腐儒独无老马之用乎哉！（《唐诗解》卷三十四）

王嗣奭曰：公之行事似"腐儒"者不无一二，若以世法绳之，真腐儒也。公自知之，故作此语。乃诗话则美之太过，谭以为累句，皆非也。三、四根"思归"不得来。然日欲落而心犹壮，秋风起而病欲苏，岂肯忘情于斯世哉！老马犹可用，但不必用于取长途也。（《杜臆》卷八）

黄周星曰：壮而实悲。（《唐诗快》）

冯舒曰：妙处不在字眼。又曰：第二联是比。（《瀛奎律髓汇评》引）

贺裳曰：老杜五言律，善写幽细之景，余尤喜其正大者，如……"不过行俭德，盗贼本王臣"，"古来存老马，不必取长途"，真堪羽翼《风》《雅》。（《载酒园诗话又编·杜甫》）

吴乔曰："古来存老马，不必取长途"，怨而不怒。子美何至一弃永不复收耶！（《围炉诗话》卷二）

李因笃曰：乾坤作客，日夜思归，重宵洒然，八面俱澈，思参造化，笔夺天工矣。（《杜诗集评》卷十引）又曰：有议二联相碍者，不知其泛咏羁愁，非定为夜作也。

邵长蘅曰：率尔语，亦难到，结有意味。（《五色批本杜工部集》引）

查慎行曰："片云天共远"二句，东坡《南归》诗云："浮云世事改，孤月此心明。"与老杜千载相合。（《初白庵诗评》）

吴庆百曰：三、四解上二句意，言飘飘泛泛，无所着也。（《杜诗集评》引）

吴昌祺曰：云、日、月、风，亦此诗一病。（《删订唐诗解》）

黄生曰：（首联）对起。（颔联）三、四承首句，参差对。（腹联）（落日句）硬装句。承次句，起七、八。（尾联）对结，意在言外。"远"字，应"江汉"，"孤"字，应"思归客"。本谓共片云在远天，与孤月同永夜，对法攲斜，使人不觉。必以"远"字"孤"字落脚，句始警耳。"一腐儒"上着"乾坤"字，自鄙而兼自负之辞。人见其与时龃龉，未免腐儒目之，然自在草野，心忧社稷，乾坤之内，此腐儒能有几人，可令其孤身远弃乎！今我旧病将瘳，壮心未已，犹堪一职自效。若以衰迈见斥，则古人念旧之心尚及老马，非为取长途而赎之，曾谓腐儒一老马之不若耶？此归朝之望，所以不能自已也。此诗怨极矣，然怨而不怒，其源出于《小雅》也。前辈有病此诗日月并见者，不知此咏怀非写景，何病之有！矧落日固崦嵫之喻乎！方采山云：古诗"老骥伏枥，志在千里。烈士暮年，此心不已"，杜用其意，而不必长途，又别有义，乃工也。（《杜诗说》卷五）

仇兆鳌曰：旧编在夔州，今依蔡氏入在湖南诗内，与下首"江汉山重阻"为同时之作，盖大历四年秋也。又曰：此身滞江汉而有感也。上四，言所处之穷；下四，言才犹可用。思归之旅客，乃当世一腐儒，自嘲亦复自负。"天共远"，承"江汉客"；"月同孤"，承"一腐儒"。"心壮""病苏"，见腐儒之智可用，故以老马自方。（周甸曰："不必取长途"取其智而不取其力。）又曰：诗家作法虽多，要在摹情写景，各极其胜。杜诗五律，有景到之语……有情到之语……有景中含情者……有情中寓景者……有情景相融，不能区别者，如"水流心不竞，云在意俱迟"，"片云天共远，永夜月同孤"是也……有一句说景，一句说情者……有一句说情，一句说景者……有一景一情，两层叠叙者……其隽语名句，不胜枚举。名家诗集中，未有如此之独盛者。（《杜少陵集详注》卷二十三）

浦起龙曰：公至江陵，本欲北归，此诗见志。前四直下，后四掉转。前见道远而孤，后见气盛宜返。结联云云，寓不应远弃万里意。

（《读杜心解》）

邓献璋曰：读此种诗，觉风力气骨，顿长一倍，妙在直写而能曲，近写而能远，浅写而能深。（《艺兰书屋精选杜诗评注》卷九）

何焯曰：言所以思归者，非怀安也。庙堂勿用，因其老以安用？腐儒见弃，则犹可以端委而折冲也。若单点起联，恐未熟读《解嘲》。（《瀛奎律髓汇评》引）

沈德潜曰："落日心犹壮"，见犹可用也。"落日"犹云暮年。（《重订唐诗别裁集》卷十）

纪昀曰：前四句是"思归"。"片云"二句紧承"思归"说出。后四句乃壮心斗发。"落日"二句提笔振起，呼出末二句，语气截然不同。虚谷此评却不差。又曰："落日"二字乃景迫桑榆之意，借对"秋风"，非实事也。（《瀛奎律髓汇评》引）

冒春荣曰：有对而不对，不对而对者……若杜甫"江汉思归客，乾坤一腐儒"，则上句"思归"是联字，下句"腐儒"是联字，合读若对，字实不对，亦不可不知其疵也。（《葚原诗说》）

杨伦曰：（"片云"句）亦取陶诗"万族各有托，孤云独无依"意。"落日"喻暮景。（《杜诗镜铨》卷十九）

[鉴赏]

这是杜甫晚年离开夔州后开始新一轮漂泊生活时期所写的一首著名五律。写这首诗的时候，他大约正在由江陵赴公安途中。在离开江陵时写的《舟出江陵南浦奉寄郑少尹审》诗中说："更欲投何处？飘然去此都。形骸元土木，舟楫复江湖。社稷缠妖气，干戈送老儒。百年同弃物，万国尽穷途。"可以想见他当时的处境与心境。这首诗就是在这种困境中迸发出来的坚毅精神和积极用世态度，焕发着崇高的人格美。

首联从自己身处的漂泊之地和自己的身份写起。"江汉"指长江、汉水交汇处附近一带地区，也是杜甫乘舟出峡头一个漂泊之地。用"江汉"指称身处的漂泊之地，自然会引发读者对江汉浩渺的阔远景象的想象，暗透诗人正在舟行途中。"思归客"自指，漂泊巴蜀湖湘间的十年中，"思归"一直是杜甫诗歌的一个重要主题，出峡以后，由于漂泊无依，辗转各地，"思归"之情更为强烈频繁。但杜甫的"思归"却主要不是盼望回乡，而是渴望回到朝廷，为多难的国家效绵薄之力，这从腹、尾二联可以看得很清楚。次句是对"思归客"的进一步说明。以"腐儒"自称，貌似自贬自嘲，实则寓含自伤与自负。中国古代诗歌语言精练而含蓄丰富，同一个词语，从不同的角度体味，可以有很多含义，多种感情色彩。而且在特定的情况下，这不同的意义和色彩可以并存甚至结合。这首诗中的"腐儒"，从通常的贬义方面看，自然是说自己不过是一个迂腐不通世俗的读书人罢了。一般的缺乏实际经验的读书人也确实或多或少有这种毛病，从这方面说，是自谦和自嘲；但从特定的意义上看，这"腐"又往往是顽强、执著、坚守某种正确理念和人生原则的一种特殊表达方式，就跟《自京赴奉先县咏怀五百字》中所说的"老大意转拙""许身一何愚"的"拙"和"愚"一样，则这种"腐"便是一种自赏自负了。这样的坚守正确理念与人生态度的人却被视为"腐儒"，言外又含有对世俗之见的一种怨愤和对自己的自伤。因此，"腐儒"一语，在诗中是自谦自嘲和自赏自负、怨愤与自伤多种含义与感情的结合。而在"腐儒"之上冠以"乾坤"与"一"，则此一"腐儒"在浩渺的天地之间的那种孤独感便更加强烈了。

"片云天共远，永夜月同孤。"上句承"思归客"，写自己漂泊异乡远方；下句承"一腐儒"，写自己孤孑清冷处境。这一联虽全用朴素的语言进行白描，却创造出含蓄而富于远神的意境，关键全在于用诗的语言而不是用散文的语言来表达。无论是说"片云与天共远，永夜与月同孤"或是说"如一片浮云飘荡在远天，如一轮孤月独处于长夜"，甚至说"流落异乡，就像跟一片浮云一起在遥远的天边飘荡，孤独无依，就像只有与孤月为伴来度过长夜"，都很难表达这两句所包含的意境和韵味，问题就在于以上这些解说都将原诗中触景而生的自然联想变成了借景为喻的有意比喻。诗人在舟行过程中，眺望广阔的天宇，但见一片浮云，悠悠飘荡，随着逐渐伸展的远天越飘越远，忽然联想到自己也正像这随天远去的片云一样，飘飘然无所着落。这里，诗人所乘的小舟是移动的，诗人的视线也是移动的，片云和天随着视线的伸展越来越远，诗人的情思也随着这伸展的远天和飘荡的浮云越来越远，因此，联想的产生既十分自然而又具有远神，使人宛见诗人思随云去、情随天远的神情意态，着一"共"字，更将人与物、情与景浑化为一体。这种纯属于诗的远神远韵，是上述那些散文化的解说所根本无法传达的，也为画笔所难到。下句"永夜月同孤"亦同此。傍晚时分，望见天边的一弯新月，在广阔的天宇中显得分外孤独，不禁联想到自己这个"乾坤一腐儒"也正像它一样孤寂清冷地度过漫漫的长夜。说"永夜"，其中已经包含了对时间的延伸联想，也包含了对自身在无数个寂寞长夜中孤独情境的联想，着一"同"字，同样体现了眼前景与心中情的浑融一体。

"落日心犹壮，秋风病欲苏。"腹联着重抒写在漂泊远方、寂寞孤独境遇中触发的壮思。这情思仍由眼前景触发，但在意蕴上则是重要的转折。"落日"的意象，常引发桑榆暮景的联想，看到行将沉西的落日，自不免联想起自己年已近暮（这一年杜甫五十七岁，离他生命的终结只有两年），但自己报效国家的壮心仍然没有消磨。"落日"与壮心，本是相反的两极，着一"犹"字，便突出强调了年虽衰暮而壮心不已的精神。"秋风"的意象，更常与衰飒凄清相连，但诗人迎着扑面吹来的秋风，却感到自己多病的身体好像正在走向恢复。说"欲苏"，说明这只是诗人的一种主观感觉。这种感觉，固然跟秋凉气爽的天气有关，但更重要的是诗人的主观精神，是诗人永不衰歇的壮心在起作用。精神的力量使诗人仿佛感到，常年多病之身在凉爽的秋风中正在复苏，生命的活力又回到自己身上。

评家或对颔、腹两联连现云、天、夜、月、落日、秋风等自然意象有微词，或对夜月、落日并现有看法，并因日月并现而将"落日"解为纯粹的比喻（喻衰暮之年）。这其实是既不了解此诗中间两联的情思全由客观景物的触发而引起，也不了解在特定情况下完全存在日月并现的景观所致。农历的月初，西边的太阳行将沉落之际，上弦月也孤悬天上的情景是极普通的景象。诗人完全可以在同一时间既看到西沉的落日，又看到孤悬的新月。弄清这一点，对诗的意境韵味至关重要。如果不是由于眼前景的触发而产生联想，诗的现场感就要大为削弱，诗的自然浑成的风格也要大大减色，更无论前面已仔细分析过的远韵远神了。

"古来存老马，不必取长途。"尾联是由"心犹壮""病欲苏"引发的愿望。因为壮心不已、病体欲苏，所以想到为国效力；但毕竟年已衰暮，且兼多病，所以自不可能如壮岁之奔驰千里，故以识途的"老马"自喻，暗示自己虽不能长途跋涉，驰骋千里，但经验智慧仍可为朝廷提供借鉴。杜甫诗中多次提及"弃物"，对朝廷的漠视冷遇怀有强烈的被抛弃感，也时露被弃的怨愤，但这首诗却完全从正面着笔，表达切盼朝廷任用的意愿。这两句包蕴的思想感情并不单纯。一方面，这里仍表现出对自己才能的自信，表明自己这个被视为"腐儒"的人并非真的迂腐不通世务；另一方面，对朝廷的久不任用和漠视也流露出怨意。古来尚且重视老马的经验智慧而加以留养，而当今现实中，自己这个"留滞才难尽，艰危气益增"的旧臣却被当作一匹残废无用的老马加以抛弃，满腔的报国热情，竟遭到如此冷遇！这层意思，虽表现得很含蓄，但弦外之音，还是完全可以体味出来的。

读这首诗，最突出的感受就是杜甫那种极其强烈而执著的积极用世精神。尤为可贵的是，他是在极其艰困的境遇中表现出这种基于忧国情怀的用世热情。杜甫自困守长安的后期开始，除了在京任左拾遗的短时期内和成都草堂初期生活相对安定，心情较为闲适以外，可以说绝大部分时间都处于困顿流离的境遇中，到了暮年，境况更加萧瑟凄凉。朝廷除了给他一个检校工部员外郎的空职以外，实已视为"弃物"。出峡以后，辗转漂泊，无所依靠；生活上也极为艰难，过着"饥借家家米，愁征处处杯"的窘迫日子；加上身体多病，有严重的肺疾，右臂麻痹，耳亦半聋。可以说已濒于绝境。在这样一种常人难以想象和忍受的艰困境遇中仍然迸发出如此坚定执著的用世精神，正反映出他的忧国情怀的深沉炽热。这种在逆境、困境甚至是濒于绝境中焕发出来的永不衰败的用世精神，在这首诗里表现得非常深刻而饱满，升华到一种崇高的人格美的高度。因此有特别感人的思想艺术力量。

层层深入的反衬，是这首诗表现坚定执著的用世精神特别深刻饱满的重要艺术手段。总的来说，用艰困之境遇反衬报国用世的壮怀，是这首诗的基本艺术构思。具体来说，首联是以"江汉"之远、"乾坤"之大，反衬"一腐儒"之异乡漂泊、孤子无依。颔联则进一步以辽阔的远天反衬"片云"之"远"，以悠悠的长夜、广阔的天宇反衬夜月之"孤"。而"片云""孤月"又透露出诗人自身的"远"与"孤"。腹联的"落日""秋风"，本是衰暮、萧飒的意象，它们对"心犹壮"与"病欲苏"是有力的反衬，而前两联所写的身世境遇之漂泊异乡，远离故国，孤子无依，对于"心犹壮"而言，又都是有力的反衬。尾联则是对"落日心犹壮"的进一步发挥。通过这层层反衬，诗人于困境中更显壮心的用世精神才得到最饱满有力的表现。而这一切，又使全诗的境界既苍凉，又悲壮；既阔大，又深沉。情和景之间，既相反，又相成，达到悲壮的艺术美与崇高的人格美的统一。

又呈吴郎①

堂前扑枣任西邻②，无食无儿一妇人。不为困穷宁有此③，只缘恐惧转须亲④。即防远客虽多事⑤，便插疏篱却甚真⑥。已诉征求贫到骨⑦，正思戎马泪盈巾⑧。

[校注]

①大历二年（767）春，杜甫自夔州西阁迁居赤甲山。三月，赁居瀼西草堂。这年秋天，复迁居东屯。在瀼西居住期间，有一邻家寡妇常来他家堂前扑枣充饥。杜甫迁居东屯后，将瀼西草堂让给一位姓吴的亲戚居住。吴某在堂前插上篱笆，以防邻妇扑枣，杜甫以诗代柬，写了这首诗给吴某，希望他弗禁扑枣。杜甫有《简吴郎司法》云："有客乘舸自忠州，遣骑安置瀼西头。古堂本买藉疏豁，借汝迁居停宴游。云石荧荧高叶曙，风江飒飒乱帆秋。却为姻娅过逢地，许坐曾轩数散愁。"知此年轻的吴姓姻亲曾任州郡的司法参军。②任，任凭，放任不加干涉。西邻，指下句所说的"无食无儿一妇人"。③此，指到堂前扑枣之举。④缘，因。转须，反倒更要。亲，表示亲切。⑤远客，远方作客的人，指吴郎。句意谓邻家寡妇因吴郎插上篱笆便提防疑虑其不让自己前去打枣，虽属多虑，意在为吴郎开脱，言其并无不让邻妇扑枣的主观意图。⑥句意谓你一来居住便插上疏篱却是非常真实的客观事实。言外之意是插篱的事实不能不让邻妇心生疑虑。⑦诉，倾诉。征求，指征收赋税。⑧戎马，指战争。盈，一作"沾"。

[笺评]

赵彦材曰：末句言取枣之邻妇已告诉为征求所困而贫到骨，下句乃公闻其征求之语，正思因戎马所致，而泪沾巾也。（《九家集注杜诗》）

王慎中曰：不成诗。（《五色批本杜工部集》引）

唐汝询曰：通涉议论，是律中最下乘。（《汇编唐诗十集》）

胡应麟曰：杜七言律，通体太拙者，"闻道云安曲米春"之类；太粗者，"堂前扑枣任西邻"之类……杜则可，学杜则不可。（《诗薮》）

王世贞曰：太白不成语者少，老杜不成语者，如"无食无儿""举家闻""若咳"之类。凡看二公诗，不必病其累句，不必曲为之护，正是瑕瑜不掩，亦是大家。（《四溟诗话》）

钟惺曰：许妇人扑枣，已是细故，况吴郎之枣乎！当看其作诗又呈吴郎，是何念头。"无食无儿"四字不合说不苦，近人以此为不成语，何故？又曰：于困贱人非惟体悉，又生出一段爱敬，彼呼就者何人？又曰：菩萨心肠，经济人话头。（"不为困穷"二句下）（《唐诗归》）

王嗣奭曰：此亦一简，本不成诗。然直写情事，曲折明了，自成诗家一体。大家无所不有，亦无所不可也。（《杜臆》）

卢世㴥曰：语云："仁人之言，其利溥。"又云："仁义之人，其言蔼如。"今观子美诗，犹信。子美温柔敦重，一本之恺悌慈祥，往往溢于言表。他不具论，即如《又呈吴郎》一首，极煦育邻妇，又出脱邻妇；欲开示吴郎，又回护吴郎。七言八句，百种千层，非诗也，是乃仁者也。恻隐之心，诗之元也。词客仁人，少陵独步。（《杜诗胥钞·大凡》）（按：上连评论，又见于卢氏之《读杜私言》，语大同小异，不录）

金圣叹曰：前解要吴郎原此一妇人之情，后解为吴郎说普天下一妇人之情。（《金圣叹选批杜诗》）

劭长蘅曰：此诗有说佳者，吾所不解。（《五色批本杜工部集》引）

李因笃曰：盛唐唯公有此等诗，未见超脱。（《杜诗集评》引）

吴农祥曰：两首皆真朴。虽非公佳处，亦可见公爱物济世之心。（同上引）

朱瀚曰：通篇借妇人发明诛求之惨，大旨全在结联，与"哀哀寡妇诛求尽"参看。若使有所仰赖，则当爱人以德。仍嘱吴郎任其扑枣，是为微生，高矣。（《杜诗七言律解意》）

黄生曰：前半叙己向许西邻扑枣之意，以四句转下。"亲"，谓抚慰之也。此妇因吴系远客，不能如杜之托熟，故畏惧而不至，且插篱以自防，此虽彼之多事，然实吴有以使之，故属吴云：彼虽不来扑枣，我缘此转须亲而抚之，何为使彼编插疏篱以防我耶？且彼尝以骨尽征求诉我，当此戎马纷纭之际，穷民无告者何限，特力不能拯救，言之徒令人堕泪耳。日前有此无食无儿之妇，安得惜一果而不给乎！结处有如许说话，却总见之言外，与《题桃树》作意异而同法。许邻妇扑枣，细事耳，念头却从大处起。盖君子得时则大行，不得时则随其分之所得为者，以自尽吾心焉耳。余尝谓读《题桃》、"扑枣"二诗，知公为真正道学种子，岂非聚门徒鼓唇舌，而后谓之道学哉！（《杜诗说》卷十二）

仇兆鳌曰：此章告以恤邻之道也。上四，悯邻妇；下四，谕吴郎。"无食无儿一妇人"句中含四层哀矜意，通章皆包摄于此。三言宜见谅其心，四言当曲全其体。妇防客，时怀恐惧；吴插篱，不怜困穷矣。"诉征求"，述邻妇平日之词；"思戎马"，念乱离失所者众也。又曰：此诗是写真情至性，唐人无此格调。然语淡而意厚，蔼然仁者恫瘝一体之心，真得《三百篇》神理者。又曰：此章流逸，纯是生机；前章（按：指《简吴郎司法》）枯拙，全无风韵。杜诗之真假得失可见矣。（《杜少陵集详注》卷二十）

胡以梅曰：此怜西邻嫠妇，令吴郎弗禁其扑枣也。起得突兀。（《唐诗贯珠串释》）

浦起龙曰：公向居此堂，熟知邻妇之苦，听其窃枣以活。吴郎新到，不知其由，将插篱护圃，公于东屯闻之，喫紧以止之，非既插而责之也。首句提破，次句指出可矜之人，下皆反复推明所以然。三、四，德水所云出脱邻妇，又煦育邻妇者。著"恐惧"字，体贴深至，盖窃食者，其情必恶而怯也。五、六更曲，妇防远客，几以吴为刻薄人，固属多心也；妇见插篱，将疑吴转为我设，其迹似真也。此又德水所谓回护吴郎，又开示吴郎者。末又借邻妇平日之诉，发为远慨。盖民贫由于"征求"，"征求"由于"戎马"，推究病根，直欲为有民社者告焉。而恤邻之义，自悠然言外，与成都《题桃树》同一神味。卢云："百种千层，莫非仁音"，知言哉！若只观字句，如嚼蜡耳，须味于无味之表。(《读杜心解》卷四)

沈德潜曰：恫瘝一体，意却不涉庸腐。末并见诛求之酷，乱离之惨，所谓其言蔼如者邪！(《杜诗偶评》卷四)

杨伦曰：此与《题桃树作》，皆未可以寻常格律求之。("堂前"句)即所谓"枣熟从人打"也。("不为"句)体贴深至。("只缘"句)恐惧，谓畏人看破也。四句是公自述从前待此妇之事。("即防"句)言吴郎新来，原未必即为禁止。("便插"句)使疏篱一插，则妇本防吴郎见拒，甚似真为彼而设，而不复就来矣。("已诉"句)谓此妇平日诉贫苦于公也，("正思"句)只轻轻一语，逗露本意。末句推言海内孤寡困穷失所者众，又不止西邻矣。(《杜诗镜铨》卷十七)

边连宝曰：以瘦硬通神之笔，写恫瘝在抱之素。其曲尽人情处，直令千载下读之，犹感激欲泣也。(《杜律启蒙》卷十二)

王闿运曰：叫化腔。亦创格，不害为切至。然卑之甚，纯用议论，亦是新体。(《手批唐诗选》)

郭曾炘曰：全说白话，即白傅集中，似此率直者亦少，在杜公亦偶然为之。惟末二语仍稍见本色耳。(《读杜札记》)

[鉴赏]

这首以诗代柬的七律，意在劝说吴郎体恤邻家寡妇的困穷而对其堂前扑枣之事不加干涉，通篇纯用极朴素的语言和白描手法，抒发的却是极真挚深厚的感情，而在表达方式上则又极其委婉细腻，体贴备至，是杜甫七律中少见的创格。

写诗的目的是劝说吴郎，首联却从自己过去对邻妇的态度说起："堂前扑枣任西邻，无儿无食一妇人。""任"是任凭、放任不加干涉的意思。之所以任凭西邻来堂前打枣，是因为这位西邻是"无食无儿一妇人"。次句补充说明任其扑枣的原因。语言之通俗直白可谓破天荒，但却正如仇兆鳌所说，"句中含四层哀矜意，通章皆包摄于此"。无儿无女，则无依无靠，是一层；无食，则贫困至极，是一层；妇人，则维持生计更加困难；独自"一"人，则孤苦伶仃，联系下文的"征求""戎马"很可能家中的男子就死于战乱。诗人对邻家寡妇命运之悲惨、处境之艰困的同情哀悯就渗透在这十分直白却富于包孕的诗句中。

领联写自己对西邻扑枣一事的看法和态度，是对首句"扑枣任西邻"的进一步发挥。"不为困穷宁有此"，是对邻妇堂前扑枣原因的说明。"困穷"是形容其处境已艰困到濒于绝境的地步。"堂前扑枣"虽是小事，但对一个孤苦无依、生性善良的寡妇来说，跑到别人家里打枣却要鼓起极大的勇气，经历无数次内心的痛苦挣扎，如果不是濒于绝境，万般无奈，是绝不会做出这种举动的。诗人以他对贫苦无告的下层百姓的深刻了解和同情，郑重而充满感慨地揭示出这一点。这种现象在生活中虽时时发生，但历来的诗人有几个像杜甫这样，设身处地替"困穷"者着想？就像"盗贼本王臣"一样，用极朴素的大白话道出的正是深刻的真理。而诗人对"困穷"者的深情体贴较之他所道出的事理却更为感人。

"只缘恐惧转须亲"，下句更进一层。即不但揭示其"扑枣"行为的真实原因，而且感同身受，体贴入微，体察其"堂前扑枣"时的恐惧不安心理，从而对她采取更加亲切温煦的态度。这不仅仅是为了打消她的顾虑，让她得以安心扑枣，而且是为了照顾她的尊严，使她不至于因被施舍怜悯而感到难堪，能在亲切温煦的气氛中从容地扑枣充饥。深入到对方的内心，照顾到对方的尊严；不仅体恤物质需求，而且体恤其精神需求。较之"扑枣任西邻"，诗人的人道主义精神显然因"转须亲"的态度而更深一层。以上四句，联翩而下，层层转进，表面上讲的都是自己的感情、看法和态度，实际上又都是对吴郎的一种启示和劝导。只不过不是用一种耳提面命式的教诲口吻，而是用一种亲切如话家常的口气，这样对方反而更易于和乐于接受。

"即防远客虽多事，便插疏篱却甚真。"吴郎在住进瀼西草堂后，就在堂前庭院周围围起了篱笆，邻家寡妇看到以后，自然就不再到堂前扑枣了，故有"即防远客"之语。诗人在这一联里，本意是劝谕吴郎撤去篱笆，任西邻寡妇像以前那样扑枣充饥，但为了照顾吴郎的面子，话说得十分委婉。"即防远客虽多事"，是说西邻寡妇因为吴郎树起了疏篱便心生疑虑，以为吴郎此举是为了阻止自己前去扑枣，未免有些瞎猜疑。言下之意是吴郎树篱也许是为了防止外人路人，并非针对西邻。明明是要批评吴郎，却先批评西邻寡妇提防猜疑吴郎是"多事"，从而轻松而巧妙地为吴郎作了"无主观故意"的开脱，但句中的"虽"字，却为下句的正意预留了地步。下句"便插疏篱却甚真"就势一转，转出正面要表达的意思：你吴郎虽无阻止西邻扑枣的主观意图，但你一到便匆忙地在堂前插上了疏篱却是千真万确的事。言外之意是，即便你插疏篱是为防他人，并不针对西邻，但这道疏篱却在客观上隔绝了西邻的往来，隔绝了邻居间的感情交通。话说到这个份上，意思已很明白，但仍不明说吴郎有阻止西邻扑枣的主观意图，只说插疏篱之事考虑不周，客观上起了阻挡作用。批评中仍有回护，可谓煞费苦心。目的自然还是希望吴郎善待西邻。

"已诉征求贫到骨，正思戎马泪盈巾。"尾联出句承上"无食无儿一妇人"和"困穷"，进一步指出造成西邻农妇悲剧境遇的主要原因是统治者对百姓无尽的诛求。从"已诉"之语看，杜甫在居住瀼西草堂期间，西邻寡妇曾向他倾诉过遭受官府诛求之苦的情况。"贫到骨"之语，跟"眼枯即见骨"一样，令人触目惊心，但诗人的思绪却并未就此停住，而是再深入一层，由统治者无穷尽的诛求想到长期的战乱，进一步揭示出长期的战乱是造成广大百姓"征求贫到骨"的原因。而这一层联想和思考，所触及的就远远超越了眼前的"无食无儿一妇人"，而扩展到天下的困穷百姓，扩展到安史之乱以来战乱频繁的时代现实。诗人既忧心如焚，又无力正乾坤，只能泪满衣巾，悲慨不已了。末句推开一层作结，是这首诗思想感情、精神境界的升华。从为"无食无儿一妇人"而想到为天下困穷百姓而悲，为苦难的时代而悲，诗的境界显得既高远而阔大。如果诗的思想感情自始至终停留在对眼前的"无食无儿一妇人"的体恤上，虽也称得上是仁人之言，却缺乏深刻的思想意义和融忧国与忧民为一体的阔大胸襟。从这个意义上说，末句才是全诗的点睛之笔。杜甫《白帝》诗末联以"哀哀寡妇诛求尽，恸哭秋原何处村"作结，同样是对战乱时代百姓苦难境遇的点睛之笔，但对寡妇的情况并未展开描写。这首诗则通过堂前扑枣一事对其悲剧境遇作了具体的反映，从而使诗中的"无食无儿一妇人"成为战乱时代人民苦难的代表。从这个意义上说，末联追根溯源，将"戎马"与"征求贫到骨"联系起来，也正是诗人通过"这一个"反映苦难时代的构思本意。

七律从正式创体之时开始，就和歌颂圣德、奉和酬应的题材以及高华典雅的风格结下了不解之缘，从而使作者与评者都形成一种惯性思维，以为七律必以此为正格，而对内容上反映下层百姓生活、语言上不避通俗的作品心存偏见，每斥之为村俗。这首诗在明代不少评家那里，被斥为"不成诗""通涉议论，是律中最下乘""通体太拙"，正反映出这种思维定势。实际上，这正是杜甫对传统七律的改革，即内容上引入对人民生活的描写，形式上以白描手法和朴素口语实现通俗化的尝试。从这首诗看，这种改革是取得了成功的。

江南逢李龟年①

岐王宅里寻常见②，崔九堂前几度闻③。正是江南好风景，落花时节又逢君④。

[校注]

①大历五年（770）暮春作于潭州（今湖南长沙市）。江南，长江

以南地区。此处特指江湘一带地区。《明皇杂录》卷下："唐开元中，乐工李龟年、彭年、鹤年兄弟三人，皆有才学盛名。彭年善舞，龟年能歌，尤妙制《渭州》，特承顾遇。于东都大起第宅，僭侈之制，逾于公侯。……其后龟年流落江南，每遇良辰胜赏，为人歌数阕，座中闻之，莫不掩泣罢酒，则杜甫尝赠诗所谓：'岐王宅里寻常见，崔九堂前几度闻。正是江南好风景，落花时节又逢君。'崔九堂，殿中监涤、中书令湜之第也。"《云溪友议》卷中："李龟年奔迫江潭，杜甫以诗赠之……龟年曾于湘中采访使筵上唱'红豆生南国……'，又'清风明月苦相思……'，此词皆王右丞所制……歌阕，合座莫不望行幸而惨然。"李龟年为盛唐时期著名宫廷乐师，善歌，又善奏羯鼓、筚篥。②岐王，唐睿宗之子、唐玄宗之弟李范。《旧唐书·睿宗诸子传》："惠文太子范，睿宗第四子也。睿宗践阼，封岐王。范好学工书，雅爱文章之士。士无贵贱皆尽礼接待。天宝三载，又以惠宣太子（名业，睿宗第五子）男略阳公为嗣薛王。"此岐王黄鹤认为当指嗣岐王，见下句注引。《云仙杂记》卷二引《辨音集》："李龟年至岐王宅，闻琴声，曰：'此秦声。'良久又曰：'此楚声。'主人入问之，则前弹者陇西沈妍也，后弹者扬州薛满。二妓大服。乃赠之破红绡、蟾酥麨。龟年自负，强取妍秦音琵琶、捍拨而去。"此记载可见李龟年之以知音自负及其常出入岐王第宅。③原注："（崔九，）殿中监崔涤，中书令湜之第。"《旧唐书·崔仁师传》："仁师……子挹，挹子湜，湜弟液、涤并有文翰。涤素与玄宗亲密，用为秘书监，后赐名澄。开元十四年卒。"黄鹤曰："开元十四年，公止十五岁，其时未有梨园弟子，公见李龟年必在天宝十载后。诗云'岐王'当指嗣岐王。"仇兆鳌曰："据黄说则所云'崔九堂前'者，亦当指崔九旧堂耳。不然，岐王、崔九并卒于开元十四年，安得与龟年同游耶？"浦起龙曰："考《明皇杂录》，梨园弟子之设在天宝中，时有马仙期、李龟年、贺怀智皆洞知律度者，是则龟年等乃曲师，非弟子也。曲师之得幸，岂在既开梨园后哉！明皇特举旧时供奉为宜春助教耳。则开元以前李何必不在京师？又公《壮游》诗云：'往者十四五，出游翰墨场。'开元十三四年间正公十四五时，恰是少年游京师之始，于岐宅崔堂，更为暗合。"高步瀛曰："浦辨龟年开元前何必不在京，其说殆是。至据《壮游》诗'出游翰墨场'为往来岐宅崔堂，则实傅会不足信。岐王似以嗣王珍为是，崔九亦当指崔氏旧堂。黄、仇说是。浦氏谓杜公十四五已日游王公间，谬矣。"按：诗言"岐王""崔九"，盖因其"推爱文章之士""有文翰"，故杜甫少年时因游岐王宅、崔九堂得与闻李龟年之歌唱。如指"嗣岐王"及崔九旧堂，则嗣岐王、崔涤后人从未闻有"推爱文章之士""有文翰"者，李龟年未必仍与其交往，且诗前二句所写皆开元承平年代盛事，以与乱后情景作鲜明对比，寄寓盛衰之慨。如黄等所说在天宝十载（751）以后，则其时政治日趋昏暗，乱象渐萌，非复开元承平气象矣。故仍以指岐王李范、秘书监崔涤为是，浦举《壮游》诗"往者十四五，出游翰墨场"为证，正当开元十三四年（725—726），则杜甫之见到李龟年或即在开元十三年（李范、崔涤卒前之一年）。④落花时节，指暮春时节。

[笺评]

刘辰翁曰：兴来感旧，不觉真率自然。（张舍、杨慎合选《李杜诗选》引）

范梈曰：绝句篇法。藏咏。（《木天禁语》）

王嗣奭曰：落花乃伤春时节，又得逢君，便是江南一好风景矣。言其歌之妙，能令愁者欢，闷者解，春之已去者复回也。此亦倒插法。（《杜臆》卷九）

黄生曰：一、二总藏一"歌"字。"江南"字，见地；"落花时节"，见时，四字将"好风景"衬润一层。"正是"字、"又"字，紧醒前二句，明岐宅、崔堂听歌之时，无非好风景之时也。今风景不殊，而回思天宝之盛，已如隔世。流离异地，旧人相见，亦复何堪。无限馀情，俱藏于数虚字之内。杜有此七言绝，而选者多忽之，信识真者之少也。（《唐诗摘抄》卷四）又曰：（首联）对起。句中藏字。（"正是"句）见地。（"落花"句）见时。意在言外。较刘梦得《赠何戡》之作，彼真伧父面目矣。此诗与《剑器行》同意。今昔盛衰之感，言外黯淡欲绝。见风韵于行间，寓感慨于字里。即使龙标、供奉操笔，亦无以过。乃知公于此体，非不能为正声，直不屑耳。此诗从来诸选皆不见收，始经予友方舟拈出，予已登之《诗矩》。今复录此，以为诸绝之殿。有目公七言绝句为别调者，亦可持此解嘲矣。（《杜诗说》卷十）

仇兆鳌曰：此诗抚今思昔，世境之离乱，人情之聚散，皆寓于其中。（《杜少陵集详注》卷二十三）

吴瞻泰曰：此盛唐绝调也。字字风韵，不觉有凄凉之色，而国家之盛衰，人情之聚散，诗地之迁流，悉寓于字里行间。一唱三叹，使人味之于意言之表。虽青莲、摩诘亦应俯首。（《杜诗提要》卷十四）

邵长蘅曰：子美七绝，此为压卷。（《杜诗镜铨》卷二十引）

沈德潜曰：含意未申，有案无断。（《重订唐诗别裁集》卷二十）

《唐宋诗醇》：言情在笔墨之外，悄然数语，可抵白氏一篇《琵琶行》。"休唱贞元供奉曲，当时朝士已无多"，刘禹锡之婉情；"钿蝉金雁俱零落，一曲伊州泪万行"，温庭筠之哀调。以彼方此，何其超妙，此千古绝调也。（卷十八）

何焯曰：四句浑浑说去，而世运之盛衰，年华之迟暮，两人之流落，俱在言表。（《义门读书记》）

黄叔灿曰："落花时节又逢君"，多少盛衰今昔之思。上二句是追旧，下二句是感今，却不说尽。偏着"好风景"三字，而意含在"正是"字、"又"字内。（《唐诗笺注》）

佚名曰：无限深情，俱藏裹于数虚字之内，真妙作也。（《唐诗从绳》）

李锳曰：少陵七绝多类《竹枝》体，殊失正宗。此诗纯用正锋、藏锋，深得绝句之体。（《诗法易简录》）

宋顾乐曰：案而不断，神味无穷，老杜绝句，此首最佳。(《唐人万首绝句选》评)

孙洙曰：世运之治乱，年华之盛衰，彼此之凄凉流落，俱在其中。少陵七绝，此为压卷。(《唐诗三百首》)

胡本渊曰：含意未申，有案无断。而世运之治乱，年华之盛衰，彼此之凄凉流落，俱在其中。(《唐诗近体》)(按：此袭沈德潜、孙洙二人之评)

王文濡曰：上二句极言其宠遇之隆，下二句陡然一转，以见盛衰不同，伤龟年亦所以自伤也。(《唐诗评注读本》)

俞陛云曰：少陵为诗家泰斗，人无间言。而皆谓其不成于七绝。今观此诗，馀味深长，神味独绝，虽王之涣之"黄河远上"，刘禹锡之"潮打空城"，群推绝唱者，不能过是。此诗以多少盛衰之感，千万语无从说起，皆于"又逢君"三字之中，蕴无穷酸泪。(《诗境浅说》续编)

刘永济曰：此诗于二十八字中，于今昔盛衰之感，与彼此飘流转徙之苦，会合之难，都无一字明说。但于末句用一"又"字，而往事今情，一齐纳入矣。此等诗非作者感慨甚深，而又语言精妙，不能有此。谁说杜甫绝句不如昌龄、太白！(《唐人绝句精华》)

刘拜山曰：前半写龟年盛时，即以写开元盛世。后半喻世逢衰乱及彼此之飘泊，"又"字既标出重逢，亦回顾昔日。沉郁顿挫，而风神自远。(《千首唐人绝句》)

[鉴赏]

这是杜甫绝句中最有情韵、最富含蕴的一篇。只二十八字，却包含着丰富的时代生活内容和深沉的历史感慨、人生感慨。

李龟年是开元、天宝时期"特承顾遇"的著名歌唱家。杜甫初逢李龟年，是在十三四岁"出游翰墨场"的少年时期。当时王公贵族普遍爱好文艺，杜甫即因才华早著而受到岐王李范和秘书监崔涤的延接，得以在他们的府邸欣赏李龟年的歌唱。而一位杰出的艺术家，既是特定时代孕育的产物，也往往是特定时代的标志与象征。在杜甫心目中，李龟年正是和鼎盛的开元时代、也和他自己充满浪漫情调的青少年时期的生活，紧紧联结在一起的。几十年之后，他们又在江南重逢。这时，遭受了八年动乱及其后一系列内忧外患的唐王朝业已从繁荣昌盛的顶峰跌落下来，陷入重重矛盾之中。杜甫自己，则辗转漂泊到潭州，"疏布缠枯骨，奔走苦不暖"，晚境极为凄凉；李龟年这位当年红极一时的歌唱家也流落江南，"每逢良辰胜景，为人歌数阕，座中闻之，莫不掩泣罢酒"（《明皇杂录》）。这种相逢，自然很容易触发杜甫胸中原本就郁积着的无限沧桑之感和时代盛衰之慨。"岐王宅里寻常见，崔九堂前几度闻。"诗人虽然是在追忆往昔与李龟年的接触，流露的却是对"开元全盛日"的深情怀念。这两句用流利的对仗起，下语似乎很轻，含蕴的感情却深沉而凝重。"岐王宅里""崔九堂前"，仿佛信口道出，但在当事者心目中，这两个文艺名流经常雅集之处，无疑是鼎盛的开元时期丰富多彩的精神文化的渊薮，它们的名字就足以勾起诗人对"全盛日"的美好回忆。当年诗人出入其间，接触李龟年这样的艺术明星，原是"寻常"而不难"几度"的，现在回想起来，简直是不可企及和重复的梦境了。这里所蕴含的天上人间之隔的感慨，是要结合下两句才能品味出来的。两句诗在叠唱和咏叹中，流露了诗人对"开元全盛日"的无限眷恋，好像是要有意无意地拉长回味的时间。

梦一样的回忆，毕竟改变不了眼前的现实。"正是江南好风景，落花时节又逢君。"风景秀丽的江南，在承平时代，原是诗人们所向往的作快意之游的所在。如今自己真正置身其间，所面对的竟是满眼凋零的"落花时节"和皤然白首的流落艺人。"好风景"三字，像是顺手拈来，随口道出，却使人自然联想起"风景不殊，正自有山河之异"的过江东晋士大夫的时代沧桑之慨；"落花时节"，像是即景书事，又像是别有寓托，寄兴在有意无意之间。熟悉时代和杜甫身世的读者会从这四个字上头联想起世运的衰颓、社会的动乱和诗人的衰病漂泊，却又丝毫不觉得诗人是在刻意设喻，显得特别浑成无迹。加上两句当中"正是"和"又"这两个虚词一转一跌，更在字里行间寓藏着无限感慨。江南好风景，恰恰成了乱离时世和沉沦身世的有力反衬。一位从开元全盛日走过来的老歌唱家与一位老诗人在漂流颠沛中"又"重逢了，落花流水的风光，点缀着两位形容憔悴的老人，成了时代沧桑的一幅典型画图。它无情地证实"开元全盛日"已经成为历史陈迹，一场翻天覆地的大动乱，使杜甫和李龟年这些经历过盛世的人，沦落到了不幸的地步。感慨是很深的，但诗人写到"落花时节又逢君"，却黯然而收，仿佛一篇大文章刚刚开了头就随即煞了笔，多少治乱兴衰的沧桑变化，多少战乱流离的惨痛经历，多少深沉的历史、人生感慨，多少痛定思痛的悲哀，统统蕴含在这无言的沉默之中。这样一种急刹车似的结尾，留下的恰恰是大段的历史空白和感情空白，可以说将绝句的空灵蕴藉发挥到了极致，也将绝句的情韵风神之美发挥到了极致。四句诗，从岐王宅里、崔九堂前的"闻"歌，到落花江南的重"逢"，"闻""逢"之间，联结着四十年的时代沧桑、人生巨变。尽管诗中没有一笔正面涉及时世身世，但透过诗人的追忆感喟，读者不难感受到给唐代社会物质财富和文化繁荣带来浩劫的那场大动乱的阴影，以及它给人们造成的巨大灾难和心灵创伤。确实可以说"世运之治乱，年华之盛衰，彼此之凄凉流落，俱在其中"。而造成这种治乱盛衰沧桑巨变的原因，更引发读者的思考。正像传统戏曲舞台上不用布景，观众通过演员的歌唱表演，可以想象出极广阔的空间背景和事件过程；又像小说里往往通过一个人的命运，反映一个时代一样。这首诗的成功创作似乎可以告诉人们：在具有高度艺术概括力和丰富生活体验的大诗人那里，绝句这样短小的体裁可以具有很大的容量，而在表现如此丰富的内容时，又能达到举重若轻、浑然无迹的艺术境界。

登岳阳楼①

　　昔闻洞庭水②，今上岳阳楼。吴楚东南坼③，乾坤日夜浮④。亲朋无一字⑤，老病有孤舟⑥。戎马关山北⑦，凭轩涕泗流⑧。

[校注]

　　①大历三年（768）冬，诗人离公安沿江东下，暮冬抵达岳阳，其《泊岳阳城下》有"岸风翻夕浪，舟雪洒寒灯。留滞才难尽，艰危气益增"之句。这首诗为稍后所作。岳阳楼详孟浩然《临洞庭上张丞相》诗注。②洞庭水，即洞庭湖，此句末字宜仄。③坼，裂。洞庭湖之东为古之吴地，洞庭湖之南为古之楚地，登楼览眺，洞庭湖广阔无边，汪洋万顷，好像把东边的吴地、南边的楚地这块广阔的原野从中间裂开一样。④乾坤，或引《水经注·湖水》："洞庭湖水，广圆五百馀里，日月若出没其中。"以为当指日、月。实则"乾坤"即天地。（当然也包括天上的日月）句意盖谓整个天地都日日夜夜在广阔的湖面上浮动。⑤无一字，无只语片字的音书。⑥年老多病，生计维艰，所有者唯一叶孤舟。⑦戎马，指战事。《通鉴·大历三年》："八月，壬戌，吐蕃十万众寇灵武。丁卯，吐蕃尚赞摩二万众寇邠州，京师戒严。邠宁节度使马璘击破之。九月，命郭子仪将兵五万屯奉天以备吐蕃。朔方骑将白元光破吐蕃二万众于灵武。吐蕃释灵州之围而去，京师解严。十一月郭子仪还河中，元载以吐蕃连岁入寇，马璘以四镇兵屯邠宁，力不能拒，乃使郭子仪以朔方兵镇邠州。"可见是年自秋至冬，京城长安西北方向战事一直不断，边防形势严峻。⑧轩，窗。《文选·谢瞻〈答灵运〉》："开轩灭华烛，月露皓已盈。"李善注："轩，窗也。"涕泗，涕泪。《诗·陈风·泽陂》："寤寐无为，涕泗滂沱。"毛传："自目曰泪，自鼻曰涕。"

[笺评]

唐庚曰：过岳阳楼，观杜子美诗，不过四十字耳，气象闳放，涵蓄深远，殆与洞庭争雄，所谓富哉言乎者。太白、退之辈率为大篇，极其笔力，终不逮也。杜诗虽小而大，馀诗虽大而小。（《唐子西文录》）

范温曰：老杜诗凡一篇皆工拙相半……如《望岳》诗云：“齐鲁青未了。”《洞庭》诗云：“吴楚东南坼，乾坤日夜浮。”语既高妙有力，而言东岳与洞庭之大，无过于此。后来文士极力道之，终有限量，益知其不可及。（《潜溪诗眼》）

蔡絛曰：洞庭天下壮观，自昔诗人墨客，斗丽搜奇者尤众。如“水涵天影阔，山拔地形高”“回望疑无地，中流忽有山”“鸟飞应畏堕，帆远却如闲”皆见称于世。然莫若“气蒸云梦泽，波撼岳阳城”，则洞庭空旷无际，雄壮如在目前。至读杜子美诗，则又不然，“吴楚东南坼，乾坤日夜浮”，不知少陵胸中吞几云梦也。（《金玉诗话》。《苕溪渔隐丛话》引絛《西清诗话》与此略同）

黄鹤曰：一诗之中，如“吴楚东南坼，乾坤日夜浮”一联，尤为雄伟，虽不到洞庭者读之，可使胸次豁达。（《杜少陵集详注》卷二十二引）

陆游曰：今人解杜诗，但寻出处，不知少陵之意，初不如是。且如《岳阳楼》诗：“昔闻洞庭水（下略）”，此岂可以出处求哉！纵使字字求得出处，少陵之意益远矣。盖后人无不知杜诗所以妙绝古今者在何处，但从一字亦有出处为工。如《西昆酬唱集》中诗，何曾有一字无出处者，便以为追配少陵，可乎！且今人作诗，亦未尝无出处，渠自不知，若为之笺注，亦字字有出处，但不妨其为恶诗耳。（《老学庵笔记》卷七）

赵彦材曰：“关山北”，则言在长安一带也。（《九家集注杜诗》）

吴沆曰：右丞云："……如'吴楚东南坼'，是一句说半天下，至如'乾坤日夜浮'，即是一句说满天下。"环溪云："妙。"（《环溪诗话》）

刘克庄曰：杜五言感时伤事，如"亲朋无一字，老病有孤舟"……八句之中，着此一联，安得不独步千古。若全集千四百篇，无此等句为气骨，篇篇都做"圆荷浮小叶，细麦落轻花"道了，则似近人诗矣。（《后村诗话·前集》卷一）又曰：岳阳楼赋咏多矣，须推此篇独步，非孟浩然辈所及。（《后村诗话》）

刘辰翁曰：（"吴楚"二句）气压百代，为五言雄浑之绝。（《唐诗品汇》卷六十二引）（按：《集千家注批点杜工部诗集》卷十九此下有"下两句略不用意，而情境适等"十一字）

方回曰：岳阳楼天下壮观，孟、杜二诗尽之矣。中两联，前言景，后言情，乃诗之一体也。凡圈处是句中眼（按：方氏于"坼""浮"二字旁加圈）。尝登岳阳楼，左序毬门壁间，大书孟诗，右书杜诗，后人不敢复题。（《瀛奎律髓》卷一）

赵汸曰：公此诗，同时唯孟浩然临洞庭所赋，足以相敌。后则陈简斋《渡江》及朱文公登定王台所赋，最迫近之。（《杜少陵集详注》卷二十二引）

王慎中曰：三、四句法亦类七言"五更鼓"。（《五色批本杜工部集》引）

张綖曰：此诗百代诗人所共推服，无他，以实气对实景，写实情矣。气有馁者，欲不言袭取，终不能欺人。（《杜工部诗通》卷十五）

叶秉敬曰：张祜诗"一宿金山寺（下略）"……四句俱说景，似堆垛而无清味。老杜洞庭只是两句，而下便云"亲朋无一字，老病有孤舟"，方见变化之妙。（《敬君诗话》。《杜少陵集详注》卷二十二引）

王穉登曰：句律浑朴。"吴楚"二句移不去，"坼"与"浮"，句中眼也。时吐蕃入寇。（《唐诗选》参评）

李维桢曰：感时伤事，可以独步。（《唐诗隽》）

胡应麟曰："气蒸云梦泽，波撼岳阳城"，浩然壮语也，杜"吴楚

东南坼，乾坤日夜浮"气象过之。又曰：盛唐"昔闻洞庭水"第一。（《诗薮》）

唐汝询曰：此登楼览景，伤沦落也。言洞庭之水昔尝闻之矣。今登岳阳之楼，始见其广，彼东南乃吴楚之分境，日夜之间视天地若浮，极天下之形胜也。今我临此，而亲朋无一字相问，老病唯孤舟为家，又况吐蕃内侵，戎马在北，故凭轩之际，伤己哀时，不觉涕泗之下也。（《唐诗解》卷三十四）

钟惺曰：洞庭诗，人只写其景之奇耳，不知登临时少此情思不得。又曰：寻不出佳处，只是一气。（《唐诗归》）

许学夷曰："吴楚东南坼，乾坤日夜浮"……句法奇警而沉雄者。（《诗源辩体》卷十九）

陆时雍曰："吴楚东南坼，乾坤日夜浮"。自宋人推尊，至今六七百年矣。余直不解其趣。"吴楚东南坼"，此句原不得景，但虚形之耳。安见得洞庭在彼，东南吴楚遂坼为两也？且将何以咏江也？至"乾坤日夜浮"，更是虚之极，以之咏海庶可耳。其意欲驾孟浩然而过之，譬于射，仰天弯弓，高则高矣，而失过的矣。（《唐诗镜》）

赵云龙曰：句律浑朴，盛唐起语，大率如此。三、四高绝。（《删补唐诗选脉笺释会通评林·盛五律》引）

周珽曰：起见岳阳楼形胜之美，"昔闻"不若今睹之真。（同上）

王嗣奭曰：只"吴楚"二句，已尽大观，后来诗人，何处措手！后面四句只写情，才是自家诗，所谓诗本性情者也。（《杜臆》卷九）

王夫之曰：起二句得未曾有，虽近情而不俗。"亲朋"一联情中有景，为元气，为雄浑壮健，皆不知诗者，从耳食不以舌食之论。（《唐诗评选》）又曰：情、景虽有在心、在物之分，而景生情，情生景，哀乐之融，荣悴之迎，互藏其宅。天情物理，可哀而可乐，用之无穷，流而不滞，穷且滞者不知尔。"吴楚东南坼，乾坤日夜浮"，乍读之若雄豪，然而适与"亲朋无一字，老病有孤舟"相为融浃。（《姜斋诗话》）

谭宗曰：天气浑灏，目无今古。（《近体秋阳》）

冯舒曰：因登楼而望洞庭，乃云"昔闻洞庭水，今上岳阳楼"，是倒入法。三、四"吴楚""乾坤"，则目之所见，心之所思，已不在岳阳矣，故直接"亲朋""老病"云云。落句五字总收上七句，笔力千钧。（《瀛奎律髓汇评》引）

冯班曰：次联力破万钧。（同上引）

查慎行曰：杜作前半首由近说到远，阔大沉雄，千古绝唱。孟作亦在下风，无论后人矣。（同上引）

何焯曰：破题笔力千钧。洞庭天下壮观，此楼诚不可负，故有前四句。然我何缘至此哉！故后四句又不禁仲宣之感也。诗至此，面面到矣。（同上引）又曰：先点"洞庭"，后破"登"字，迎刃之势。（《义门读书记》）

李天生曰：八句似各一意，全篇仍自浑然，相贯相承，故为绝调。（同上引）又曰：高立云霄，纵怀身世，其中包涵万象，摆薄二仪，却紧照洞庭岳阳，一语移动不得。（《五色批本杜工部集》引）

俞犀月曰：三、四极开阔。五、六极黯淡，正于开阔处俯仰一身，凄然欲绝。岳阳之胜在洞庭，第一句安顿极好。（同上引）

许印芳曰：一、二点题。三、四承"闻水"写景，"乾坤"句已为五、六伏脉。五、六承"上楼"言情，与"乾坤"句消息相通，神不外散。七句申明五、六伤感之故，亦倒点法。八句扣住登楼总收上文。法律精细如此，学者宜细心研究，勿徒夸其气象雄浑也。（同上引）

无名氏（乙）曰：中四句与孟工力悉收，而颈联尤老。起、结辣豁。孟只身世之感，而此抱家国无穷之悲，事境尤大云。（同上引）

徐增曰："昔闻"颇乐，"今"见何悲！昔正治平，今有"戎马"；昔尚年少，今成"老病"。治平可待，老病无及矣，悲夫。（《而庵说唐诗》）

王士禛曰：元气浑沦，不可凑泊；千古绝唱。（《五色批本杜工部

集》引）又曰：高立云霄，纵怀身世。写洞庭只两句，雄跨今古。（《杜诗镜铨》引）

陆辛斋曰：前四句一气读，故自傲睨。（《杜诗集评》引）

邵长蘅曰："亲朋"句接得好。（《五色批本杜工部集》引）

吴庆百曰：字字精炼，却又纵口成之。孟襄阳作尚培楼，况刘随州耶！（《五色批本杜工部集》引）

史流芳曰：安顿登岳阳楼极稳，与《黄鹤楼》同。三、四句楼头所望见者，下四句又是书怀意。（《固说》）

吴昌祺曰：起手凌空而上。襄阳三、四人所能及，此则不可及矣……五、六空接而不弱，冠古之笔。（《删订唐诗解》）

黄生曰：前后两截。前写登楼之景，后述登楼之怀，一、二交互，言昔闻洞庭水有岳阳楼，今上岳阳楼望洞庭水，遂直接三、四云云。吴在东，楚在南，而湖坼其间。三、四并极力形容之语，然三语巧，四语浑，必四先成，三觅对耳。亲朋无一字相遗，老病有孤舟相伴，各藏后二字，名"歇后句"。题是"登岳阳楼"，诗中便要见出登楼之人是何身分，对此景、作此诗是何胸次。如此诗，方与洞庭、岳阳气势相敌，后人不达此旨，游历所至，胡乱题写，真苍蝇之声耳。（《唐诗摘抄》卷一）又曰：王粲《登楼赋》："凭轩槛以遥望。"张载诗："登崖远望涕泗交。"因是海内名处，故起语云："昔闻洞庭水。"上有岳阳楼，"今上岳阳楼"，纵观洞庭水，因直接三、四云云。吴在东，楚在南，而洞庭坼其间，觉乾坤日夜浮于水上，其为宇内大观，信不虚矣。但凭轩北望，国难方殷，虽念切归朝，其如衰病飘零，亲朋见弃，其能免于涕泗之横流乎！后半开一步，以"凭轩"字绾合。三、四并极力形容之语，然三语巧，四语浑，必四先成，三觅对耳。前半写景如此阔大，转落五、六，身世如此落寞，诗境阔狭顿异。结语凑泊极难，不图转出"戎马关山北"五字，胸襟、气象，一等相称，宜使后人阁笔也。写大景妙在移不动，然徒能写景，而不能见作者身份，譬如一幅大山水，不画人物，终难入格。后人学杜，似乎画家，但学

山水，不学人物，又况所画并是顽山死水耶！又曰：（首联）交互对起。（尾句）重字助句。（《杜诗说》卷五）

朱之荆曰：洞庭万顷，天水相连动荡，恍若浮空。（《增订唐诗摘抄》）

张谦宜曰："吴楚东南坼，乾坤日夜浮"。十字写尽湖势，气象甚大。一转入自己心事，力与之敌。（《絸斋诗谈》卷四）

唐曰：四句说尽题目，后但写情，云不称者，宋儒之论也。又曰：真景实情，凌厉千古。（清刘邦彦《唐诗归折衷》引）

吴敬夫曰：作大题目，须有大气概。不得但作景色语。读襄阳《望洞庭湖》及此诗，可想见两翁胸次。（同上引）

仇兆鳌曰：上四写景，下四言情。"昔闻""今上"，喜初登也。包吴楚而浸乾坤，此状楼前水势，下则自身漂泊之感，万里乡关之思，皆动于此矣。（《杜少陵集详注》卷二十二）

浦起龙曰：不阔则狭处不若，能狭则阔境愈空。然玩三、四，亦已暗逗辽远漂流之象。又曰：孟诗结语似逊。（《读杜心解》卷三）

沈德潜曰：三、四雄跨今古，五、六写情黯淡，著此一联，方不板滞。孟襄阳三、四语实写洞庭，此只用空写，却移他处不得，本领更大。（《重订唐诗别裁集》卷十）

《唐宋诗醇》：元气浑沦，不可凑泊，千古绝唱。

黄叔灿曰：真卓绝千古，唯孟浩然一诗可以相配。（《唐诗笺注》）

宋宗元曰："吴楚"二句雄伟，雅与题称。此作与襄阳《临洞庭》诗同为绝唱，宜方虚谷大书毵门，后人更不敢题也。（《网师园唐诗笺》）

陈德公曰：三、四大欲称题，然对语极开枵庞之习。五、六真至老厉，莽笔所成，使"一"字、"孤"字，都成浑气，篇中警语在此耳。结亦莽莽不衰。评：五、六入情语，骤闻似觉突然，细按之，仍是分承三、四。"东南坼"，则"一字"难通；"日夜浮"，则孤舟同

泛。情景相宜，浑成一片。(《闻鹤轩初盛唐近体读本》)

延君寿曰：如工部之《岳阳楼》第五句"亲朋无一字"，与上文全不相连。然人于异乡登临，每有此种情怀。下接"老病有孤舟"，倘无"舟"字，则去题远矣。"戎马关山北"，所以"亲朋无一字"也，以此句醒隔句"凭轩涕泗流"。亲朋音乖，戎马隔绝，所以"涕泗流"，"凭轩"者，楼之轩也。(《老生常谈》)

徐筠亭曰：孟襄阳诗"气蒸云梦泽，波撼岳阳城"，杜少陵诗"吴楚东南坼，乾坤日夜浮"，力量气魄已无可加，而孟则继之曰"欲济无舟楫，端居耻圣明"，皆以索漠幽渺之情，摄归至小。两公所作，不谋而合。可见文章有定法。若更求博大高深之语以称之，必无可称而力蹶无完诗矣。(《浪迹丛谈》引)

[鉴赏]

《登岳阳楼》是杜甫晚年五律中"胸襟、气象，一等相称"的杰作，历来将孟浩然的《临洞庭上张丞相》与这首诗并提，视为咏洞庭湖的绝唱。但就诗中表现的诗人胸襟而言，杜诗显然更胜一筹。

"昔闻洞庭水，今上岳阳楼。"题作"登岳阳楼"，开头一句却从"洞庭水"写起。这是因为岳阳的风景名胜，全在洞庭一湖，而观赏洞庭胜景的最佳地点，又全在岳阳楼，凭高览眺，洞庭湖的浩渺景色，全收眼底。可以说岳阳楼就是为览眺洞庭胜景而建造的，岳阳楼之所以成为著名胜迹，就在于它面临洞庭浩渺烟波。因此开头两句就紧扣楼与湖的关系着笔，虚实今昔对照，"昔闻"是虚，"今上"是实。律诗首联本不要求对仗，杜甫在这里用工整的对仗起笔，是为了通过"昔闻"与"今上"的对照来表达复杂的感情。这里包含着两层意思。一是从前早闻洞庭胜景之名，心向往之，如今终于登上神驰已久的岳阳楼，得以饱览八百里洞庭的壮美景色，"昔闻"正衬托出"今上"的喜悦，从对照中突出了如愿以偿的感情。二是"昔"与"今"又分属于两个完全不同的时代。诗人在"开元全盛日"的承平时代闻洞庭之名而心向往之，是为了饱览江山胜景，作快意之游；而今日却是一个动乱的年代，国家面临内忧外患，个人颠沛流离。因此"昔闻"与"今上"的对照中又寓含无穷感慨，蕴含了世事沧桑之感和个人身世之悲，用诗人的话来说，就是"万方多难此登临""百年多病独登台"了。以上这两层意思，矛盾地统一在"昔闻"与"今上"的对照中。为下三联的写景抒情提供了引线。后一层意思更隐逗末联。

"吴楚东南坼，乾坤日夜浮。"颔联主要承首联"宿愿以偿"这层意思，写登楼所见洞庭湖的壮阔景象。这首诗里正面描绘洞庭壮阔景色的就只有这一联。因此必须大处落墨，以高度集中概括之笔展示出洞庭湖的壮美。此前孟浩然已写下了"气蒸云梦泽，波撼岳阳城"的名句，杜甫下笔时，心中很可能有孟浩然的这联警句作为参照，要想与之争胜，很不容易。杜甫这一联的好处，不只是境界较孟诗更加壮阔（由眼前的云梦泽、岳阳楼扩展到吴楚大地和整个天地日月，大有包举宇内之势），更在于它把夸张的形容、丰富的想象和登览时的真实感受和谐地结合起来。在整个舆地图上，洞庭湖和整个吴楚大地相比，自然是一个小的局部，但站在岳阳楼上远眺浩无际涯的洞庭湖，却会产生这样的感觉：由于湖水波涛的强烈振荡，脚下的大地也似乎随之摇撼，以致整个吴楚大地也似乎因此而开裂。同样，比起天地日月，洞庭湖更不过是沧海之一粟，但从登临遥望的人眼中，洞庭湖汪洋万顷，远处为地平线，和天空连成一片，随着波涛的动荡，那天地日月，好像日夜不停地在湖面上漂浮晃动，甚至感到那天地日月也成了洞庭湖的附属物。诗人笔下的洞庭湖，不仅无限辽阔，而且仿佛蕴积着神奇的力量，能裂大地，能载乾坤。而"坼""浮"这两个句眼所具有的强烈动感和力量，正是传达洞庭湖神奇力量和壮阔境界的关键。

"亲朋无一字，老病有孤舟。"杜甫离开夔州出峡以后，到处漂泊，一叶扁舟，载着全家辗转各地。本来就不容易得到亲朋的书信，加上世态炎凉，人情冷暖，已经很久没有得到亲朋片言只字的音讯了；

这一年杜甫五十七岁，形容衰老，且兼多种疾病缠身，生计艰难，所有者唯有像影子一样伴随着自己的一叶孤舟。这一联不仅写出了自己的衰暮老病、贫困艰难，而且写出了自己精神上的孤子感、漂泊感，那一叶孤舟也仿佛是孤子无依、漂泊不定身世的一种象征。"无一字"与"有孤舟"的精切对仗，加强了沉痛悲凉之感，"有"字尤为沉痛。这唯一的"有"，正透露此外一切的"无"，包括"致君尧舜上，再使风俗淳"的政治抱负统统成了泡影。

这一联从洞庭湖的阔大景象转到自身境遇上，仿佛转得有些突然，而且诗境一阔一狭，情感一壮一悲，也好像是两个极端，但仔细体味，又会感到转得自然合理。第一，空阔的境界，在一定条件下，往往会引发人们的孤子之感，这个条件就是诗人特定的生活境遇。杜甫出峡后，个人的境遇可以说极为逼窄，时有穷途之恸，登上岳阳楼，置身烟波浩渺的洞庭湖畔，客观环境的无限浩阔和个人境遇的逼窄正形成强烈的反差，因此极易触发身世孤子艰困之感，涌起"乾坤万里内，莫见容身畔"的深沉感慨。第二，第四句"乾坤日夜浮"所展示的整个乾坤的日夜漂浮的景象也很容易触发自身的漂浮之感。第三，杜甫这时的全部家当就剩下一条破船，这条船此刻就正停泊在岳阳楼下的洞庭湖边。面对着像沧海一样广阔的洞庭湖，那一叶扁舟显得特别渺小而孤零，因而更容易从这孤舟联想到自己的处境。这一联可以说是对自己暮年悲剧境遇的艺术概括。感情极沉痛，但却极富艺术表现的力度。如此强有力的沉悲，才能撑得起、接得住前一联的阔大雄奇之境，而不致突现疲软。

"戎马关山北，凭轩涕泗流。"这两句又陡然一转，由个人境遇转到忧念时局、关注国家命运上来，表面上看，转得似乎又比较突兀，但这正是杜诗思想艺术特征的突出表征。杜甫之所以感慨自己流离漂泊，孤子无依，并不单纯是由于个人的失意，更主要的是感到自己徒有匡国济时的宏愿却不能为拯救国家的危机尽一点力量。因此，他忧念"戎马关山北"的时局而"凭轩涕泗流"，也就不单纯是忧虑国家的多难，而且含有思尽绵薄之力报效国家而不能的隐痛。这是一方面。另一方面，杜甫总是把个人的不幸、身世的漂泊沉沦与国家的多难联系在一起，深深感到国家多难是个人不幸的根源，因此，当他慨叹个人孤孑困顿境遇时就很自然地联想到造成人间流离困苦的国家忧患，于是就很自然地将视线由眼前的洞庭湖和岳阳楼下的孤舟移向他时刻系念的"戎马关山北"上去了。

这个结尾，既用"关山北""凭轩"的字面照应了题目，显示出这是登楼览眺时引起的思绪和感情，同时又表现出诗人身处困穷、心忧天下的壮阔胸襟，使尾联又与颔联所展现的壮阔气象达到和谐的统一，即黄生所谓"胸襟、气象，一等相称"。对全诗来说，这个结尾不仅是对以上的总收，更是诗境的升华。如果没有这两句，或结尾顺着五、六两句的意思慨叹自己的不幸，全诗的境界就将大为减色。杜诗每于结联转出新境，提升整首诗的思想艺术境界，这既是艺术，更是思想。